U0529613

本书为福州大学哲学社会科学研究后期资助项目成果

（项目批准号：14HQS11）

宋词与地域文化

A Study on the Relationship between Song-Ci and Regional Culture

陈未鹏 著

中国社会科学出版社

图书在版编目（CIP）数据

宋词与地域文化/陈未鹏著 . —北京：中国社会科学出版社，2016.7

ISBN 978-7-5161-7281-0

Ⅰ.①宋…　Ⅱ.①陈…　Ⅲ.①地方文化—影响—宋词—文学创作研究—中国　Ⅳ.①I207.23

中国版本图书馆 CIP 数据核字(2015)第 300990 号

出 版 人	赵剑英
责任编辑	侯苗苗
特约编辑	孙洪波
责任校对	石书贤
责任印制	王　超
出　　版	中国社会科学出版社
社　　址	北京鼓楼西大街甲 158 号
邮　　编	100720
网　　址	http://www.csspw.cn
发 行 部	010-84083685
门 市 部	010-84029450
经　　销	新华书店及其他书店
印　　刷	北京君升印刷有限公司
装　　订	廊坊市广阳区广增装订厂
版　　次	2016 年 7 月第 1 版
印　　次	2016 年 7 月第 1 次印刷
开　　本	710×1000　1/16
印　　张	18.5
插　　页	2
字　　数	304 千字
定　　价	69.00 元

凡购买中国社会科学出版社图书，如有质量问题请与本社营销中心联系调换
电话：010-84083683
版权所有　侵权必究

序 一

杨海明

地域文化与文学的关系是一个古老的话题。《诗经》十五国风即是依据地域加以分类的，《楚辞》的命名也浸润着浓郁的地域色彩。此后历代作家的实践不断展现出地域文化对文学创作的深刻影响。而从《左传·季札观乐》论各国风诗始，到南朝刘勰《文心雕龙》"江山之助"、《隋书·文学传序》"江左宫商发越、贵于清绮；河朔词义贞刚，重乎气质"，再到近代刘师培《南北文学不同论》等论述，也在理论层面丰富了人们对地域文化与文学关系的认识。

进入21世纪，地域文化与文学的关系研究获得了新的生命活力，相关学术成果不断涌现，地域文学文献资料的挖掘与整理受到前所未有的重视，地域文学史的著作大量问世，"文学地理学"作为一个新兴学科逐渐成熟。这是文学研究不断深入的必然结果。的确，运用地域文化的视角解读文学，可以有许多富有意味的发现。早在20世纪80年代，我的《试论唐宋词所带有的"南方文学"特色》（《学术月刊》1984年第1期）、《试论唐宋词中的"南国情味"》（《文学遗产》1987年第1期）等论文，即试图从地域文化的视角来诠释唐宋词文学现象，从而揭示唐宋词与南方地域文化之间的密切关联。当然，我的论述只是一个尝试，唐宋词与地域文化的关系尚有许多值得开拓的学术空间。值得高兴的是，陈未鹏博士的这部《宋词与地域文化》，在地域文学理论和唐宋词研究方面都取得了可喜的成绩。

是书立足于前人的研究基础，但又具有以下几个方面的特色。第一，它对地域文化的概念加以拓展和深化，提出了地域文化类型的概念。作者认为，地域文化不一定只能依托于某个具体的地域，具有鲜明的共同特征的地理单元也可能孕育相同的地域文化。作者以"都市"为例，认为词体的产生与发展，与都市地域文化有着紧密的互动。第二，作者将动态性的视角引入地域文化与文学的关系研究之中。当时代推移情境变迁，会使得原有的地域文化产生变更，而当词人游历于不同的地域之间，又经历着不同地域文化的转换。地域文化的变更转换，往往引起创作的新变。作者的研究，是对此前学术界习惯于对地域文化作静态性的描述与考察的一种深化。第三，作者不仅关注地域文化对于宋词的影响，也关注宋词反作用于地域文化的一面。作者将对地域文化与文学的关系，细化到具体的文体（宋词）加以研究，辨析不同文体与地域文化之间亲疏远近的关系，在此基础上，关注宋词在构建地域文化方面的作用与价值。因此，就整体上看，本书有着勇于开拓的学术价值与创新意义。

当然，宋词与地域文化的研究，还有许多值得探究的问题。陈未鹏大学本科阶段学习的是地理学专业，硕士博士专业均是中国古代文学，跨学科的学习经历，酝酿出《宋词与地域文化》的学术成果。期待陈未鹏博士能以《宋词与地域文学》的出版为起点，继续努力，扎实稳健地走出一条属于自己的学术道路。

序 二

陈庆元

在号称"八闽"的福建,"八闽"之一的莆田有点特别。唐五代之前,现在的福建只有"七闽",北宋建立兴化军,始有"八闽"之说。宋称兴化军,元改兴化路,明清一直叫莆田府,与其他各府平起平坐,其辖区,基本上就是莆田、仙游两县,大约就是现在莆田市的范围。1911年至1949年之后的一段时间,莆田、仙游两县的行政归属,变化多端,鼎盛时称莆田地区,治所在莆田县,把闽清、永泰、福清、长乐、平潭诸县都划过来;最可怜的时候,"府"一级的行政单位——专区被撤销,莆田、仙游两县归到泉州地区去了。转来转去,过了几十年,20世纪80年代,莆田、仙游又回到宋元明清的基本建置,即在两县的基础上建立莆田市。今天的莆田市虽然下属的"县级"单位多了,但仍然不出莆、仙两旧县的区域。

行政区的划分,固然有自然地理的因素,如以山、河为界,但是文化地理的因素也很重要。宋代莆、仙有三绝:子鱼、西施舌、十八娘。子鱼,产于江口,又称"通应子鱼"或"通印子鱼",其肉细嫩;西施舌,产于近海的一种蚌类,其肉细滑;十八娘,荔枝品种之一。宋代文人对此三绝津津乐道,诗文别集和笔记都有载述,莆人也引以为豪。明朝诗坛领袖之一的王世贞赠莆田诗人佘翔诗云:"十八娘红产荔枝,蛎房舌嫩比西施。更教何物称三绝,为有佘郎七字诗。"王世贞把佘翔诗与十八娘、西施舌并称为"三绝",是对佘翔七绝的赞赏。王世贞以佘翔易子鱼,似乎子鱼已不再闻名了吧?其实不然,王世贞为了运用莆田"三绝"之典以赞佘翔,只好三者弃去一。晚清,莆田诗人宋廷尊《通印港》诗云:"且赏故乡风味好,荻花秋雨子鱼肥。""子鱼"并没有消失。子鱼、西施舌、十八娘,是该地物产,连绵千年,依旧存留在人们的记忆中;表现在文学作品之中,则成了地域文化的特征。

中国方言区，闽居其二：闽方言和客家方言。但是闽方言又是五花八门，细分为闽南、闽东、闽北、闽中，莆仙话东南北中都不属，就叫莆仙话。莆仙话，闽南人听不懂、福州（闽东）人也听不懂。明代莆田作家姚旅写了一本《露书》，其《风篇》说，莆语异于中原，但又保留部分古音古字，又说莆语某些土语如"打敌都"（谓习嚣之难制者）等，"不知所解，亦不知所本"，我曾摘录数条与莆生消遣，连他们自己都忍俊不禁。依我推测，1911年以来数十年间，莆仙的行政单位、归属变化无绪，最后还是回到宋元明清的基本建制，一方面是行政区有它的历史稳定性，另一方面，莆、仙二县的特殊方言可能也起了重要的维系作用，把莆仙归到泉州，别扭；莆田专区（市），把讲闽东（福州）方言的闽清、永泰、福清、长乐、平潭纳进来，也别扭。

莆仙科举兴盛，这么小的地盘，不多的人口，兴化一府只辖二县，历代却出了两千多名进士，往北，堪同福州府比肩；往南，也不比泉州逊色，而超越汀、漳、建等州。唐代"九牧林"之说，流传已久；不经意间，"九牧"成了著名商标，可能还遗存着科第官宦的密码。我曾为台湾兰台出版社审过《明清科考墨卷集》的书稿，莆田观察里第旧主人（九牧后人）搜集明代至晚清数千份科考试卷，以供子孙研习之用，用心之良苦，令人叹为观止！科举制度已经消失一百多年，时至今日，一说起莆仙，大家马上想到莆仙人勤学苦读。前十年，我们一位莆仙学生报考复旦王水照先生的博士，面试时一口气背了好多篇刘克庄的诗，过后王先生对我说，他喜欢福建（莆仙）的学生，他们爱读书，会读书。

古代社会，除了颠沛流离或居无常所的极少数人，他们从出生到成长都有一个相对稳定的地域，地域的文化在他们的一生无疑会打下不可磨灭印记。如果这个人不游宦他乡，不外出经商行贾，甚至没有出过远门，老死于乡里，也就是说，终其一生，他只在一个特定的地域之中生活，只在某一个特定的地域文化环境中生活，他的地域文化印记也就只有一个。有些人有科举功名，或其他原因，成人之后不断地变换居所，他所经历的，可能是多个地域，生活在两个以上的地域文化环境氛围之中，但是，他的原乡（出生和生长地）的文化可能长久地留存在他的记忆和生命之中，所谓老大还乡，"鬓毛衰"而"乡音无改"就是这个道理。

朱鹏就是属于王先生说的爱读书会读书的莆田人。他的《宋词与地域文化》二十万言即将出版，嘱我作序。初读书稿，很兴奋。此书讨论的是宋词和地域文化关联的问题，因此我首先想到莆仙的地域文化。莆仙文化除了我们上面谈到的之外，还有莆仙戏、妈祖信仰，莆人性格耿直等。我们讲地域文化，应当抓住地域最主要的特征，而不是泛泛地谈勤劳勇敢、海边邹鲁之类。研究宋词与地域和文化间的关联也是如此。到底宋词的地域文化的最主要特点在何处？杨海明先生曾经很精辟地论述过词是江南都市文学的形式。末鹏顺着这一思路，认为宋词的地域文化特质，一是南方文学，二是都市文学，都谈到点子上了。

讨论宋词的地域文化，两宋之际是一个很值得注意的切入点。宋代和唐代不大一样，唐代没有"北""南"之分，也就是说，南宋的疆域已经比北宋大大缩小，淮河以北已经为金所有，不少士人千方百计南奔。南奔的词人有两类，一类是北方人来到南方，另一类是原本在北方仕宦又回到南方。北方人来到早先不太熟悉的南方，所居地的变迁，文化环境与北方的差异，到了南方的北方人一方面有新鲜感，另一方面则眷恋故土和家园。那些长期仕宦在北方的南方人，对他们来说是"南还"，但是这种南还却充满了苦涩，因为这时国家只剩下半壁江山了，在他们的人生经历中有许多北方的记忆。所以，不论北方人南来，还是南方人南归，都存在一个地域转换的问题，存在着地域文化环境变化的问题。从北宋演化为南宋，由北方转变成南方，时间和空间都产生了巨大变化，无疑影响到词的创作。

作为南方都市文学的词，杨海明先生认为宋词有它独特的意象，例如"水"，又例如"柳"，在宋词作品中大量出现。末鹏研究宋词，从地名入手：江南、杭州及西湖、苏州、金陵、扬州及平山堂。江南一词，隐藏着十分丰富的地域文化密码：杏花桂树，莺鸣燕飞，春雨草长，烟柳画桥，湖光山色，晓风明月，亭台楼榭，檀板红袖，诸多的密码经过词人的取舍组合，就产生了柔媚的、软款的、多情的甚至是香艳的宋词。江南文化密码，造就了要眇宜修的宋词；要眇宜修的宋词，又淋漓尽致地表现了江南的地域文化。"金陵"一词的文化密码也很丰富。金陵作为六朝古都，号称佳丽地、帝王州，其地有秦淮河、桃叶渡、蒋山青溪，华林旧园，宋词的描绘都没有缺席，而末鹏却选取了"怀古"这样一个历史文化元素作金陵地域文化的研究点。不错，金陵曾经是六朝古都，繁华一时，但是繁华的背后却隐藏着痛苦，歌舞的背后却有眼泪，东晋至宋齐梁陈先后对峙的是十六国、北魏、北齐、北周和隋，东晋丢失北方山河之后，南方政权仍然不断受到北方侵扰。这是金陵的历史记忆，也是金陵的文化记忆，从北宋开始，词人的作品就不断浮现这一段记忆。南宋与金的对峙，词人更是以金陵怀古文化来浇他们心中的块垒。禾鹏的论述，使人信服。三年的苏州求学生活，让禾鹏对苏州这座江南古城产生了感情。我一向认为，研究地域文化与文学，研究者必须亲践其地，感受领悟其地的风土语境。《宋词对地域文化的选择性表述》一节，禾鹏以苏州为例，选择垂虹桥和姑苏台两处加以论述，前者论隐逸题材，后者论渗入了隐逸内容的怀古主题，进而讨论宋代苏州的繁华与"繁华主题"在宋代苏州词中缺失的原因。作者认为"宋词对地域文化的反映也是有所选择的"，宋代词人于杭州选择其繁华的都市文化，于金陵选择其历史的怀古文化，于苏州则选择隐逸主题。

　　研究宋词流派，较多地从词的风格入手。禾鹏论述流派，则"引入地域文化的视角，考察地域文化对宋词流派的发生、发展和特征的影响"，这一尝试是有益的。首先，本书论述流派并非面面俱到，而只选择了江西一地进行论述。我们可以体会到禾鹏的良苦用心，因为宋代江西词人的人数仅次于浙江，在全国排第二位，欧阳修、姜夔都是江西籍的大词人；其次，江西是南唐旧地，词的创作有其传统；再次，宋诗中有江西派，从文体上说诗与词是两种不同文体，但诗、词也有相通之处；又次，作为辛派词人的辛弃疾曾为官江西、隐居江西；最后，江西是宋遗民词人最多的省份之一。作为地域文学，江西词人群的确是一个很值得深入研究的课题。

　　禾鹏本科读的是地理系，硕士博士读的都是中国古代文学，我认为这种学科交叉的求学经历也不错。禾鹏师从词学专家杨海明先生治宋词，在选题时发挥了他地理学科的优势，取得了不俗的成绩。《宋词与地域文化》即将出版，祝贺他！相信此书能引起词学界的重视。现在，学术界的研究提倡学科交叉，但是有的单位在录用人才的时候，却强调本、硕、博三个阶段都必须同一专业，认为这样基础才会好，知识才会牢靠，这些单位政策的设计者，假如你能读懂禾鹏这部书的话，结论又将是如何呢？

　　莆田地域文化很独特，我不是莆田人，上文所说莆田某些文化特征，隔靴搔痒，可能未触到痛快处。禾鹏是莆田人，我期待禾鹏能做出一个莆田地域文化背景下的莆田文学的课题，例如刘克庄，不知吾家禾鹏以为可行否？

目 录

绪 论 ·· 1

 第一节　中国古代地域文化—文学思想概述 ·· 1
 第二节　西方的地域文化—文学思想概述 ··· 11
 第三节　近代以来中国的地域文化—文学研究 ····································· 19
 第四节　宋代文化—文学地域性特征 ··· 49
 第五节　本书的思路、内容及研究方法 ·· 55

第一章　宋词的地域文化特质 ·· 60

 第一节　南方文学：宋词的地域文化特质之一 ····································· 60
 第二节　都市文学：宋词的地域文化特质之二 ····································· 74

第二章　地域文化转换变迁与词的创作 ··· 99

 第一节　地域文化空间转换与词的创作 ·· 99
 第二节　地域文化时代变迁与词的创作——以镇江为例 ······················· 131

第三章　地域文化与宋词流派——以江西为例 ·· 145

 第一节　南唐词风与北宋前期江西词派 ··· 148
 第二节　江西诗派的词作及词论 ··· 159
 第三节　江西南渡词人、辛弃疾与辛派词人 ······································ 173
 第四节　南宋江西遗民词人 ·· 184
 第五节　江西词派的总体特征与江西地域文化的关系 ························· 204

第四章　宋词中的地域文化表述 ··· 221

 第一节　宋词中的地名：最直观的地域文化表述 ······························· 221

第二节　宋词中的山水：作为自然的地域文化表述…………… 234

第三节　怀古词：作为历史文化传统的地域文化表述

　　　　——以金陵为例 …………………………………………… 241

第四节　宋词对地域文化的选择性表述——以苏州为例………… 259

余　论 ………………………………………………………………… 274

参考文献 ……………………………………………………………… 276

后　记 ………………………………………………………………… 285

绪　论

本书所述地域文化，概指依托于某个特定的地域，在长期的历史发展过程中，逐渐形成的特征鲜明、性质相对稳定的文化。在开始"宋词与地域文化"研究之前，先来回顾前人关于地理与文明、人地关系以及地域文化—文学的研究。

第一节　中国古代地域文化—文学思想概述

虽然缺乏体大思精的专门著作，但中国古代关于地域文化—文学的思考却非常丰富，分别散见于专门的地理学著作，正史的地理志，地方志，类书中的地理门类，此外，别集、总集以及选集中的序跋、地纪、地赋、游记文学、行旅文学以及人物传记（碑、传、墓志铭等），笔记、诗话、词话、文话等，亦有零散而珍贵的论述。

专门的地理学著作有《尚书·禹贡》《水经注》《读史方舆纪要》等。其中关于人地关系思想的论述，以及关于区划的理论与实践，对地域文化的研究有指导意义。正史地理志的体例由东汉班固《汉书》所开创。《汉书·地理志》记述了全国的政区设置、沿革及各地的山川、户口、物产、民俗和经济发展状况。此后，《后汉书·郡国志》《晋书·地理志》《宋书·州郡志》《南齐书·州郡志》《魏书·地形志》《隋书·地理志》《旧唐书·地理志》《新唐书·地理志》《旧五代史·郡县志》《新五代史·职方考》《宋史·地理志》《辽史·地理志》《金史·地理志》《元史·地理志》《明史·地理志》等正史地理志，记载了中国自西汉迄明各朝行政区划的建制，有的还兼及其区划沿革以及境内自然地理环境、古迹名胜、物产交通、风俗民情。在客观的记载中隐含着历代史官对地域文化的深刻把握，反映了时代的认知水平。中国地方志在春秋战国时期兴起，两汉六朝隋唐时期获得了较大的发展，宋元时趋于完备，明清时臻于鼎盛。地方志的撰述本身就反映了地域文化意识的成熟。而地方志中关于地域山川物产、风土人情、乡贤人物的记述，亦是地域文化的集中体现。此外，文人别集、总集中许多关于地域文化—文学的零章散句、只言片语，也颇为精彩。

大体而言，中国古代关于地域文化的思考主要集中在两个方面。一是理论的阐发，即探讨地域自然环境与地域文化—文学之间的关系。二是南北地域文化—文学差异现象的记述与分析。

一 关于地域文化—文学的理论阐发

中国古人很早就认识到了地理环境对于风俗民情的巨大影响，而生活于其间的人的性格，气质与心理亦受到地理环境、风俗民情的濡染。如《礼记·王制》云："凡居民材，必因天地寒暖燥湿，广谷大川异制。民生其间者异俗，刚柔、轻重、迟速异齐，五味异和，器械异制，衣服异宜。"① 即论述了地理环境对民风习俗的决定性作用。又孟子云："居移气，养移体，大哉居乎！"② 所谓的"居"、"养"在一定程度上即指人的外在环境。这种"人性皆同，居使之异"的观点，荀子也有类似表述："居楚而楚，居越而越，居夏而夏，是非天性也，积靡使然也！"③ 所处的地域文化对人的性格、行为习惯有不可忽视的影响。相近的论述还有《管子·水地》："夫齐之水道躁而复，故其民贪粗而好勇；楚之水淖弱而清，故其民轻果而贼；越之水浊重而洎，故其民愚疾而垢；秦之水泔冣而稽，淤滞而杂，故其民贪戾罔而好事；齐晋之水枯旱而运，淤滞而杂，故其民谄谀葆诈，巧佞而好利；燕之水萃下而弱，沈滞而杂，故其民愚戆而好贞，轻疾而易死；宋之水轻劲而清，故其民闲易而好正。"④《淮南子·坠形训》："土地各以其类生……（人）皆象其气，皆应其类……坚土人刚，弱土人肥，垆土人大，沙土人细，息土人美，耗土人丑。"⑤《国语·

---

① 《礼记·王制》，引文见《礼记正义·王制》，清阮元校刻《十三经注疏》，中华书局1980年版，第1338页。
② 《孟子注疏·尽心上》，《十三经注疏》本，中华书局1980年版，第2786页。
③ 荀况：《荀子集解》，王先谦集解，中华书局1988年版，第144页。
④ 管子：《管子·水地》，引文见《管子校注》，黎翔凤校注，中华书局2004年版，第831页。
⑤ 刘安：《淮南子·坠形训》，引文见《淮南子集释》，何宁集释，中华书局1998年版，第33页。

鲁语下》："沃土之民不材，逸也；瘠土之民莫不向义，劳也。"① 而司马迁《史记》更是有着丰富的地域文化思想。②《史记·货殖列传》将具体地域的自然环境与其民情风俗联系起来，如"楚越之地，地广人希，饭稻羹鱼，或火耕而水耨，果隋蠃蛤，不待贾而足，地埶饶食，无饥馑之患，以故呰窳偷生，无积聚而多贫。是故江淮以南，无冻饿之人，亦无千金之家。沂、泗水以北，宜五谷桑麻六畜，地小人众，数被水旱之害，民好畜藏，故秦、夏、梁、鲁好农而重民。三河、宛、陈亦然，加以商贾。齐、赵设智巧，仰机利。燕、代田畜而事蚕。"③"齐带山海，膏壤千里，宜桑麻，人民多文彩布帛鱼盐。临淄亦海岱之间一都会也。其俗宽缓阔达，而足智，好议论，地重，难动摇，怯于众斗，勇于持刺，故多劫人者，大国之风也。"④ 司马迁将地理环境与民情风俗相联系的论述方法为后世所遵循。如《汉书·地理志》言："凡民函五常之性，而其刚柔缓急，音声不同，系水土之风气，故谓之风；好恶取舍，动静亡常，随君上之情欲，故谓之俗。"⑤ 是书还曾具体论述："邯郸北通燕、涿，南有郑、卫，漳、河之间一都会也。其土广俗杂，大精急，高气势，轻为奸。"⑥ 又如朱熹亦云："（魏）其地狭隘，而民贫俗俭，盖有圣贤之遗风焉。"⑦"（唐风）其地土瘠民贫，勤俭质朴，忧思深远，有尧之遗风焉。"⑧ 再如唐顺之亦曰："西北之音慷慨，东南之音柔婉，盖昔人所谓水土之风气，而先王律之以中声者。……故其陈之则足以观其风，其歌之则足以贡其俗。"⑨

地理环境影响了民情风俗，也影响了生活在其中的人。作为创作主体的作家，自然也不例外。地理环境—作家—文学作品的影响关系，古人也曾给予清晰的勾勒。《礼记·乐记》："音之起，由人心生也。人心之动，

---

① 左丘明：《国语·鲁语下》，引文见《国语集释》，徐元浩集释，中华书局2002年版，第194页。

② 参见陶礼天《司马迁的地域文化观——读〈货殖列传〉》，《中国文化研究》1995年春之卷，第30—36页。

③《史记·货殖列传》，中华书局1959年版，第3270页。

④ 同上书，第3265页。

⑤《汉书·地理志》，中华书局1962年版，第1640页。

⑥ 同上书，第1656页。

⑦ 朱熹：《诗经集传》，上海古籍出版社1987年版，第43页。

⑧ 同上书，第45页。

⑨ 唐顺之：《东川子诗序》，《荆川集》卷六，《文渊阁四库全书》本。

物使之然也。感于物而动，故形于声。"① 此处的"物"，可以理解成是外界的自然环境，因物而感，故形于"声"，那么，也可以因物而感，形于文学作品。正如钟嵘所言"若乃春风春鸟，秋月秋蝉，夏云暑雨，冬月祁寒，斯四候之感诸诗者也"。② "气之动物，物之感人，故摇荡性情，形诸歌咏。"③ 的确，在自然环境中，"物色相招，人谁获安"④，所以作家"登山则情满于山，观海则意溢于海"⑤，自然环境的变迁往往激荡着作家的心灵："悲落叶于劲秋，喜柔条于芳春。心懔懔以怀霜，志眇眇而临云。"⑥ "凡斯种种，感荡心灵，非陈诗何以展其义？非长歌何以骋其情？"⑦ 地域自然和人文环境对作家心灵的影响感荡，是文学作品创作的原动力之一。

不同地域的自然和人文环境，对作家的性格、心理、气质与审美好恶的影响自然不同，故而不同地域的文学作品风貌也有所差异。据此，古人形成了以地域区分文化—文学的视角。如《诗经》十五国风的分类，即是这种地域文化—文学视角的体现。又如班固《汉书·地理志》划野分州，兼及水土风气与民间习俗的关系并证以《诗经》。如：

> 天水陇西，山多林木，民以板为室屋，及安定、北地、上郡、西河，皆迫近戎狄。修习战备，高上气力，以射猎为先。故《秦诗》曰："在其板屋"。又曰："王于兴师，修我甲兵，与子偕行。"及《车辚》、《四载》、《小戎》之篇，皆言车马田狩之事。⑧

班固揭示了地理环境及其地的风俗民情与文学创作之间的联系。后代

---

① 《礼记·乐记》，引文见《礼记正义》，《十三经注疏》下册，中华书局1980年版，第1527页。
② 钟嵘：《诗品注·总论》，陈延杰注，人民文学出版社1961年版，第2页。
③ 同上书，第1页。
④ 刘勰：《文心雕龙注》卷十《物色第四十六》，范文澜注，人民文学出版社1958年版，第693页。
⑤ 刘勰：《文心雕龙注》卷六《神思第二十六》，范文澜注，人民文学出版社1958年版，第494页。
⑥ 陆机：《文赋》，《文选》卷一七，中华书局1977年版，第240页。
⑦ 陈延杰注：《诗品注·总论》，人民文学出版社1961年版，第3页。
⑧ 《汉书·地理志下》，中华书局1962年版，第1644页。

论者延续了班固的思路。如汉末曹丕言徐幹"时有齐气"。① 《文选》李善注解释道："言齐俗文体舒缓，而徐幹亦有斯累。"② 徐幹为齐人。而在古人看来，"齐气"向为舒缓。《左传》襄公二十九年载公子札来观周乐，乐工"为之歌齐，曰：'美哉！泱泱乎大风也哉！'"服虔注："泱泱，舒缓深远，有大和之意。"③ 《汉书·朱博传》："齐郡舒缓养名。"颜师古注："言齐人之俗，其性迟缓，多自高大以养声名。"④ 《论衡·率性》："楚越之人处庄岳之间，经历岁月，变为舒缓，风俗移也。"⑤ 庄岳，齐街里名。齐地的舒缓风俗，也影响了作家的个性与文学风格。朱熹亦言："某尝谓气类近，风土远。气类才绝，便从风土去。且如北人居婺州，后来皆做出婺州文章，间有婺州乡谈在里面者。如吕子约（祖谦）辈是也。"⑥ 朱熹认为，影响文章风格的主要有两种因素：一是作家自身的气质，二是地域文化环境。而吕祖谦文风的变化与婺州的地域文化环境是分不开的。

  刘勰也对地理环境与作家及其作品风格有精到的论述。《隐秀》篇："朔风动衰草，边马有归心，气寒而事伤，此羁旅之怨曲也。"⑦ 论述了地理环境对文学风格的影响。其在《物色》篇中提出了"江山之助"的重要概念："若乃山林皋壤，实文思之奥府，略语则阙，详说则繁。然屈平所以能洞监风骚之情者，抑亦江山之助乎！"⑧ 刘勰指出了楚国江山景物对屈原文学成就的帮助之功，也在某种程度上肯定了自然地理环境对文学的作用与影响。刘勰的"江山之助"一直是中国古典诗学重要的理论命题，得到了后代学者、作家不约而同的响应。如王勃《越州秋日宴山亭序》即言："东山可望，林泉生谢客之文；南国多才，江山助屈平之气。"有论者亦以为唐代张说，"既谪岳州，而诗益凄惋，人谓得江山助。"⑨ 宋

---

① 曹丕：《典论·论文》，《文选》卷五二，第720页。
② 同上。
③ 《左传》，引文见《史记》卷三十一，中华书局1959年版，第1452页。
④ 《汉书》卷八十三《薛宣朱博传》，第3400页。
⑤ 王充：《论衡·率性》，引文见《论衡校释》，黄晖校释，中华书局1990年版，第79页。
⑥ 黎靖德编：《朱子语类》卷一四〇《论文下》，中华书局1986年版，第3335页。
⑦ 刘勰：《文心雕龙注》卷八《隐秀第四十》，范文澜注，人民文学出版社1958年版，第632页。
⑧ 同上书，第694—695页。
⑨ 欧阳修、宋祁：《新唐书》卷一百二十五《张说传》，中华书局1975年版，第4410页。

祁还言："江山之助，本出楚人之多才。"① 范仲淹言："文藻凌云处，定喜江山助。"② 陆游《偶读旧稿有感》亦言："挥毫当得江山助，不到潇湘岂有诗。"徐渭又言："文章本许江山助，藻翰元抽草木妍。"③

有的论者虽然没有应用"江山之助"的说法，但其论述的逻辑与刘勰颇为契合。司马迁自序曰："迁生龙门，耕牧河山之阳。年十岁则诵古文。二十而南游江、淮，上会稽，探禹穴，窥九疑，浮于沅、湘。北涉汶、泗，讲业齐鲁之都，观孔子之遗风，乡射邹、峄。厄困鄱、薛、彭城，过梁、楚以归。"④ 而苏辙《上枢密韩太尉书》言："文者气之所形。然文不可以学而能，气可以养可致。……太史公行天下，周览四海名山大川，与燕、赵间豪俊交游，故其文疏荡，颇有奇气。"⑤ 在苏辙看来，司马迁为文之所以"颇有奇气"，与"周览四海名山大川"是分不开的。葛胜仲《陈去非诗集序》论陈与义诗歌曰："会兵兴抢攘，避地湘广，……虽流离困厄，而能以山川秀杰之气益昌其诗，故晚年赋咏亦工。"陈与义的晚年诗歌成就同他从靖康元年（1126）至绍兴元年（1131）五年间的经历有密切关系。五年间，他辗转流徙于河南、两湖、广东等地，人在他乡的艰难，以及与中原故乡相异的南方风物，开拓了他的视野，使其诗歌的创作进入了一个新的阶段。文天祥也持类似观点，其《书汪水云诗后》评汪元量诗曰："读之如风樯阵马，快逸奔放。询其故，得于子长之游。嗟乎异哉！"龚自珍对地理环境与文学风格之间的关系极为重视，以至于提出"为恐刘郎英气尽，卷帘梳洗望黄河"（《己亥杂诗》）、"自嫌诗少幽燕气，故作冰天跃马行"（《将之京师杂别》）。

二 南北地域文化—文学差异现象的记述与分析

中国古代的文化，南北差异要大过东西差异。这一方面是因为中国的水系大多自西向东。大江大河有效地沟通了上游与下游（即西与东）之间的交流，又在一定程度上阻隔了两岸（南与北）的融合。如俞樾《九九销夏录》言："群分类聚，凡事皆然。言南北不言东西，何也？愚尝

---

① 宋祁：《江上宴集序》，《景文集》卷四十五，《文渊阁四库全书》本。
② 范仲淹：《送谢景初廷评宰余姚》，《范仲淹全集》，李勇先、王蓉贵校点，四川大学出版社2002年版，第63页。
③ 徐渭：《南明篇为翰撰诸君》，《浙江通志》卷二百七十三，《文渊阁四库全书》本。
④ 《史记》卷一三〇，第3293页。
⑤ 苏辙：《上枢密韩太尉书》，《苏辙集》第二册，中华书局1990年版，第381页。

谓，南条之水江为大，北条之水河为大。西北之地，皆河所环抱，故三代建都皆在河北。东南之地，皆江所环抱，故荆楚之强，自三代至今未艾。南北之分，实江河大势使然也。"① 另一方面，也是因为南、北不同的地理环境滋养出不同的地域文化。中国地理以秦岭—淮河为南北界限。南方、北方在地理环境上相差甚大。"橘生淮南则为橘，生于淮北则为枳。叶徒相似，其实味不同。所以然者何？水土异也。"② 在这里，水土可以理解成地理自然环境。南北相异的地理环境滋养了不同的地域文化。具体而言，如气候上北方以温带季风气候为主，南方以亚热带季风气候为主；地貌上，北方多地势平坦的高原和平原，南方多丘陵山地，河网密布。地理上的差异导致了生活生产方式的差异。在交通方式上，北方草场众多，适宜畜牧，故北方多以马匹代步；南方水系发达，方便舟楫，所以漕运发达。在饮食习惯上，北方气候适宜种植喜寒耐旱的小麦，故北方多面食；而南方盛产水稻，故南方多以米为主。在语言上，北方地势平坦，交通相对便利，故而北方的语言比较单一；而南方山高林密，交通闭塞，内部交流不畅，故而形成了丰富复杂的方言区。又相对而言，中国的北方开发较早，故北宋以前，中国政治中心大体都在北方；南方地形崎岖，气候炎热，降雨量大，古人很难适应，所以南方开发较迟。然而，北宋以来，随着社会的发展，中国的社会文化、经济重心也呈现出逐渐南移的趋势。③

中国古人很早就认识到南方、北方地域文化的不同。如《礼记·中庸》④ 载：

> 子路问强。子曰："南方之强与，北方之强与？抑而强与？宽柔以教，不报无道，南方之强也，君子居之；衽金革，死而不厌，北方之强也，而强者居之。故君子和而不流，强哉矫。中立而不倚，强哉矫。国有道，不变塞焉，强哉矫。国无道，至死不变，强哉矫。"

---

① 俞樾：《九九销夏录》卷十四"南北"条，中华书局1995年版，第152页。
② 《晏子春秋集释》卷六，吴则虞集释，中华书局1962年版，第392页。
③ 参见陈正祥《中国文化地理》第一章《中国文化中心的迁移》，生活·读书·新知三联书店1983年版，第1—23页。
④ 《礼记·中庸》，引文见《礼记正义》卷五十二《中庸》，《十三经注疏》本，第1626页。

对于孔子这段话，郑玄注曰："南方以舒缓为强，不报无道，谓犯而不较也"；"衽，犹席也，北方以刚猛为强。"孔颖达疏云："南方谓荆阳之南，其地多阳，阳气舒散，人情宽缓和柔，假令人有无道加己，己亦不报。和柔为君子之道，故云君子居之。"又言："北方沙漠之地，其地多阴，阴气坚急，故人性刚猛，恒好斗争，故以甲铠为席，寝宿于中，至死不厌，非君子之所处，而强梁者居之。"① 孔子区分了南方之强与北方之强的不同，郑玄进而分析："南方以舒缓为强"，"北方以刚猛为强"，而唐代的孔颖达则更进一步，将南方之强的和柔舒缓与荆南之地多阳，北方之强的刚猛好斗与沙漠之地的多阴相互联系，指出了南北地理环境与文化气质的关联性差异。

梁刘勰言："涂山歌于候人，始为南音；有娀谣乎飞燕，始为北声。"② 而北齐颜之推《颜氏家训》中也进行了大量的南北地域文化差异的比较，如：

> 南人冬至岁首，不诣丧家；若不修书，则过节束带以申慰。北人至岁之日，重行吊礼；礼无明文，则吾不取。南人宾至不迎，相见捧手而不揖，送客下席而已；北人迎送并至门，相见则揖，皆古之道也，吾善其迎揖。③

> 昔者，王侯自称孤、寡、不穀，自兹以降，虽孔子圣师，与门人言皆称名也。后虽有臣仆之称，行者盖亦寡焉。江南轻重，各有谓号，具诸书仪；北人多称名者，乃古之遗风，吾善其称名焉。④

> 南方水土和柔，其音清举而切诣，失在浮浅，其辞多鄙俗。北方山川深厚，其音沉浊而鈋钝，得其质直，其辞多古语。然冠冕君子，南方为优；闾里小人，北方为愈。易服而与之谈，南方士庶，数言可辩；隔垣而听其语，北方朝野，终日难分。而南染吴、越，北杂夷虏，皆有深弊，不可具论。⑤

---

① 《礼记正义》卷五十二《中庸》，《十三经注疏》本，第1626页。
② 《文心雕龙注·乐府第七》，第101页。
③ 颜之推：《颜氏家训》，引文见《颜氏家训集解》（增补本）卷二《风操》，王利器集解，中华书局1993年版，第77页。
④ 同上书，第78页。
⑤ 《颜氏家训集解》（增补本）卷七《音辞》，第529—530页。

《颜氏家训》对南北方的习俗、称谓，以及音辞进行了一番比较。诚如明人于慎行所言："其撮南北风土，俊俗具陈，是考世之资也。"① 颜之推还对南北文学批评风气的差异也做出了判断。

> 江南文制，欲人弹射，知有病累，随即改之，陈王得之于丁廙也。山东风俗，不通击难。吾初入邺，遂尝以此忤人，至今为悔；汝曹必无轻议也。②

又唐魏征《隋书·文学传序》："江左宫商发越，贵于清绮；河朔词义贞刚，重乎气质。气质则理胜其词，清绮则文过其意。理深者便于时用，文华者宜于咏歌。此其南北词人得失之大较也。"③ 稍后的李延寿的《北史·文苑传序》将此段话加以抄录，反映了时人对"江左"、"河朔"的文学差异有着一致的认识。

宋代以后，关于南北地域文化差异的论述越来越多。以宋代为例。宋祁曾言："东南，天地之奥藏，宽柔而卑；西北，天地之劲方，雄尊而严。故帝王之兴，常在西北，乾道也；东南，坤道也。东南奈何？曰：其土薄而水浅，其生物滋，其财富，其为人剽而不重，靡食而偷生，士懦脆而少刚，笮之则服。西北奈何？曰：其土高而水寒，其生物寡，其财确，其为人毅而近愚，食淡而勤生，士沉厚而少慧，屈之不挠。"④ 宋祁的论述和前代颇为相似，思路大体沿地域方位—地域物产—地域文化性格渐次展开。以地域论人、论事、论文的视角在宋代颇为盛行。最著名的便是宋太祖的禁中誓碑："祖宗开国，所用将相皆北人，太祖刻石禁中，曰：'后世子孙，无用南士作相，内臣主兵。'"⑤ 宋太祖的这种偏见，后世却不乏赞同者。如"陈公莹中，闽人也。而专主北人，以北人而后可以有为，南人轻险易变，必不可以有为。"⑥ 又晁说之分析南北之儒学的不同："南方之学异乎北方之学，古人辨之屡矣。大抵出于晋魏分据之后，其在

---

① 于慎行：《颜氏家训后叙》，《颜氏家训集解》（增补本）附录一《序跋》，第618页。
② 《颜氏家训集解》（增补本）卷四《文章》，第279页。
③ 《隋书》，中华书局1972年版，第1730页。
④ 《宋景文公笔记》卷下《杂说》，《文渊阁四库全书》本。
⑤ 邵伯温：《邵氏闻见录》卷一，《宋元笔记小说大观》第二册，上海古籍出版社2001年版，第1700页。
⑥ 《童蒙训》卷中，《文渊阁四库全书》本。

隋唐间犹云尔者，不惟其地而惟其人也。盖南方北方之强，与夫商人、齐人之音，其来远矣。今亦不可诬也。师先儒者，北方之学也。主新说者南方之学也。"①貌似客观的言论，其实暗含对南方新学的不满。持论近似的还有陈造。

> 昔人论南北学异，古今几不可易。北方之人，如拙者用富，多才而后为富。若南士之学，富而为富不少，至内虽歉外若充足，莫能窥之者良多。用其才，南北巧拙，甚霄壤也。淮乡近中土，学者滞顿椎朴，投技主司，往往非南人敌。我其尤也：得一乃能用一，非入无以为出。坐是孜孜矻矻，必苦心极劳历年之久，仅乃得之。然得之晚，学之亦不蚤，犹窃有可谗者。吾儿学之蚤矣，然其齿乡书与吾相若，其迟莫类吾。由其滞顿椎朴类吾故。皆足以贻南方笑且侮，虽然，南方之秀粹拔异兼人者多矣，亦有苦心极劳，历久过吾而终无成者，吾自视常缺然而竟亦得之。兹岂非有阴制而默赋者乎？制之天，赋之命，其不当专责之人乎？至此昔人南北之论，似又未容县定而取决耳。今为南宫行，当信所学，固所守，信则不迁，就以外怵；固则不摇，夺以苟狗。才用其完，气全所养，舒徐豫逸，以听夫阴制默赋于工拙之外。外是，非吾所以望汝。②

当然，宋代也存在对南北地域文化差异的客观分析。如："西北东南，人材不同。"③"大抵人性类其土风。西北多山，故其人重厚朴鲁。荆扬多水，其人亦明慧文巧。而患在轻浅，旴鬲可见于眉睫间。不为风俗所移者，唯贤哲为能耳。"④"东南多文士，西北饶武夫，风声气俗，从古则然。"⑤最值得注意的是，宋孝宗曾言南北之文的不同："北方之文豪放，其弊也粗；南方之文缜密，其弊也弱。"⑥

遵循南北不同地域、文化—文学风格不同的思路，更多的论者开始具

---

① 晁说之：《景迂生集》卷十三《南北之学》，《文渊阁四库全书》本。
② 陈造：《江湖长翁集》卷二十三《送师文赴春官试序》，《文渊阁四库全书》本。
③ 程颢、程颐：《二程集》卷三，王孝鱼点校，中华书局1981年版，第63页。
④ 庄绰：《鸡肋编》卷上，《宋元笔记小说大观》第四册，第3983页。
⑤ 黄公度：《知稼翁集》卷下《送郑少齐赴官严州序》，《文渊阁四库全书》本。
⑥ 《宋史全文》卷二十六下，《文渊阁四库全书》本。

体分析更次一级的地域文化—文学。如《宋史·地理志》即分析各地人才性格的差异，如："（京东路）大率东人皆朴鲁纯真，甚者失之滞固，然专经之士为多"、"洛邑为天地之中，民性安舒，而多衣冠旧族。然土地褊薄，迫于营养"、"（河东路）其俗刚悍而朴直，勤农织之事业，寡桑柘而富麻苧。善治生，多藏蓄，其靳啬尤甚"、"（江南东、西路）其俗性悍而急，丧葬或不中礼，尤好争讼，其气尚使然也。"①

这种小范围地域的文化—文学特征研究，其延续的仍是南方差异论述中的地域视角，即地域水土与文化—文学之间的关联性考察。这方面的论述在正史地理史、地方志以及各类文集别集中大量存在，兹从略。

第二节 西方的地域文化—文学思想概述

关于地域文化—文学的观点，西方学者也有着丰富的论述。他们大多着眼于人与地域环境之间的关系。有的虽然没有直接论述到地域文化—文学，但他们关于人地关系的思考，对地域文化—文学的研究启发甚大。本书摘要选取对中国地域文化—文学研究影响较大的学者和观点，分哲学、历史与地理学、文学三部分进行考察。

一 哲学学者与人地关系思想

古典时期的许多哲学学者都曾论及地理环境对人的体格、气质和精神的影响。古希腊时代，希波克拉底认为气候决定了人类的特性，气候和季节变换可以影响人类的肉体和心灵。修昔底德、色诺芬等人在重视气候影响的同时，也强调地区的水平和垂直构造及土质肥瘠对于人类生活方式所产生的影响。② 柏拉图则认为人类精神生活与海洋密切相关。③ 亚里士多德更进一步，将地理环境与政治制度联系起来，认为地理位置、气候、土壤等影响个别民族特征与社会性质。处于炎热与寒冷气候之间的希腊半

---

① 引文均见《宋史·地理志》，中华书局1985年版，第2093—2251页。
② 参见阿尔夫雷德·赫特纳《地理学——它的历史、性质和方法》，商务印书馆1986年版，第20—21页。
③ 柏拉图：《理想国》第10卷，商务印书馆1986年版，第419—423页。

岛，赋予了希腊人优良的品性，并促成希腊人组织起良好的政府。①

法国著名启蒙思想家孟德斯鸠（1689—1755）将亚里士多德的论证扩展到不同气候的特殊性对各民族生理、心理、气质、宗教信仰、政治制度的决定性作用。其著作《论法的精神》认为人的气质性格的形成，"气候的影响是一切影响中最强有力的影响。"② 寒冷的气候使人坦率诚实，精力充沛，勇敢而有信心；而炎热气候中的人们则颓唐懒惰，胆怯无力。人的气质性格又决定了其国家的政治法律制度，"气候王国才是一切王国的第一位"，热带地方通常为专制主义笼罩，温带形成强盛与自由的民族。③ "阿提卡土壤贫瘠，因而建立了平民政治；拉栖代孟的土壤肥沃，因而建立了贵族政治。……如果从自然特质来说，小国宜于共和政体，中等国宜于君主治理，大帝国宜于由专制君主治理的话，要维持原有政体的原则，就应该维持原有的疆域，疆域的缩小或扩张都会变更国家的精神。"④

黑格尔（1770—1831）延续并发展了孟德斯鸠"地理环境决定论"思想，将地理环境看作是历史主要的而且是必要的基础。他把整个世界的地理环境划分为三种类型："（1）干燥的高地，广阔的草原和平原。（2）平原流域，——是巨川、大江所流过的地方。（3）和海相连的海岸区域。"⑤ 黑格尔认为，由于地理环境的不同，这三种区域的民族性格和社会生活都有较大不同。生活在第一种地区的民族过着游牧生活，其政治生活的特点是家长制。生活在第二种区域的是农耕民族。生活在第三种区域的民族则"则追求利润，从事商业"。⑥ 当然，黑格尔的思想是辩证的，他论述到地理环境与文学的关系时曾说："爱奥尼亚的明媚的天空固然大大地有助于荷马诗的优美，但是这个明媚的天空不能单独产生荷马。"⑦

马克思、恩格斯则倾向于认为地理自然环境对人类活动有影响，但不是决定性的影响。首先，他们承认地理自然环境在人类社会发展中的重要

---

① 亚里士多德：《政治学》第7卷第7节，载苗力田主编《亚里士多德全集》第9卷，中国人民大学出版社1994年版，第243—245页。
② 孟德斯鸠：《论法的精神》，商务印书馆1961年版，第311页。
③ 孟德斯鸠：《论法的精神》第3卷第14—18章，第227—303页。
④ 孟德斯鸠：《论法的精神》第1卷第8章第20节，第126—127页。
⑤ 黑格尔：《历史哲学》，生活·读书·新知三联书店1956年版，第123、131、132页。
⑥ 同上书，第132—135页。
⑦ 同上书，第136页。

作用："人靠自然界生活。……因为人是自然界的一部分。"① 人作为自然界的一部分，必然受到自然的左右："这些条件（即'各种自然条件——地质条件、地理条件、气候条件以及人们所遇到的其他条件'。——引者按）不仅制约着人们最初的、自然产生的肉体组织，特别是他们之间的种族差别，而且直到如今还制约着肉体组织的整个进一步发达或不发达。"② 国家的政治制度、经济、文化生活也受到地理环境的深刻影响。"爱尔兰的不幸起源于远古的时代；这种厄运从石炭系岩层一形成就开始了。一个国家，煤层被冲蚀，而又紧邻一个煤产丰富的大国，因此好像大自然本身已经作出这样的判决：面对着这一未来的工业强国，它只好长期保持为一个农民国家。"③ "资产阶级文明沿着海岸、顺着江河传播开来。内地，特别是贫瘠而交通阻塞的山区就成了野蛮和封建的避难所。这种野蛮特别集中于远离海洋的南部德意志和南部斯拉夫区域。这些远离海洋的地方因阿尔卑斯山脉而跟意大利的文明隔绝，因波希米亚山脉和莫拉维亚山脉而跟北德意志的文明隔绝，同时碰巧又都位于欧洲唯一反动的河流的流域之内。多瑙河非但没有为它们开辟通向文明的道路，反而将它们和更加粗野的地区连接了起来……多瑙河、阿尔卑斯山脉、波希米亚的悬崖峭壁，这就是奥地利的野蛮和奥地利君主国赖以存在的基础。"④

但马克思、恩格斯同时也认为自然对人类的影响并非一成不变。"外界自然条件在经济上可以分为两大类：生活资源的自然富源，例如土壤的肥力，鱼产丰富的水等；劳动资料的自然富源，如奔腾的瀑布，可以航行的河流、森林、金属、煤炭，等等。在文化初期，第一类富源具有决定性的意义；在较高的发展阶段，第二类富源具有决定性的意义。"⑤ 人与地理环境的关系是随着生产力的发展而发展改变的。同时，马克思辩证地认

---

① 马克思：《1844年经济学哲学手稿》，《马克思恩格斯全集》第42卷，人民出版社1979年版，第95页。
② 马克思、恩格斯：《德意志意识形态》，《马克思恩格斯全集》第3卷，人民出版社1960年版，第23页。
③ 恩格斯：《爱尔兰史》，《马克思恩格斯全集》第16卷，人民出版社1964年版，第530页。
④ 恩格斯：《奥地利末日的开端》，《马克思恩格斯全集》第4卷，人民出版社1958年版，第517页。
⑤ 马克思：《资本论》第1卷，《马克思恩格斯全集》第23卷，人民出版社1972年版，第560页。

为："人创造环境，同样环境也创造人。"① 人在接受自然的影响之时充分发挥了人的主观能动性，"自然主义的历史观（例如，德莱柏和其他一些自然科学家都或多或少有这种见解）是片面的，它认为只是自然界作用于人，只是自然条件到处在决定人的历史发展，它忘记了人也反作用于自然界，改变自然界，为自己创造新的生存条件。"②

恩格斯还曾论述了地理环境与文学的影响。1890年，恩格斯在给爱因斯特的信中论及挪威文学，就考虑到了斯堪的纳维亚的地理位置及自然条件，对19世纪末叶挪威文学繁荣的影响。马克思、恩格斯关于人与地理环境关系的辩证思想，对地域文化—文学的思考有指导意义。

马克思、恩格斯思想的继承者普列汉诺夫认为："地理环境对于社会人的影响，是一种可变量，被地理环境特征所决定的生产力的发展，增加了人类控制自然的权力，因而使人类对周围的地理环境发生了一种新的关系。"③ 其强调："自然界对社会生产力状况，并且通过生产力状况对人类的全部社会关系以及人类的整个思想上层建筑产生影响。"④ 在《论唯物主义的历史观》中他又明确指出："每一个民族的气质中，都保存着某些为自然环境的影响所引起的特色……这些民族气质的特色对于某些思想体系的历史，譬如艺术史，给予一种毫无疑问的影响。"⑤

要特别提到的是曾对我国思想理论界产生过重大影响的斯大林的观点。斯大林对"地理环境决定论"持批判态度："因为社会的变化和发展比地理环境的变化和发展快得不可比拟"，"在几万年间几乎保持不变的现象，绝不能成为在几百年间就发生根本变化的现象发展的主要原因"，"欧洲在三千年内已经变换过三种不同的社会制度……可是，在同一时期内，欧洲的地理条件不是完全没有变化，而是变化极小，连地理学也不愿

---

① 马克思、恩格斯：《德意志意识形态》，《马克思恩格斯全集》第3卷，人民出版社1960年版，第43页。
② 恩格斯：《自然辩证法》，《马克思恩格斯全集》第20卷，人民出版社1971年版，第574页。
③ 普列汉诺夫：《马克思主义的基本问题》，《普列汉诺夫哲学著作选集》第3卷，生活·读书·新知三联书店1961年版，第170页。
④ 普列汉诺夫：《黑格尔逝世六十周年》，《普列汉诺夫哲学著作选集》第1卷，生活·读书·新知三联书店1959年版，第484页。
⑤ 普列汉诺夫：《论唯物主义的历史观》，《普列汉诺夫哲学著作选集》第1卷，生活·读书·新知三联书店1959年版，第186页。

提到它。"① 斯大林认为："地理环境无疑是社会发展的经常的和必要的条件之一，它当然影响到社会的发展——加速或者延缓社会发展进程但是它的影响并不是决定的影响"，"地理环境不可能成为社会发展的主要的原因、决定的原因"。② 斯大林虽然肯定了地理环境是社会发展的必要条件之一，但其内在的逻辑却根本否定了地理环境对社会发展的作用。斯大林的观点曾被奉为马克思主义唯物史观的组成部分，其不容置疑的语气使得任何探讨的企图都为之却步，地域文化—文学理论长期噤声。

二 历史、地理学者的人地关系思想

在很长的一段时间里，地理学一直是历史学的分支学科。所以，很多历史学者和地理学者一样提出了富有创见的地域文化—文学思想。西方"史学之父"希罗多德（公元前484—前425年）曾有"温和的土地产生温和的人物"③ 之名言。英国史学家巴克尔（1821—1861）将气候、土壤等地理情况视为对人类历史发展起重要作用的因素。④ 他的历史学体系的基本框架是地理环境、气候条件影响人的生理，生理差异导致人的不同精神和气质，因而形成不同的社会历史。在其《英国文明史》⑤ 一书中，巴克尔专门论述了环境对社会组织和个人气质的影响，并把个人和民族特征归之于自然环境的效果。巴克尔及其《英国文明史》在中国有较广的传播和影响⑥，对中国地域文化—文学的研究有促进作用。

英国史学家 A. J. 汤因比（1889—1975）则认为地理环境在文明起源上"不足成为积极因素"。⑦ 他说："格兰德河流域（在美国与墨西哥的边界上）和美国科罗拉多河流域同埃及和美索不达米亚的环境条件是完全一样的。……却没有让他们两岸原有的居民创造这种奇迹……""安第斯文明是在一片高原上出现"，"在非洲东部的高原"并未能"创造"文明"社会"。"中国文明有时被称为是黄河的产物，因为它正巧是在黄河

---

① 斯大林：《论辩证唯物主义与历史唯物主义》，《斯大林选集》，人民出版社1979年版，第440页。
② 同上。
③ 希罗多德：《历史》，商务印书馆1959年版，第844页。
④ 巴克尔：《英国文明史》，转引自孙秉莹《欧洲近代史学史》，湖南人民出版社1984年版，第384—385页。
⑤ 亦译为《英国文化史》，博克尔著，胡肇椿译，商务印书馆1937年版。
⑥ 参见李孝迁《巴克尔及其〈英国文明史〉在中国的传播和影响》，《史学月刊》2004年第8期。
⑦ A. J. 汤因比：《历史研究》，曹未风等译，上海人民出版社1986年版。

流域出现的，但是多瑙河流域虽在气候特点、土壤、平原及山地面貌上同黄河非常相似，它却没有产生相似的文明。"法国年鉴学派史学大师布罗代尔（1902—1985）《腓力二世时代的地中海与地中海世界》（1949年），亦注意分析山脉、高原、平原、海洋、岛屿和气候等地理因素在社会历史发展中所产生的影响。① 但他仅是认为地理环境的因素在历史发展中起某种作用甚至重要的作用，而不是决定性的作用，与孟德斯鸠"地理环境决定论"还是有区别的。

近代地理学的创始人洪堡（1769—1859）和李特尔（1779—1859）都是不同程度上的地理环境决定论者。李特尔关于地理环境决定人类的空间分布和人类活动方式的理论成为19世纪地理学的主流。② 其后，拉采尔（1844—1904）在《人类地理学》一书中详细探讨了地球表面居民分布、人类迁移和民族特性等对自然环境的依赖关系，认为地理环境从多方面控制人类，对人类生理机能、心理状态、社会组织和经济发达状况均有影响，并决定着人类迁移和分布。因而地理环境野蛮地、盲目地支配着人类命运。③ 20世纪初，法国地理学家白吕纳继承了其师维达尔·白兰士的观点，认为"环境虽足以影响人类之活动，人类也有操纵与征服环境之能力"。其与"地理环境决定论"观点相异的理论又被称为"或然论"。

美国地理学家亨丁顿（1876—1947）《亚洲的脉动》（1907）一书，提出中国历史上气候变迁与外患内乱有关，例如东晋五胡乱华、北宋时契丹女真寇边、明末流寇和清朝入关，都是因为满蒙、中原和中亚气候转旱，乃不得不铤而走险，四处劫掠。《气候与文明》（1915）一书，特别强调了气候对人类文明的决定性作用。认为人类文化只能在具有刺激性气候的地区才能发展，而热带气候单调，居民生活将永远陷入贫困。④

此外，英国人P. 罗士培的适应论，美国人H. 巴罗斯的人类生态论以及德国的施吕特尔和美国的卡尔·苏尔提出了文化景观论等，地理学界关于人地关系的论述虽然观点各异，但地理学者对人地关系、地理与文明

---

① [法]布罗代尔：《腓力二世时代的地中海与地中海世界》（英文），中国社会科学出版社1999年版。

② 参见普雷斯顿·詹姆斯、杰弗雷·马丁《地理学思想史》第6章，李旭旦译，商务印书馆1982年版，第143—167页；阿尔夫雷德·赫特纳：《地理学——它的历史、性质和方法》第1编第5章第1节，王兰生译，商务印书馆1983年版，第89—106页。

③ 参见《地理学思想史》第8章，第210—214页；《地理学的性质》，第89—92页。

④ 参见《地理学思想史》，第352—354页。

的思考，持续影响着地域文化—文学的研究的深入。

三 文学批评家对地域文化—文学的理论思考

与哲学、历史、地理学者比较，文学批评家们对地域文化—文学的思考更加切近。如赫尔德（1744—1803）主张从诗同民族、地理、历史之间的关系，来研究文学史。① 19世纪法国评论家史达尔夫人在比较西欧各国文学差异时特别强调不同民族或地域的文学与各自的自然环境之间的关系。她把西欧分为南北两方，"希腊人、拉丁人、意大利人、西班牙人和路易十四时代的法兰西人属于我称之为南方文学这一类型。英国作品、德国作品、丹麦和瑞典的某些作品应该列入由苏格兰行吟诗人、冰岛寓言和斯坎的纳维亚诗歌肇始的北方文学。"② 史达尔夫人主张环境决定一切，她分析了自然环境与各国文学之间的关系，提出"气候当然是产生这些差别的主要原因之一"③、"大自然的景象在他们身上起着强烈的作用"④、"外在事物所予的印象和灵魂的内在回忆、对人的知识和抽象的思维、行动和理论等方面，可以使人们各自得出完全相反的结论。德、法两个民族的文学、艺术、哲学、宗教，都证明了这一分歧；莱茵河的永久疆界分开了两个文化地区，它们和两个国家一样，是互不相干的。"⑤ 到19世纪中叶，随着孔德实证哲学的兴起，史达尔文艺发展的理论也得到进一步的发展，并为社会学派的丹纳的种族、环境、时代三元素说开辟了道路。

丹纳⑥（Hippolyte Adolphe Taine，1828—1893）是法国著名文艺理论家和史学家，有《英国文学史》（1864—1869）、《艺术哲学》（1865—1869）等。丹纳继史达尔之后，并在孔德的实证论和达尔文的进化论影响下，用自然界的规律解释文艺现象，研究文学艺术的发展史。他在《英国文学史》序言中主张，决定文学创作及其发展的，"是三个不同的根源——'种族'、'环境'和'时代'。"⑦ 丹纳并非环境决定论者，他认为："当民族性格和周围环境发生影响的时候，它们不是影响于一张白

---

① 参见伍蠡甫主编《西方文论选》上卷，上海译文出版社1979年版，第439页。
② 史达尔：《论文学》，伍蠡甫主编：《西方文论选》下卷，第125页。
③ 同上。
④ 同上书，第126页。
⑤ 史达尔：《论德国》，伍蠡甫主编：《西方文论选》下卷，第136页。
⑥ 亦译作"泰纳"。
⑦ 泰纳：《英国文学史·序言》，伍蠡甫主编：《西方文论选》下卷，第236页。

纸，而是影响于一个已经印有标记的底子。"① 所谓"种族"是包含人的先天的、生理的、遗传的因素，是内部主源，而时代包含文化因素，是后天动量。丹纳对于地理环境的作用相当重视。三个根源中的"环境"，包含着地理的因素，构成了文学创作与发展的外部压力。"必须考察种族生存于其中的环境。因为人在世界上不是孤立的；自然环境环绕着他，……物质环境或社会环境在影响事物的本质时，起了干扰或凝固的作用。有时，气候产生过影响……以日耳曼民族为一方面和以希腊民族与拉丁民族为一方面，二者之间所显出的深刻差异，主要是由于他们所居住的国家之间的差异：有的住在寒冷潮湿的地带，深入崎岖卑湿的森林或濒临惊涛骇浪的海岸，为忧郁或过激的感觉所缠绕，倾向于狂醉和贪食，喜欢战斗流血的生活；其他的却住在可爱的风景区，站在光明愉快的海岸上，向往于航海或商业，并没有强大的胃欲，一开始就倾向于社会的事物，固定的国家组织，以及属于感情和气质方面的发展雄辩术、鉴赏力、科学发明、文学、艺术等。"②

正如傅雷先生在《艺术哲学·译者序》中所说："物质文明与精神文明的性质面貌取决于种族、环境、时代三大因素，这个理论早在18世纪的孟德斯鸠，近至19世纪丹纳的前辈圣伯甫，都曾提到；但到丹纳手里才发展为一个严密与完整的学说，并以大量的史实为论证。"③ 丹纳在《艺术哲学》中更集中地探讨了地理环境对人类社会生活的影响，认为环境气候条件首先直接对人们的生理要求产生影响，并由此导致社会生活出现各种情况。难能可贵的是，丹纳精辟地指出，人们受所处的地理环境影响的大小、深浅，与这些人开始来到这一地理环境中生活时的社会发展程度有关。"一个民族永远留着他乡土的痕迹，而他定居的时候越愚昧越幼稚，身上的乡土的痕迹越深刻。——法国人到波旁岛或玛蒂尼克岛上去殖民，英国人到北美洲或澳洲去殖民，随身带着武器、工具、艺术、工业、制度、观念，带着一种悠久而完整的文化，所以他们能保存已有的特征，抵抗新环境的影响，但赤手空拳，知识未开的人只能受环境的包围、陶冶、熔铸；他的头脑那时还像一块完全软和富于伸缩性的黏土，会尽量向

---

① 泰纳：《英国文学史·序言》，伍蠡甫主编：《西方文论选》下卷，第239页。
② 同上书，第237—238页。
③ 丹纳：《艺术哲学》，人民文学出版社1963年版，第3页。

自然界屈服，听凭搓捏，他不能依靠他过去的成就抵抗外界的压力。"①

史达尔夫人和丹纳都明确地强调了地理环境和文学艺术之间的密切联系，并在这方面作了成功的探索，他们阐述的方法和观点对地域文化—文学的影响也是很显著的。

此外一些外国学者还直接用地域文化—文学的视角来研究和分析中国的文学现象。如日本的青木正儿，其《中国文学思想史》言："首先就风土来看，一般地说，南方气候温暖，土地低湿，草木繁茂，山川明媚，富有自然资源。北方则相反，气候寒冷，土地干燥，草木稀少，很少优美风光，缺乏自然资源。所以，南方人生活比较安乐，有耽于南国幻想与冥想的悠闲，因而民风较为浮华，富于空想、热情、诗意。而其文艺思想则趋于浪漫，有流于逸乐的华丽游荡的倾向；反之，北方人要为生活奋斗，因而性格质朴，其特点是现实的、理智的、散文的。从而其文艺思想趋于有功利主义的现实主义，倾向于力行的质实敦朴的精神。"② 他山之石，可以攻玉，外国学者关于地域文化—文学的思想启引了近代以来中国学者的学术视角和研究方法。

第三节　近代以来中国的地域文化—文学研究

如前所述，中国古代有着很丰富的地域文化思想，而晚清以来翻译出版的大量国外地理学著作③，又进一步促进了近代以来中国地域文化观念的演进。同时，西方文明的侵扰和冲击，激发出中国知识分子强烈的危机意识。许多学者试图通过东西方地理环境的不同寻找出东西方文明的本质差异，从而探寻中国文化摆脱困境的良方。因此，"地理与文化"的讨论显得格外活跃。④ 应当说，近代迄今，中国地域文化—文学的研究继承传统，融会新知，创造了地域文化—文学研究的繁荣局面。

---

① 丹纳：《艺术哲学》，人民文学出版社1963年版，第243页。
② [日]青木正儿：《中国文学思想史》，孟庆文译，春风文艺出版社1985年版，第3—4页。
③ 艾素珍：《清末人文地理学著作的翻译和出版》，《中国科技史料》1996年第1期。
④ 参见张九辰《中国近代对"地理与文化"关系的讨论及其影响》，《自然辩证法通讯》1999年第6期。

一　1901—1949年的地域文化—文学研究

梁启超是20世纪初应用现代科学方法探讨区域文学与文化问题的第一人，启地域文化—文学研究之先声。1901年起，梁启超在《新民丛报》上接连发表《地理与文明》、《中国地理大势论》、《地理与文明之关系》等论文；梁启超还有《近代学风之地理的分布》、《地理及年代》、《亚洲地理大势论》、《欧洲地理大势论》等论文，均论述了地理与文明之关系，亦涉及地域文化—文学的研究。

梁启超《地理与文明之关系》引英国洛克之语："地理与历史之关系，一如肉体之与精神。有健全之肉体，然后活泼之精神生焉；有适宜之地理，然后文明之历史出焉。"文章分高原、平原、海滨三种论述地理环境对文明产生发展的作用。① 梁启超的思想是一以贯之的，他在《中国史叙论》中言："地理与人民常相待，然后文明以起，历史以成。若二者相离，则无文明、无历史。其相关之要，恰如肉体与灵魂相待以成人也。"②《近代学风之地理的分布》言："环境对于'当时'、'此地'之支配力，其伟大乃不可思议。"③

梁启超对中国地理环境的南北差异与民情风俗、学术思想、文学艺术等的关系也有专门的论述。《中国地理大势论》④ 认为，文学（此处当指文化艺术之学。——引者按）上千余年间"南北峙立，其受地理环境之影响"很为明显。南北哲学种种不同："凡此者，皆受地理上特别之影响。"经学也有不同："同一经学，而南北学风，自有不同，皆地理之影响使然也。"佛学也存在差别："同一佛学，而宗派之差别若是，亦未始非地理之影响使然也。"词章亦然，"燕赵多慷慨悲歌之士，吴楚多放诞纤丽之文。"书法有南北之分："书派之分，南北尤显，北以碑著，南以帖名。"绘画也有差异："画学亦然，北派擅工笔，南派擅写意。"音乐分南北二流："西梆子腔与南昆曲，一则悲壮，一则靡曼，犹截然分南北两流。"

---

① 梁启超：《地理与文明之关系》，《饮冰室合集》之十，中华书局1989年版，第115—116页。
② 梁启超：《中国史叙论》，《饮冰室合集》之六，中华书局1989年版，第4—5页。
③ 梁启超：《近代学风之地理的分布》，《饮冰室合集》之四十一，中华书局1989年版，第50页。
④ 梁启超：《中国地理大势论》，《饮冰室合集》之十，中华书局1989年版，第84—87页。

梁启超在地理环境与文化的思考上富有问题意识。其《近代学风之地理的分布》①即提出："何故一代学术几为江、浙、皖三省所独占？""何故考证学盛于江南、理学盛于河北？""何故江西与皖、浙比邻而学风乃绝异？"等十余个问题。此外，梁启超还在研究方法上加以创新。他用统计学方法将历史上有传的人物的籍贯列表进行分析，制成《历史人物之地理分配表》，进行人才的地理分布考证与研究，开人才地理研究之先河。

当然，梁启超不是单纯的地理环境决定论者，他清楚地意识到随着文化文明的发展，人类受到地理环境的制约便越少。其《地理及年代》言："……然此类地理之权威，迄近代既日以锐减。例如海运及国境之铁路既通，则连山大漠，不足为对外交通之障；国内船路邮电诸机关渐备，则幅员虽广，不艰于统治……诸如此类，今皆有异古云。""人类征服自然之力，本自有限界，且当文化愈低度时，则其力愈薄弱，故愈古代则地理规定历史之程度愈强。"②《近代学风之地理的分布》一文也指出："专从此方面（指地理环境。——笔者按），遂可以解答一切问题耶？又大不然。使物质上环境果为文化唯一原动力，则吾侪良可以委心任运，听其自然变化；而在环境状态无大变异之际，其所产获者亦宜一成而不变。然而事实上决不尔尔。……人类所以秀以万物，能以心力改造环境，而非偶然悉听环境所宰制。"③梁启超甚至认为："尽人力则足以制天然也。"④梁启超关于地理与文化、地域文化—文学的思考具有非同一般的深度和广宽。

对地理与文明、地域文化—文学的探讨，不止梁启超一人，可以说是一个时代的潮流。1904 年，张之洞、张百熙、荣庆等拟定的《大学堂章程》中即列有"文化与地理关系"、"风俗与地理关系"讲授内容。⑤而"五四"以来关于东西文化问题的论战、中国地理学研究的新进展，使地理与文化、地域文化—文学的研究成为热潮。如从 20 世纪 20 年代开始，《地学杂志》、《东方杂志》、《史地学报》、《禹贡》等刊物就不断发表地

---

① 梁启超：《近代学风之地理的分布》，《饮冰室合集》之四十一，中华书局 1989 年版，第 50—51 页。
② 梁启超：《地理及年代》，《饮冰室合集》之四十七，中华书局 1989 年版，第 1—5 页。
③ 梁启超：《近代学风之地理的分布》，《饮冰室合集》之四十一，中华书局 1989 年版，第 50—51 页。
④ 梁启超：《地理与文明之关系》，《饮冰室合集》之十，中华书局 1989 年版，第 115 页。
⑤ 阙维民：《中国高校地理学系的第一个方案》，《中国科技史料》1998 年第 4 期。

理与文明、地理与人类历史方面的论文。1933年《地学杂志》还开辟了《地理与文化》一栏。1921—1922年《地学杂志》介绍和译载关于亨丁顿的"地理的历史观"。出版较重要的著作有1926年张其昀的《人地地理学》、1923年白眉初的《地理哲学》①、1940年张其昀翻译的《人生地理学》②、1940年陈高傭的《中国历代天灾人祸表》③等。较重要的论文有杜亚泉的《静的文明与动的文明》④，李大钊的《东西文明根本异点》⑤，姚存吾的《地理与文化》⑥、《何为地理环境，地理环境与人类生活有何之关系》⑦，丁文江的《历史人物与地理之关系》⑧，胡适、顾颉刚的《论闽中文化》⑨，王峒龄的《陕西在中国史上位置》⑩，蒙文通的《中国古代北方气候考略》⑪，徐中舒的《殷人服象之南迁》⑫，《古代四川之文化》⑬，胡翼成的《中华文化之地理背景》⑭，张其昀的《中华民族之地理分布》⑮，刘文翮的《中国近世史之地理解释》等。⑯

其间对后代地域文化—文学影响尤为显著的是陈寅恪与钱穆两位先生的观点。陈寅恪先生著于1939年的《隋唐制度渊源略论稿》言："盖自汉代学校制度废弛，博士传授之风气止息以后，学术中心移于家族，而家族复限于地域，故魏晋南北朝之学术、宗教皆与家庭、地域两点不可分离。"⑰陈先生所指虽为学术与宗教，然后其观点和视角也常为后来的文学研究者所效法。

---

① 白眉初：《地理哲学》，新共和印刷局1923年版。
② 白吕纳著：《人生地理学》，张其昀译，商务印书馆1940年版。
③ 陈高傭：《中国历代天灾人祸表》，上海暨南大学出版社1940年版。
④ 杜亚泉：《静的文明与动的文明》，《东方杂志》1916年第10号。
⑤ 李大钊：《东西文明根本异点》，《言治》1918年第3册。
⑥ 姚存吾：《地理与文化》，《地学杂志》1920年第11期。
⑦ 姚存吾：《何为地理环境，地理环境与人类生活有何之关系》，《地学杂志》1922年第1期。
⑧ 丁文江：《历史人物与地理之关系》，《史地学报》1923年第4期。
⑨ 胡适、顾颉刚：《论闽中文化》，《民锋杂志》1923年第5期。
⑩ 王峒龄：《陕西在中国史上位置》，《地学杂志》1924年第1期。
⑪ 蒙文通：《中国古代北方气候考略》，《史学杂志》1930年。
⑫ 徐中舒：《殷人服象之南迁》，《中央研究院史语所集刊》1930年。
⑬ 徐中舒：《古代四川之文化》，《史学季刊》1940年第1期。
⑭ 胡翼成：《中华文化之地理背景》，《康藏前锋》1935年第9期。
⑮ 张其昀：《中华民族之地理分布》，《地理学报》1935年第2期。
⑯ 刘文翮：《中国近世史之地理解释》，《图书展望》1936年第1期。
⑰ 陈寅恪：《隋唐制度渊源略论稿》，上海古籍出版社1982年版，第17页。

钱穆先生写作于抗日战争时期，出版于1947年的《中国文化史导论》，弁言即论及地理环境与文化类型之间的因果关系："各地文化精神之不同，穷其根源，最先还是由于自然环境有分别，而影响其生活方式。再由生活方式影响到文化精神。人类文化，由根头处看，大别不外三型。一、游牧文化，二、农耕文化，三、商业文化。游牧文化发源在高寒的草原地带，农耕文化发源在河流灌溉的平原，商业文化发源在滨海地带以及近海之岛屿。三种自然环境，决定了三种生活方式，三种生活方式，形成了三种文化型。此三型文化，又可分成两类。游牧、商业文化为一类，农耕文化为又一类。"① 是书第一章《中国文化之地理背景》，认为中国文化自始即走上独自发展的路径，以及中国文化的特殊性，均与其自然地理环境有关。中国文化发生的地理背景是黄河各支流流域："中国的农业文化，似乎先在诸小水系上开始发展，渐渐扩大蔓延，弥漫及于整个大水系。"② "古代中国因其天然环境之特殊，影响其文化之形成，因而有许多独特之点。"③ 中国文化一开始便在一个复杂而广阔的地面上展开，造就了中国文化的大局面。因中国的并不优越的气候条件，使得中国人开始便在一种勤奋耐劳的情况下创造他的文化。总之，中国的地理环境影响了中国古代的政治格局、经济形态、文化进展以及中国人对于人生观念和人生理想、宗教信仰的特征等。④

应用地域文化的视角研究文学，也是这一时期的热点。1905年，刘师培发表了《南北学派不同论》一文，文章分总论及南北诸子学不同论、南北经学不同论、南北理学不同论、南北考证学不同论、南北文学不同论五章。其中，在《南北文学不同论》⑤ 一章中，刘师培认为南北文学之所以不同，一为声音，"声音既殊，故南方之文亦与北方迥别"；二为水土，"大抵北方之地土厚水深，民生其间，多尚实际，南方之地水势浩洋，民生其间，多尚虚无。民尚实际，故所著之文不外记事析理二端；民尚虚无，故所作之文或为言志抒情之体"。文章概述了南北文学的不同点，也指出了南北文学相互渗透交融的特征。但刘师培在《汉魏六朝专家文研

---

① 钱穆：《中国文化史导论》，商务印书馆1994年修订版，第2页。
② 同上书，第5页。
③ 同上书，第6页。
④ 同上书，第1—20页。
⑤ 刘师培：《南北文学不同论》，《刘申叔遗书》，江苏古籍出版社1997年版，第559页。

究》中又强调:"研究文学不可为地理及时代之见所囿。"他说:"有谓中国因南北地理不同,文体亦未可强同者。然就各家文集观之,则殊不然。《隋书》之说,非定论也。""南北固非判若鸿沟耳。"① 刘师培的这篇文章,常常为地域文化—文学研究者有意或无意地忽略。实际上,刘师培对文学与地域关系的质疑是他南北文学不同论观点的进一步修正和补充。文学与地域之间的显然并非简单的对应关系。刘师培的思考,有助于后人对地域文化—文学现象的复杂性做更深入的思考。

王国维《屈子文学之精神》② 认为我国春秋以前,文学上存在不能相调和的南北学派,北派多感情,南派富想象。屈原文学成就的取得恰恰就在于他能够"通南北之驿骑"。王国维还在《宋元戏曲史》之九《元剧之时地》中,将元杂剧家里居情况排列成表,从而根据杂剧发展各时期杂剧家中北人、南人的数量差异,判断杂剧创作中心的转移。这是地域文学研究方法在文学史研究上的成功应用。

汪国垣(辟疆)《近代诗派与地舆》③ 对地域文学的研究开始着眼于规律性的探讨。"夫民亟五常之性,秉水土之情,风俗因是而成,声音本之而异,则随地以系人,因人而成派。溯渊源于既往,昭轨辙于方来,庶无尤焉。况正变十五,已肇《国风》;分野十二,备存班《志》。观俗审化,斯析类之尤雅者乎!"他认为同光以来诗家"可以地域系者约可以分为六派":(一)湖湘派,(二)闽赣派,(三)河北派,(四)江左派,(五)岭南派,(六)西蜀派。汪国垣将各个区域自然环境、人性风尚与诗派风格结合起来论述,精彩独到。鲁迅《汉文学史纲要》中也对楚辞和诗经进行了比较:"实则《离骚》之异于《诗经》史,特在形式藻采之间耳。时与俗异,故声调不同;地异,故山川神灵动物皆不同。"④

1943年,词学大师唐圭璋在《中国文学》第二期发表《两宋词人占籍考》⑤ 对两宋词人之籍历,按省分列,借以觇一代词风之盛,及各地词风浓厚。以上这些专著或论文,大都从具体的文学研究实践出发,探讨具

---

① 刘师培:《汉魏六朝专家文研究》,《中国中古文学史讲义》(含《汉魏六朝专家文研究》等),中国人民大学出版社2004年版,第153页。
② 《教育世界》总第140号,转引自郭绍虞《中国历代文论选》第四册,第382页。
③ 《方湖类稿》,《近代中国史料丛刊续辑》第三辑,台湾文海出版社1974年版。
④ 鲁迅:《汉文学史纲要》,《鲁迅全集》第九册,人民文学出版社1981年版,第372页。
⑤ 唐圭璋:《词学论丛》,上海古籍出版社1986年版。

体地域与文学的因缘关系。这些具体的研究实践为下一阶段的地域文学研究提供了精彩的范例。

二 1949—1978 年的地域文化—文学研究

1949 年后，中国大陆的意识形态受到苏联的深刻影响。地理与文化，地域文化—文学的研究，习惯于奉《联共（布）党史简明教程》①、《历史唯物主义论地理环境在社会发展中的作用》②、《地理环境在社会发展中的作用》③ 等著作的结论为圭臬。从积极的方面讲，中国学者在理论思考中增加了更多的辩证唯物主义思想；从消极的方面讲，中国学者普遍把孟德斯鸠、黑格尔、普列汉诺夫、梁启超等视为"地理环境决定论者"，并对他们的观点进行了彻底的批判和简单的摒弃。地理环境对社会文化的影响、地域文化—文学等问题一度成为理论的禁区。

这一时期，较有价值的论文和著作有吴泽的《地理环境在社会发展中的作用》④、蒲良的《从历史观点认识地理环境的作用》⑤、王振德的《地理环境、人口和社会发展的关系》⑥ 等。在地域文学研究上，胡小石发表于 1950 年的《南京在中国文学史上的地位》一文⑦，从山水文学、文学教育、文学批评之独立、声律及宫体文学四个方面，论列起自东晋下至南唐，南京在中国文学史上的地位。

三 20 世纪 80 年代以来的地域文化—文学研究

20 世纪 80 年代以来，随着思想解禁、学术领域自由空间的拓展，以及现代文明所引发的人与自然关系的紧张，全球化的趋势与反制，使得地理与文明、地域文化—文学的探讨出现了前所未有的繁荣局面。哲学、地理学、史学以及文学领域都对之进行了丰富而广泛的探索。

（一）哲学、史学与地理学领域关于地理与社会文化发展的研究

自 20 世纪 80 年代以来，哲学、史学以及地理学领域对地理环境在社会发展中的作用有了新的认识，取得了许多理论上的进展和突破。

---

① 版本众多，如外国文书籍出版局 1953 年版，人民出版社 1975 年版。
② 伊凡诺夫、欧姆斯基：《历史唯物主义论：地理环境在社会发展中的作用》，冯维铮译，生活·读书·新知三联书店 1954 年版。
③ E. 奥蒙斯基：《地理环境在社会发展中的作用》，王易金译，江南出版社 1951 年版。
④ 吴泽：《地理环境在社会发展中的作用》，《光明日报》1950 年 4 月 29 日。
⑤ 蒲良：《从历史观点认识地理环境的作用》，《地理知识》1950 年第 5 期。
⑥ 王振德：《地理环境、人口和社会发展的关系》，新知识出版社 1955 年版。
⑦ 胡小石：《胡小石论文集》，上海古籍出版社 1982 年版，第 138 页。

首先，学术界对传统的观点有了更多的反思。如严钟奎的《论地理环境对历史发展的影响》①认为孟德斯鸠的地理环境决定论是唯心主义的，而黑格尔的地理环境观点包含着唯物主义成分；普列汉诺夫认为地理环境对人类的形成、工具制造、生产的种类和生产力发展速度方面，无不具有直接的甚至决定的影响。地理环境通过生产力间接影响社会，影响社会经济制度特点的形成。严钟奎赞同普列汉诺夫的观点。李澄的《地理环境作用的再认识》②分析了斯大林关于地理环境观点三个方面的缺陷：一是没有说明地理环境究竟怎样对社会发展起作用；二是斯大林认为地理环境对社会发展只起加速、延缓进程，而对社会发展不起决定作用的原因缺乏理论上的深刻认识；三是斯大林观点上存在内在逻辑上的矛盾。李澄提出："社会生产力水平越高，人类便在更广泛领域内和更深刻的程度上接受地理环境的条件制约。"葛剑雄的《全面正确认识地理环境对历史和文化的影响》③从地理环境的界定出发，认为从本质上和总体上说，地理环境对人类和人类社会起着决定性的作用，但同时为人类社会的发展保留着相当广泛的自由，因为人类对地理环境的利用远远没有达到极限，丰富多彩的历史和文化就是人们对地理环境不同的利用程度和方式的产物。李学智的《地理环境与民族性格》④认为地理环境对民族性格的形成有重要的影响，一方面是地理环境影响物质生产活动，进而左右社会政治精神生活；另一方面是地理环境直接影响民族性格，而社会政治精神生活又反过来影响民族性格。

类似的论文还有程洪的《新史学：来自自然科学的挑战》⑤，王荫庭的《再论普列汉诺夫的地理环境决定论学说》⑥、《传统地理环境理论之反思》⑦，章清的《自然环境：历史制约与制约历史》⑧，杨琪、王兆林的《关于"地理环境决定论"的几个问题》⑨，徐咏祥的《论导致普列汉诺

---

① 严钟奎：《论地理环境对历史发展的影响》，《暨南大学学报》1985年第3期。
② 李澄：《地理环境作用的再认识》，《山西师范大学学报》1990年第1期。
③ 葛剑雄：《全面正确认识地理环境对历史和文化的影响》，《复旦学报》1992年第6期。
④ 李学智：《地理环境与民族性格》，《历史教学》1994年第3期。
⑤ 程洪：《新史学：来自自然科学的挑战》，《晋阳学刊》1982年第6期。
⑥ 王荫庭：《再论普列汉诺夫的地理环境决定论学说》，《武汉大学学报》1984年第6期。
⑦ 王荫庭：《传统地理环境之反思》，《哲学研究》1990年第4期。
⑧ 章清：《自然环境：历史制约与制约历史》，《晋阳学刊》1985年第2期。
⑨ 杨琪、王兆林：《关于"地理环境决定论"的几个问题》，《社会科学战线》1985年第3期。

夫地理环境决定论倾向的理论根源》①，宁可的《地理环境在社会发展中的作用》②，张琢的《中国的地理环境与中国传统文化的二重性》③，张明锁的《关于地理环境与民族文化、民族性格关系的对话》④，徐亦让的《读〈传统地理环境理论之反思〉——与王荫庭同志商榷》⑤，宋正海的《应公正地评价地理环境决定论》⑥，李学智的《丹纳"艺术哲学"中的地理环境与社会生活》⑦、《唯物史观与"地理环境决定论"》⑧，王会昌的《世界古典文明兴衰与地理环境变迁》⑨，王恩涌的《文明起源的地理分析》⑩ 等。

其次，在对传统的观点进行反思的同时，许多学者都呼吁要重视地理环境这一要素对社会文化发展的影响和作用，呼吁学术研究中不能忽略地理环境因素的影响。如唐晓峰的《地理学与人文关怀》⑪ 即倡导地理学的人文关怀，提出"文化景观"的概念。他在另一篇文章中也说："希望国内研究社会历史的大同行们，如历史学家、社会史家……能多多关注地理问题，从不同角度把中国这个地域文明的历史地理过程和历史地理文化揭示出来。"⑫ 李孝聪的《传统文化与地域空间》⑬ 认为阅读古典文献时，"不能仅仅着眼历史主义的时间而忽视空间的次序。"强调："不同民族居住区的合并，以及民族特质的融合，逐渐使各种影响融为一种明确的文化特征。探查古代人类交流的道路，阐明不同地域的文化特征曾经是如何交

---

① 徐咏祥：《论导致普列汉诺夫地理环境决定论倾向的理论根源》，《中国社会科学》1986年第1期。
② 宁可：《地理环境在社会发展中的作用》，《历史研究》1986年第6期。
③ 张琢：《中国的地理环境与中国传统文化的二重性》，《社会学研究》1987年第1期。
④ 张明锁：《关于地理环境与民族文化、民族性格关系的对话》，《郑州大学学报》1990年第2期。
⑤ 徐亦让：《读〈传统地理环境理论之反思〉——与王荫庭同志商榷》，《哲学研究》1990年第6期。
⑥ 宋正海：《应公正地评价地理环境决定论》，《中国环境报》1994年6月11日。
⑦ 李学智：《丹纳"艺术哲学"中的地理环境与社会生活》，《史学理论研究》1994年第4期。
⑧ 李学智：《唯物史观与"地理环境决定论"》，《世界历史》1995年第3期。
⑨ 王会昌：《世界古典文明兴衰与地理环境变迁》，《华中师范大学学报》（自然科学版）1995年第1期。
⑩ 王恩涌：《文明起源的地理分析》，《北京大学学报》（哲学社会科学版）1995年第2期。
⑪ 唐晓峰：《地理学与人文关怀》，《读书》1996年第1期。
⑫ 唐晓峰：《社会历史研究的地理视角》，《读书》1997年第5期。
⑬ 李孝聪：《传统文化与地域空间》，《读书》1997年第5期。

往,血缘与族缘的影响如何逐步让位于地缘和其他因素的影响,都是当前人类应当追索、研究的问题。"并提出各个学科,尤其是历史、地理学者对这些地域空间问题的共同参与。赵世瑜的《从空间观察人文与地理学的人文关怀》①认为:"地理学的最大贡献,一是提供了从空间观察事物的尺度,从而导致了社会、经济、文化、历史的区域研究;二是从地理环境的演变过程中考察人与自然的动态和辩证的关系。"所以,"人文学者忽视了空间观察的角度,会使他对真理的认识具有局限,会使他失去研究领域中的广阔天地。"当前,区域史的研究已经展开,"但地理环境或空间并不应该只是一种自然的大背景或大舞台,在最初的叙述结束后便烟消云散,它应该像空气一样渗透或弥漫在历史、文化和社会之中,它应该与人们每日每时的生产和生活息息相关。"

最后,学术界除了理论的探讨,也应用地理的视角,分析历史、文化的具体问题和现象。

如张琢的《中国的地理环境与中国传统文化的二重性》②、张艳国的《东方地理环境与中国历史发展》③、冯天瑜等的《中华文化史》④ 探讨了地理环境与中国文化起源以及文化特色之间的联系。又如隆国强的《内忧外患与气候变迁》⑤,徐蕾如的《我国历史时期几次气候变动对社会的影响》⑥,张善余的《中国历史人口周期性巨大波动的自然原因初探》⑦,方金琪的《气候变化对我国历史时期人口迁移的影响》⑧,王会昌的《2000年来中国北方游牧民族南迁与气候变化》⑨,王铮、张丕远、周清波《历史气候变化对中国社会发展的影响》⑩,王子今的《秦汉时期气候

---

① 赵世瑜:《从空间观察人文与地理学的人文关怀》,《读书》1997年第5期。
② 张琢:《中国的地理环境与中国传统文化的二重性》,《社会学研究》1987年第1期。
③ 张艳国:《东方地理环境与中国历史发展》,《社会科学集刊》1989年第4期。
④ 冯天瑜等:《中华文化史》(上册),上海人民出版社1990年版。
⑤ 隆国强:《内忧外患与气候变迁》,《地理知识》1989年第6期。
⑥ 徐蕾如:《我国历史时期几次气候变动对社会的影响》,《大自然探索》1990年第1期。
⑦ 张善余:《中国历史人口周期性巨大波动的自然原因初探》,《人口研究》1991年第5期。
⑧ 方金琪:《气候变化对我国历史时期人口迁移的影响》,《地理科学》1992年第3期。
⑨ 王会昌:《2000年来中国北方游牧民族南迁与气候变化》,《地理科学》1996年第3期。
⑩ 王铮、张丕远、周清波:《历史气候变化对中国社会发展的影响》,《地理学报》1996年第4期。

变迁的历史学考察》①、蓝勇的《从天地生综合研究角度看中华文明东移南迁的原因》② 等，论述了气候变化对中国社会历史变迁的影响。又如徐日辉的《略论地理环境对中国封建社会长期延续的影响》③、郁越祖的《地理环境与中国封建社会的长期延续》④、李桂海的《地理环境对中国历史发展的影响》⑤、王法辉的《中国封建社会长期延续的地理思考》⑥、吴松弟的《无所不在的伟力——地理环境与中国政治》⑦、邱永明的《夏商君主专制政体之成因与地理环境》⑧ 等著作和论文，探讨了中国政治与地理环境之间的关系。又如郑学檬、陈衍德的《略论唐宋时期自然环境的变化对经济重心南移的影响》⑨、武仙竹《我国历史环境演变与经济发展的思考》⑩、庞德谦的《试论我国古都变迁的地理轨迹及其规律》⑪ 等论文从地理环境的变化角度论析了中国古代经济重心逐渐南移的原因。

地理环境因素的深入考量，促进了区域研究的兴起。于希贤的《滇池地区历史地理》⑫，邹逸麟的《黄淮海平原历史地理》⑬，梅莉、张国雄、晏昌贵的《两湖平原开发探源》⑭，周宏伟的《清代两广农业地理》⑮，王社教的《苏皖浙赣地区明代农业地理研究》⑯，李心纯的《黄河

---

① 王子今：《秦汉时期气候变迁的历史学考察》，《历史研究》1995年第2期。
② 蓝勇：《从天地生综合研究角度看中华文明东移南迁的原因》，《学术研究》1995年第6期。
③ 徐日辉：《略论地理环境对中国封建社会长期延续的影响》，《甘肃社会科学》1983年第6期。
④ 郁越祖：《地理环境与中国封建社会的长期延续》，《复旦大学学报》1982年第6期。
⑤ 李桂海：《地理环境对中国历史发展的影响》，《贵州社会科学》1987年第6期。
⑥ 王法辉：《中国封建社会长期延续的地理思考》，《经济地理》1989年第1期。
⑦ 吴松弟：《无所不在的伟力——地理环境与中国政治》，吉林教育出版社1989年版。
⑧ 邱永明：《夏商君主专制政体之成因与地理环境》，《华东师范大学学报》1989年第6期。
⑨ 郑学檬、陈衍德：《略论唐宋时期自然环境的变化对经济重心南移的影响》，《厦门大学学报》1991年第4期。
⑩ 武仙竹：《我国历史环境演变与经济发展的思考》，《地理学与国土研究》1997年第4期。
⑪ 庞德谦：《试论我国古都变迁的地理轨迹及其规律》，《宝鸡师范学院学报》1991年第1期。
⑫ 于希贤：《滇池地区历史地理》，云南人民出版社1981年版。
⑬ 邹逸麟：《黄淮海平原历史地理》，安徽教育出版社1993年版。
⑭ 梅莉、张国雄、晏昌贵：《两湖平原开发探源》，江西教育出版社1995年版。
⑮ 周宏伟：《清代两广农业地理》，湖南教育出版社1998年版。
⑯ 王社教：《苏皖浙赣地区明代农业地理研究》，陕西师范大学出版社1999年版。

流域与绿色文明：明代山西河北的农业生态环境》①等著作即是这方面研究的代表。

(二) 地域文化—文学研究

自 20 世纪 80 年代以来，学术界对地域文化—文学的研究日益重视，学术界从各个角度全面探讨地域文化—文学发生发展的规律，在研究的方法和角度上多有所创新，在论述的深度与广度上均有所突破。

如地域文化理论的探讨方面，即有丰硕的成果。中国文化地理的著作便有赵世瑜、周尚意的《中国文化地理概论》②，王会昌的《中国文化地理》③，张步天的《中国历史文化地理》④，王恩涌的《文化地理学》⑤ 等。周振鹤主编的《中国历史文化区域研究》⑥ 中也有颇多论文谈及地理环境对地域文化的影响。此外，谭其骧的《中国文化的时代差异和地区差异》⑦，蔡国相的《南北文化差异及其形成的地理环境因素》⑧，王兆明的《中国文化地理研究的回顾与展望》⑨，李慕寒、沈守兵的《试论中国地域文化的地理特征》⑩，吴必虎的《中国文化区的形成与划分》⑪，周振鹤的《从"九州异俗"到"六合同风"——两汉风俗区划的变迁》⑫，朱永春的《文化心理结构与地理图式》⑬，胡兆量的《中国文化的区域对比研究》⑭，刘沛林的《近年来我国文化地理学研究的进展》⑮，汤茂林、金其

---

① 李心纯：《黄河流域与绿色文明：明代山西河北的农业生态环境》，人民出版社 1999 年版。
② 赵世瑜、周尚意：《中国文化地理概论》，山西教育出版社 1991 年版。
③ 王会昌：《中国文化地理》，华中师范大学出版社 1992 年版。
④ 张步天：《中国历史文化地理》，湖南教育出版社 1993 年版。
⑤ 王恩涌：《文化地理学》，江苏教育出版社 1995 年版。
⑥ 周振鹤：《中国历史文化区域研究》，复旦大学出版社 1997 年版。
⑦ 谭其骧：《中国文化的时代差异和地区差异》，《复旦学报》（社会科学版）1986 年第 2 期。
⑧ 蔡国相：《南北文化差异及其形成的地理环境因素》，《锦州师院学报》1992 年第 2 期。
⑨ 王兆明：《中国文化地理研究的回顾与展望》，《人文地理》1996 年第 1 期。
⑩ 李慕寒、沈守兵：《试论中国地域文化的地理特征》，《人文地理》1996 年第 1 期。
⑪ 吴必虎：《中国文化区的形成与划分》，《学术月刊》1996 年第 3 期。
⑫ 周振鹤：《从"九州异俗"到"六合同风"——两汉风俗区划的变迁》，《中国文化研究》1997 年第 4 期。
⑬ 朱永春：《文化心理结构与地理图式》，《新建筑》1997 年第 4 期。
⑭ 胡兆量：《中国文化的区域对比研究》，《人文地理》1998 年第 1 期。
⑮ 刘沛林：《近年来我国文化地理学研究的进展》，《地理科学进展》1998 年第 2 期。

铭的《文化景观研究的历史和发展趋向》①，张雷军、黄昌智的《论民族文化的生成环境》②，汤茂林的《文化景观的内涵及其研究进展》③ 等论文也在地理环境与中国文化的理论探讨上颇有创获。

地域文化理论的探讨同具体地域的社会历史文化研究紧紧相连。这方面的研究著作有卢云的《汉晋文化地理》④，司徒尚纪的《广东文化地理》⑤，张伟然的《湖南历史文化地理研究》、《湖北历史文化地理研究》⑥，宋新潮的《殷商文化地理》⑦，王振忠的《明清徽商与淮扬社会变迁》⑧，蓝勇的《西南历史文化地理》⑨，程民生的《宋代地域文化》⑩，王子今的《秦汉区域文化研究》⑪，林拓的《文化的地理过程分析——福建文化的地域性考察》⑫ 等。这方面的论文有徐建春的《文化区的意义及先秦浙江文化区的演变》⑬、卫家雄的《明清闽台风俗通义》⑭、单树模等的《论苏北古代文化地理》⑮、黄成林的《试论徽州文化地理环境对徽商和徽派民居建筑的影响》⑯、《徽州文化景观初步研究》⑰，刘岩的《河北地域文化景观分析》⑱，刘益的《岭南文化的特点及其形成的地理因素》⑲ 等。

同时，也有大量的研究应用地域文化的理论来分析具体的文化现象。

---

① 汤茂林、金其铭：《文化景观研究的历史和发展趋向》，《人文地理》1998年第2期。
② 张雷军、黄昌智：《论民族文化的生成环境》，《中央民族大学学报》1999年第3期。
③ 汤茂林：《文化景观的内涵及其研究进展》，《地理科学进展》2001年第1期。
④ 卢云：《汉晋文化地理》，陕西人民教育出版社1991年版。
⑤ 司徒尚纪：《广东文化地理》，广东人民出版社1993年版。
⑥ 张伟然：《湖南历史文化地理研究》，复旦大学出版社1995年版；张伟然：《湖北历史文化地理研究》，湖北教育出版社2000年版。
⑦ 宋新潮：《殷商文化地理》，陕西人民出版社1996年版。
⑧ 王振忠：《明清徽商与淮扬社会变迁》，生活·读书·新知三联书店1996年版。
⑨ 蓝勇：《西南历史文化地理》，西南师范大学出版社1997年版。
⑩ 程民生：《宋代地域文化》，河南大学出版社1997年版。
⑪ 王子今：《秦汉区域文化研究》，四川人民出版社1998年版。
⑫ 林拓：《文化的地理过程分析——福建文化的地域性考察》，上海书店出版社2004年版。
⑬ 徐建春：《文化区的意义及先秦浙江文化区的演变》，《浙江学刊》1990年第1期。
⑭ 卫家雄：《明清闽台风俗通义》，《中国史研究》1990年第3期。
⑮ 单树模等：《论苏北古代文化地理》，《南京师范大学学报》1990年第4期。
⑯ 黄成林：《试论徽州文化地理环境对徽商和徽派民居建筑的影响》，《人文地理》1993年第4期。
⑰ 黄成林：《徽州文化景观初步研究》，《地理研究》2000年第3期。
⑱ 刘岩：《河北地域文化景观分析》，《人文地理》1996年第1期。
⑲ 刘益：《岭南文化的特点及其形成的地理因素》，《人文地理》1997年第1期。

如周振鹤与游汝杰合著的《方言与中国文化》①，论及方言与地方文化、方言地理与人文地理等问题，颇有新意。论宗教与地域文化的有周振鹤的《秦汉宗教地理略论》②、张桂林的《试论妈祖信仰的起源、传播及其特点》③、张伟然的《南北朝佛教地理的初步研究》④、王清廉等的《中国佛寺地域分布与选址相地说》⑤、李悦铮的《试论宗教与地理学》⑥等。关于艺术与地域文化的论文有乔建中的《试论中国音乐文化分区的背景依据》⑦，冯健、张小林的《人文区划方法及世界书法文化区的划分》⑧，吴慧平的《论书法地理的地域空间研究》⑨等。关于聚落、民居等与地域文化的有但家平的《论民族聚落地理特征形成的文化影响与文化聚落类型》⑩、沙润的《中国传统民居建筑文化的自然地理考察》⑪，关于风俗的有周振鹤的《秦汉风俗地理区划浅议》⑫、《从"九州异俗"到"六合同风"》⑬、吴成国的《论东晋南朝婚姻礼制的地域差异》⑭等。张捷、都金康、张兆干、章光日的《网上"情绪符号"（smilies）的地理学研究》⑮，则对新兴计算机网络上的"情绪符号"的产生、类型、感知、传播及表现内容趣味进行文化地理背景的分析，颇为新颖。胡阿祥的《中古时期郡望郡姓地理分布考论》⑯、王日根的《地域性会馆与会馆的地域差

---

① 周振鹤、游汝杰：《方言与中国文化》，上海人民出版社1986年版。
② 周振鹤：《秦汉宗教地理略论》，《中国文化》第3辑。
③ 张桂林：《试论妈祖信仰的起源、传播及其特点》，《史学月刊》1991年第4期。
④ 张伟然：《南北朝佛教地理的初步研究》，《中国历史地理论丛》1991年第4期。
⑤ 王清廉等：《中国佛寺地域分布与选址相地说》，《河北师范大学学报》1993年第3期。
⑥ 李悦铮：《试论宗教与地理学》，《地理研究》1996年第3期。
⑦ 乔建中：《试论中国音乐文化分区的背景依据》，《中国音乐学》1997年第2期。
⑧ 冯健、张小林：《人文区划方法及世界书法文化区的划分》，《世界地理研究》1999年第1期。
⑨ 吴慧平：《论书法地理的地域空间研究》，《人文地理》2001年第2期。
⑩ 但家平：《论民族聚落地理特征形成的文化影响与文化聚落类型》，《地理研究》1992年第3期。
⑪ 沙润：《中国传统民居建筑文化的自然地理考察》，《地理科学》1998年第1期。
⑫ 周振鹤：《秦汉风俗地理区划浅议》，《历史地理》第13辑。
⑬ 周振鹤：《从"九州异俗"到"六合同风"》，《中国文化研究》1997年第4期。
⑭ 吴成国：《论东晋南朝婚姻礼制的地域差异》，《湖北大学学报》1996年第3期。
⑮ 张捷、都金康、张兆干、章光日：《网上"情绪符号"（smilies）的地理学研究》，《南京林业大学学报》（人文社会科学版）2002年第2期。
⑯ 胡阿祥：《中古时期郡望郡姓地理分布考论》，《历史地理》第11辑。

异》①，张述林、罗世伟的《试论服装地理的主要研究领域》②，陈传康的《中国饮食文化的区域分化和发展趋势》③ 等也分析了具体文化现象的地域文化因素，时有创见。

对于人才的地理分布的研究，亦是这一时期研究的热点。韩茂莉、胡兆量的《中国古代状元分布的文化背景》④，制作了历代状元籍贯表，南宋至明清时期状元籍贯分布图等，总结了状元的地理分布特征，即唐中期以前状元主要出身于北方，南方籍状元很少。唐中期以后，南方籍状元数额逐渐增加，至明清时期形成绝对优势。状元籍贯的时空变化，在历史上有自北向南推移的趋势。文章认为，状元籍贯地的时空变化主要受经济发展影响，我国古代经济中心的南移决定了教育文化中心也由北向南转移。此外首都的位置、考试制度的沿革对状元分布也有影响。状元籍贯地理分布反映了我国文化与人才的历史地理特征。胡兆量、王恩涌、李向荣的《我国武将地理分布初探》⑤，也应用了同样的研究方法。胡兆量、王恩涌、韩茂莉《中国人才地理特征》⑥，制作了中国人才分布表，人才与经济分布比较表，中国历史名人分期分布表，京、沪、津教授地域构成表等表格，也制成了中国普通高等学校教授分布图，中国科学院院士分布图，北京大学博士生导师分布图，南宋、明清状元分布图等。文章认为中国人才地理分布根植于气候、地貌和海岸线等自然环境以及悠久的历史文化前景，呈现出东多西少，南多北少，江浙一带最密集的特点。朱翔的《中国人才时期与人才地理研究》⑦ 在分析大量人才资料的基础上，分阶段阐明了中国人才的历史时期，侧重研究了重点人才时期的主要特征和人才籍贯的地域分布，并探讨了我国人才地理的基本规律。朱翔还有《近现代湖南人才地理研究》⑧、《中国现代人才地域分布问题》⑨ 等论文。这类研

---

① 王日根：《地域性会馆与会馆的地域差异》，《中国历史地理论丛》1996 年第 1 辑。
② 张述林、罗世伟：《试论服装地理的主要研究领域》，《人文地理》1995 年第 3 期。
③ 陈传康：《中国饮食文化的区域分化和发展趋势》，《地理学报》1994 年第 3 期。
④ 韩茂莉、胡兆量：《中国古代状元分布的文化背景》，《地理学报》1998 年第 6 期。
⑤ 胡兆量、王恩涌、李向荣：《我国武将地理分布初探》，《中国人口·资源与环境》1993 年第 2 期。
⑥ 胡兆量、王恩涌、韩茂莉：《中国人才地理特征》，《经济地理》1998 年第 1 期。
⑦ 朱翔：《中国人才时期与人才地理研究》，《人文地理》2001 年第 5 期。
⑧ 朱翔：《近现代湖南人才地理研究》，《地理学报》1998 年第 3 期。
⑨ 朱翔：《中国现代人才地域分布问题》，《湖南师范大学学报》（社会科学版）1990 年第 4 期。

究还有曾大兴的《中国历代文学家之地理分布》①，黄定华的《中国历代名人地理分布》②，史念海的《两〈唐书〉列传人物籍贯的地理分布》③，王尚义的《汉唐时期山西文人及地理分布及其文化之特点》④，王尚义、徐宏平的《宋元明清时期山西人才的地理分布及文化发展特点》⑤，李泉的《试论西汉高中级官吏籍贯分布》⑥、《东汉官吏籍贯分布之研究》⑦，肖华忠的《宋代人才的地域分布及其规律》⑧，叶忠海等的《南宋以来苏浙两省成为中国文人学者最大源地的综合研究》⑨ 等。

地域文学是地域文化的重要组成，地域文化探讨的理论、方法与成果对地域文学的研究有直接的影响。但文学有着相对独立的发展规律，文学研究亦有着某些独特的研究视角与方法。20世纪80年代以来，地域文学的话题日益引起学术界的广泛重视，地域文学研究的热潮蓬勃兴起。主要表现在理论研究和实践探考两个方面。

文化地理学家陈正祥《诗的地理》、《中国文化地理》两书对这一时期的地域文学研究有较大影响。《中国文化地理》⑩ 第一章《中国文化中心的迁移》中对唐代诗人、北宋词人和宋代诗人地域分布进行了定量分析。值得一提的是，他应用地理学的研究方法研究文学，诸如定量分析与定性描述相结合以及利用地图体现一时一地的文学风貌，等等，都为后来的研究者所取法。其《诗的地理》⑪，认为"诗人的分布和汉文化的扩散区一致"，他从文化地理学家的角度出发，应用地理学的学科方法考察中国古代诗歌（尤其是唐诗）包含地理学价值的部分，诸如诗对自然景

---

① 曾大兴：《中国历代文学家之地理分布》，湖北教育出版社1995年版。
② 黄定华：《中国历代名人地理分布》，《台湾新竹师范学院学报》1985年第11期。
③ 史念海：《两〈唐书〉列传人物籍贯的地理分布》，《纪念顾颉刚学术论文集》，巴蜀书社1990年版，第571页。
④ 王尚义：《汉唐时期山西文人及地理分布及其文化之特点》，《山西大学学报》1986年第4期。
⑤ 王尚义、徐宏平：《宋元明清时期山西人才的地理分布及文化发展特点》，《山西大学学报》1988年第3期。
⑥ 李泉：《试论西汉高中级官吏籍贯分布》，《中国史研究》1991年第2期。
⑦ 李泉：《东汉官吏籍贯分布之研究》，《秦汉史论丛》第5辑。
⑧ 肖华忠：《宋代人才的地域分布及其规律》，《中国历史地理论丛》1993年第3辑。
⑨ 叶忠海等：《南宋以来苏浙两省成为中国文人学者最大源地的综合研究》，《华东师范大学学报》1994年第1期。
⑩ 陈正祥：《中国文化地理》，生活·读书·新知三联书店1983年版。
⑪ 陈正祥：《诗的地理》，商务印书馆香港分馆1978年版。

观、气候物候、交通旅游的描写等。该书还研究了历代诗人和词家的籍贯分布和旅行路线,并绘制有三幅地图:《唐代诗人的籍贯的地理分布》、《宋代词人的籍贯的地理分布》、《明代诗人的籍贯的地理分布》。是书虽为通俗性著作,但当时国内学术界关于这方面系统的研究较少。所以该书和《中国文化地理》一样,对新时期地域文学研究有方法论的启示意义,一道对地域文学研究的繁荣起到了推动作用。

常德江的《加强我省古代文学地方特点的研究》[①] 通过对河北古代文学发展轨迹的描述,探讨了河北古代文学地方特点的形成及其条件及其历史变迁与成就。常德江认为对古代文学地域特征的认识,不宜采取妄自菲薄或坐井观天的态度。而继承和发展两千年来形成的优秀传统和根深蒂固的乡土特色,当代文学创作才会有新的突破。常德江所论虽限于河北一省,但亦是学术界开始重视地域文学研究反应的体现。1986年,金克木的《文艺的地域学研究设想》指出[②]:"我觉得我们的文艺研究习惯于历史的线性探索,作家作品的点的研究;讲背景也是着重点和线的衬托面;长于编年表而不重视画地图,排等高线,标走向、流向等交互关系。是不是可以扩展一下,作以面为主的研究、主体研究,以至于时空合一内外兼顾的多'维'研究呢?假如可以,不妨首先扩大到地域方面,姑且说是地域性的研究。"他还认为地域文学可能有的四个方面是:一是分布,二是轨迹,三是定点,四是播散。这篇文章是新时期地域文学宣言性文章,为地域文学的发展提供了理论上的依据和方法上的指导。

袁行霈的《中国文学概论》[③] 第三章《中国文学的地域性与文学家的地理分布》共两节。第一节讲中国文学的地域性,认为中国文学在民族统一性之中又呈现出一定的地域性,袁行霈考察了中国文学史的地域文化特征及其表现,并认为中国文学发展的一条规律是:"中国文学一个时期地域性相当突出,另一个时期地域性又淡化下去而融入文学的民族特色之中,并为民族特色增加新的成分。"该章第二节讲中国文学家的地理分布,提到邹鲁、荆楚、淮南、长安、邺都、金陵、河南、江西、大都、江浙、岭南、蜀中等曾是文学家们集中活动的中心。该书认为,"中国文

---

① 常德江:《加强我省古代文学地方特点的研究》,《河北学刊》1984年第1期。
② 金克木:《文艺的地域学研究设想》,《探古新痕》,上海古籍出版社1998年版,第79—92页。
③ 袁行霈:《中国文学概论》,高等教育出版社1990年版。

学的研究,除了史的叙述、作家作品的考证评论,以及文体的描述外,还有一个被忽视了的重要方面,就是地域研究。"其后袁行霈又在《中国文学史》① 总绪论中提出"中国文学发展的不平衡问题"的观点,指出文学的发展除了文体发展以及朝代的不平衡外,还有地域的不平衡。"所谓地域的不平衡包括两方面的意思:一是在不同的朝代,各地文学的发展有盛衰的变化,呈现此盛彼衰、此衰彼盛的状况。""二是不同的地域有不同的文体孕育生长,从而使一些文体带有不同的地方特色,至少在形成后相当长的一段时间内是如此。"对《中国文学概论》中原先的观点进行了补充和扩展。

张仁福的《中国南北文化的反差:韩欧文风的文化透视》② 一书从地理环境对中国南北文化差异的影响角度分析了中国南北文化形成的原因,认为自然人文环境决定文化心理结构,但后者反作用于前者。李显卿的《中国南北文化地理与南北文学》③ 以南北文化地理的差异来解释南北文学差异的事实,并认为南北文学的互补互动是中国文学发展的动力。陶礼天的《北"风"与南"骚"》④,从人文地理学的理论出发,界定了文学地理学的学科性质、研究范畴,并提出了南北文化"感觉区"、"正朔"意识等概念。乔力的《地域文学史研究刍议暨山东文学流变研究试例》⑤ 认为地域文学史地域范围的确立,当以一级政区主体的"省"为适宜;而在内容的界定,则包括本籍贯人士、虽非本籍但较长时期在此生活并有创作活动的作家、作品以本地为主要空间背景的三部分。地域文学史建构范式的选择,应以主流作家作品为主。作者还以山东文学史中明代段的流变作具体例示。

郝明工的《区域文学刍议》⑥ 认为:"如果对区域文化的认识需要基于大文化观,那么,对区域文学的把握则需要基于大文学观,从而使文学与文化之间的文本联系能够得到一种基于历史的审美阐释。这不仅是因为区域文学是对于区域文化的文学性表征,而且更是因为区域文学对于区域

---

① 袁行霈:《中国文学史》,高等教育出版社1999年版。
② 张仁福:《中国南北文化的反差:韩欧文风的文化透视》,云南教育出版社1992年版。
③ 李显卿:《中国南北文化地理与南北文学》,《辽宁大学学报》1993年第3期。
④ 陶礼天:《北"风"与南"骚"》,华文出版社1997年版。后又截取部分而成论文,见《北大中文研究》第一辑,北京大学出版社1998年版。
⑤ 乔力:《地域文学史研究刍议暨山东文学流变研究试例》,《东岳论丛》2001年第6期。
⑥ 郝明工:《区域文学刍议》,《文学评论》2002年第4期。

文化的文学性表征具有文学与文化的双重内涵。"周晓风的《区域文学——文学研究的新视野》①认为"区域文学研究在 90 年代以来得到迅疾发展。这既是对 80 年代开始的文学的文化研究视角的延伸，也是近年来愈益迅猛的全球化浪潮和国内经济文化发展不平衡的反映。区域文学研究的特殊性在于它从社会的行政区划出发，从中引出区域文学发展的固有规律，因而不同于对自然形成的地域文学的研究。在现代社会条件下，文学发展的道路应是从区域文学到国家文学再到世界文学，而不是过去所理解的从地域文学到民族文学再到世界文学"。李浩的《古代文学研究的困境与学术突围》②还认为文学地理学研究对古代文学研究的困境的学术突围有所助益。

2002 年 4 月，中国社会科学院文学研究所《文学评论》编辑部和重庆师范学院中文系联合举办的"区域文化与文学学术研讨会"召开。会议围绕着区域文化与文学研究的理论建构、区域文化与全球化、重庆文化与文学等问题进行了广泛而深入的学术讨论，有较多的理论创获。③此外《涪陵师专学报》自 1999 年第 1 期起，开辟"重庆文学史"专栏，刊载了十几篇地域文学研究论文，如吴福辉的《地域文学史的难题》、李敬敏的《重庆地域文化与重庆文学》、蔡震的《重庆有文学史吗?》、傅德岷的《重庆文学史的"已然"存在》等，他们的争论和探讨对地域文学研究起到了促进作用。

这类的论文还有廖可斌的《地域文化集团的兴替与元末明初文学思潮的变迁》④，景纲的《我国地理文学的形成及在东晋刘宋时期的发展》⑤，李继凯的《文学与地域文化》⑥，朱志荣的《中国文学的地域风格论》⑦，张泉的《新中国以前北京地域文学之概观》⑧，李敬敏的《地域自

---

① 周晓风：《区域文学——文学研究的新视野》，《中国文学研究》2002 年第 4 期。
② 李浩：《古代文学研究的困境与学术突围》，《河南社会科学》2003 年第 5 期。
③ 黄良：《区域文化与文学学术研讨会综述》，《文学评论》2002 年第 4 期。
④ 廖可斌：《地域文化集团的兴替与元末明初文学思潮的变迁》，《社会科学战线》1993 年第 4 期。
⑤ 景纲：《我国地理文学的形成及在东晋刘宋时期的发展》，《山东大学学报》1996 年第 1 期。
⑥ 李继凯：《文学与地域文化》，《民族艺术》1998 年第 4 期。
⑦ 朱志荣：《中国文学的地域风格论》，《苏州大学学报》（哲学社会科学版）2000 年第 3 期。
⑧ 张泉：《新中国以前北京地域文学之概观》，《北京社会科学》2002 年第 1 期。

然环境与地域文化和文学》①、《全球一体化中的地域文化与地域文学》②、周晓风的《区域文学——文学研究的新视野》③、余敏芳的《论区域自然环境与杜牧的文学创作》④、曹道衡的《略论南朝学术文艺的地域差别》⑤、曾大兴的《中国历代文学家的地理分布——兼谈文学的地域性》⑥、李浩的《地域空间与文学的古今演变》⑦、王祥的《试论地域、地域文化与文学》⑧、《宋代文学地域性研究述评》⑨，周晓琳的《古代文学地域性研究的回顾与前瞻》⑩，梅新林的《中国文学地理学导论》⑪，木实的《地域文化与文学——一个正在崛起且应当引起关注的课题》⑫ 等。

在进行理论探讨的同时，密切结合个案研究，或在个案探讨的同时，将个别现象上升为普遍规律，是这一时期地域文学研究的显著特点之一。

胡阿祥的《魏晋本土文学地理研究》⑬ 虽然只是对一个时代（魏晋）综合文学地理（又分相对静态的本土文学地理、相对动态的文学局面地理与文学活动中心地理）、分体文学地理（又分诗地理、赋地理）的研究；但由此研究，魏晋文学地理的基本格局及其影响因素已大体明了，断代文学地理的研究模式与研究方法也得到了切实可行的尝试，具有典型示范意义。胡阿祥由文学作品入手确认文学家，再由文学家籍贯的考定，制作相应的籍贯分布表与籍贯分布图，复由文学家籍贯的地理分布，认

---

① 李敬敏：《地域自然环境与地域文化和文学》，《文学评论》2002年第4期。
② 李敬敏：《全球一体化中的地域文化与地域文学》，《西南民族学院学报》2002年第5期。
③ 周晓风：《区域文学——文学研究的新视野》，《中国文学研究》2002年第4期。
④ 余敏芳：《论区域自然环境与杜牧的文学创作》，《云梦学刊》2002年第2期。
⑤ 曹道衡：《略论南朝学术文艺的地域差别》，《南京师范大学文学院学报》2002年第3期。
⑥ 曾大兴：《中国历代文学家的地理分布——兼谈文学的地域性》，《学术月刊》2003年第9期。
⑦ 李浩：《地域空间与文学的古今演变》，《陕西师范大学学报》（哲学社会科学版）2005年第3期。
⑧ 王祥：《试论地域、地域文化与文学》，《社会科学辑刊》2004年第4期。
⑨ 王祥：《宋代文学地域性研究述评》，《沈阳师范大学学报》（社会科学版）2006年第1期。
⑩ 周晓琳：《古代文学地域性研究的回顾与前瞻》，《文学遗产》2006年第1期。
⑪ 梅新林：《中国文学地理学导论》，《文艺报》2006年6月1日。
⑫ 木实：《地域文化与文学——一个正在崛起且应当引起关注的课题》，《理论学刊》2006年第12期。
⑬ 胡阿祥：《魏晋本土文学地理研究》，南京大学出版社2001年版。

定不同时期不同地区本土文学的发展程度及其彼此间的差异，进而揭示各地区本土文学成长的历史背景与现实过程，分析影响文学发展的主要因素在各地区的表现或作用。胡阿祥探讨魏晋时期文学现象的地理分布、组合及其变迁，揭示文学与地域的关系，明确文学发展过程中的地域分异规律。这样横向研究，覆盖面较之以往以时间为序的纵向研究，要宽广得多。胡阿祥的著作有力地例证了中国文学，包括古代、近代、现当代文学的研究，需要时空两者的结合。值得注意的是，胡阿祥在研究方法上运用了地理学，尤其是文化地理学的理论与方法，并引史入文，由史论文，将中国传统学术讲究的文史结合的路子，进一步开拓为文史地相结合的新路子。

此外，李浩的专著《唐代三大地域文学士族研究》[①]、《唐代关中士族与文学》[②]，李德辉的《唐代交通与文学》[③]，景遐东的《江南文化与唐代文学研究》[④]，汤江浩的《北宋临安王氏家族及文学考论》[⑤]，戴伟华的《地域文化与唐代诗歌》[⑥] 等论著，将家族、地域文化研究与文学研究相结合，考论结合，论从史出，往往突破成说，创获甚大。

除了相关论著，大量论文也以地域文化为切入点进行文学研究。王水照先生的《北宋洛阳文人集团的构成》[⑦]、《北宋洛阳文人集团与地域环境的关系》[⑧]、《北宋洛阳文人集团与宋诗面貌的孕育》[⑨] 等论文从地域文化的角度对北宋洛阳文人集团的构成及其给北宋诗坛带来的影响进行了研究，角度新颖，论述深刻，对地域文化—文学的研究有示范意义。

曹道衡先生的《关中地区与汉代文学》[⑩] 从广阔的文化视野考察了关中文化兴衰的历史背景及其发展脉络。个案研究与综合研究相结合，文学研究与文化观照相统一，论述清晰，结论信实，是地域文学研究的力作。

---

① 李浩：《唐代三大地域文学士族研究》，中华书局2002年版。
② 李浩：《唐代关中士族与文学》，中国社会科学出版社2003年版。
③ 李德辉：《唐代交通与文学》，湖南人民出版社2003年版。
④ 景遐东：《江南文化与唐代文学研究》，人民文学出版社2005年版。
⑤ 汤江浩：《北宋临安王氏家族及文学考论》，人民文学出版社2005年版。
⑥ 戴伟华：《地域文化与唐代诗歌》，中华书局2006年版。
⑦ 王水照：《北宋洛阳文人集团的构成》，《王水照自选集》，上海世纪出版集团、上海教育出版社2000年版。
⑧ 王水照：《北宋洛阳文人集团与地域环境的关系》，《文学遗产》1994年第3期。
⑨ 王水照：《北宋洛阳文人集团与宋诗面貌的孕育》，《中华文史论丛》1991年第12期。
⑩ 曹道衡：《关中地区与汉代文学》，《文学遗产》2002年第1期。

余恕诚的《地域、民族和唐诗刚健的特质》①一文则分析唐诗刚健特质与地域、民族两个因素之间的关系。认为"一代诗歌风貌的形成,根源是复杂的,既有当代生活的影响,又有历史的积淀;既受文学本身发展规律支配,又受从事创作的主体(人)诸方面素质的制约;既表现出时间性,又表现出空间性。它是多元的复合,对于这种多元,我们还处在排比材料,逐一认识过程中。"余恕诚的《李白与长江》②关注长江流域巴蜀、荆楚、吴越三地自然风光、人文因素对李白诗歌创作的影响,剖析了李白所代表的地域文化特征,探讨文化地域与文学创作的关系。邓乔彬、姚若冰的《论魏晋南北朝文化与文艺的多元》③认为在文化的变更中,地理始终是一个重要的因素。正如南北文风与艺术的诸多不同与胡汉文化在南北地区整合与分流有着深刻的关联。李浩的《从人地关系看唐代关中的地域文学》④从人地关系的理论前提出发,主要运用"地域—家族"相结合的研究方法,对唐代关中地域文学进行探赜,对与文学发展具有关联性的关中地域文化和关中士族的一些历史事实进行整理,对本地域文学的发生机制重新诠释,并在此基础上为唐代关中文学进行定位。周帆的《地域文学的二重性——黔北文学个案分析》⑤重新探讨了黔北文学的地域文学特征,指出黔北文学既不是在封闭的黔北地域独自生长,也没有完全成为主流文学的回声,而是呈现出地域性与共通性共存的二重性。作者借助对黔北文学的个案分析,把握了地域文学的内在特征,从而具有理论的普遍意义。

此外,程杰的《北宋京东文人群体及其诗文革新实践》⑥,汪俊的《略论宋代文化的地域性特征》⑦,祝尚书《论南宋文学的东西部差异》⑧,刘乃

---

① 余恕诚:《地域、民族和唐诗刚健的特质》,《安徽师范大学学报》(哲学社会科学版)1987年第3期。
② 余恕诚:《李白与长江》,《文学评论》2002年第1期。
③ 邓乔彬、姚若冰:《论魏晋南北朝文化与文艺的多元》,《洛阳大学学报》2002年第3期。
④ 李浩:《从人地关系看唐代关中的地域文学》,《西北大学学报》1999年11月。
⑤ 周帆:《地域文学的二重性——黔北文学个案分析》,《文学评论》2000年第4期。
⑥ 程杰:《北宋京东文人群体及其诗文革新实践》,《文学遗产》1996年第3期。
⑦ 汪俊:《略论宋代文化的地域性特征》,《扬州大学学报》(人文社会科学版),1998年第4期。
⑧ 祝尚书:《论南宋文学的东西部差异》,《四川大学学报》2000年第5期。

昌的《苏辙的齐鲁情结》①，刘庆云的《宋代闽北词坛鸟瞰》②，赵维江的《地域文化视野中的辽金文学研究》③，张剑、吕肖奂的《宋代的文学家族与家族文学》④，莫立民的《唐代文学人才的地理分布及其成因》⑤，王祥的《北宋诗人的地理分布及其文学史意义分析》⑥，钱建状的《南渡词人的地理分布与南宋文学发展的新趋势》⑦等论文在史料考订，理论探讨方面也有较大突破。

这一时期地域文学研究另外一个突出特点是地域文学史的撰述大量问世。据笔者知见的便有刘登翰的《台湾文学史》⑧，马清福的《东北文学史》⑨，陈伯海的《上海近代文学史》⑩，王文英的《上海现代文学史》⑪，崔洪勋、傅如一的《山西文学史》⑫，陈永正的《岭南文学史》⑬，王齐洲、王泽龙的《湖北文学史》⑭，陈庆元的《福建文学发展史》⑮，陈书良的《湖南文学史》⑯，涂木水的《临川文学史》⑰，王永宽、白本松的《河南文学史》⑱，杨世明的《巴蜀文学史》⑲，乔力、李少群的《山东文学通史》⑳，范培松、金学智的《插图本苏州文学通史》㉑，吴海、曾子鲁的

---

① 刘乃昌：《苏辙的齐鲁情结》，《东岳论丛》2001年第5期。
② 刘庆云：《宋代闽北词坛鸟瞰》，《阴山学刊》2003年第5期。
③ 赵维江：《地域文化视野中的辽金文学研究》，《学术研究》2005年第3期。
④ 张剑、吕肖奂：《宋代的文学家族与家族文学》，《文学评论》2006年第4期。
⑤ 莫立民：《唐代文学人才的地理分布及其成因》，《中州学刊》2006年第5期。
⑥ 王祥：《北宋诗人的地理分布及其文学史意义分析》，《文学遗产》2006年第6期。
⑦ 钱建状：《南渡词人的地理分布与南宋文学发展的新趋势》，《文学遗产》2006年第6期。
⑧ 刘登翰：《台湾文学史》上册，海峡文艺出版社1991年版；刘登翰：《台湾文学史》下册，海峡文艺出版社1993年版。
⑨ 马清福：《东北文学史》，春风文艺出版社1992年版。
⑩ 陈伯海：《上海近代文学史》，上海人民出版社1993年版。
⑪ 王文英：《上海现代文学史》，上海人民出版社2001年版。
⑫ 崔洪勋、傅如一：《山西文学史》，北岳出版社1993年版。
⑬ 陈永正：《岭南文学史》，广东高等教育出版社1993年版。
⑭ 王齐洲、王泽龙：《湖北文学史》，华中理工大学出版社1995年版。
⑮ 陈庆元：《福建文学发展史》，福建教育出版社1996年版。
⑯ 陈书良：《湖南文学史》，湖南教育出版社1998年版。
⑰ 涂木水：《临川文学史》，广东高校出版社1998年版。
⑱ 王永宽、白本松：《河南文学史》，中州古籍出版社2002年版。
⑲ 杨世明：《巴蜀文学史》，巴蜀书社2003年版。
⑳ 乔力、李少群：《山东文学通史》，山东教育出版社2004年版。
㉑ 范培松、金学智：《插图本苏州文学通史》，江苏教育出版社2004年版。

《江西文学史》① 等。这些著作对各地的文学现象、文学状况、文学特征都有较详细的论述。以陈庆元的《福建文学发展史》为例。该书是在整个中国文学史的大背景下来描述福建文学发生、发展的轨迹，并探讨它的发展规律和特点。"该书资料丰富，考订精严，文字却十分简约，而且处处显示出作者的独到见解，是这类文学史中的一个精品。"②

而且这些著作的撰述，大多能在史料钩沉之余，对地域文学的理论、研究方法也加以探讨。陈庆元出版《福建文学发展史》之后，继续深入区域文学的研究，2003年又出版了《文学：地域的观照》③。该书对明清以来某些具有鲜明地域特色，在文学发展进程中发生过重大影响的文学流派，进行了深入细致的研究。在研究方法上，作者除了运用中国古代文学传统的研究方法，还借鉴、引进了人文地理学、历史地理学、区域文化学、文化人类学等学科的理论和方法，对大量翔实可靠的原始资料进行审视、观照和诠释，并升华到理论的高度。收在该书中的《地域文学与区域文学史建构问题》、《地域区域文学研究摭谈》即是作者地域文学研究理论成果的集中体现。

回顾前人，特别是20世纪80年代以来中国学者关于地域文化—文学的研究，留给我们更多的是思索。地域文化—文学研究取得的成绩有目共睹。但还存在一些问题：地域文学的研究，除了极少数前辈提出过南北文学不同论等概念之外，时至今日未有地域文学研究的理论专著问世，对地域文学理论的探讨显得较为空泛。很多所谓的地域文学史只是中国文学史的细化。而且，虽然当前倡导建立文学地理学，或历史文学地理学学科的呼声颇高，但研究基本上还是停留在借用其他学科的理论，未形成自己的学科理论体系和学科意识。另外，当前许多研究在方法上并无多大创新，一些地域文学研究，往往演变成为单纯的诗人作家占籍考或籍贯分布研究。这样的研究固然有其意义所在，但是我们必须看到，一个作家的成熟，不仅仅只是受地理环境的影响，整个历史文化传统也会对作家产生较大的影响，这也是江西诗派不尽为江西人，桐城派未必都是桐城人的缘故；一地文学风貌的鼎盛也不只是本土作家的努力，许多文化中心的繁荣是借助政治经济因素而吸引外来优秀人才的集聚；从这一点来看，单纯

---

① 吴海、曾子鲁：《江西文学史》，江西人民出版社2005年版。
② 董乃斌、陈伯海、刘扬忠：《中国文学史学史》，河北人民出版社2003年版。
③ 陈庆元：《文学：地域的观照》，上海远东出版社、上海三联书店2003年版。

的诗人作家占籍考或籍贯分布研究，便有胶柱鼓瑟之嫌，定量化研究之见木不见林的弊病则更明显。定量化的研究貌似精确，但应用于文学这一艺术学科，往往和实际情况有一定差距。因此，我们在倡导地域文学研究的同时，在方法上要提倡定量统计与定性分析的有机结合。此外，引入其他学科方法虽然对文学研究的深化和多样化有所帮助，但文学作为一个学科毕竟有着自身的独特性，因此，在借鉴其他相关学科方法和理论的同时，要紧紧扣准文学研究这个前提，融会贯通，形成自己的研究特色。而且地域文学的研究不能只停留在理论的探讨上，地域文学研究的生命力在于对各个具体地域文学现象细致入微从而见微知著的研究，因此在地域文学研究中努力开掘各研究地域的特色，深入分析各地域文学与地理环境、社会习俗、经济状况的关系，对地域文学研究的发展和深入有重要的意义。

四 文学地理学学科的建构与发展

早在 20 世纪 20 年代，梁启超在《中国地理大势论》中即已提出"文学地理"的概念，但"文学地理学"真正树立起自觉的学科意识，则是近三十年来地域文化—文学研究深入的结果，如近年来中国文学研究领域的学术研讨会，其论题往往围绕"地域文学"、"文学地理学"展开。2009 年 11 月，重庆师范大学文学与新闻学院、《文学评论》编辑部、重庆师范大学区域文化与文学研究中心在重庆联合举办的全国第二届"区域文化与文学"学术研讨会；2011 年 10 月，由复旦大学中国古代文学研究中心、陕西理工学院汉水文化研究中心、陕西理工学院文学院联合主办的"中国古代文学与地域文化学术研讨会"等，进一步深化了地域文化与文学的研究，都可以纳入当代"文学地理学"研究的范畴。而 2011 年 11 月，由江西社科院文学研究所"宋代文学"重点学科和广州大学中文系联合主办的"首届中国文学地理学暨宋代文学地理研讨会"在南昌召开。会上，更就组建"中国文学地理学学会"提出了动议。

在文学地理学学科的建构过程中，杨义、梅新林、曾大兴、陶礼天、邹建军等学者均作了较为深入的研究，虽然他们对于"文学地理学"这一学术命题有不同的理解，但他们的研究，共同推动了"文学地理学"的学科建设与理论体系的建构，揭示了文学地理学的研究方法，进一步深化了文学地理学视野下的中国文学研究。

1. 文学地理学的学科建设与理论体系建构

曾大兴、李仲凡的《文学地理学的学科建设——曾大兴教授访谈录》一文中,总结了学术界关于文学地理学的学科定位的四种观点,这四种观点分别是:(1)以陶礼天为代表的"文学地理学是文化地理学的一个分支";(2)以杨义为代表的"文学地理学是一种学术方法";(3)以梅新林为代表的"文学地理研究是文学史研究的一个补充或补救";(4)曾大兴主张要把"文学地理学建设成和文学史双峰并峙的独立学科"。①

关于第一种观点,实际上在《北"风"与南"骚"》之后,陶礼天的观点又有所发展。其《略论文学地理学的过去、现在和未来》②一文中重申了其在《文学与地理——中国文学地理学略说》③上的观点:可以给"文学地理学"下这样一个简明的定义,即它是介于文化地理学与艺术社会学(或称文学社会学)之间的一门文学研究的边缘学科。所谓文学地理学就是研究地域的文学与文学的地域、地域的文学与文化的地域、地域的文学与地域的文化之间的相互关系。

第二种观点,以杨义为代表。杨义在 2003 年提出了重绘中国文学地图的主张。④ 重绘文学地图,乃是"以空间维度配合着历史叙述的时间维度和精神体验的维度,构成了一种多维度的文学史结构"。⑤ 重绘文学地图的体系构建,有"一纲三目四境",所谓"一纲",即指中国文学要从超越"杂文学观"、"纯文学观"而返回以"大文学观"为纲。所谓"三目",就是支撑重绘中国文学地图的三个基点,一是时间结构:在时间维度上强化空间维度;二是发展动力体系:在中心动力上强化边缘动力;三是精神文化深度:从文献认证中深入文化透视。所谓"四境",乃是以一纲三目加以贯通的四个学科分支或学科交叉领域,即文学的民族学、地理学、文化学、图志学。

---

① 曾大兴、李仲凡:《文学地理学的学科建设——曾大兴教授访谈录》,《学术研究》2013年第8期。

② 陶礼天:《略论文学地理学的过去、现在和未来》,《文学研究》第12辑。

③ 陶礼天:《文学与地理——中国文学地理学略说》,《北大中文研究》1993年创刊号。

④ 杨义的成果较为丰富,有《重绘中国文学地图》(中国社会科学出版社2003年版);《重绘中国文学地图通释》(当代中国出版社2007年版);《重绘中国文学地图》(《文学遗产》2003年第5期);《重绘中国文学地图纲目》[《北京联合大学学报》(人文社会科学版)2007年第2期]等。

⑤ 杨义:《重绘中国文学地图与中国文学的民族学、地理学问题》,《文学评论》2005年第3期。

杨义的研究并不限于学术方法，其《文学地理学的渊源与视境》①、《文学地理学的信条：使文学连通"地气"》②、《文学地理学会通》③ 等论文和著作中，广泛涉及文学地理学的研究意义、对象和方法。

第三种观点的代表是梅新林。梅新林的文学地理学研究是以理论性和体系性为特色，有《中国古代文学地理形态与演变》④、《中国文学地理学导论》⑤、《世纪之交文学地理研究的进展与趋势》⑥ 等专著和论文。其《中国古代文学地理形态与演变》一书，基于反思中国文学研究的现状与重构一种时空交融的新型文学史研究范式的双重需要，以创立中国文学地理学为学术宗旨，以具有原创性意义的"场景还原"、"版图复原"之"二原"说为理论支撑，通过文学与地理学的跨学科研究，深入揭示出中国文学地理的表现形态与演变规律，系统建构起中国文学地理学的学术体系。该著作重点围绕决定和影响中国文学地理最为关键的五大要素，即从文学家籍贯分布的"本土地理"出发，依次向流域轴线、城市轴心、文人流向三个层面展开，最后归结为"区系轮动"模型及演化的探讨。全书体制宏大，在广泛吸收前人研究成果的基础上，对于推进中国文学研究的学科交融与学术创新具有重要的理论价值与实践意义，实为"中国文学地理学"的集大成之作。⑦

梅新林《文学地理学的学科建构》⑧，对于文学地理学的学科定位、学科建构（理论、范式与体系建构），还提出根据文学地理学学科建构的要求，今后应重点在文学地理学理论、断代文学地理、区域文学地理、城市文学地理、文人群体活动空间以及文学地理研究队伍建设等方面不断寻求新的突破。

---

① 杨义：《文学地理学的渊源与视境》，《文学评论》2012年第4期。
② 杨义：《文学地理学的信条：使文学连通"地气"》，《江苏师范大学学报》2013年第2期。
③ 杨义：《文学地理学会通》，中国社会科学出版社2013年版。
④ 梅新林：《中国古代文学地理形态与演变》，复旦大学出版社2006年版。
⑤ 梅新林：《中国文学地理学导论》，《文艺报》2006年6月1日。
⑥ 梅新林：《世纪之交文学地理研究的进展与趋势》，《浙江师范大学学报》（社会科学版）2010年第3期。
⑦ 胡建次：《20世纪90年代以来我国古代地域诗学研究综述》，《中州学刊》2009年第5期。
⑧ 梅新林：《文学地理学的学科建构》，《华中师范大学学报》（人文社会科学版）2012年第4期。

而第四种观点的代表为曾大兴,对于文学地理学的学科地位和学科意义最为肯定。曾大兴早年从事文学地理学的实证研究,近年来倡导建立文学地理学学科,发起成立中国文学地理学学会,主持召开中国文学地理学会第一届、第二届年会,主编《文学地理学》年刊第一辑、第二辑,有《文学地理学研究》①、《中国历代文学家之地理分布》② 等著作。其在《建设与文学史学科双峰并峙的文学地理学科——文学地理学的昨天、今天和明天》③ 提出了建立与文学史双峰并峙的文学地理学科。在这篇文章里,曾大兴也提出文学地理学学科的研究对象为"文学与地理环境的关系。再具体一点,就是三句话文学要素(包括文学家、文学作品和文学读者)的地理分布、组合与变迁,文学要素及其整体形态的地域特性与地域差异,文学与地理环境的相互关系"。同时,文学地理学的研究对象,规定了它的研究任务,这就是通过文学家(包括文学家族、文学流派、文学社团、文学中心)的地理分布及其变迁,考察不同的自然地理环境和人文地理环境,对文学家的气质、心理、知识结构、文化底蕴、价值观念、审美倾向、艺术感知、文学选择等构成的影响,通过文学家这个中介对文学作品的主题、题材、人物、原型、意象、景观、体裁、形式、语言、风格等构成的影响;同时考察文学家(以及由文学家所组成的文学家族、文学流派、文学社团、文学中心等)所完成的文学积累(文学作品、文学胜迹等)、所形成的文学传统、所营造的文学风气等,对当地的人文环境所构成的影响。文学与地理环境的关系是一个互动关系,文学地理学的任务,就是对地理环境(包括自然环境和人文环境)与文学要素(包括文学家、文学作品、文学读者)之间的各个层面的互动关系进行系统的梳理,找出它们之间的内在联系及特点,并给予合理的解释。

除上述学者外,周晓琳、刘玉平的《空间与审美——文化地理视域中的中国古代文学》④,刘小新的《文学地理学:从决定论到批判的地域

---

① 曾大兴:《文学地理学研究》,商务印书馆2012年版。
② 曾大兴:《中国历代文学家之地理分布》,商务印书馆2013年版。
③ 曾大兴:《建设与文学史学科双峰并峙的文学地理学科——文学地理学的昨天、今天和明天》,《江西社会科学》2012年第1期。
④ 周晓琳、刘玉平:《空间与审美——文化地理视域中的中国古代文学》,人民出版社2009年版。

主义》①，刘娅的《同或不同：地理、自然与文学关系之探究——文学地理学批评与生态文学批评之关联与差异》②，刘庆华的《文学地理学学科建构热点问题的思考》③ 等论著和论文对文学地理学的学科建设和理论体系建构亦富有洞见。

2. 文学地理学的研究方法

文学地理学的学科建设与理论体系建构，离不开文学地理学的学科研究方法的探求。

杨义的《文学地理学的三条研究思路》④ 结合具体的文学实证材料，认为文学地理学的研究，为我们打开了四个巨大的领域：一是区域文化类型，二是文化层面剖析，三是族群分布，四是文化空间的转移和流动。文学地理学为文学系统多层结构分析提供了研究的方法与路径。其一是整体性思维。文学地理学展开了一个很大的思想空间，搜集来的材料可能是分散的、零碎的、纷繁复杂的，这就需要从横向上整理出它们的类型，又要从纵向上发掘它们的深层意义。其二是互动性思维，互动性思维是一种考察相互关系的思维，在关系中比较和深化意义的考察。其要点，是对不同区域文化类型、族群划分、文化层析，不采取孤立的、割裂的态度，而是在分中求合，交相映照，特征互衬，意义互释。其三是交融性思维。特点一是交，交接以贯通诸端；二是融，融化以求创新。综合多种材料，统观多种可能，采取相互质疑、对证、筛选、组合的方式，还原历史现场和生命的秘密。地理是文学的土壤，文学的生命依托，文学地理学就是寻找文学的土壤和生命的依托，使文学连通"地气"，唯此才能使文学研究对象返回本位，敞开视境，更新方法，深入本质。所谓"三条研究思路"，探讨的是方法论问题。

邹建军教授的文学地理学研究别具一格。他是将文学地理学作为一门跨学科的文学批评方法正式提出。自 2009 年开始，邹建军在《外国文学

---

① 刘小新：《文学地理学：从决定论到批判的地域主义》，《福建论坛》（人文社会科学版）2010 年第 10 期。

② 刘娅：《同或不同：地理、自然与文学关系之探究——文学地理学批评与生态文学批评之关联与差异》，《世界文学评论》2011 年第 1 期。

③ 刘庆华：《文学地理学学科建构热点问题的思考》，《广州大学学报》（社会科学版）2013 年第 3 期。

④ 杨义：《文学地理学的三条研究思路》，《杭州师范大学学报》（社会科学版）2012 年第 4 期。

研究》等杂志上发表了数篇文学地理学批评理论的文章以及运用该批评理论进行具体文本解读的文章；同时在《世界文学评论》设立文学地理学批评专栏，多次在中外文学讲坛上展开网上主题研讨会，在对该领域进行不断理论探讨的同时，逐步形成了以邹建军为核心的教授、博士、研究生学术团队，三年期间发表了二十多篇相关的学术论文。

邹建军及与他人在《文学地理学研究的主要领域》①、《作为比较文学之文学地理学的提出》②、《文学地理学批评的十个关键词》③等论文和访谈中，对文学地理学批评方法提出的背景、基本内容、主要观点与主要适用范围做出解释，并对文学地理学批评的理论价值与实践意义加以论述。对于建立文学地理学的学术意义，邹建军教授认为：（1）对经典作家作品进行全新的解读；（2）对文学史的重写；（3）可以对文学理论与文学批评作出新的补充与修正；（4）对中国比较文学学科的建设做出贡献。

邹建军自言其所倡导的文学地理学："并不是从前有的人所讲的研究作家的地理分布与文学潮流的地理变迁的'文学地理学'。"他提出："文学地理学研究中，有如下几种方法值得引起我们的重视"，即（1）文本解析，即从作品中发现与地理空间相关的细节、相关的元素，在此基础上才能讨论文学地理学的相关问题。（2）实地考察。（3）图表统计。（4）动态分析，即强调对与地理相关的文学现象的动态分析。（5）比较对照，要比较不同地域、不同地理空间在作品中的表现，要比较不同作家笔下的自然山水的不同意义与不同表现形式。（6）追求一种理论上的建构。④

3. 文学地理学视野下的中国文学研究

借由文学地理学在理论体系和学科建设上的努力，学术界在重绘中国文学地图、探寻文学地理学的研究方法方面取得了较丰富的成果。可以说，在文学地理学视野下的中国文学显现出新的生机和活力。李浩在2003年发表的《古代文学研究的困境与学术突围》⑤中，提出用"文学地理学"来突围出中国古代文学研究的困境。其实，"文学地理学"研究

---

① 邹建军：《文学地理学研究的主要领域》，《世界文学评论》2009年第1期。
② 邹建军：《作为比较文学之文学地理学的提出》，《世界文学评论》2009年第2期。
③ 邹建军、周亚芬：《文学地理学批评的十个关键词》，《安徽大学学报》（社会科学版）2012年第2期。
④ 刘遥：《关于文学地理学的研究方法与发展前景——邹建军教授访谈录》，《世界文学评论》2008年第2期。
⑤ 李浩：《古代文学研究的困境与学术突围》，《河南社会科学》2003年第5期。

的学术意义，不仅限于古代文学学科。应当说，文学地理学是中国文学研究新的学术增长点，具有广阔的发展空间。

第四节 宋代文化—文学地域性特征

回顾了前人对地域文化—文学研究，本书不揣简陋，选择"宋词与地域文化"这一论题，即试图应用地域文化—文学研究的视角来研究宋词。词是宋代文学的最佳代表："凡一代有一代之文学：楚之骚，汉之赋，六代之骈语，唐之诗，宋之词，元之曲，皆所谓一代之文学，而后世莫能继焉者也。"① 尽管学术界关于宋词的成就是否超越宋诗、宋文尚有争议，但词体在宋代成熟并辉煌却是不争的事实，把词视作宋朝的"一代之文学"，仍有相当的合理性。而之所以选择地域文化—文学的视角对宋词的发展加以观照，则是基于宋代文化—文学的地域性特征。王国维先生有言："故天水一朝人智之活动与文化之多方面，前之汉唐，后之元明，皆所不逮也。"② 陈寅恪先生也认为，"华夏民族之文化，历数千载之演进，造极于赵宋之世"。③ 宋代作为古代中国的文化顶峰，其地域文化亦精彩纷呈。宋代版图的变动及其不完整性是导致宋代地域文化—文学意识的最初原因。晚唐及五代十国的政治割据，强化了各地域文化的独特性，也培育了宋人的地域文化—文学观念。南宋时期北方为金国占领，地区之间的隔绝状态又进一步加深了地域文化的自身特色，也促成了宋人对地域文化—文学的深刻体认。

宋人政治上的地域观念，是培育宋代地域文化—文学观念的温床。宋代君臣在选拔人才时，有着强烈的地域观念。陆游言："天圣以前选用人才，多取北人，寇准持之尤力，故南方士大夫沉抑者多。仁宗皇帝照知其弊，公听并观，兼收博采，无南北之异。于是，范仲淹起于吴，欧阳修起于楚，蔡襄起于闽，杜衍起于会稽，余靖起于岭南。皆为一时名臣，号称

---

① 王国维：《宋元戏曲史疏证》，马美信疏证，复旦大学出版社2004年版，第1页。
② 王国维：《宋代之金石学》，《王国维遗书》第五册《静安先生文集续编》，上海古籍书店1983年版，第70页。
③ 陈寅恪：《邓广铭〈宋史职官志考证〉序》，《金明馆丛稿二编》，上海古籍出版社1980年版，第245页。

圣宋得人之盛。及绍圣、崇宁间，取南人更多，而北方士大夫复有沉抑之叹。陈瓘独见其弊，昌言于朝曰：'重南轻北，分裂有萌。'呜呼！瓘之言，天下之至言也。"① 陆游之语，基本反映了北宋在人才政策上的地域倾向。《邵氏闻见录》卷一载："祖宗开国，所用将相皆北人，太祖刻石禁中，曰：后世子孙，无用南士作相，内臣主兵。至真宗朝，始用闽人，其刻不存矣。呜呼！"②《云麓漫抄》卷四亦载言太祖语："用南人为相、杀谏官，非吾子孙。"成书于宋徽宗朝的《道山清话》对此有专门记载：

> 太祖尝有言，不用南人为相，实录、国史皆载，陶穀《开基万年录》、《开宝史谱》言之甚详。皆言太祖亲写"南人不得坐吾此堂"，刻石政事堂上。或云自王文穆大拜后，吏辈故坏壁，因移石于他所，后浸不知所在。既而王安石、章惇相继用事，为人窃去。如前两书，今馆中有其名而亡其书也，顷时尚见，其他小说往往互见，今皆为人节略去。人少有知者，知亦不敢言矣。③

宋太祖对南人的态度在宋初非常具有代表性。宋朝立国，起于北方，其后才陆续征服南方。因此，北人对南人的普遍态度是戒心和优越感并存。如寇准事：

> 时新喻人萧贯与齐并见，齐仪状秀伟、举止端重。上意已属之。知枢密院寇准又言："南方下国人，不宜冠多士。"齐遂居第一。上喜谓准曰："得人矣。"……准性自矜，尤恶南人轻巧。既出，谓同列曰："又与中原夺得一状元。"齐，胶水人也。④

萧贯是南方人，蔡齐为北方人。寇准认为蔡齐而不是萧贯应当为状元的原因，一是蔡齐为北方人，二是萧贯为南方人，而南方人"轻巧"。同

---

① 陆游：《渭南文集》卷三《论选用西北士大夫札子》，《陆游集》，中国书店1986年版，第14页。
② 邵伯温：《邵氏闻见录》卷一，《宋元笔记小说大观》第二册，第1700页。
③ 佚名：《道山清话》，《宋元笔记小说大观》第三册，第2937页。
④ 李焘：《续资治通鉴长编》卷八十四，大中祥符八年三月癸卯，中华书局1995年版，第1920页。

时，北人对南人的阻抑同南人在政治上的逐渐活跃有关：

> 晏殊字同叔，抚州临川人。七岁能属文，景德初，张知白安抚江南，以神童荐之。帝召殊与进士千余人并试廷中，殊神气不慑，援笔立成。帝嘉赏，赐同进士出身。宰相寇准曰："殊江外人。"帝顾曰："张九龄非江外人邪？"①

> 帝欲相王钦若，旦曰："钦若遭逢陛下，恩礼已隆，且乞留之枢密，两府亦均，臣见祖宗朝未尝有南人当国者，虽古称立贤无方，然须贤士乃可。臣为宰相，不敢沮抑人，此亦公议也。"真宗遂止。旦没后，钦若始大用，语人曰："为王公迟我十年作宰相。"②

上述《道山清话》亦影射王钦若、王安石、章惇等南方人拜相之后，故意毁坏"禁中誓碑"，为南人出将入相铺平道路。南方人在政治上的崛起，使得北方人颇为失落，于是思想上更为抵触，地域隔阂愈深。北宋时期的党争，如"蜀党"、"洛党"、"朔党"，固然缘于政见之争、意气之争，但以地域名党，却也反映了党争中以地域为党的部分现实。

在军事上，同样存在以地域论人的观念。北宋时即有论者以为："东南三将，类皆孱弱，全不知战，虚费粮廪，骄堕自恣。……然南人怯弱，素失训练，终不堪战。今欲于内郡别置三将，并随京畿将分接续排置，使陕西军更互戍守，庶几东南可得实战之士，于计为便。"③"南人怯弱"的观念在南宋更加盛行，岳飞认为："切观大江之南，人非不众也。而能专心询访所谓将帅之才守御之务、攻取之术，以为我国家计者，亦鲜其人。间有画策献谋之士，往往风声气俗，不历边事，而谋虑有所不周矣！"④陈亮亦认为："夫吴、蜀天地之偏气，钱塘又吴之一隅……公卿将相大抵多江、浙、闽、蜀之人，而人才亦日以凡下。场屋之士以十万数，而文墨小异，已足以称雄于其间矣。陛下据钱塘已耗之气，用闽、浙日衰之士，而欲鼓东南习安脆弱之众，北向以争中原，臣是以知其难也。"⑤《齐东野

---

① 《宋史》列传第七十《晏殊传》，第10195页。
② 《宋史》列传第四十一《王旦传》，第9548页。
③ 《宋史·兵志二·禁军下·熙宁以后之制》，第4630页。
④ 《金佗粹编》卷十《令措置河北河东京东三路忠义军马省札》，《文渊阁四库全书》本。
⑤ 《宋史》卷四三六《陈亮传》，第12935页。

语》卷二"富平之战"条引《西事记》分析富平之战张浚失败的原因："幕下之士多蜀人，南人不练军事，欲亟决胜负于一举，故至于败。"① 李心传的《建炎杂记》乙集卷十三《渡江后名将皆西北人》载："韩世忠，绥德军人；曲端，镇戎人；吴玠、吴璘、郭浩，德顺军人；张俊、王（王燮），秦州人；杨惟忠、李显忠，环州人；全渊，阶州人；马广，熙州人；杨政，泾州人；皆西人也；刘光世，保大军人；杨存中，代州人；赵密，太原人；苗傅，隆德人；岳飞，相州人；王彦，怀州人；皆北人也。"② 这真是"今国家所赖者，止知有西北之兵，不知有东南之士"。③ 军事上的重重议论，其实也是宋人地域观念的反映。

宋代方志的大量涌现更是直接体现了宋人强烈的地域观念。据张国淦《中国古方志考》④，见于著录的宋代方志有600多种，数量远超前代。而且宋代的方志除记载各地域的自然地理情况之外，开始注重地域文化方面的内容。如乐史《太平寰宇记》，"其书采摭繁富，惟取赅博，于列朝人物，一一并登。至于题咏古迹若张祜金山诗之类，亦皆并录。后来方志必列人物艺文者，其体皆始于史。盖地理之书，记载至是书而始详，体例亦自是而大变。"⑤ 方志中增加地域文化的内容，有三个目的，一是保存地域文献，构建地域文化的历史，二是"使四方知是邦于是为盛"，即弘扬宣传地域文化。这两点，梁克家《淳熙三山志·序》曾有清晰的表述："讨寻断简，援据公牍，采诸长老所传，得诸闾里所记。上穷千载建创之始，中阅累朝因革之由，而益之以今日之所闻见，厥类惟九，靡不论载。岂惟使四方知是邦于是为盛，抑向古者有考焉。"⑥ 三是方志还有教化之职，即"按是非于故实，感得失于世变，寓劝戒于微辞，实关教化，何止证之、聚之也哉"⑦，具体地说，就是要"表其产之良，以矜式生乎后之士"。⑧ 方志中的地域文化的内容，是教育乡人、培育桑梓之情的最佳教材。读者可以"诠评流品，而思励其行；细咀篇什，而思畅其才；睹

---

① 《齐东野语》卷二《富平之战》，《宋元笔记小说大观》第五册，第5447页。
② 李心传：《建炎杂记》乙集卷十三《渡江后名将皆西北人》，《文渊阁四库全书》本。
③ 李心传：《建炎以来系年要录》卷七十一绍兴三年十二月壬辰，中华书局1988年版。
④ 张国淦：《中国古方志考》，中华书局1962年版。
⑤ 永瑢等：《四库全书总目提要》卷六八史部地理类一，中华书局1965年版，第595页。
⑥ 梁克家：《淳熙三山志·序》，《文渊阁四库全书》本。
⑦ 吴子良：《赤城续志序》，《赤城集》卷十八，《文渊阁四库全书》本。
⑧ 李昂英：《文溪集》卷三《重修南海志序》，《文渊阁四库全书》本。

是非而开漫漶，念得失而重沿革，悟劝戒而审趋舍。"① 因此可以说，宋代地域文化观念的兴起，导致了各类方志的勃兴，而同时，方志的勃兴有效地整理和凝练了地域文化的内涵，使地域文化进一步得到强化和巩固。

就宋代的文学而言，其地域特征也极其鲜明。文学的地域性包括两个方面：一是文学的观念，二是文学创作的事实。先言文学观念。首先，宋人深刻认同地域文化对文学的促进之功。如吕午为祝穆《方舆胜览》所作《序》即言："司马迁贯经，绅经传，旁采子史，又闻长老之所称，而必观九江，望五湖，阙洛汭，行淮泗，而后成河渠之书。东方朔诵诗书二十二万言，三冬文史足用，又随师践赤县，遨五岳，行泽波，息名山，犹以所见参酌《山海经》，而后《神异经》、《十洲记》始作。"② 其次，宋人认为地域文化与文学风格之间存在一定的关联。如张次贤言："二广……其风气之异如此。茅苇弥漫，居民鲜少，业儒之家既疏，能文之士益寡，阖郡应举多者三四百人，少者不满百人，其士子之稀如此。"③ 再次，宋人将文学看作地域文化重要的组成部分，在记述地域文化之时，常常引用文学作品作为佐证。如祝穆的《方舆胜览》，"是编搜猎名贤记、序、诗、文，及史传稗官杂说，殆数千篇。"④ 此外，宋人对编选地域性文学总集、选集充满热情。据《四库全书总目》卷一八七总集类，有《会稽掇英总集》二十卷（孔延之编）、《清江三孔集》四十卷（王违编）、《南岳唱酬集》一卷（宋朱熹编）、《成都文类》五十卷（扈仲荣等编）、《天台前集》三卷、《天台集别编》一卷、《天台续集》三卷、《天台续集别编》六卷（李庚、林表民编）、《赤城集》十八卷（林表民编）、《吴都文粹》九卷（郑虎臣编）等。以地域为范围选录文学作品，标志着宋人对宋代文学地域性的认识与理解。

宋代文学创作的实际，也有着显著的地域特征。如在散文创作方面，宋孝宗就曾以地域的视角加以分析："北方之文豪放，其弊也粗；南方之文缜密，其弊也弱。"⑤ 今人程民生《宋代地域文化》一书论及南北文风

---

① 吴子良：《赤城续志序》，《赤城集》卷十八，《文渊阁四库全书》本。
② 祝穆编，祝洙补订：《宋本方舆胜览·序》，上海古籍出版社1991年版，第1页。
③ 徐松：《宋会要辑稿·选举志一六》宋宁宗嘉定十五年（1222）二月十九日左司谏张次贤言，《文渊阁四库全书》本。
④ 祝穆编，祝洙补订：《宋本方舆胜览·引用文目录》，第27页。
⑤ 《宋史全文》卷二十六下，《文渊阁四库全书》本。

的主要差别时，截取《四库全书总目》集部第152卷至第155卷北宋时期的作者评语列为《北宋各地作者著作风格表》。① 从四库馆臣对各地作者风格的评语，可以发现"南方作者风格多样，以清新典雅为主，文词温赡，但豪放不足，胸襟稍狭；北方作者风格较单调，以豪放为主，文笔劲峭，质朴简洁，虽不乏雅丽但缺乏柔情，词藻不足"②。可见，宋代散文创作具有明显的地域文化特征。

在诗的创作上，地域特征也相当明显。江西诗派、永嘉四灵等地域性诗歌流派的出现，即是显证。王祥的《北宋诗人的地理分布及其文学史意义分析》③以《全宋诗》为依据，对北宋诗人的占籍、科第以及诗僧情况进行地理分布统计。借此可以发现，北宋诗人地理分布上具有明显的不均衡性和差异性。"可以说南方成就在诗，而北方成就在文。这是地域环境使然，北方地域的厚实凝重与北方文学的凝重稳健，南方地域的轻灵清秀与南方文学的清秀俊逸，有着地理、文化的一致性，这是讨论南北文学差异时不能不考虑的事情。"④ 诗人地理分布状况与地域文化呈正相关。

宋词的地域文化特征也相当明显。"以辞而论，南多艳婉，北杂羌戎。以声而论，南主清丽柔远，北主劲激沉雄。北宜和歌，南宜独奏。及其敝也，北失之粗，南失之弱。此其大较也"。⑤ 南北宋词的不同，在一定程度上是受地域文化的影响。如谢章铤就曾指出南方水软山温的地理环境对南宋词徘徊隐约风格特征的影响："予尝谓南宋词家，于水软山温之地，为云痴月倦之辞，如幽芳孤笑，如哀鸟长吟，徘徊隐约，洵足感人。然情近而不超，声咽而不起，较之前人，亦微异矣。"⑥ 杨海明先生的《唐宋词史》更直接提出宋词是"南方文学"。⑦ 关于词人的地理分布，唐圭璋的《两宋词人占籍考》⑧ 有专门的研究。唐先生的《两宋词人占籍考》，乃"考两宋词人之籍历，按省分列，借以觇一代词风之盛"。⑨ 但亦

---

① 程民生：《宋代地域文化》，河南大学出版社1997年版，第340页。
② 同上书，第344页。
③ 王祥：《北宋诗人的地理分布及其文学史意义分析》，《文学遗产》2006年第6期。
④ 王祥：《北宋诗人的地理分布及其文学史意义分析》，《文学遗产》2006年第6期。
⑤ 谢元淮：《填词浅说》，唐圭璋《词话丛编》第三册，中华书局2005年版，第2509页。
⑥ 谢章铤：《赌棋山庄词话续编》卷五，《词话丛编》第四册，第3561页。
⑦ 杨海明：《唐宋词史》，天津古籍出版社1998年版，第12页。
⑧ 原载《中国文学》1943年第2期，后收入《宋词四考》，江苏古籍出版社1985年版，又见《词学论丛》，上海古籍出版社1985年版。
⑨ 唐圭璋：《两宋词人占籍考》，《词学论丛》，第576页。

由此可见出词人地域分布的不平衡。王兆鹏、刘学的《宋词作者的统计分析》①在唐先生研究的基础上,根据新发现的词人生平和新的行政区划,进行重新统计和列表,认为"宋词的发展主要体现为南方的发展","从作者的地域分布看,宋词作者绝大多数是南方人。作者群的南人化特点非常明显。杨海明先生的《唐宋词史》,曾指出唐宋词具有'南方文学'的特性。这在作者的地域构成上得到了明确的印证。宋词作者中80%以上是南方人,78%的作品是由南方人创作的,宋词的'南方文学'特征再突出不过了。"

总之,宋代地域文化—文学的特征较为鲜明。20世纪以来,学界对之也颇为关注。以20世纪宋词研究三大家龙榆生、夏承焘、唐圭璋为例。如龙榆生先生曾从地域方面阐释了晁词与苏词风格相近的合理性:"北人性格,本宜于东坡一派之作风,所谓'坦易之怀,磊落之气',苟不流于粗率,便见真实本领。北宋有无咎,南宋有稼轩,皆山东人,而东坡得此两贤,为之翊赞。于是豪放一宗,骎夺正统派之席而代之矣"。②夏承焘先生则有《西湖与宋词》③论文,探讨了宋词与风景名胜之间的联系。唐圭璋先生除此前提到的《两宋词人占籍考》一文外,还有《唐宋两代蜀词》④,主要着眼于具体的地域与词创作的关系。前人的研究揭示了宋代地域文化—文学的基本特性,也为本书的写作奠定了宝贵的基础,提供了有益的经验。

第五节 本书的思路、内容及研究方法

本书以宋词与地域文化的关系为研究对象,并将论题放在特定的时间(宋代)、空间(北宋、南宋的疆域)背景中,应用古典文学研究的传统方法,借鉴文化地理学、历史地理学等学科的相关理论和方法,以个案研

---

① 王兆鹏、刘学:《宋词作者的统计分析》,《文艺研究》2003年第6期。
② 龙榆生:《苏门四学士词》,《龙榆生词学论文集》,上海古籍出版社1997年版,第301页。
③ 夏承焘:《西湖与宋词》,《夏承焘集》第八册,浙江古籍出版社、浙江教育出版社1997年版,第134页。
④ 唐圭璋:《唐宋两代蜀词》,《文学杂志》1944年第3期,后收入《词学论丛》,上海古籍出版社1985年版。

究、个案分析为基础，对宋词与地域文化之间的关系加以全面的诠释和梳理。

本书从地域文化的角度关注宋词，实际上是试图将宋词放回其所处的历史现实的具体情境之中，去分析、去研究。而在以往的宋词研究中，注重了时间的历时性研究，相对忽视了空间的审视；而近年来兴起的空间的研究，即地域文化的研究中，又相对忽视了时间的把握。词体在时间、空间所构成的坐标轴中所处的位置，以及它的移动轨迹，尚未得到清晰的勾勒定位。

因此，从地域文化的角度来研究宋词，实际上是以往研究的深化。研究地域文化，并不是尊崇和奉行地理决定论的观点，在研究中片面地突出和夸大地域文化在宋词发生发展中的作用而不及其余。恰恰相反，从地域文化角度来研究宋词，主要是为弥补过去只注重社会的、政治的、经济的背景下的宋词研究。以往研究得出的结论当然在很大程度上具有合理性，并能够自圆其说。但忽略了宋词发生发展中重要的影响因素——地域文化，结论必然是不够客观全面的。

本书所述地域文化，概指依托于某个特定的地域，在长期的历史发展过程中，逐渐形成的、特征鲜明、性质相对稳定的文化。

这个定义蕴含着对地域文化如下的思考与体认。

（1）地域文化必须依托于特定地域。特定地域可以有两种类型。第一种类型是指具体的地域，如开封、江西、南方等，这种具体的地域，是丰富多彩地域文化生长的机体。第二种类型是指外在表征、内在性质大致相同的地域景观，如都市、乡村、山林等。以都市为例，虽然两个不同的都市之间，会有诸多差别。但如果考虑到不同的都市之间的差异要远远小于都市和与之毗邻的乡村之间的差异，那么，我们就更倾向于把都市理解成同一种地域。

（2）地域文化是在长期历史发展过程中逐渐形成、特征鲜明、性质相对稳定的文化。地域文化之所以性质相对稳定，在于其呈现的历史继承性。但地域文化毕竟是在长期的历史发展过程中逐渐形成的，因此地域文化又具有动态的特征。当历史情境发生重大的变化之时，不排除地域文化发生突变的可能性。

（3）地域文化是一种特征鲜明的文化。所谓特征鲜明，是指这种特征只属于此种地域，且判然有别于其他地域。各地域文化之间共通与相似的部分，应当属于这些地域组合（如国家）共同的文化，是主流文化。任何地域文化，相对于主流文化，都是一种支流。

（4）承上述理解，某一地域文化的特征与其他地域文化并不相同，那么，此种特征必然贯穿于此种地域文化的内部，即具有文化的同质性。

（5）地域文化既须依托于某特定的地域，又是在长期的历史发展中形成的，这就决定了地域文化的发展，受到地域的自然地理条件和历史传统文化积淀的共同作用。因此，要准确地理解和把握地域文化，必须从自然、人文两个维度加以全面的考量。

有鉴于此，本书以人地关系为视角，沿双向维度展开，第一个维度是评估地域文化对于宋词创作的影响；第二个维度则是定位宋词在地域文化建构中的角色。

第一个维度的评估，主要涉及以下层面的内容：①地域文化是通过先影响创作主体词人再进而影响到词的。因此，本书从词人的籍贯、游历以及地域情感等角度，考察词人与地域文化的关系。②都市和南方这两个具有鲜明特质的地域文化类型，是培育宋词生长的温床。基于地域文化类型特质的把握，本书分析了南方地域文化类型对于宋词风格取向的塑造过程，探讨了都市地域文化类型对于宋词文体特质的规范效应。③本书引入动态性视角考察地域文化之于宋词的影响。当时代推移，情境变迁，会使得原有的地域文化产生变更，而当词人游历于不同的地域之间，又经历着不同地域文化的转换。地域文化的变更转换与词人词作之间的关系，是前人研究所忽略而本书重点关注的问题。④地域文化的内部具有文化的同质性，文化的同质性易于培育出相近的审美趣味、文学观念以及创作实践，从而催生出词人群体或词派。因此，本书亦着眼词体群体、词派与地域文化之间的关系。

第二个维度是定位宋词在地域文化建构中的角色。本书从三个角度切入：①宋词如何表述地域文化？②宋词着重于表述地域文化的哪些内容？③宋词对地域文化的表述，是否影响地域文化的发展？其中，前两个角度实际上是对文体与地域文化关系的思考。宋词在文体形式上与宋诗、宋文或宋代话本等有较大不同，其对地域文化的表述具有鲜明的文体特征。本书以宋词文体为考察基点，深入探究各类文体与地域文化相互作用的原理与现象，辨析各类文体与地域文化之间的亲疏关系，并从地域文化的角度看待宋代"尊体""破体"之争。而第三个角度，则是考虑到作为创作主体的宋代词人，接受地域文化影响的同时，也借助其文学创作参与了地域文化的建构。

当然，再详细的逻辑推理，也不能代替具体的实证研究，任何的理论推导也必须返回历史的现场进行分析检验。为此，本书将在具体问题的分析与探讨上验证对地域文化与宋词关系的思考。

本书正文共分四章分别从四个不同的角度论述了宋词与地域文化之间的关系。各章内容如下。

第一章，着眼于地域文化影响下宋词的两大文体特质：南方文学特质与都市文学特质。宋词的南方地域文学特质源自于词文体与南方地域的深刻渊源。同样，宋代都市孕育的享乐之风，以及都市所衍生的公共文化空间，都赋予了宋词独特的风貌。

第二章，探讨地域文化的转换变更对宋词创作的影响。地域的转换变更有两种情况，第一种情况是由情境变迁而导致的地域文化的变更。如镇江，在北宋是南北交通枢纽，在南宋则为江防要塞，地域文化产生了极大的变迁。本章即以镇江为例，对地域文化变更与宋词题材、艺术手法艺术风格之间的关系进行关联分析。第二种情况是由于词人的行踪迁移（如南渡、北行、贬谪等）而经历着不同的地域文化的转换。地域文化的转换，往往引起创作的新变。

第三章，论述地域文化与宋词流派的关系。本章选取地理单元相对完整，文化以深具特色的江西为例，分别从南唐与北宋前期词派，江西诗派的词人群体，江西南渡词人群体及辛弃疾、辛派词人，南宋江西遗人词人五个词人群体，探讨地域文化在词人群体的形成、发展中的作用，也探讨了地域文化对江西词人群体的总体特征的影响。

第四章，从四个方面探讨宋词对地域文化表述的方式和特点。第一个方面是地名。宋词中最直观表述的地域文化是地名。宋词中的地名具有纪实与象征功能，宋词对地名的应用受到文体、文化传统与词人审美理想的多重制衡。第二个方面是作为自然层面的地域文化：山水词及词中的山水描写。第三个方面是作为历史文化传统的地域文化：怀古词。本书以诗词中最常见的怀古主题地——金陵为例，典型分析怀古词与地域文化的关系。第四个方面则探讨宋词对地域文化的选择性表述问题。

余论部分对正文的论述进行了一些补充。还对本书存在的问题和需要改进之处进行了探讨，认为以人地关系为视野考察宋词与地域文化，仍有许多未尽的话题。如在地域文化日益受到重视的今天，如何建设和发展地域文化已成为具有巨大现实意义的课题。而本书第二章，对贬谪词人及其词作在岭南地域文化建构过程中所扮演的重要角色有过论述。如果更进一步，可以选取更为广泛的古今视角，对作家及其文学作品对与地域文化的培育发展之间的关系展开论述，从而为当代地域文化的培育与建构提供有益的借鉴。

本书四章都是从四个不同的角度研究宋词与地域文化的关系，但也试图囊括前此所提及的其他角度的思考与观察。而贯穿全部研究内容的，有中国古代文学传统的研究方法，也有文化地理学、历史地理学的相关理论和方法。本书借助各学科研究理论和方法的根本目的，是将论题放在特定的时间（宋代）、空间（北宋、南宋的疆域）背景中加以审视、观照和诠释。

定量化的研究是近年文学研究中较为新颖的方法。本书倾向于在前人定量研究的基础上，进行定性化的分析与探讨。

将宋词与地域文化的关系，与宋诗与地域文化关系进行比较，从而发现宋词与地域文化关系的独特之处，也是本书试图坚持的方法之一。

本书诸多论题的探讨，是建立在个案分析、个案研究的基础之上。宋词与地域文化关系的方方面面，错综复杂。也许，个案研究的方法，有利于研究宋词与特定地域文化之间的独特关系。本书认为，探寻文学与地域文化之间共生互动的普遍规律，个案研究是一个比较妥当的起点。

第一章　宋词的地域文化特质

宋词的地域文化特质，是指因受地域文化的影响，宋词形成的不同于其他文体的特殊品质。宋词的地域文化特质，反映了宋词与地域文化的紧密联系。要研究宋词的地域文化特质，必须从宋词与地域文化的关系入手，全面分析宋词产生的背景、发展的环境等。而对宋词地域文化特质的把握，有助于更深地理解宋词与地域文化的关系。

第一节　南方文学：宋词的地域文化特质之一

中国文学的南北差异可以追溯到先秦时期。"《诗经》主要是北方文学；《楚辞》则根植于南方，而又吸取了北方的文化营养。《诗经》的质朴淳厚，《楚辞》的浪漫热烈，体现着北方和南方两地的差异。"① 此后，汉代"司马迁为北宗，贾生为南宗"。② 南北朝时期，"江左宫商发越，贵于清绮；河朔词义贞刚，重乎气质。气质则理胜其词，清绮则文过其意。理深者便于时用，文华者宜于咏歌，此其南北词人得失之大较也。"③ 唐代，"中唐以降，诗分南北"。④ 前贤时彦的精辟论断，表明了中国文学南北差异的客观存在，也揭示了中国文学的地域性特征。诗、词、文、赋等各类文体中均体现出一定程度的地域性特征。而词的体现是最为显著的。

一　宋词的南方地域文学特色

最早明确提出词具有"南方文学"特色的，是杨海明先生。杨先生

---

① 袁行霈：《中国文学概论》，高等教育出版社1990年版，第33页。
② 遍照金刚：《文境秘府论·论文意》，周维德校点本，人民文学出版社1975年版，第128页。
③ 魏征：《隋书·文学传序》，中华书局1972年版，第1730页。
④ 刘师培：《南北文学不同论》，《刘申叔遗书》，江苏古籍出版社1997年版，第559页。

《试论宋词所带有的"南方文学"特色》① 一文从词人的籍贯、"婉约"词风与"豪放"词风的对举、南宋词与元曲的比较等方面论述了宋词的"南方文学"性,《试论唐宋词所浸染的"南国情味"》② 一文则论述了南方地域文化对宋词题材、风格、意境等方面的影响。在《唐宋词史》③ 一书中,杨海明综合此前的观点,做了进一步的阐发:

(1) 从词的"产地"来看——这里的"产地",并非词的起源地,而是指具体词作赖以产生的环境——大体而言,从中唐以来,文人词的创作地点主要集中在南方。

(2) 从词人的籍贯和经历来看,"唐宋词人大多数都是'南人'和在南方久逗过的人",这一点,后来为王兆鹏、刘学《宋词作者的统计分析》④ 一文再度证实:"两宋有籍贯可考的作者为 880 人,其词作量为 17933 首。⑤ 其中南方浙江、江西等 11 省市有 746 人,占籍贯可考的作者总人数的 84.8%;其词作量为 13939 首,占词作总量(17933 首)的 77.7%。北方河南、山东等 6 省市为 134 人,占总人数的 15.2%;其词作量为 3994 首,占词作总量的 22.3%。从作者地域的分布来看,宋词作者绝大多数是南方人。作者群的'南人化'特点非常明显。杨海明先生的《唐宋词史》曾指出唐宋词具有'南方文学'的特性,这在作者的地域构成上得到了明确的印证。宋词作者中 80% 以上是南方人,78% 的作品是由南方人创作的,宋词的'南方文学'特征再突出不过了。"

(3) 从词与前代文学的承继关系来看,"词明显是承继了它的'南方文学'这一脉传统"。

应当说,词的风格最能体现词的南方文学特性。《四库全书总目》集部词曲类的提要中,对词人词作的风格评语是比较客观权威的。本书取其风格评语列表(见表1):

---

① 杨海明:《试论宋词所带有的"南方文学"特色》,《学术月刊》1984 年第 1 期。
② 杨海明:《试论唐宋词所浸染的"南国情味"》,《唐宋词论稿》,浙江古籍出版社 1988 年版,第 36 页。
③ 杨海明:《唐宋词史》,江苏古籍出版社 1987 年版,后由天津古籍出版社 1998 年出版。
④ 王兆鹏、刘学:《宋词作者的统计分析》,《文艺研究》2003 年第 6 期,第 54—59 页。
⑤ 王兆鹏、刘学:《宋词作者的统计分析》一文原注:《全宋词》和《全宋词补辑》原收作者 1493 人(小说戏曲中人物未计),作品 21055 首(残篇、断句亦作整首计)。而本数据库统计的有姓氏的宋词作者为 1421 人(不包括小说戏曲中人物),作品 19181 首(无名氏及其作品未计)。有籍贯可考作者的作品量,占现存宋词总数 19181 首的 93.5%。

表1 　　　　　　　　《四库全书总目》对词人词作风格评语

词人	著作	词作风格
晏殊	《珠玉词》	婉丽、绮艳
柳永	《乐章集》	旖旎近情
张先	《安陆集》	纤巧
欧阳修	《六一词》	窈眇、浅近
苏轼	《东坡词》	别格
黄庭坚	《山谷词》	妙脱蹊径，迥出慧心
秦观	《淮海词》	情韵兼胜
程垓	《书舟词》	颇有可观
晏几道	《小山词》	其合者高唐洛阳之流，其下者岂减桃叶团扇哉①
晁补之	《晁无咎词》	神姿高秀
李之仪	《姑溪词》	清婉峭蒨
毛滂	《东堂词》	情韵特胜
谢逸	《溪堂词》	语意清丽
周邦彦	《片玉词》	词韵清蔚
王安中	《初寮集》	才华富艳
蔡伸	《友古词》	婉约
方千里	《和清真词》	词韵清蔚②
吕渭老③	《圣求词》	情韵兼胜④
叶梦得	《石林词》	婉丽有温李之风，晚岁落其华而实之，能于简淡时出雄杰⑤
李弥逊	《筠溪乐府》	长调多学苏轼，与柳、周纤秾别为一派，短调则不乏秀韵矣
葛胜仲	《丹阳词》	与叶梦得酬唱颇多，而品格亦复相埒
赵师侠⑥	《坦庵词》	萧疏淡远
向子諲	《酒边词》	以枯木之心，幻出葩花；酌元酒之尊，弃置醇味⑦

---

① 《四库全书总目》引黄庭坚《小山集序》，中华书局1965年版。
② 《四库全书总目》并无明言其风格，但言其"字字奉（周邦彦）为标准"，故其风格当与周邦彦相近，姑曰"词韵清蔚"。
③ 《四库全书总目》作"吕滨老"，今从《全宋词》。
④ 《四库全书总目》引杨慎《词品》语："佳处不减少游"，故视同乎少游风格："情韵兼胜"。
⑤ 《四库全书总目》引《石林词》卷首关注序。
⑥ 《四库全书总目》作"赵师使"，今从《全宋词》。
⑦ 《四库全书总目》引胡寅《酒边词序》语。

续表

词人	著作	词作风格
陈与义	《无住词》	语意超绝。吐言天拔，不作柳輭莺娇之态，亦无疏笋之气。清婉奇丽①
周紫芝	《竹坡词》	本从晏几道入。晚乃刊除秾丽，自为一格
李清照	《漱玉词》	词格乃抗轶周、柳
张元幹	《芦川词》	多清丽婉转，与秦观、周邦彦可以肩随
韩玉	《东浦词》	凄清宛转
侯寘	《懒窟词》	婉约闲雅
杨无咎②	《逃禅词》	词格甚工
张孝祥	《于湖词》	其词寓诗人句法，继轨东坡
曾觌	《海野词》	语多感慨，凄然有黍离之悲③
王千秋	《审斋词》	风格秀拔
赵彦端	《介庵词》	婉约纤秾
葛立方	《归愚词》	词多平实铺叙，少清新宛转之思
沈端节	《克斋词》	吐属婉约，颇具风致
辛弃疾	《稼轩词》	其词慷慨纵横，有不可一世之概，于倚声家为变调
陈亮	《龙川词》	词多纤丽
杨炎正	《西樵语业》	纵横排奡，屏绝纤秾
陆游	《放翁词》	纤丽处似淮海，雄快处似东坡④
毛开	《樵隐词》	清丽芊眠
黄公度	《知稼翁》	宛转清丽⑤
卢祖皋	《蒲江词》	纤雅⑥
洪咨夔	《平斋词》	其词淋漓激壮，多抑塞磊落之感，颇有似稼轩龙洲者
姜夔	《白石道人歌曲》	精深华妙
吴文英	《梦窗稿》	深得清真之妙（词韵清蔚）⑦

---

① "清婉奇丽"语，乃《四库全书总目》引胡仔《苕溪渔隐丛话》。
② 《四库全书总目》作"扬无咎"，今从《全宋词》。
③ 《四库全书总目》引黄升《花庵词选》。
④ 《四库全书总目》引杨慎《词品》语。
⑤ 《四库全书总目》没有针对其词作风格的评语。姑用毛晋汲古阁本《知稼翁词》跋引洪迈之语。洪迈语，未详所本。
⑥ 《四库全书总目》引《贵耳集》语。
⑦ 《四库全书总目》引《乐府指迷》语。

续表

词人	著作	词作风格
赵长卿	《惜香乐府》	淡远萧疏
刘过	《龙洲词》	跌宕淋漓
高观国	《竹屋痴语》	格调不凡，句法挺异，俱能特立清新之意，刊削靡曼之词①
黄机	《竹斋诗余》	沈郁苍凉
史达祖	《梅溪词》	清词丽句
戴复古	《石屏词》	豪健清快②
黄昇	《散花庵词》	上逼少游（情韵兼胜），近摹白石（精深华妙）
朱淑真	《断肠词》	清空婉约③
张炎	《山中白云词》	苍凉激楚
蒋捷	《竹山词》	炼字精深，调音谐畅，为倚声家之榘矱

  由表1可知，在《四库全书总目》标举的56家宋代词人中，评语中有"丽"、"清"、"婉"、"秀"、"纤"等语的，有22家；虽然评语中没有上述诸语，但意思与之相近的，如柳永的"旖旎近情"、欧阳修的"窈眇、浅近"等，有12家；风格多样，或早期与晚期风格不同的，但有一部分是"丽"、"清"、"婉"的，如李弥逊的"长调多学苏轼、与柳、周纤秾别为一派，短调则不乏秀韵矣"，此类有5家。三类共计39家，约占总数的70%，由此可见，宋词的主体风格，当是清丽秀婉一路。诚如《四库全书总目提要》集部词曲类一《东坡词》条所言："词自晚唐五代以来，以清切婉丽为宗。至柳永而一变，如诗家之有白居易。至轼而又一变，如诗家之有韩愈，遂开南宋辛弃疾等一派。寻源溯流，不能不谓之别格。"④ 苏轼的词是"别格"，辛弃疾的词是"变调"，那么，正统当然是"清切婉丽"。

  至于词的主体风格的形成，同南方地域文化有什么关系？杨海明先生认为：是"江南多水"帮助造就了词境的柔媚性；是"斜桥红袖"帮助

---

① 《四库全书总目》引张炎语，张炎语见《词源》卷下。
② 《四库全书总目》引方回《瀛奎律髓》语。
③ 《四库全书总目》无《断肠词》风格评语，暂引况周颐《蕙风词话》卷四："即以词格论，淑真清空婉约，纯乎北宋"词代替，《词话丛编》第五册，第4497页。
④ 《四库全书总目》卷一九八，中华书局1965年版，第1808页。

造就了词情的香艳性；是"江南小气"帮助造就了词风的软弱性。① 也就是说，南方地域文化帮助造就了唐宋词"南方文学"的柔美型风格特征。

二 晚唐五代：词体从北方文化系统向南方文化系统的过渡

认为词是一种"南方文学"之说成立，并不是要否认词体起源及其发展初期所受到的北方地域文化影响。词起源于隋唐燕乐。"配合词调的音乐主要是周、隋以来从西北各民族传入的燕乐，同时包含有魏晋南北朝以来流行的清商乐。"② 而《全唐五代词·前言》也认为："西域乐舞的输入和流行以及由此而形成的一定程度的胡汉融合的音乐发展趋势也主要是在北中国得到实现的。"③ 词的起源如此，词的发展亦如此。"在燕乐风行的环境里，盛唐时于民间孕育生长，中、晚唐时经过一些著名诗人之手逐步成熟和定型，这是它产生发展的大致过程。"④

因此，在词发展的早期，可以清楚地看到北方地域文化对词作的影响。敦煌词中就有很多出于"蕃族"之手的作品，有着相当浓厚的北方地域文化气息。如《献衷心》："臣远涉山水。来慕当今。到丹阙，御龙楼。弃毡帐与弓剑，不归边地。学唐化，礼仪同，沐恩深。　见中华好，与舜日同。垂衣理，教花隆。臣遐方无珍宝，愿公千秋住。感皇泽，垂珠泪，献衷心。"⑤ 和敦煌词中的《赞普子》⑥、《感皇恩》⑦ 等词作一样，明显出于"诸蕃"之手。毡帐皮裘、塞草狼烟，边地的情味尽呈眼前。

那么，起源及发展初期接受北方地域文化影响的词，在哪一个阶段转变为"南方文学"？这一转变的契机是什么？又是如何转变的呢？

本书认为，历时一百四十余年的晚唐五代时期，是词体演变的关键阶段。正是这个阶段，词体完成了从北方地域文化系统向南方地域文化系统的过渡。作为晚唐五代词的代表，五代后蜀卫尉少卿赵崇祚所编十卷《花间集》，体现了这一过渡历程，《花间集》如残冬剩雪般遗留着些许北方地域文化的碎影，但百花园中普照的已是南方地域文化的三春和煦。

《花间集》中有毛文锡的《甘州遍》：

---

① 杨海明：《唐宋词史》，天津古籍出版社1998年版，第16—19页。
② 游国恩等：《中国文学史》，人民文学出版社1963年版，第249页。
③ 曾昭岷等：《全唐五代词》，中华书局1999年版，第13页。
④ 吴熊和：《唐宋词通论》，商务印书馆2003年版，第32页。
⑤ 曾昭岷等：《全唐五代词》，中华书局1999年版，第883页。
⑥ 同上书，第836页。
⑦ 同上书，第900页。

秋风紧,平碛雁行低。阵云齐。萧萧飒飒,边声四起,愁闻戍角与征鼙。　　青冢北,黑山西。沙飞聚散无定,往往路人迷。铁衣冷,战马血沾蹄,破蕃奚。凤凰诏下,步步蹑丹梯。①

词作中提到的地点,"青冢"是指西汉时赴匈奴和亲的王昭君墓,"黑山"为唐代北方边塞;北方的地点配合上风沙满天、塞雁低行的背景,展现了浓郁的北方地域文化色彩。但此类词作,在《花间集》中已为数甚少。《花间集》中大部分词作受南方地域文化的影响更深。

先从《花间集》的作者、作品构成来分析。《花间集》收录晚唐五代词人温庭筠、皇甫松、韦庄、薛昭蕴、牛峤、张泌、毛文锡、牛希济、欧阳炯、和凝、顾敻、孙光宪、魏承班、鹿虔扆、阎选、尹鹗、毛熙震、李珣18家,词作500首。其中,除温庭筠为太原祁人、和凝为郓州须人是北方人,余下16家均为南方词人,或生于南方,如欧阳炯、孙光宪等,或仕于南方,如毛文锡、牛希济等,共有414首词作。这些词作反映出相当浓厚的南方地域文化色彩(以西蜀地域文化为主)。而温庭筠、和凝两人的词作也一定程度上体现出南方地域文化色彩。

再从词调的选择和应用上看《花间集》由北方地域文化系统向南方地域文化系统的过渡。《花间集》中有一些曲调是来源于边地曲调、吐蕃乐曲或龟兹乐曲,但它们的数量较少,有《酒泉子》26首、《天仙子》9首、《定西番》7首、《归国谣》5首、《遐方怨》3首、《蕃女怨》2首、《甘州遍》2首、《离别难》1首、《赞浦子》1首,共9种56首。在曲调76种、词数500首的《花间集》中,是较少的部分。而且,有些源于边地的词调,并不受北方地域文化的影响,而是受到南方文化的影响。如温庭筠的两首《蕃女怨》,根据缘题而赋的习惯,俱咏蕃女之怨:

万枝香雪开已遍,细雨双燕。钿蝉筝,金雀扇,画梁相见。雁门消息不归来,又飞回。

碛南沙上惊雁起。飞雪千里。玉连环,金镞箭。年年征战。画楼

---

① 唐圭璋等编:《唐宋人选唐宋词·花间集》,上海古籍出版社2004年版,第59页。

离恨锦屏空。杏花红。①

碛南塞雁、飞雪千里的背景无非是为了响应细雨双燕、杏花闹春的寂寞。《蕃女怨》里的思妇,少了许多的"蕃味",而有着山温水柔的南方"谢娘"的品性。

《花间集》的多数词调或形成于南方文化背景之下,或歌咏南方事物与人物,或为南方士人所自创。下面选取具有南方地域文化背景的词调,以各词调在《花间集》中出现频率为次序,从词调的来源、创作风格等方面加以分析。

《浣溪沙》,在《花间集》有57首,韦庄等十位词人填过该词牌,为本集中最多见的词调。任半塘《唐声诗》:"《浣溪沙》,唐教坊舞曲,玄宗开元间人作。敦煌曲作《浣沙溪》,可能原是《浣沙溪》之意","沙"古通"纱",关于"浣纱"的典故有二,一是"浣纱溪"为若耶溪(在今浙江绍兴县南若耶山下)别名,相传西施曾浣纱于此。二是"浣纱溪"亦在浙江境内,即青田县长寿峰下,南朝宋谢灵运遇浣纱仙女于此,作诗:"我是谢康乐,一箭射双鹤。试问浣纱女,箭从何处落?"二女答曰:"我是溪中鲫,暂出溪头食。食罢又还潭,云踪何处觅。"② 两个典故发生地点均是在南方地域文化极为典型的区域。孙光宪《北梦琐言》卷四载薛昭纬恃才傲物,好弄笏与唱《浣溪沙》词。王国维认为薛昭纬与薛昭蕴实乃同一人。③《花间集》收薛昭蕴词19首,有8首为《浣溪沙》,咏物多弱柳蜂须,咏史则吴主越王,委婉沉至,有南朝余韵。张泌、孙光宪、毛熙震等人也作有较多的具有南方风情的《浣溪沙》。或言《山花子》乃其别名之一。

《菩萨蛮》,《花间集》收41首,以温庭筠创作数量最富,达14首。唐苏鹗《杜阳杂编》(卷下):"大中初,女蛮国贡……其国人,危髻金冠,璎珞被体,故谓之'菩萨蛮'。当时倡优遂制《菩萨蛮》曲,文士亦往往声其词。"④ 近人杨宪益《零墨新笺》中《李白与菩萨蛮》条,认为

---

① 唐圭璋等编:《唐宋人选唐宋词·花间集》,第37页。
② 嵇曾筠等:《浙江通志》卷二一,上海古籍出版社1991年版,第59页。
③ 王国维:《王国维遗书》第五册,上海书店出版社1983年版,第11页。
④ 苏鹗:《杜阳杂编》,《唐五代笔记小说大观》(下),上海古籍出版社2000年版,第1392页。

它是"骠苴蛮"的另一种译法，是古代缅甸的乐曲，开元、天宝时由云南传入中国。① 另外，《八拍蛮》也是蛮歌，华钟彦《花间集注》卷八："按，此蛮人之山歌也。"② 它们都是起源于南方的曲调。孙光宪《菩萨蛮》："木棉花映丛祠小。越禽声里春光晓。铜鼓与蛮歌。南人祈赛多。客帆风正急，茜袖偎樯立。极浦几回头。烟波无限愁。"③ 其写木棉、越禽、蛮歌、祈赛，诸多南国风情，跃然纸上，极为切题生动。

《临江仙》，《花间集》收 26 首。从写作词人的数量（11 人）而言，为本集之冠。黄昇《唐宋诸贤绝妙词选》言《临江仙》多咏仙事。④《花间词》所咏诸仙，大都与南方有关。如张泌、毛文锡两人的《临江仙》均咏湘妃事；牛希济两首《临江仙》，华钟彦《花间集注》卷五认为一首"咏巫山神女也"；另一首"咏谢女也"。⑤ 巫山神女的传说，与巴蜀有不解之缘；谢女得道于谢女峡，一名仙女澳，在今广东香山县境海中。《临江仙》的创作一般多表现南方的风物。以创作《临江仙》词最多的牛希济为例，其《临江仙》："洞庭波浪飐晴天。君山一点凝烟。此中真境属神仙。玉楼珠殿，相映月轮边。　万里平湖秋色冷，星辰垂影参然。橘林霜重更红鲜。罗浮山下，有路暗相连。"⑥ 洞庭君山，玉楼珠殿，自然是指湘妃祠；罗浮山，是道教的"第七洞天"，相传为葛洪炼丹处，在今广东省。对仙境的向往以及对橘林霜重景色的描绘，都深深印染着南方地域文化的色彩。

《河传》，《花间集》收 18 首。《碧鸡漫志》卷四引《脞说》云："《水调》、《河传》，炀帝将幸江都时所制，声韵悲切。"⑦ 孙光宪《河传》："太平天子，等闲游戏，疏河千里。柳如丝，偎依绿波春水，长淮风不起。　如花宫殿三千女，争云雨，何处留人住？锦帆风，烟际红，烧空，魂迷大业中。"⑧ 即写隋炀帝南游之事。此外如韦庄："江都宫阙，清

---

① 杨宪益：《零墨新笺》，中华书局 1947 年版，第 4 页。
② 华钟彦注：《花间集注》，中州书画社 1983 年版，第 237 页。
③ 唐圭璋等编：《唐宋人选唐宋词·花间集》，第 78 页。
④ 唐圭璋等编：《唐宋人选唐宋词·唐宋诸贤绝妙词选》，第 592 页。
⑤ 华钟彦注：《花间集注》，第 153 页。
⑥ 唐圭璋等编：《唐宋人选唐宋词·花间集》，第 62 页。
⑦ 王灼：《碧鸡漫志》，《词话丛编》第一册，第 105 页。
⑧ 唐圭璋等编：《唐宋人选唐宋词·花间集》，第 76 页。

淮月映迷楼。"① 李珣："依旧十二峰前，猿声到客船。"② 对江都、巫峡等地风景的描绘极其传神。

《南乡子》，《花间集》收18首，欧阳炯8首，李珣10首。清沈雄引周密语曰："李珣、欧阳炯辈俱蜀人，各制《南乡子》数首以志风土，亦《竹枝》体也。"③ 但《花间集》中的《南乡子》所志风土，并非蜀地，而是广南。词中恍榔叶、蓼花、红豆、孔雀都是岭海特有的风物。《南乡子》是《花间集》中南方地域文化特征表现最为明显的一组词作。

《杨柳枝》，《唐声诗》言其乃唐舞曲，德宗贞元间白居易改作。咏调名本意，别名：《柳枝》、《柳枝辞》、《杨柳》、《杨柳辞》、《折杨柳》、《新声杨柳枝》、《寿杯辞》。④《花间集》收《杨柳枝》15首、《柳枝》9首。《杨柳枝》调皆咏柳，调名即是题目，此调乃民歌，自唐时便流行于川东及两湖的长江流域，具有浓厚的地域风情。此外，《花间集》中有毛文锡《柳含烟》4首，也是"就题发挥"。⑤

《荷叶杯》，隋殷英童《采莲曲》有"莲叶捧成杯"句，取以为名。《花间集》收14首，另有《采莲子》2首。《采莲子》，《唐声诗》下编："（杂考）齐、梁乐府有《采莲曲》、《采莲童子曲》、《江南可采莲》等，另有《采莲讽》、《采莲棹歌》，宜皆本调之先声。"⑥ 采莲，是典型的南方风俗。

《虞美人》，《花间集》收14首。《碧鸡漫志》卷四："《脞说》称起于项籍'虞兮'之歌。余谓后世以此命名可也，曲起于当时，非也。"⑦ 又《填词名解》卷一："《虞美人》，项羽有美人名虞。被汉围，饮帐中，歌曰：'虞兮虞兮奈若何！'虞亦答歌。词名取此。《益州草木记》云：'雅州名山县，出虞美人草，唱《虞美人》曲，应拍而舞。'吴任臣曰：'《虞美人》，吴声也。昔桑景舒作《虞美人》曲而虞美人草舞，后鼓吴音，虞美人草亦舞'。"（毛先舒《填词名解》卷一）各家说法不一，但不管是项羽的"虞兮"，还是吴声的《虞美人》曲，曲调均属于吴楚之地

---

① 唐圭璋等编：《唐宋人选唐宋词·花间集》，第43页。
② 同上书，第98页。
③ 沈雄：《古今词话》，《词话丛编》第一册，第975页。
④ 任半塘：《唐声诗》下册，上海古籍出版社1982年版，第526页。
⑤ 华钟彦注：《花间集注》，第140页。
⑥ 任半塘：《唐声诗》下册，上海古籍出版社1982年版，第465页。
⑦ 王灼：《碧鸡漫志》，《词话丛编》第一册，第103页。

的传说或音乐的范畴。

《后庭花》，化自陈后主所制之《玉树后庭花》。玉树是云阳类似槐树的植物，后庭花是吴、蜀鸡冠花的一种。《花间集》中《后庭花》曲，皆赋后主故事。此外，《巫山一段云》，原咏巫山神女事。《竹枝》乃川、湘民歌。《思越人》咏西子事。《渔歌子》、《渔父》始自张志和（婺州金华人）所撰渔歌。还有一些词调起源于南方土人自创，如《月宫春》、《三字令》等。

宋黄昇言："唐词多缘题，所赋《临江仙》则言仙事，《女冠子》则述道情，《河渎神》则咏祠庙，大概不失本题之意。尔后渐变，去题远矣。如此二词，实唐人本来词体如此。"①《四库全书总目提要》亦云："考《花间》诸集，往往调即是题。"②《花间集》中南方地域文化背景词调占绝大多数的状况，晚唐五代词人缘题所赋的习惯，共同孕育了《花间集》浓郁的南方地域文化基因。

从《花间集》中大量出现的物象来看，其受南方地域文化的影响也是很显著的。《花间集》反复出现了大量的南方物象。如植物物象就有杨柳、杏花、芍药、桃花、丁香、苹藕、竹、蕉花、荔枝、荷芰、石榴等；动物物象有莺、燕、鸳鸯、黄鹂、鸂鶒、杜鹃、蜂蝶等；人工物象则有越罗、巴锦、吴绫袜、博山炉、曲尘罗等。此外，《花间集》还写到较多的南方地名，如锦江、潇湘、黄陵庙、楚江、越王宫殿、吴国、凤城、霅溪、松江、枇杷洲、湘妃庙等。这些南方物象具有相当的典型性，它们在词中反复出现，提示着花间词所依托的地域环境与文化背景。

《花间集》受到南方地域文化的组成部分——巴蜀文化——的影响最为显著。这一点，已有的研究很多。如韩云波的《五代西蜀词题材处理的地域文化论析》③，刘扬忠的《五代西蜀词的地域文学特色》④，李冬红的《〈花间集〉的文化阐释》⑤ 等。主要认为唐五代巴蜀偏安一隅的富足与安宁，培育了崇尚享乐奢靡的社会风气，催生了《花间集》侧艳绮丽的文学

---

① 唐圭璋等编：《唐宋人选唐宋词·唐宋诸贤绝妙词选》，第 592 页。
② 《四库全书总目》卷一九八，中华书局 1965 年版，第 1816 页。
③ 韩云波：《五代西蜀词题材处理的地域文化论析》，《西南师范大学学报》（哲学社会科学版）1997 年第 4 期。
④ 刘扬忠：《五代西蜀词的地域文学特色》，《文史知识》2001 年第 1 期。
⑤ 李冬红：《〈花间集〉的文化阐释》，《齐鲁学刊》2003 年第 6 期。

风格。蜀地的文化、文学传统也直接影响了《花间集》的艺术风格。

如果把《花间集》放在一个更为宽广的地域文化范畴——南方文化范畴之下，我们可以看到，《花间集》是直接承继了以《玉台新咏》为代表的南朝宫体文学。欧阳炯的《花间集序》虽然对南朝宫体提出了批评："自南朝之宫体，扇北里之倡风。何止言之不文，所谓秀而不实。"① 但实际上，《花间集》仍是"拾翠洲边"、"织绡泉底"，其意图也毫不隐讳："将使西园英哲，用资羽盖之欢；南国婵娟，休唱莲舟之引。"王国维《人间词话·删稿》："读《花间》、《尊前》集，令人回想徐陵《玉台新咏》。"② 《花间集》在很多方面和《玉台新咏》相当一致：它们都以艳丽纤巧的艺术风格、镂玉雕琼的艺术形式，以及内容上以对女性的细致书写而著称。的确，同样是偏安一隅的政权格局，同样是山柔水媚的自然环境，同样是追求声色之好的社会习俗，大致相同的地域文化环境留给两种异代文学的投影也大致趋同。

从词人构成及曲调、物象、文学文化传统几个方面可以看出，《花间集》在逐渐脱离北方地域文化怀抱，转受南方地域文化影响。当然，《花间集》之外的其他晚唐五代的词人词作，也在相当程度上接受了南方地域文化的哺育。和《花间集》一样，花间词人未收在《花间集》中的词作，以及晚唐五代其他人的词作（如南唐君臣的词作），大部分应用了具有南方地域文化背景的词调，如《浣溪沙》、《菩萨蛮》、《南乡子》、《杨柳枝》等。而且，这些词作和《花间集》的词作一样，浸润着湿漉漉的南国情调。如皇甫松的《竹枝》、尹鹗的《金浮图》、李梦符的《渔父引》、陈金凤的《乐游曲》、冯延巳的《南乡子》等。试举李煜两首《望江梅》为例：

　　闲梦远，南国正芳春。船上管弦江面绿，满城飞絮滚轻尘，忙杀看花人。

　　闲梦远，南国正清秋。千里江山寒色远，芦花深处泊孤舟，笛在月明楼。③

---

① 唐圭璋等编：《唐宋人选唐宋词·花间集》，第 28 页。
② 王国维：《人间词话》，《词话丛编》第五册，第 4266 页。
③ 曾昭岷等：《全唐五代词》，第 755 页。

这两首《望江梅》，一首写江南春景，另一首写江南秋景。芳春则游船、管弦、九陌红尘，倾城看花；清秋则芦花、寒山、月下孤舟、高楼长笛。词人写江南，选取了最富有典型性的景物情事加以勾勒，使南国的美丽毕现无遗。

基于以上分析，本书大体推断，唐宋词从接受北方地域文化系统影响到演变为要眇宜修、具有鲜明南方地域文化色彩的艺术形式，晚唐五代词起到了重要的过渡作用。

三 晚唐五代词接受南方地域文化影响的原因分析

晚唐五代词之所以与北方地域文化渐行渐远，而和南方地域文化日益亲近，是和当时的社会经济发展状况相关联的。唐季以来，天下岌岌，国家四分五裂，干戈四起，战乱频仍，北方地区的社会、经济生活遭受到了严重的破坏。因为是乱世，武人立国，讲求武功，文人就被不断地边缘化。而此时的南方地区，尤其是南唐和西蜀，割据局面延续的时间较长，虽然也有战争，但相对于中原地区来说，较为安定，经济特别是城市经济得到了长足的发展。于是北方的文人纷纷南下，聚集于巴蜀与江南地区，这在一定程度上改变了中国文学的分布格局。

晚唐五代的南方小国，虽然社会经济比较发达，但军事力量上无法与北方抗衡，统治阶层亦无一统天下的雄心，大多满足于偏安一隅的现状。"君臣务以奢侈以自娱，至于溺器，皆以七宝装之。"[①] 偏安心态与及时行乐的思想相伴而生，并外化为声色歌舞、纸醉金迷的生活方式。宋陈世修《阳春集序》："公（冯延巳）以金陵盛时，内外无事，朋僚亲旧，或当燕集，多运藻思为乐府新词，俾歌者倚丝竹而歌之。"[②] 燕集之词，丝竹所歌，显然不宜塞草狼烟、疆场血火的内容，而宜镂玉雕琼、裁花剪叶的清绝之辞。所谓燕乐，即是宴乐、俗乐，本身有着很强的娱乐性。词乃应歌征辞，配合燕乐而生，其基因便有绮艳丽密的成分。内在基因与外在环境相互契合，词的内在特性便得到张扬与释放。外在环境除了人文环境，还包括自然环境。"南宋词家于水软山温之地，为云痴月倦之辞"[③]，不仅是南宋词，可以说，南方秀丽的山水，一直是词生长的温床。因此，当词用

---

① 欧阳修：《新五代史》卷六四《后蜀世家》，中华书局1974年版，第805页。
② 陈世修：《阳春集序》，转引自龙榆生《唐宋名家词选》，上海古籍出版社1980年版，第41页。
③ 谢章铤：《赌棋山庄词话续编》卷五，《词话丛编》第四册，第3561页。

南方的春水洗去从北方一路跋涉而来的风尘，就显现出暗合于南方地域文化的本色来。

四 宋词地域文化特质的两点说明

论及晚唐五代词所接受的南方地域文化影响，承认晚唐五代词在词体从接受北方地域文化影响转向接受南方地域文学过程中的过渡地位，有两点需要注意。其一，并不是所有的词作都体现出鲜明的地域特色，更不是所有的词作都体现出鲜明的南方地域文化色彩。有一部分的词作仍然具有浓烈的北方地域文化色彩。其二，晚唐五代词与南方地域文化的关系，是随时间演进而渐次加强的。刘扬忠先生将五代西蜀词划分为前蜀和后蜀两个阶段进行考察，认为从前蜀到后蜀，词在与地域文化的关系呈现出"虽不明显但却隐然可见的阶段性和风格变异"，词作实现了从"移民文学"到"本土文学"的转化，即在后期，词的巴蜀地域色彩更鲜明。① 巴蜀词如此，南唐词亦如此，即越到南唐后期，其地域文化特征越显著。词与地域文化的关系是一种动态的演进过程，只有将其置放在时间的流动中加以考察，才能得到一种更全面、更立体、更趋近于真实的情态。

进而言之，说宋词是一种南方文学，并不意味着宋词创作在南方地域的均匀分布。宋词在南方与北方之间的分布是不均衡的，在南方内部的分布，也是不均衡的。"宋词作者地域分布的密集区是在南方的浙江（含上海）、江西、福建、江苏、四川、安徽和北方的河南、山东八省。这南北八省的词作者共有813人，占作者总人数的92.4%；其词作量为16774首，占作品总量的93.5%。几乎可以说宋词并不是'宋代'全境的人写出来的，而是宋代八省的人写出来的，作者地域的分布极不平衡。而在上述八省中，尤以浙江、江西、福建和江苏四省的词作者为最多，共有606人，占两宋籍贯可考的作者总人数的68.9%。"②

宋以前中国文化的传统中心一直在北方。宋代以来，社会经济文化中心逐渐南移，但北方地区文化地位仍然较高。"在宋词的作者中，北方河南和山东两省的作者仍占有一定的比重，分别位居第五和第八位，词作量则分别位居第四和第六。这表明中国文化的传统中心地区中原和齐鲁，在宋代依然保持着相当的文化优势。而河南作为北宋两京的所在地，更是当

---

① 刘扬忠：《五代西蜀词的地域文学特色》，《文史知识》2001年第7期。
② 王兆鹏、刘学：《宋词作者的统计分析》，《文艺研究》2003年第6期。

时政治文化的中心。其词人数量和作品量与其文化中心地位基本是相称的。"① 说宋词是"南方文学",并不是要抹杀北方词人和以北方为题材的词作,并不是无视于"变调"、"别格"的存在,而是着眼于词异于前代及同时代其他文体的文学特质,是强调从主体特质上对文体进行把握。

从历时性的角度来看,宋词的"南方文学"特质不是一蹴而就,而是渐次加强的。最明显的体现是南北两宋的不同、南宋词比北宋词有更多的南方地域文学色彩。"如果将北宋和南宋分开统计,籍贯可考而又可以确定其生活年代的有 698 人,其中北宋的南方人为 216 人,北方人为 79 人;南宋的南方人为 362 人,北方人则仅有 41 人。在北宋,北方作者占 1/3;到了南宋,北方籍的作者所占比例仅为 1/10。也就是说,南宋词的作者 90% 是南方人。"② 南方词人数量的递增,逐步深化了宋词的南方地域文化色彩。"靖康之难后,词作者的产出中心进一步向着浙江、江西和福建迁移。南宋词的创作中心主要是在今华东地区的江、浙、闽、赣四省。"③ 南宋词的南方地域文化特征,亦是不证自明的。

第二节　都市文学:宋词的地域文化特质之二

地域文化的实质是指富有地域特色的文化。这种地域特色,不一定只能依托于某个具体的地域。所处地域虽然不同,但地域特征可能相似,如都市。各个不同的都市,虽然也有差异,但相对于农村,便是具有鲜明的共同特征的地理单元。各个不同的都市之间共性大于个性,都市人口集中,工商业发达,以人文景观为主,因此,不妨把都市看成一类特殊的地域。都市文化也是地域文化的一种反映。

词体的产生与发展,与唐宋时期城市的繁荣有紧密的关系。词是一种都市文学。都市文化的特征决定了词的面貌,词体的产生与发展也具体体现了文学与都市的互动关系。

---

① 王兆鹏、刘学:《宋词作者的统计分析》,《文艺研究》2003 年第 6 期,第 55 页。
② 同上。
③ 同上。

一 宋代都市的繁荣与享乐之风

宋代的城市较前代有了较大的发展。最明显地体现在城市人口的增加上。两宋都城开封和临安人口都超过百万。武昌以及建康、扬州、成都、长沙都是万户以上乃至 10 万户的都市。初步估计，宋代计 351 州军，如果其中 150 州平均 2000 户，计有 30 万户，150 州为 700 户、50 州为 300 户，共为 12 万户，州城人总计 42 万户；全国共 1000 多县（去州治所在县城），其中 500 县均千户，计 50 万户，300 县为 500 户、200 县为 300 户，共 21 万户，县城总数为 71 万户；全国计有 1800 个镇市，其中 1000 个为 5000 户、800 个为 2000 户，镇市户口总计 66 万户。加上汴京、临安等名都大邑的户口，当在 200 万户以上，占宋神宗元丰年间 1600 万户的 12％ 以上。[①] 宋代城市的发达状况，由此可见一斑。

两宋的都市，以开封和杭州最为发达。五代的后梁、后晋、后汉、后周以及北宋王朝皆定都于开封，从而决定了其"八荒争凑，万国咸通"[②]、"竭五都之环富，备九州之货殖"[③] 的国家政治、经济、文化的中心地位。开封的繁华可以在宋代画家张择端的《清明上河图》和宋代孟元老的《东京梦华录》中感受。孟元老的《东京梦华录·序》说得最为形象传神：

> 太平日久，人物繁阜。垂髫之童，但习鼓舞；班白之老，不识干戈。时节相次，各有观赏。灯宵月夕，雪际花时；乞巧登高，教池游苑。举目则青楼画阁，绣户珠帘，雕车竞驻于天街，宝马争驰于御路，金翠耀目，罗绮飘香。新声巧笑于柳陌花衢，按管调弦于茶坊酒肆。八荒争凑，万国咸通。集四海之珍奇，皆归市易；会寰区之异味，悉在庖厨。花光满路，何限春游；箫鼓喧空，几家夜宴。伎巧则惊人耳目，侈奢则长人精神。

开封人口在百万以上，"以其人烟浩穰，添十数万之众不加多，减之

[①] 漆侠：《中国经济通史·宋代经济卷》下册，经济日报出版社 1999 年版，第 1065 页。
[②] 孟元老：《东京梦华录笺注》上册，伊永文笺注，中华书局 2006 年版，第 1 页。
[③] 周邦彦：《汴都赋》，《宋文鉴》卷七，中华书局 1992 年版，第 93 页。

不觉少"①。开封的影响力也遍及周边城市,"十二市之环城,嚣然朝夕"②。依托于众多的人口、稳定的社会秩序、发达的商业经济,开封的都市文化得到了长足的发展。

如果说开封的繁华在靖康之难后,便成了"华胥之梦",那么,杭州则在两宋王朝始终是"无愧世界之冠的特大都市"③。杭州自五代始,就繁盛难埒,钱塘江上"舟楫辐辏,望之不见其首尾"④。之后的兴亡易代也没有给杭州带来太大的破坏:

> 若四方之所聚,百货之所交,物盛人众,为一都会,而又能兼有山水之美,以资富贵之娱者,惟金陵、钱塘。然二邦皆僭窃于乱世。及圣宋受命,海内为一。金陵以后服见诛,今其江山虽在,而颓垣废址,荒烟野草,过而览者,莫不为之踌躇而凄怆。独钱塘,自五代时,知尊中国,效臣顺及其亡也。顿首请命,不烦干戈。今其民幸富完安乐。又其俗习工巧。邑屋华丽,盖十余万家。环以湖山,左右映带。而闽商海贾,风帆浪舶,出入于江涛浩渺、烟云杳霭之间,可谓盛矣。⑤

陶穀《清异录》也给予杭州很高的评价:"轻清丽秀,东南为甲。富兼华夷,余杭又为甲。百事繁庶,地上天宫也。"⑥ 至南宋,杭州改称临安,为国之都城。"自高宗驻跸于杭,而杭山水明秀,民物康阜,视京师其过十倍矣。虽市肆与京师相侔,然中兴已百余年,列圣相承,太平日久,前后经营至矣,辐辏集矣,其与中兴时又过十倍也。"⑦ 商业活动也极为活跃。"杭州行都二百余年⑧,户口蕃盛,商贾买卖者十倍于昔,往

---

① 《东京梦华录笺注》卷五"民俗"条,第451页。
② 杨侃:《皇畿赋》,《宋文鉴》卷二,第21页。
③ [日] 斯波义信:《宋代江南经济史研究》,方键、何忠礼译,江苏人民出版社2001年版,第321页。
④ 薛居正等:《旧五代史》卷一三三,中华书局1976年版,第1774页。
⑤ 欧阳修:《欧阳修全集》卷四十《有美堂记》,第280页。
⑥ 陶穀:《清异录》卷上地理门"地上天宫"条,《宋元笔记小说大观》第一册,第11页。
⑦ 耐得翁:《都城纪胜序》,《宋史资料萃编》第三辑《西湖老人繁胜录三种》,文海出版社1981年版,第59页。
⑧ 此处"二百余年"当为"一百余年"之误。

来辐辏，非他郡比。"① 耐得翁《都城纪胜》"市井条"："自大内和宁门外，新路南北，早间珠玉珍异及花果时新海鲜野味奇器天下所无者，悉集于此。以至朝天门、清河坊、中瓦前、灞头、官巷口、棚心、众安桥、食物店铺，人烟浩穰。其夜市除大内前外，诸处亦然。惟中瓦前最胜，扑卖奇巧器皿百色物件，与日间无异。其余坊巷市井，买卖关扑，酒楼歌馆，直至四鼓后方静；而五鼓朝马将动，其有趁卖早市者，复起开张，无论四时皆然。"城内如此，城外亦是如此，"府城之外，南北相距三十里，人烟繁盛，各比一邑"②。

都市的繁荣促进了享乐风气的兴盛。"中外颇僭典常，自通邑名都，世家豪姓，竞作浮侈，迭相矜尚。珠玉被于服玩，缇绣裹于垣墙。雕几岁更，规矩时易。酱藿庖味，山藻室庐。"③ 如开封的风俗，"辇毂之下，奔竞侈靡，有未革者。居室服用以壮丽相夸，珠玑金玉以奇巧相胜，不独贵近，比比纷纷，日益滋甚。"④ "都人风俗奢侈。"⑤ "奈何风俗好奢，人情好胜，竞尚华居，竞服靡衣，竞嗜珍馔，竞用美器，豪家巨族固宜享用，小夫贱隶，卒富暴贵，岂惟效尤，又且过之。"⑥ 又如两浙路"俗奢靡而无积聚，厚于滋味"⑦，尤以临安为甚："三吴风俗，自古浮薄，而钱塘为甚。虽室宇华好，被服粲然，而家无宿舂之储者，盖十室而九。"⑧ "四时奢侈，赏玩迨无虚日"⑨ "务侈靡相夸，佚乐自肆也。"⑩ "至如贫者，亦解质借兑，带妻挟子，竟日嬉游，不醉不归。此邦风俗，自古而然，至今犹不改也。"⑪《武林旧事》不厌其烦地记述了临安一年四季的游赏风俗，"西湖游幸"条中："贵珰要地，大贾豪民，买笑千金，呼卢百万，以至痴儿骏子，密约幽期，无不在焉。日糜金钱，靡有纪极，故杭谚有'销

---

① 吴自牧：《梦粱录》卷十三"两赤县市镇"条，浙江人民出版社1984年版，第114页。
② 周淙《乾道临安志》卷二《城南北两厢》引绍兴十一年五月七日郡守俞俟奏请。《南宋临安两志》，浙江人民出版社1983年版，第22页。
③ 宋庠：《元宪集》卷二十七《中书试戒风俗奢靡诏》，《文渊阁四库全书》本。
④ 《宋史》卷一百五十三，第3577页。
⑤ 《东京梦华录笺注》卷四"会仙酒楼"条，第420页。
⑥ 陶宗仪：《说郛》卷七十三下《物价》，《文渊阁四库全书》本。
⑦ 《宋史》卷八八《地理志四》，第2177页。
⑧ 苏轼：《苏轼文集》卷四十八，孔凡礼点校，中华书局1986年版，第1402页。
⑨ 吴自牧：《梦粱录》卷四《观潮》，浙江人民出版社1984年版，第27页。
⑩ 《江湖长翁集》卷二十二《游山后记》，《文渊阁四库全书》本。
⑪ 吴自牧：《梦粱录》卷一"八日祠山圣诞"条，浙江人民出版社1984年版，第8页。

金锅儿'之号,此语不为过也。"①

当然,宋代都市享乐之风的兴盛,除了都市的繁荣原因之外,和政治原因有密切的联系。宋太祖为了收拢兵权,曾向臣下鼓吹及时享乐的思想:"上曰:'人生如白驹之过隙,所以好富贵者,不过多积金银,厚自娱乐,使子孙无贫乏耳。汝曹何不释去兵权,择便好田宅市之,为子孙立永久之业。多置歌儿舞女,日饮酒相欢,以终其天年。'"②又据明王莹《群书类编故事》卷九载:

> 真宗临御岁久,中外无虞。与群臣燕语,或劝以声妓自乐。王文公正性俭约,初无姬侍其家,以二直省官治钱,上使内东门司呼二人者,责限为相公买妾,乃赐银三千两。二人归以告,公不乐,然难逆上旨,遂听之。

统治者不仅鼓励大臣享乐,甚至赐银,用行政手段促使大臣享乐,真可谓"恩逮于百官者惟恐其不足"③。士大夫也大多把享乐作为自己的人生理想:

> 宋相郊居政府,上元至书院内读《周易》,闻其弟学士祁点华灯,拥歌妓,醉饮达旦。翌日,喻所亲诮让云:"相公寄语学士,闻昨夜烧灯夜宴,穷极奢侈,不知记得某年上元同在某州州学内吃齑煮饭时否?"学士笑曰:"却须寄语相公,不知某年同在某处州吃齑煮饭是为甚底?"④

宋祁的话,可以看作是两宋大多数文人士大夫的心声。他们在生活中极力追求享受。如寇准:"准少年富贵,性豪侈,喜剧饮,每宴宾客,多阖扉脱骖。家未尝爇油灯,虽庖湢所在,必然炬烛。"⑤ 李纲:"李纲私

---

① 周密:《武林旧事》卷三,中华书局 2007 年版,第 71 页。
② 司马光:《涑水记闻》卷一,《宋元笔记小说大观》第一册,第 783 页。
③ 赵翼:《廿二史札记校证》(订补本)卷二五"宋制禄之厚",王树民校证,中华书局 1984 年版,第 534 页。
④ 《钱氏私志》,《文渊阁四库全书》本。
⑤ 《宋史》卷二百八十一《寇准传》,第 9534 页。

藏，过于国帑，乃厚自奉养，侍妾歌童，衣服饮食，极于美丽。每飨客肴馔，必至百品；遇出，则厨传数十担。"① 文天祥："天祥性豪华，平生自奉甚厚，声伎满前。"② 上流阶层的提倡与行为，对享乐之风推波助澜。另一个原因则如陈亮所言："夫吴、蜀天地之偏气，钱塘又吴之隅。当唐之衰，钱镠以闾巷之雄，起王其地，自以不能独立，常朝事中国以为重。及我宋受命，俶以其家入京师，而自献其土。故钱塘终始五代，被兵最少，而二百年之间，人物日以繁盛，遂甲于东南。及建炎、绍兴之间，为岳飞所驻之地，当时论者，固已疑其不足以张形势而事恢复矣。秦桧又从而备百司庶府，以讲礼乐于其中，其风俗固已华靡，士大夫又从而治园囿台榭，以乐其生于干戈之余，上下晏安，而钱塘为乐国矣。"③ 文恬武嬉，及时行乐的时代风气更推动了都市的享乐之风。

二 宋代都市的享乐之风与宋词的创作

完全可以把都市的享乐之风看成是地域文化的表征之一。享乐之风相对于自给自足的经济形态下俭朴宁静的乡村生活，拥有浓烈的地域文化色彩。考察都市享乐之风对宋词的影响，便是考察都市地域文化对宋词的影响。

都市生活的享乐之风的表现之一，便是好游赏。在北宋，开封的金明池是大型的"娱乐中心"。下面便通过这一地来具体考察都市生活的享乐之风对宋词创作的影响。

东京金明池，开凿于太平兴国三年。④ 开凿金明池的初衷是"水战，南方之事也，今其地已定，不复施用，时习之，示不忘战耳"⑤。但随着时代的发展，金明池逐渐变成了开封士民观看"争标"、"竞渡"和水戏的娱乐场所。孟元老《东京梦华录》卷七"三月一日开金明池琼林苑"条：

> 三月一日，州西顺天门外，开金明池，琼林苑，每日教习车驾上池仪范。虽禁从士庶许纵赏，御史台有榜不得弹劾。池在顺天门街

---

① 熊克：《中兴小纪》卷十八，《文渊阁四库全书》本。
② 《宋史》卷四百一十八《文天祥传》，第12534页。
③ 《宋史》卷四三六《陈亮传》，第12936页。
④ 《宋史·太宗纪一》："（太平兴国三年）诏凿金明池"，第58页。
⑤ 《宋史·礼志十六·嘉礼四·游观条》，第2696页。

北，周围约九里三十步，池西直径七里许。入池门内南岸西去百余步，有西北临水殿，车驾临幸观争标，锡宴于此。往日旋以彩幄，政和间用土木工造成矣。又西去数百步乃仙桥，南北约数百步，桥面三虹，朱漆栏楯，下排雁柱，中央隆起，谓之"骆驼虹"，若飞虹之状。桥尽处，五殿正在池之中心，四岸石磴向背，大殿中坐，各设御幄，朱漆明金龙床，河间云水戏龙屏风，不禁游人。殿上下回廊，皆关扑钱物、饮食、伎艺人作场，勾肆罗列左右。桥上两边，用瓦盆内掷头钱，关扑钱物、衣服、动使，游人还往，荷盖相望。桥之南立棂星门，门里对立彩楼。每争标作乐，列妓女于其上。门相对街南有砖石磴砌高台，上有楼观，广百丈许。曰宝津楼。前至池门，阔百余丈，下阚仙桥、水殿，车驾临幸观骑射、百戏于此。池之东岸，临水近墙皆垂杨，两边皆彩棚幕次，临水假赁，观看争标。①

同书卷七"驾幸临水殿争标赐宴"对当时的娱乐情形也有详细的描绘，文繁不录。对于金明池的游乐之事，宋词中多有提及。如果说"但管取明年，宫花重戴，共赏金明春意"（刘弇《金明春》）是对金明池盛事的期待，"记扬鞭辇路，同醉金明，穷胜赏，不管重城已暮"（曾纡《洞仙歌》）则是无穷的怀念。对金明池游乐盛事的细致描述，有王观《清平乐》"宜春小苑"、陈济翁《蓦山溪》等，其中，尤以柳永的《破阵乐》最为出色：

> 露花倒影，烟芜蘸碧，灵沼波暖。金柳摇风树树，系彩舫龙舟遥岸。千步虹桥，参差雁齿，直趋水殿。绕金堤、曼衍鱼龙戏，簇娇春罗绮，喧天丝管。霁色荣光，望中似睹，蓬莱清浅。　时见，凤辇宸游，銮辂禊饮，临翠水、开镐宴。两两轻舠飞画楫，竞夺锦标霞烂。罄欢娱，歌鱼藻，徘徊宛转。别有盈盈游女，各委明珠，争收翠羽，相将归远。渐觉云海沉沉，洞天日晚。

黄裳言："予观柳氏乐章，喜其能道嘉祐中太平气象。"② 的确，柳永

---

① 《东京梦华录笺注》，第643页。
② 黄裳：《演山集》卷三十五，《文渊阁四库全书》本。

的词展开了一幅幅气象万千的都市风情画卷。《破阵乐》层层铺叙，将金明池的风俗作了艺术的呈现，多层次、多侧面地写尽金明池所洋溢的欢乐，上阕主要写开封三月金明池风光，下阕记凤辇宸游，鸾觞禊饮，夺锦标霞烂、歌《鱼藻》等，则是游乐盛事，歌其词而能闻其事，"承平气象，形容曲尽"①。苏轼曾戏称柳永为"露花倒影柳屯田"②，足见此词在柳永词作中的代表性。"国家承平日久，朝廷无事，人主以翰墨文字为乐。当时文士，操笔如墨，摹写太平。"③ 摹写太平景象，追求富贵气息，成为词创作的必然。

都市生活的享乐之风的第二个表现便是节日生活的丰富。宋代的节日很多，有清明、元宵、冬至、除夕、元旦、立春等，节日原始的意义在都市生活中淡化，转而呈现出日常生活的世俗性。如清明节，本意在慎终追远，但在宋人的生活中，则演化成春游的盛典。清明时，宫中外出扫墓者"莫非金装绀幰，绵额珠帘，绣扇双遮，纱笼前导"。而士庶亦"阗塞都门"，"往往就芳树之下，或园囿之间，罗列杯盘，互相劝酬。"④ 宋词对这种清明的行乐宴游，亦有较多反映。如"拆桐花烂熳，乍疏雨，洗清明。正艳杏烧林，湘桃绣野，芳景如屏"（柳永《木兰花慢》）、"清明上巳西湖好，满目繁华"（欧阳修《采桑子》）、"此际相携宴赏，纵行乐，随处芳树遥岑"（王诜《花发沁园春》）等。

元宵节，则最能反映节日民俗与词之类的关系，即词如何"见时序风物之盛，人家宴乐之同"⑤。元宵，又称元夕、元夜、上元、灯夕、灯宵、灯节、灯市等，宋人最重此节。"上元张灯，旧止三夜，今朝廷无事，区寓乂安，况当年穀之丰，宜从士民之乐，具令开封府更放十七十八夜。"⑥ 吴曾《能改斋漫录》卷十七："李驸马正月十九所撰《滴滴金》词也。京师上元，国初放灯，止三夕。时钱氏纳土进钱买两夜，其后十

---

① 陈振孙：《直斋书录解题》卷二十一《乐章集》九卷，上海古籍出版社1987年版，第616页。
② 叶梦得：《避暑录话》卷三，《宋元笔记小说大观》第三册，第2629页。
③ 周紫芝：《太仓稊米集》卷六十七《书陵阳集后》，《文渊阁四库全书》本。
④ 《东京梦华录笺注》卷七"清明节"条，第626页。
⑤ 张炎：《词源》"节序"条，《词话丛编》第一册，第263页。
⑥ 《宋大诏令集》卷一四四《典礼》二十九《游观》之"十七十八夜张灯诏"，中华书局1962年版，第528页。

七、十八两夜灯，因钱氏而添，故词云五夜。"① 李驸马即李遵勖，其词《滴滴金》有"帝城五夜宴游歇"句。元宵节有歌舞百戏，"奇巧百端，日新耳目"②，"竞出新意，年异而岁不同"③，"锦绣填委，箫鼓振作，耳目不暇接"④，元宵的热闹由此可见。各阶层人士也积极参与，"故族大家，宗藩戚里，宴赏往来，车马骈阗，五昼夜不止。每出必穷日，尽夜漏，乃始还家，往往不及小憩，虽含醒溢疲思，亦不暇寐，皆相呼理残妆，而速客者已在门矣"⑤。

元宵节最重"放灯"。开封"最要闹九子母殿，及东西塔院惠林、智海、宝焚，竞陈灯烛，光彩争体，直至达旦"、"诸坊巷马行诸香药铺、茶坊、酒肆灯烛，各出新奇。"故而万家千巷，尽皆繁盛浩闹，"阡陌纵横，城闉不禁。别有深坊小巷，绣额珠帘，巧制新妆，竞夸华丽，春情荡飏，酒兴融洽，雅会幽欢，寸阴可惜，景色浩闹，不觉更阑。宝骑骎骎，香轮辘辘，五陵年少，满路行歌，万户千门，笙簧未彻。"⑥ 杭州的"放灯"之盛较之开封有过之而无不及。宣德门、梅堂、三闲台等处所起鳌山"灯之品极多，每以苏灯为最，圈片大者径三四尺，皆五色琉璃所成，山水人物，花竹翎毛，种种奇妙，俨然著色便面也"。"山灯凡数百种，极其新巧，怪怪奇奇，无所不有。"⑦ 杭州城内"南至龙山，北至北新桥，四十里灯火不绝。城内外有百万人家，前街后巷，僻巷亦然，挂灯或用玉栅，或用罗帛，或纸灯，或装故事，你我相赛。州府札山棚，三狱放灯，公厅设醮，亲王府第、中贵宅院，奇巧异样细灯，教人睹看"。⑧ 灯市的丰富多彩热闹非凡，是元宵节繁盛浩闹不可或缺的组成部分。

"都下元宵观游之盛，前人或于歌词中道之。"⑨ 宋代元宵词数量甚多。"《全宋词》中计有元宵词330首，其中包括91首无题序者，残句不计。其中又有咏圆子（即汤圆）词四首，蒸茧1首，因是与元宵节有关

---

① 吴曾：《能改斋漫录》卷十七，上海古籍出版社1979年版，第491页。
② 《东京梦华录笺注》卷六《元宵》条，第541页。
③ 周密：《武林旧事》卷二《元夕》条，中华书局2007年版，第49页。
④ 同上书，第53页。
⑤ 朱弁：《续骫骳说》，《曲洧旧闻》附录一，中华书局2002年版，第235页。
⑥ 《东京梦华录笺注》卷六《十六日》条，第596页。
⑦ 周密：《武林旧事》卷二《元夕》，第50页。
⑧ 《西湖老人繁胜录》之《街市点灯》，《宋史资料萃编》第三辑，文海出版社1981年版，第2页。
⑨ 朱弁：《续骫骳说》，《曲洧旧闻》附录一，第235页。

的风物词,也作为节序词列入。"①

元宵词中,有致力于描绘繁华盛丽的景象之作,如欧阳修《御带花》"青春何处风光好"、范致虚《满庭芳》"紫禁寒轻"、康与之《瑞鹤仙·上元应制》"瑞烟浮禁苑"等。以晁冲之《上林春慢》较为典型:

> 帽落宫花,衣惹御香,凤辇晚来初过。鹤降诏飞,龙擎烛戏,端门万枝灯火。满城车马,对明月、有谁闲坐。任狂游,更许傍禁街,不扃金锁。　玉楼人、暗中掷果。珍帘下、笑着春衫袅娜。素蛾绕钗,轻蝉扑鬓,垂垂柳丝梅朵。夜阑饮散,但赢得、翠翘双軃。醉归来,又重向、晓窗梳裹。

这类词作一般着眼于对放花巷陌、放灯台榭等实际情景的铺陈与夸饰,大多惯用长调,富丽精工,以描绘盛事景象、歌颂繁华为务。当然,大多数的元宵词都要提到放灯。如"去年元夜,正钱塘、看天街灯烛。闹蛾儿转处,熙熙笑语,百万红妆女"(赵长卿《探春令》)、"风销焰蜡,露浥红莲,花市光相射"(周邦彦《解语花·元宵》)、"少年时节,见皇州灯火,衣冠朝市。天汉桥边瞻凤辇,帘幕千家垂地"(王庭珪《念奴娇·上元》),灯市的流光溢彩,是良宵好景最集中的体现。

都市生活的享乐之风的第三个表现便是各类庆典的繁多。如祝寿、嫁娶、生育、宅居建筑落成等,均有庆典。以寿词为例。祝寿、乞寿习俗起源甚早。宋代此风尤盛。如宋代16位皇帝均定其生日为节日。太祖为"长春节",太宗为"乾明节",后改为"寿宁节",真宗为"承天节",仁宗为"乾元节",英宗为"寿圣节",神宗为"同天节",哲宗为"兴龙节",徽宗为"天宁节",钦宗为"乾龙节",高宗为"天申节",孝宗为"会庆节",光宗为"重明节",宁宗初为"天祐节",寻改为"瑞庆节",理宗为"天基节",度宗为"乾会节",恭帝为"天瑞节",统称"圣节"。此外,各太皇太后、太后亦有以生日为节日者,如"长宁节"、"坤成节"等。"国朝故事,天子诞节,则宰臣率文武百僚班紫宸殿下,拜舞称庆。"② 孟元老《东京梦华录》卷九《宰执亲王宗室百官入内上寿》③,

---

① 黄杰:《宋词与民俗》,商务印书馆2005年版,第27页。
② 蔡絛:《铁围山丛谈》卷二,《宋元笔记小说大观》第三册,第3053页。
③ 《东京梦华录笺注》卷九,第831页。

吴自牧《梦粱录》卷三《宰执亲王南班百官入内上寿赐宴》①等对之有详细的记载。皇室如此，大臣紧随其后。"宰相遇诞日，必差官具口宣押解赐礼物。"② 此等风气，上行下效，演化成颇为风行的祝寿、乞寿之风。

宋代祝寿时，喜用诗词祝寿，"潞公以太尉镇洛师，遇生日，僚吏皆献诗"③。"竹垞曰：宣政而后，士大夫争为献寿之词，连篇累牍。"④ 据统计："《全宋词》与《全宋词补辑》中所存寿词2356首，《全》1987首，《补》369首，残句不计。"⑤ 寿词占全宋词总数的12%强。这是相当可观的。最为突出的是魏了翁，有近百首寿词，占其全部词作数量的一半以上。"词不作艳语，有长短句一卷，皆寿词也……宋代寿词，无有过之者。"⑥ 黄昇《中兴以来绝妙词选》卷七言："（魏了翁）有词，附《鹤山集》，皆寿词之得体者。"⑦ 寿词的兴盛可见一斑。

寿词的种类颇多，风格在后期也有一点的变化。但就其典型的风格而言，大多典雅丰赡，雍容华贵。如：

保生酒劝椒香腻，延寿带垂金缕细。几行鹓鹭望尧云，齐共南山呼万岁。（柳永《玉楼春》）

韩国殊勋，洛都西内，名园甲第相连。当年绿鬓，独占地行仙。文彩风流瑞世，延朱履、丝竹喧阗。人皆仰，一门相业，心许子孙贤。（张元幹《满庭芳·寿富枢密》）

七十古来稀，未为稀有。须是荣华更长久。满床靴笏，罗列儿孙新妇。精神浑是个，西王母。　遥想画堂，两行红袖。妙舞清歌拥前后。大男小女，逐个出来为寿。一个一百岁，一杯酒。（辛弃疾《感皇恩·婶母王氏庆七十》）

---

① 吴自牧：《梦粱录》卷三，浙江人民出版社1984年版，第16页。
② 蔡絛：《铁围山丛谈》卷二，《宋元笔记小说大观》第三册，第3064页。
③ 张耒：《明道杂志》，《丛书集成》初编本。
④ 谢章铤：《赌棋山庄词话·续编一》，《词话丛编》第四册，第3481页。
⑤ 黄杰：《宋词与民俗》，第65页。
⑥ 杨慎：《词品》卷五，《词话丛编》第一册，第515页。
⑦ 黄昇：《中兴以来绝妙词选》卷七，《唐宋人选唐宋词》下册，第792页。

不论是圣寿词还是同僚、亲友之间的祝寿词,皆善奉迎,喜谀美,追求富贵气息。

三 宋代都市的公共文化空间

上述所言游赏、节日、庆典等享乐活动所构成的都市文化生活,有赖都市大众文化空间的存在。所谓大众文化空间,即大众文化可以参与并交流的场所。上文所言"金明池"、"西湖"等都是大众文化空间的一种形式。

都市大众文化空间的典型代表是酒楼。《东京梦华录》、《都城纪胜》、《梦粱录》等书对宋代酒楼业的记载都颇为详尽。宋代的酒楼数量甚多,如开封九桥门街的酒店就多到"彩楼相对,绣旆相招,掩翳天日"。① 酒店装饰华丽,"凡京师酒店门首,皆缚彩楼欢门"②,杭州的酒楼亦是:"店门首彩画欢门,设红绿杈子,绯绿帘幕,贴金红纱栀子灯,装饰厅院廊庑,花木森茂,酒座潇洒。但此店入其门,一直主廊,约一二十步,分南北两廊,皆济楚阁儿,稳便坐席。"③ 服务周到:"酒肆百物具备,宾至如归"④,"兼卖诸般下酒,食次随意索唤。"⑤ 再加上当时的经济较为繁荣,酒楼的生意异常兴盛:"大抵诸酒肆瓦市,不以风雨寒暑,白昼通夜,骈阗如此。"⑥

酒楼成为社会各阶层的聚散之地:"时天下无事,许臣僚择胜燕饮。当时侍从文馆士人大夫为燕集,以至市楼酒馆,往往皆为游息之地。"⑦ 酒楼的别称又为瓦舍。"瓦者,野合易散之意也。不知起于何时,但在京师时甚为士庶放荡不羁之所,亦为子弟流连破坏之地。"⑧ 因此,酒楼可谓大众文化空间。

作为公共文化空间的酒楼,为了招徕生意,往往以歌妓吸引顾客:"凡京师酒店门首,皆缚彩楼欢门,唯任店入其门,一直主廊约百余步,

---

① 孟元老:《东京梦华录笺注》卷二"酒楼"条,第176页。
② 同上书,第174页。
③ 吴自牧:《梦粱录》卷十六,浙江人民出版社1984年版,第141页。
④ 欧阳修:《归田录》卷一,《宋元笔记小说大观》第一册,第604页。
⑤ 吴自牧:《梦粱录》卷十六,第141页。
⑥ 孟元老:《东京梦华录笺注》卷二"酒楼"条,第176页。
⑦ 沈括:《梦溪笔谈校正》卷九,胡道静校注,上海古籍出版社1987年版,第176页。
⑧ 耐得翁:《都城纪胜》"瓦舍众伎"条,《宋史资料萃编》第三辑《西湖老人繁胜录三种》,第75页。

南北天井两廊皆小阁子。向晚灯烛荧煌，上下相照，浓妆妓女数百，聚于主廊槛面上，以待酒客呼唤，望之宛若神仙。"① 杭州的酒肆亦是如此："向晚灯烛荧煌，上下相照，浓妆妓女数十，取于主廊槛面上，以侍酒客呼唤，望之宛如神仙"，诸多酒楼"俱有妓女，以待风流才子买笑追欢耳"。② 酒楼置歌妓是受宋代都市士众溺于声色习俗的影响。

宋人溺于声色的风尚非常浓烈。"士大夫欲永保富贵，动有禁忌，尤讳言死，独溺于声色，一切无所顾避。闻人家姬侍有慧丽者，伺其主翁属纩之际，已设计贿牙侩，俟其放出以售之，虽俗有热孝之嫌，不恤也。"③ 溺于声色，一方面蓄养家妓，"两府、两制家中各有歌舞。官职稍如意，往往增置不已"。④ 文人士大夫蓄养家妓的事多见记载，如欧阳修有歌妓"八九妹"⑤，苏轼"有歌舞妓数人"⑥，王黼有"家姬数十人，皆绝色也"⑦ 等。另一方面，溺于声色亦推动都市歌妓业的繁荣。勾栏瓦舍、平康诸坊诸处，顿成蜂窠巷陌，亦是公共文化空间之一种。

北宋开封，"今京师鬻色户将及万计"⑧。歌妓集中在平康里，迎来送往，门庭喧闹："平康里，乃东京诸妓所居之地也。自城北门而入，东回三曲。妓中最胜者，多在南曲。其曲中居处，皆堂宇宽静，各有三四厅事，前后多植花卉，或有怪石盆池，左经右史，小室垂帘，茵榻帷幌之类。凡举子及新进士、三司、幕府，但未通朝籍，未直馆殿者，咸可就游，不吝所费，则下车，水陆备矣。其中诸妓，多能文词，善谈吐，亦平衡人物，应对有度。及膏梁子弟来游者，仆马繁盛，宴游崇侈。"⑨ 而杭州，亦是"群花所聚"、"争妍卖笑"，难怪胡仔称之为"色海"⑩。周密

---

① 孟元老：《东京梦华录笺注》，第174页。
② 吴自牧：《梦粱录》卷十六，第141页。
③ 周辉：《清波杂志》卷三，《宋元笔记小说大观》第五册，第5040页。
④ 朱弁：《曲洧旧闻》卷一，《宋元笔记小说大观》第三册，第2960页。
⑤ 葛立方：《韵语阳秋》卷十五，《笔记小说大观》第四十三编，台湾新兴书局1986年版。
⑥ 《说郛》卷三十四上，《文渊阁四库全书》本。
⑦ 王明清：《玉照新志》卷三，《宋元笔记小说大观》第四册，第3934页。
⑧ 陶榖：《清异录》上卷"人事门"之"蜂窠巷陌"条，《宋元笔记小说大观》第一册，第18页。
⑨ 金盈之：《醉翁谈录》卷七《平康巷陌记·平康总序》，车吉心：《中华野史·宋朝卷》，泰山出版社2000年版，第2543页。
⑩ 胡仔：《苕溪渔隐丛话》前集卷二十七"蔡文忠"条，人民文学出版社1962年版，第184页。

《武林旧事》卷六"歌馆"条亦记载了当时杭州城歌妓业盛况:"平康诸坊,如上下抱剑营、漆器墙、沙皮巷、清河坊、融和坊、新街、太平坊、巾子巷、狮子巷、后市街、荐桥,皆群花所聚之地。外此,诸处茶肆:清乐茶坊、八仙茶坊、珠子茶坊、潘家茶坊、连三茶坊、连二茶坊,及金波桥等两河,以至瓦市,各有等差,莫不靓妆迎门,争妍卖笑,朝歌暮弦,摇荡心目。……或欲更招他妓,则虽对街,亦呼肩舆而至,谓之过街桥。前辈如赛观音、孟家蝉、吴怜儿等,甚多,皆色艺冠一时,家甚华侈。近世目击者,惟唐安安,最号富盛。……下此虽力不逮者,亦竞鲜华。"① 公共空间的发达可见一斑。

四 宋代都市公共文化空间的趋俗性

如上所述,宋代都市公共文化空间,如酒楼茶肆、勾栏瓦舍、平康诸坊,是一种公共文化空间。公共文化空间构成,需要大众的参与。公共文化空间的性质,则取决于参与的阶层及参与的态度。

宋代都市公共文化空间的参与阶层特别广泛,如上文提到的金明池游乐,元宵节狂欢等,参与的上有皇帝、朝臣,下至普通文人、平民百姓等。又如酒楼,有"卖贵细下酒,迎接中贵饮食"②,这是宫廷之人。宋门外浴堂巷有仁和酒肆,大臣鲁宗道,"往往易服微行,饮于其中"③,这是朝臣。文人阶层也常到酒楼饮酒:"延年喜剧饮,与刘潜造王氏酒楼对饮。"④ 酒楼顾客最基本构成,还是一般的民众:"中秋夜,贵家结饰台榭,民间争占酒楼玩月。"⑤ 由此可见公共文化空间的特点,即在于社会各阶层的广泛参与。而吸引广泛的阶层参与,显然需要一种能引起各阶层共鸣的公共文化。这种公共文化,当然不会是"其曲弥高,其和弥寡"的阳春白雪。由于大部分受众的知识文化水平所限,高雅文化注定无法流行。而相反,为各阶层所喜闻乐观的通俗文化,"入耳为佳,适听为快",必能更为大众所接受所传播。以柳永事为例:

柳耆卿与孙相何为布衣交。孙知杭州,门禁甚严。耆卿欲见之而

---

① 周密:《武林旧事》卷六"歌馆"条,第162页。
② 孟元老:《东京梦华录笺注》卷二"酒楼"条,第176页。
③ 欧阳修:《归田录》卷一,《宋元笔记小说大观》第一册,第603页。
④ 《宋史》列传二百一"文苑四",第13071页。
⑤ 孟元老:《东京梦华录笺注》卷八"中秋"条,第814页。

不得,作《望海潮》词往见名妓楚楚,曰:"欲见孙相,恨无门路。若因府会,愿借朱唇歌于孙相之前。若问谁为此词,但说柳七。"中秋府会,楚楚宛转歌之,孙即日迎耆卿预坐。①

柳永为落魄文人,而孙相何则贵为知府,社会地位悬殊,一方面"门禁甚严",另一方面孙相何另外的一些活动场合,柳永也不会有机会参加,所以求一面而不可得。所幸,公共文化空间是他们的"交集"。一曲《望海潮》出自下层文人之手,播之于歌妓之口,闻之于府会高堂,甚至上达异国天听,引起强烈反响:"此词流播,金主亮闻之,欣然有慕于'三秋桂子,十里荷花',遂起投鞭渡江之志。"②柳永的词之所以能够得到如此广泛的传播,原因无他,趋俗之故也。"柳耆卿《乐章集》,世多爱赏该洽,序事闲暇,有首有尾。……唯是浅近卑俗,自成一体,不知书者尤好之。"③《后山诗话》载:"柳三变游东都南、北二巷,作新乐府,骫骳从俗,天下咏之,遂传禁中。仁宗颇好其词,每对酒,必使侍从歌之再三。"④公共文化空间倾向于传播俗文化。因此,以词为代表的俗文化,是公共文化空间构成的要素之一。

公共文化空间展现的是大众的交集,因此,公共文化空间的大众参与,是有限度的。公共空间之一瓦舍,即取义"瓦舍者,谓其'来时瓦合,去时瓦解'之义,易聚易散也"。⑤在聚散之间,并没有朝堂议政的慷慨与执着,亦没有"先忧后乐"的悲天悯人之情怀,更多的是大众狂欢。"晏元宪(当为元献——引者注)虽早富贵,而奉养极约。唯喜宾客,未尝一日不燕饮。……亦必以歌乐相佐,谈笑杂出。"⑥本性刚简、"奉养清俭"⑦的晏殊,却喜欢宴乐,并表现得相当慷慨。这是因为公共文化空间的通行证是趋俗、娱乐。一旦进入公共文化空间的交流层面,就必须暂且将平常情况下的原则与规范放在一旁,转而遵循公共文化空间的规则。《东轩笔录》卷七载:"王韶罢枢副使,以礼部侍郎知鄂州。一日

---

① 杨湜:《古今词话》,《词话丛编》第一册,第26页。
② 罗大经:《鹤林玉露》丙编卷一,《宋元笔记小说大观》,第5316页。
③ 王灼:《碧鸡漫志》卷二"乐章集浅近卑俗"条,《词话丛编》第一册,第84页。
④ 陈师道:《后山诗话》,何文焕《历代诗话》上册,中华书局1981年版,第311页。
⑤ 吴自牧:《梦粱录》卷十九,浙江人民出版社1984年版,第179页。
⑥ 叶梦得:《避暑录话》卷二,《宋元笔记小说大观》第三册,第2615页。
⑦ 脱脱:《宋史》卷三百一十一,第10197页。

宴客，出家妓奏乐。入夜席，客张绩沉醉，挽家妓不前，遽将拥之。家妓泣诉于韶，坐客皆失色。韶徐曰：'出尔曹以娱宾，而乃令宾客失欢。'命取大杯罚家妓，既而容色不动，谈笑如故，人亦伏其量也。"① 与其说王韶大人大量，不如说王韶了解所谓的家妓，女色，只不过是当时的娱乐工具，其目的是娱宾遣兴。所以即使让家妓受委屈，也不可以"令宾客失欢"。又如黄昇《唐宋诸贤绝妙词选》卷三载：

> 宋子京过繁台街，逢内家车子，有褰帘者曰小宋也，子京归，遂作此词。都下传唱，达于禁中，仁宗知之，问内人第几车子、何人呼小宋，有内人自陈：顷侍御宴，见宣翰林学士，左右内臣曰小宋也，时在车子中偶见之，呼一声尔。上召子京，从容语及，子京皇惧无地，上笑曰：蓬山不远，因以内人赐之。②

宋祁所作词《鹧鸪天》："画毂雕鞍狭路逢。一声肠断绣帘中。身无彩凤双飞翼，心有灵犀一点通。　金作屋，玉为笼。车如流水马游龙。刘郎已恨蓬山远，更隔蓬山几万重。"按照通常的逻辑，宋祁是犯了大不敬之罪。但仁宗并不以忤，反而玉成其事。可见，皇帝也深谙在"繁台街"这样的场合，日用人伦可以暂时忽略，娱乐方为第一要义。这也正是宣和元宵，放灯赐酒，一女子藏其金杯，而宋徽宗不加责罚的原因。③

因此，公共文化空间的揖让之际，俗的一面得到张扬，而雅的一面暂得掩藏。那么何者为俗？何者为雅？施德操《北窗炙輠录》卷下载：

> 东坡侍过客，非其人则盛列妓女，奏丝竹之声，聒两耳，至有终晏不交一谈者。其人往返，更谓待己之厚也。至有佳客至，则屏去妓乐，杯酒之间，惟终日笑谈耳。④

这则记载甚值玩味。苏轼用来对付"非其人"的俗客，采取的是妓

---

① 魏泰：《东轩笔录》卷七，《宋元笔记小说大观》第三册，第2730页。
② 黄昇：《唐宋诸贤绝妙词选》卷三，《唐宋人选唐宋词》下册，第609页。
③ "窃杯女子"，事见《宣和遗事》卷上，《笔记小说大观》十四编，台湾新兴书局1987年版，第264页。
④ 施德操：《北窗炙輠录》卷下，《宋元笔记小说大观》第三册，第3223页。

女盛列、丝竹聒耳的办法。这是公共文化空间中的典型应酬之举,既不失礼节——客人会觉得"待己之厚",又避免了谈笑之际兴趣不同的尴尬。但在苏轼看来,这种以酒色招待的方式无疑是俗的,是不能用来款待佳客的。持此态度的不止苏轼一人,几乎是时人的共识。《珍席放谈》卷下:

> 富文忠、杨隐甫,皆晏元献公婿也。公在二府日,二人已升贵仕。富每诣谒,则书室中会话竟日,家膳而去。杨或来见,则坐堂上置酒,从容出姬侍奏弦管,按歌舞以相娱乐。人以是知公待二婿之重轻也。①

晏殊对富弼、杨察这两个女婿的态度有别,所以接待方式也一雅一俗。和苏轼对待雅客和俗客的方式并无二致。而俗者,均是都市公共文化空间的通行证——歌舞声色。

由此可以做如下判断,都市公共文化空间孕育的是俗文化,俗文化具体体现为追求酒色耳目之娱。

五 公共文化空间与词的创作

词流行于宋代都市的公共文化空间。如酒楼,以酒楼为题材的词作数量不在少数。如"酒楼灯市管弦声,今宵谁肯睡,醉看晓参横"(朱敦儒《临江仙》)、"药市家家帘幕,酒楼处处丝簧"(京镗《木兰花慢》)、"漾漾天街晴昼,料酒楼歌馆,都是春回"(赵功可《八声甘州》)等。还有大量的劝酒词,如沈瀛的《减字木兰花》头劝二劝而至于十劝。于酒楼之上,需要"用陈妙曲,上助清欢"②,因此,也促进了词的创作。此外,酒楼有时也有助于词的流传。如丰乐楼,"吴梦窗尝大书所赋《莺啼序》于壁,一时为人传诵"③。

又如词也流行于歌妓活动的场所——勾栏瓦舍,平康诸坊。李剑亮《唐宋词与唐宋歌妓制度》④ 对唐宋歌妓制度与唐宋词之间的关系有详尽的研究。的确,歌妓催化了词人的创作,影响了词的题材和风格,促进了

---

① 高晦叟:《珍席放谈》卷下,《全宋笔记》第三编第一册,大象出版社2008年版,第187页。
② 郑仅:《调笑转踏·序》,《全宋词》第一册,第573页。
③ 周密:《武林旧事》卷五"丰乐楼"条,第123页。
④ 李剑亮:《唐宋词与唐宋歌妓制度》,浙江大学出版社2006年版。

词作的传播。"北宋有无谓之词以应歌"①，词本来就是"应歌"的产物，宋代典籍中有大量歌妓向文人求词，或文人主动为歌妓作词的记载。又因为词为"应歌"所作，所以"词为艳科"，风格"要眇宜修"就成了一种必然。词的流传，"鸠工锓木"，刻版印行，固然能"寿其传"，但"人声其歌者"亦是不可或缺，或者说是更重要的条件。②

词流行于宋代都市公共文化空间，而都市公共文化空间又倾向于孕育俗文化。因此，宋词在都市公共文化空间的影响下，趋俗之风甚为明显。趋俗表现在以下几个方面。

第一，词对都市俗语的吸收，即词在语言上的趋俗。宋代俗语风气大盛，"语言拘忌，莫如近世浅俗之甚。"③ 文人士大夫在日常生活中，喜用俗语嬉戏，如戏谑语："有甚意头求富贵，没些巴鼻使奸邪"，有甚意头、没些巴鼻，皆俗语也。④ 或歌唱："宣和间客京师时，街巷鄙人多歌蕃曲。名曰：《异国朝》、《四国朝》、《六国朝》、《蛮牌序》、《蓬蓬花》等，其言至俚，一时士大夫亦皆歌之。"⑤ 或属对："某守与客行林下，曰：'柏花十字裂。'愿客对。其倅晚食菱，方得对云：'菱角两头尖。'皆俗谚全语也。"⑥ 苏东坡还认为："街谈市语，皆可入诗。"⑦ 诗人在创作时亦常用俗语入诗，"近世苏、黄亦喜用俗语"⑧。以俗语俗字入诗的确是宋诗的一大特点。杨亿虽然"尝戒门人，为文宜避俗语"⑨，然其为文，亦难免"得卖生菜"之讥；其《答契丹书》云"邻壤交欢"则引起宋真宗"朽壤、鼠壤、粪壤"的联想。甚至官至天章阁侍讲的胶东经生杨安国，在讲经时亦屡杂俗语，"每进讲则杂以俚下廛市之语。"⑩ 可见，宋代俗语之风已渗进各种文体。

词受到俗语的影响更为明显。"中原息兵，汴京繁庶，歌台舞席，竞赌新声，耆卿失意无俚，流连坊曲，遂尽收俚俗语言编入词中，以便伎人

---

① 周济：《介存斋论词杂著》，《词话丛编》第二册，第1629页。
② 强焕：《题周美成词》，转引自《唐宋词汇评》第二册，第861页。
③ 吴聿：《观林诗话》，丁福保辑《历代诗话续编》上册，中华书局1983年版，第114页。
④ 陈师道：《后山诗话》，何文焕辑《历代诗话》上册，中华书局1981年版，第306页。
⑤ 曾敏行：《独醒杂志》卷五，《宋元笔记小说大观》第三册，第3246页。
⑥ 陈师道：《后山诗话》，《历代诗话》上册，第314页。
⑦ 周紫芝：《竹坡诗话》，《历代诗话》上册，第354页。
⑧ 张戒：《岁寒堂诗话》卷上，《历代诗话》上册，第450页。
⑨ 欧阳修：《归田录》卷一，《宋元笔记小说大观》第一册，第614页。
⑩ 魏泰：《东轩笔录》卷九，《宋元笔记小说大观》第三册，第2740页。

传习，一时动听，传播四方。"① 直接将都市的俚俗语言引入词的创作中，推动词艺术的发展的，不仅限于柳永一人。"康伯可、柳耆卿音律甚协，句法亦多有好处。然未免有鄙俗语。"②"山谷语多用俳语，杂以俗谚"，③"施梅川音律有源流，故其声无舛误；读唐诗多，故语雅淡。间有些俗气，盖亦渐染教坊之习故也。"④"孙花翁有好词，但雅正中忽有一两句市井语，可惜。"⑤ 实际上，诸多词人的作品中都不同程度地镶嵌着俗语俚词。

俗语俚词的应用，会使以典雅为宗的作品产生"陌生化"的艺术效果；俗语俚词贴近口语，使词更具可歌性，更贴近读者。但俗语俚词的过度使用，会产生一系列的负面影响。首先，使词体变得不够本色当行，"山谷语多用俳语，杂以俗谚，多可笑之句"⑥。其次，有的俗语俚词出现在了词中，使词变得粗俗。最后，俗语俚词的应用应遵循贴切恰当的原则，如果只是为了俗语而俗语，会造成词艺术的不协调。诚如张戒《岁寒堂诗话》卷上所言："世徒见子美诗之粗俗，不知粗俗语在诗句中最难；非粗俗，乃高古之极也。自曹、刘死，至今一千年，惟子美一人能之……近世苏、黄亦喜用俗语，然时用之，亦颇安排勉强，不能如子美胸襟流出也。"⑦

第二，词的趋俗之风，还表现在对市民文化的吸收。最明显的是对市井吟唱艺术的借鉴。《事物纪原》言："京师凡卖一物，必有声韵，其吟哦俱不同。故市人采其声调，间以词章，以为戏乐也。今盛行于世，又谓之吟叫也。"⑧ 张世南《游宦纪闻》卷三亦言："宣和间，市井竞唱韵令。"⑨ 这种吟唱有的来源于乐工："乐工尉迟璋左能啭喉为新声，京师屠沽效之，呼为拍弹。"⑩ 各种行业"吟叫百端"⑪，如卖饼的："刘伯刍侍

---

① 翔凤：《乐府余论》"慢词始于耆卿"条，《词话丛编》第三册，第 2499 页。
② 沈义父：《乐府指迷》"康柳词得失条"，《词话丛编》第一册，第 278 页。
③ 李调元：《雨村词话》卷一，《词话丛编》第二册，第 1401 页。
④ 沈义父：《乐府指迷》"施词得失"，《词话丛编》第一册，第 278 页。
⑤ 同上书，第 278 页。
⑥ 李调元：《雨村词话》卷一，《词话丛编》第二册，第 1401 页。
⑦ 张戒：《岁寒堂诗话》卷上，《历代诗话续编》上册，第 450 页。
⑧ 高承：《事物纪原》卷九"吟叫"条，《文渊阁四库全书》本。
⑨ 张世南：《游宦纪闻》卷三，张茂鹏点校，中华书局 1981 年版，第 24 页。
⑩ 钱易：《南部新书》卷乙，《宋元笔记小说大观》第一册，第 306 页。
⑪ 孟元老：《东京梦华录笺注》卷三"天晓诸人入市"条，第 357 页。

郎所居巷口,有鬻饼者。早过户,必闻讴歌当炉。"① 又如卖花的:

> 是月季春,万花烂漫,牡丹、芍药、棣棠、木香种种上市,卖花者以马头竹篮铺排,歌叫之声,清奇可听,晴帘静院,晓幕高楼,宿酒未醒,好梦初觉,闻之莫不新愁易感,幽恨悬生,最一时之佳况。②

这种卖物之声,如同歌曲演唱,影响了宋词的创作。"今街市与宅院,往往效京师叫声,以市井诸色歌叫卖物之声,采合宫商成其词也。"③ 宋词中《卖花声》曲调,可能便来源于都市清晨的卖花吟唱。蒋捷《昭君怨·卖花人》笔下的"帘外一声声叫",启发了许多词人的创作,如"卖花声过尽,斜阳院落,红成阵,飞鸳鸯"(秦观《水龙吟》)、"午梦醒来,小窗人静,春在卖花声里"(王嵎《夜行船》)、"春晴好,溶溶雨尽,听卖花声"(刘辰翁《八声甘州》)等。

宋词对市井文化的吸收还表现在其努力反映都市生活的方方面面。上文所言金明池、元宵节、寿庆等民俗活动,宋词皆有反映。黄杰《宋词与民俗》认为:"宋词中不仅涉及民俗的词数目可观,而且展现其中的民俗也是形象丰富的。"④ 是书还认为,民俗对于宋词的兴衰有重大影响,民俗活动往往是词创作的动因和目的,有时词本身便是民俗活动的一个质素或组成事项。

宋词与都市生活的关系,恰恰是宋词趋俗特性的表征之一。而且,宋词在表现都市生活时,往往好咏富贵、乐道喜庆,求诸感官的刺激,止于外在的满足。这一方面导致了宋词多富贵之气。富贵气的具体表现,一是创作时,要将日常事物置换成色泽绮丽、气象华贵的词汇。"炼字下语,最要紧要,如说桃,不可直说破桃,须用'红雨'、'刘郎'等字。如咏柳,不可直说破柳,须用'章台'、'灞岸'等字。又咏书,如曰'银钩空满',便是书字了,不必更说书字。'玉箸双垂',便是泪了,不必更说

---

① 曾慥:《类说》卷五十四"鬻饼讴歌"条,《笔记小说大观》,台湾新兴书局1980年版。
② 孟元老:《东京梦华录笺注》卷七"驾回仪卫"条,第736页,"晴帘静院",校笺本作"睛帘静院",径改。
③ 吴自牧:《梦粱录》卷二十"妓乐"条,第193页。
④ 黄杰:《宋词与民俗》,第1页。

泪。如'绿云缭绕',隐然髻发,'困便湘竹',分明是簟。正不必分晓,如教初学小儿,说破这是甚物事,方见妙处。"① 词中也经常在一个名词前加上形容词来增强词语的华丽色彩,如兰舟、画舸、鸳瓦、珠帘、香奁等。有的词还把简单的内容用婉曲繁复的句子来表达,如"东坡问少游别后有何作,少游举'小楼连苑横空,下窥绣毂雕鞍骤。'坡曰:'十三个字,只说得一个人骑马楼前过。'"② 富贵气的表现之二,是内容上喜欢描写歌舞生活、太平景象,风格上追求富贵之态。柳永的词,"柳词格固不高,而音律谐婉,语意妥帖,承平气象,形容曲尽。"③《全宋词》中大量的应制之作:"国家承平既日久,人主以翰墨文字为乐,当时文士,操笔和墨,摹写太平。"④ 这些摹写太平的词作,更是一味地镂玉雕琼、宴嬉逸乐,连穷困潦倒的张炎的词也"未脱承平公子故态"。⑤

但词对都市生活的过度介入,也在某些程度上伤害了词的艺术性。如大量的寿词,或失之谀佞尘俗,或失之迂阔虚诞。贺贾似道寿词,数量甚多,但艺术上大多无足取,"每年八月八日生辰,四方善颂者以数千计。悉俾翘馆誊考,以第甲乙,一时传颂,为之纸贵,然皆谄词呓语耳"⑥。又如大量的节序词,缺乏真情实情,颇多陈腔滥调。"昔人咏节序,不惟不多,附之歌喉者,类是率俗,不过为应时纳祜之声耳。"⑦

第三,词的趋俗之风还表现在追求新奇。都市俗文化追求感官的刺激与满足,所以一方面求诸原来事物的刺激强度与浓度的增加,另一方面则不断追求新奇,以唤醒麻木的感官。追求新奇可谓俗文化的一大品质。以服装为例,"汴京间闺阁妆抹凡数变,崇宁间少尝记忆作大发方额,政宣之际又尚急扎垂肩,宣和已后多梳云尖巧额,鬓撑金凤"⑧。服装的变更迎合不同时代的审美趣味。周辉亦言:"辉自提孩,见妇女装束数岁即一变,况乎数十百年前,样制自应不同。如高冠长梳,犹及见之。当时名

---

① 沈义父:《乐府指迷》,《词话丛编》第一册,第 280 页。
② 俞文豹:《吹剑录全编》,张宗祥校订,古典文学出版社 1958 年版,第 53 页。
③ 陈振孙:《直斋书录解题》卷二十一,上海古籍出版社 1987 年版,第 616 页。
④ 《太仓稊米集》卷六十七《书陵阳集后》,《文渊阁四库全书》本。
⑤ 舒岳祥:《山中白云词原序》,朱孝臧:《彊村丛书》,上海书店出版社 1989 年版,第 1244 页。
⑥ 周密:《齐东野语》卷十二"贾相寿词",《宋元笔记小说大观》第五册,第 5577 页。
⑦ 张炎:《词源》"节序"条,唐圭璋:《词话丛编》第一册,第 262 页。
⑧ 袁褧:《枫窗小牍》卷上,《宋元笔记小说大观》第五册,第 4760 页。

'大梳裹'，非盛礼不用。若施于今日，未必不夸为新奇。"① 数岁即一变，可见变化的频繁。值得玩味的是，这种变化并不是真正意义上的创新，旧潮回返，依然能引起新奇的感受。

词受都市俗文化的影响追求新奇，最显著的表现便是创新词调。据施议对的《词与音乐关系研究》统计，宋人所用的七百二十多个词调中，有六百三十多个是宋时新调。② 柳永是受都市俗文化影响最深的词人，亦据施议对统计，柳永共存词作 204 篇，凡 17 宫调，130 个词调，而其中除《清平乐》、《西江月》、《玉楼春》等十余调是沿用唐五代旧调外，其余的 140 调左右，则都是采用"新声"或将前代令曲改造（衍展）而成的。③ 词作中也有对新声勃兴情状的大量描述，如"风暖繁弦脆管，万家竞奏新声"（柳永《木兰花慢》）、"且倾芳尊，共听新声弦管"（阮阅《感皇恩》）、"鱼戏舞鲛绡，似出听、新声北里"（葛胜仲《蓦山溪》）等。

第四，词的趋俗之风最明显的表现是词的艳丽化。俗文化中溺于声色的品性深刻地影响了词的创作。词创作的艳丽化有很多方面的原因，但主要是两个方面：

一方面，词的创作环境与创作动因，和艳情有较密切的关系。很多词作创作于风月场所，或有歌妓参与的宴会之上。如苏轼《鹧鸪天》词小序载："陈公密出侍儿素娘，歌紫玉箫曲劝老人酒。老人饮尽，因为赋此词。"刘过《贺新郎》词序："平原纳宠姬，能奏方响，席上有作。"张炎《国香》词序："沈梅娇，杭妓也，忽于京都见之，把酒相劳苦，犹能歌周清真意难忘、台城路二曲，因嘱余记其事，词成，以罗帕书之。"还有许多词是应歌妓之请而作。《避暑录话》卷三载："柳永，字耆卿。为举子时，多游狭邪，善为歌辞。教坊乐工，每得新腔，必求永为词，始行于世，于是声称一时。"④ 柳永如此，其他词人亦如此。如叶梦得任润州丹徒尉，外出检查征税之出入时，有十多名妓女前来拜会，并乞词。"愿得公妙语持归，夸示淮人，为无穷光荣，志愿足矣。"而叶梦得并不推辞，

---

① 周辉：《清波杂志》卷八，《宋元笔记小说大观》第五册，第 5098 页。
② 施议对：《词与音乐关系研究》，中国社会科学出版社 1985 年版，第 71 页。
③ 同上书，第 78 页。
④ 叶梦得：《避暑录话》卷三，《宋元笔记小说大观》第三册，第 2628 页。

"命笔立成，不加点窜，即今所传《贺新郎》词也。"① 宋词的小序中亦有多则类似记载，如赵长卿《朝中措》"柳林幂幂暮烟斜"词序有"坐前数妓乞词而歌"；刘过《西江月》"楼上佳人楚楚"小序："武昌妓徐楚楚号问月索题"；吴文英《声声慢》"春星当户"词序："饮时贵家，即席三姬求词"等。除了应歌妓乞词而作，还有大量主动赠予的词作。如晏殊《山亭柳》词序："赠歌者"；黄庭坚《蓦山溪》词序："赠衡阳妓陈湘"；辛弃疾《如梦令》"韵胜仙风缥缈"词序："赠歌者"等。

产生于绮筵绣幌之间的词作，为了应景切题，倾向于熏香掬艳、柳柔花媚的艳情写作是再自然不过了。

另一方面，词的艳丽化还因为词的演唱必须借助莺舌燕吭。王灼《碧鸡漫志》卷一载：

> 今人独重女音，不复问能否，而士大夫所作歌词，亦尚婉媚，古意尽矣。政和间，李方叔在阳翟，有携善讴老翁过之者。方叔戏作品令云："唱歌须是玉人，檀口皓齿冰肤。意传心事，语娇声颤，字如贯珠。老翁虽是解歌，无奈雪鬓霜须。大家且道，是伊模样，怎如念奴？"方叔固是沉于习俗，而语娇声颤，那得字如贯珠？不思甚矣！②

这则本事虽然有戏谑的成分在，然而却也认为词当由"玉人"歌唱。"盖长短句宜歌而不宜诵，非朱唇皓齿，无以发其要眇之声。"③ "但唱令曲小词，须是声音软美。"④ "然长短句当使雪儿、啭春莺辈可歌，方是本色。"⑤ 应当说，认为词只有通过女性软美的声情才能得到熨帖的表达是时人的共识。那么，词的文体特性在当时人看来也自当是绮罗香泽、绸缪婉转的。

词的可歌与否对其在都市公共文化空间中的传播有重大影响。不具备可歌性的词作，不易流传。"晁次膺《绿头鸭》一词，殊清婉，但樽俎间

---

① 洪迈：《夷坚志》丁志卷十二"西津亭词"，中华书局2006年版，第639页。
② 王灼：《碧鸡漫志》卷一，《词话丛编》第一册，第79页。
③ 王炎：《双溪诗余自序》，王鹏运辑：《四印斋所刻词》，上海古籍出版社1989年版，第739页。
④ 吴自牧：《梦粱录》卷二十"妓乐"条，第192页。
⑤ 刘克庄：《翁应星乐府序》，《后村先生大全集》卷九十七，《四部丛刊》本。其《跋刘澜乐府》亦主张"词当叶律，使雪儿、春莺辈可歌"，《后村先生大全集》卷一一九。

歌喉，以其篇长惮唱，故湮没无闻焉。"① 由于歌妓不愿意演唱，《绿头鸭》湮没无闻。因此，为了扩大词作的传播范围，词人往往有意识地使词作内容转向艳情，从而追求更大的接受面。这也使词作具有艳丽的特征。

词趋向于艳丽化，所以在题材上多写歌妓，以及与歌妓交往的情事。宋词中写到的歌妓很多，有的还有名有姓。柳永词中的歌妓有秀香、英英、瑶卿、虫虫、心娘、佳娘、虫娘、酥娘、师师、香香、安安等；晏几道的有莲、鸿、苹、云等；秦观词中有娄婉、师师、陶心儿等；辛弃疾词中有钱钱、田田、整整等。宋词中写到这些女性，热衷描写她们的外貌体态，如"嫩脸修蛾，淡匀轻扫。最爱学，宫体梳妆，偏能做、文人谈笑"（柳永《两同心》）、"眉长眼细。淡淡梳妆新绾髻"（苏轼《浣溪沙》）、"娟娟侵鬓妆痕浅，双眸相媚弯如剪"（谢绛《菩萨蛮》）等。宋词中写歌妓，除了容貌描写，还会写到她们的歌舞表演的形象，如"文鸳绣履。去似杨花尘不起。舞彻伊州。头上宫花颤未休"（张先《减字木兰花》）、"妍歌艳舞、莺惭巧舌，柳妒纤腰"（柳永《合欢带》）、"莫遣惊鸿飞去。一团香玉温柔。笑颦俱有风流。贪与萧郎眉语，不知舞错伊州"（刘克庄《清平乐》）等。也会写到歌妓的劝饮，如"箫娘劝我金卮，殷勤更唱新词"（晏殊《清平乐》）、"好妓好歌喉，不醉难休，劝君满满斟金瓯"（欧阳修《浪淘沙》）、"翠袖盘花金拈线。晓炙银簧，劝饮随深浅"（王安中《蝶恋花》）等。

有的宋词不仅着眼于女色之美，而且走向极端，出现了描写性爱的作品。最突出的便是柳永，其《两同心》"嫩脸修蛾"、《菊花新》"欲掩香帏论缱绻"等词，向来以"淫词"为论者所诟病。然而，作"淫词"的何止柳永？欧阳修的《系裙腰》"水轩檐幕透熏风"、黄庭坚《千秋岁》"欢极娇无力"、周邦彦《青玉案》"良夜灯簇如豆"等词与柳永的淫冶讴歌当在伯仲之间。这些色情词的存在，说明词的艳丽化特征是非常明显的。

清田同之言："词则男子而作闺音。"② 这句话非常准确地总结了宋词创作现象。这里的闺音，指的不仅是女性口吻，亦指女性题材。"男子而作闺音"有多个方面的原因，但词的艳丽化是其中最重要的原因。词人

---

① 胡仔：《苕溪渔隐丛话》后集卷三十九载，第321页。
② 田同之：《西圃词说》"诗词之辨"条，《词话丛编》第二册，第1449页。

为契合词的艳丽化特性，使词作更加本色当行，往往借"闺音"而行其方便。

田同之亦言：词的创作可以是"无其事，有其情"，又言"所谓情生于文也。"说的是情至文生的创作实践。把"情"替换成"艳情"，亦无不可。也就是说，宋词的大量作品自批风抹月中来，然而，宋词的许多作品亦为了云痴月倦之辞而故意生造出许多花前月下的情事。简单地说，就是宋词中有"为文造情"的伎俩。宋代的许多词人身处下层，"家贫清苦，终身家无丝竹，室无姬侍"①，出入秦楼楚馆的机会也很有限，但他们照样写出了许多"燕燕轻盈，莺莺娇软"的词作来。这种为文造情现象的存在，进一步促成了词的艳丽化。

词趋向于艳丽化也体现在词的风格上。关于宋词的风格，前人有着精到的概括。田同之引魏塘曹学士语："词之为体如美人。"② 虽然也有例外，但就词的主体风格而论，"作词与诗不同，纵是花卉之类，亦须略用情意，或要入闺房之意，……如只直咏花卉，而不着些艳语，又不似词家体例"③，"词以艳丽为本色，要是体制使然。"④ 所谓体制、体格、体，均是风格的别种说法。词文体风格的典范是"长短句命名曰曲，取其曲尽人情，惟婉转妩媚为善"。⑤ "故词须宛转绵丽，浅至儇俏，挟春月烟花于闺幨内奏之，一语之艳，令人魂绝，一字之工，令人色飞，乃为贵耳。"⑥ 这些对宋词风格的论述完全契合于宋词的创作。

清江顺诒《词学集成》卷五"词坏于秦黄周柳之淫靡"条引陶篁村自序云："倚声之作，莫盛于宋，亦莫衰于宋。尝惜秦、黄、周、柳之才，徒以绮语柔情，竞夸艳冶。从而效之者加厉焉。遂使郑卫之音，泛滥于六七百年，而雅奏几乎绝矣。"⑦ 先撇开道德与价值的评断，宋词的艳丽化特征是确定不移的事实。

---

① 王炎：《双溪诗余自序》，王鹏运辑《四印斋所刻词》，上海古籍出版社1989年版，第793页。
② 田同之：《西圃词说》"曹学士论词"条，《词话丛编》第二册，第1450页。
③ 沈义父：《乐府指迷》"咏花卉及赋情"条，《词话丛编》第一册，第281页。
④ 彭孙遹：《金粟词话》"词体以艳丽为本色"条，《词话丛编》第一册，第723页。
⑤ 王炎：《双溪诗余自序》，四印斋所刻本《双溪诗余》，第793页。
⑥ 王世贞：《艺苑卮言》"隋炀帝望江南为词祖"条，《词话丛编》第一册，第385页。
⑦ 江顺诒：《词学集成》卷五"词坏于秦黄周柳之淫靡"条，《词话丛编》第四册，第3270页。

第二章 地域文化转换变迁与词的创作

本章所言地域文化的转换变迁，主要指两种情况：一是空间的转换。词人因为宦迹或行旅，而在不同的地域文化环境中生活；二是时代的变迁。时代的变迁可能对某一地域文化产生较大的改变。地域文化的变更会不会影响词的创作？如何影响？本章即重点分析地域文化空间转换、地域文化时代变迁对词创作的影响。

第一节 地域文化空间转换与词的创作

词人出生地的地域文化固然对词人有影响，但两宋词人大多有羁旅行役、宦游他乡，生活在不同地域文化环境中的经历，即词人地域文化空间都有一定的转换。导致词人经历地域文化空间转换的原因很多，但词人在转换中心态最为敏感的是三种情况：南渡、北行、贬谪。这三种情况下的词人，大多怀抱着对原地域文化较深的感情，用他者的眼光打量着新的地域文化，从而使词的创作在视角、情感表达、艺术风格等方面出现了相应的变化。因此，可以借助分析南渡、北行、贬谪三种情况，来理解地域文化空间转换与词的创作关系。

一 南渡词人与地域文化

关于南渡，《辞源》："晋元帝渡江，建都建业，史称东晋；宋高宗渡江，建都临安，史称南宋；都是自北渡过长江，所以叫南渡。"本节所言南渡，当然是指后一种。

关于南渡词人，现代学者有不同的界定。黄文吉《宋南渡词人》认为：必须是在建炎元年年满二十岁，亦即徽宗大观元年（1107年）以前出生的，方得称为南渡词人。① 王兆鹏《宋南渡词人群体研究》认为："宋南渡词人群，是指生活、创作历经北宋末徽宗朝和南宋高宗朝的一群志士词人。包括叶梦得、徐俯、李光、朱敦儒、李清照、吕本中、向子諲、李纲、赵鼎、李弥逊、陈与义、王以宁、张元幹、邓肃、胡铨等。"② 陶尔夫、刘敬圻《南宋词史》认为："凡是由北宋渡江南下的词人，或在北宋时出生至南宋后始以词名家者，可视为南渡词人。"③ 刘扬忠《唐宋词流派史》认为所谓"南渡词人群"："主要是由一批在北宋时已有词名、南渡后转变了词风的跨时代词人组成的。"④ 本章借用王兆鹏先生的界定来确定研究范围。因为其他三家的界定，在概念上都涵盖了当时供奉词人群和隐逸词人群。但这个时期的供奉词人和隐逸词人，他们的词作与地域文化的关系较为疏远，在南渡前后也没有明显的变化，并不在"地域空间转换与词的创作"的研究视野之中。

现代研究者对"南渡词人"的划分大多是以时间，而不是以空间（地域）为界限。对此，黄文吉有进一步的解释："所谓'南渡词人'，如前所述，是以时间为划分要素，并不专指南渡的北人。因对国是的关怀及恢复故土的决心，并非南北之分，如李纲、张元幹等都是主战甚力的南人，尤其许多南人都曾仕宦于北方，又随朝廷南渡，更无从区分。"⑤ 考虑到本章的研究重点是考察南渡词人由北入南之后，词作中如何表现南方地域文化，所以有必要根据籍贯及其经历将南渡词人分为两大类：一类原为北方人，靖康之乱后迁居南方的词人，如朱敦儒、李清照、吕本中、赵鼎、向子諲、陈与义等。另一类原为南方人，曾宦居北方，后又回到南方的词人。如徐俯、叶梦得、李光、李纲、李弥逊、王以宁、张元幹、邓肃、胡铨等。南方对于这些词人来说是故土，他们对南方地域文化的视角与观点，同北方词人相比有较大的差异。这种差异具有相当的参照价值。

（一）南渡的北方词人

"呜呼！靖康之祸，古未有也。夷狄为中国患久矣！……是皆乘草

---

① 黄文吉：《宋南渡词人》，台湾学生书局1985年版，第6页。
② 王兆鹏：《宋南渡词人群体研究》，文津出版社1992年版，第15页。
③ 陶尔夫、刘敬圻：《南宋词史》，黑龙江人民出版社1992年版，第34页。
④ 刘扬忠：《唐宋词流派史》，福建人民出版社1999年版，第334页。
⑤ 黄文吉：《宋南渡词人》，台湾学生书局1985年版，第6页。

昧、凌迟之时，未闻以全治盛际遭此，其易且酷也。"① 古所未有的靖康之祸，对南渡词人生活和心灵的影响是巨大的，对他们词风转变的影响也是巨大的。这种转变也表现在他们的词对地域文化的体察之上。

靖康之乱使北方的士人大量逃奔到南方。"士大夫皆避地，……衣冠奔踏于道者相继。"② "高宗南渡，民之从者如归市。"③ "时而西北衣冠与百姓，奔赴东南者，络绎道路，至有数十里或百余里无烟舍者。州县无官司，比比皆是。"④ 逃奔之途艰难险阻，苦不堪言："中原士民自远而来，道叙险涩，盗贼剽夺，饥寒奔逼，艰苦万状，能自达者无几。"⑤ "老弱扶携于道路，饥疲蒙犯于风霜，徒从或苦于驿骚，程顿不无于烦费。"⑥ 旅途中的风霜雨雪让南渡的北方词人备尝艰辛，陌生的环境让他们手足无措，无以为家。"建炎初，中州有仕宦者，踉跄至新市，暂为寺居。亲旧绝无，牢落凄凉，断其踪迹，茫茫殊未有所向。"⑦ 中州仕宦者的经历，几乎是那一代南渡北人集体的写照。在南渡的北方词人的笔下，记载了这种流徙奔波的痛楚：

旅雁向南飞，风雨群初失。饥渴辛勤两翅垂，独下寒汀立。
鸥鹭苦难亲，矰缴忧相逼。云海茫茫无处归，谁听哀鸣急。（朱敦儒《卜算子》）

惨结秋阴，西风送、霏霏雨湿。凄望眼、征鸿几字，暮投沙碛。试问乡关何处是，水云浩荡迷南北。但一抹、寒青有无中，遥山色。
天涯路，江上客。肠欲断，头应白。空搔首兴叹，暮年离拆。须信道消忧除是酒，奈酒行有尽情无极。便挽取、长江入尊罍，浇胸臆。（赵鼎《满江红·丁未九月南渡，泊舟仪真江口作》）

江南江北雪漫漫。遥知易水寒。同云深处望三关。断肠山又山。

---

① 徐梦莘：《三朝北盟会编·序》，上海古籍出版社1987年版，第3页。
② 《宋史》卷四五三《赵俊传》，第13331页。
③ 《宋史》卷一七八《食货》上六，第4340页。
④ 徐梦莘：《三朝北盟会编》卷一百三十四，第977页。
⑤ 徐梦莘：《三朝北盟会编》卷一百七十四，第1254页。
⑥ 徐梦莘：《三朝北盟会编》卷一百三十四，第975页。
⑦ 《说郛》卷三十四上，《文渊阁四库全书》本。

　　　　天可老，海能翻。消除此恨难。频闻遣使问平安，几时銮辂还？（向子諲《阮郎归·绍兴乙卯大雪行鄱阳道中》）

　　朱敦儒将流离生活概括成饥寒疲惫、孤苦无依的"旅雁"形象，其《采桑子·彭浪矶》也同样写到了"旅雁"："扁舟去作江南客，旅雁孤云。万里烟尘。回首中原泪满巾。　碧山对晚汀洲冷，枫叶芦根。日落波平。愁损辞乡去国人。"南渡的北方词人对"雁"的形象似乎颇为偏爱，如"海雁桥边春苦。几见落花飞絮"（吕本中《如梦令·忆旧》）、"霜露日凄凉。北雁南翔。惊风吹起不成行"（赵鼎《浪淘沙》）、"愁心远。情随云乱。肠断江城雁"（向子諲《点绛唇》）等。赵鼎《满江红》中言"天涯路、江上客"，"天涯"这个词常常出现在南渡的北方词人笔下："无奈尊前万里客，叹人今何在，身老天涯"（朱敦儒《芰荷香·金陵》）、"今年海角天涯。萧萧两鬓生华"（李清照《清平乐》）、"高咏楚词酬午日，天涯节序匆匆"（陈与义《临江仙》）等。南渡的北方词人还惯用"飘零"、"江海"、"北人"等词语，表达他们的漂泊之苦。

　　南渡的北方词人，新奇地描写着南方的风物："山晓鹧鸪啼，云暗泷州路。榕叶阴浓荔子青，百尺桄榔树。　尽日不逢人，猛地风吹雨。惨黯蛮溪鬼峒寒，隐隐闻铜鼓"（朱敦儒《卜算子》）、"漫凝眸、老泪凄然。山禽飞去，榕叶生寒"（赵鼎《行香子》）、"风响蕉林似雨、烛生粉艳如花"（向子諲《西江月·番禺赵立之郡王席上》）等。但一方面他们飘零异乡，另一方面又怀着文化优越感，以为南方不过是蛮荒之地，所以他们对南方风物非常抵触，在词中对南方风物多用"蛮"、"瘴"加以形容。如"蛮云瘴雨晚难收。北客相逢弹泪坐，合恨分愁"（朱敦儒《浪淘沙》）、"谁知瘴雨蛮烟地，重上襄王玳瑁筵"（向子諲《鹧鸪天·番禺齐安郡王席上赠故人》）、"寒食今年，紫阳山下蛮江左"（陈与义《点绛唇·紫阳寒食》）等。

　　南渡的北方词人对南方风物的排斥也是因为北人南来，对水土气候的不习惯：

　　　　窗前谁种芭蕉树，阴满中庭。阴满中庭。叶叶心心，舒卷有余情。　伤心枕上三更雨，点滴霖霪。点滴霖霪。愁损北人，不惯起来听。（李清照《添字丑奴儿》）

  竹翠阴森，寒泉浸、几峰奇石。销畏日、溪蒲呈秀，水蕉供碧。筠簟平铺光欲动，纱裯高挂空无色。似月明、苹叶起秋风，潇湘白。
  不敢笑，红尘客。争肯羡，神仙宅。且披襟脱帽，自适其适。靖节窗风犹有待，本初朔饮非长策。怎似我、心闲便清凉，无南北。（朱敦儒《满江红·大热卧疾，浸石种蒲，强作凉想》）

  在南渡前，一夜的"雨疏风骤"，李清照仍然可以"浓睡"。而南渡后的三更雨，在词人看来已是"霖霪"，虽然只是"点滴"，却足以使她这个北人"愁损"、"不惯"、"起来听"。而朱敦儒对南方的气候也是不适应："正月天饶阴雨，江南寒在晨朝"（《西江月》）。其《满江红》感慨长夏苦暑，虽然词末言"怎似我，心闲便清凉，无南北"，其实不过是"强作凉想"罢了。
  外在的环境容易克服，而地域文化的隔阂让南渡的北方词人怀有更深的异乡之感。孟子曰："南蛮鴃舌之人"（《孟子·滕文公上》），同样，南渡的北方词人也感受到了语言环境的差异：

  寒食今年，紫阳山下蛮江左。竹篱烟锁。何处求新火。　　不解乡音，只怕人嫌我。愁无那，短歌谁和。风动梨花朵。（陈与义《点绛唇》）

  客梦初回，卧听吴语开帆索。护霜云薄。澹澹芙蓉落。画舫无情，人去天涯角。思量著。翠蝉金雀。别后新梳掠。（朱敦儒《点绛唇》）

  让南渡的北方词人不习惯的，不仅仅是语言环境。南方人与北方人之间的疏离，使他们的孤独感非常强烈。南方人对北方人的到来，未必很欢迎。"江北士民流离失职，江南士民多忌且恶之，若无所容者。"[①] 南渡的北方词人的词中记录了这种境遇下的心情，如"胡尘卷地，南走炎荒，

[①] 《三朝北盟会编》卷一七六绍兴七年正月十五日，上海古籍出版社1987年版，第1272页。

曳裾强学应刘"（朱敦儒《雨中花》）、"老来身世疏篷底，忍憔悴、看人颜色"（赵鼎《花心动》）、"如今憔悴，风鬟霜鬓，怕见夜间出去。不如向、帘儿底下，听人笑语"（李清照《永遇乐》）等。虽信美而非吾土兮，曾何足以少留，更何况"江南人，江北人，一样春风两样情。"（朱敦儒《长相思》）、"吹笛月波楼下，有何人相识"（朱敦儒《桃源忆故人》），于是，"情眷眷而怀归兮"，南渡的北方词人开始怀念他们那遥远的家园：

扁舟去作江南客，旅雁孤云。万里烟尘。回首中原泪满巾。
碧山对晚汀洲冷，枫叶芦根。日落波平。愁损辞乡去国人。（朱敦儒《采桑子·彭浪矶》）

驿路侵斜月，溪桥度晓霜。短篱残菊一枝黄。正是乱山深处、过重阳。　旅枕元无梦，寒更每自长。只言江左好风光。不道中原归思、转凄凉。（吕本中《南歌子》）

芳菲歇。故园目断伤心切。伤心切。（向子諲《秦楼月》）

南渡的北方词人，想念故园，一方面是因为"江山异，举目暗觉伤神"（朱敦儒《风流子》），另一方面则是因为，"实是旧时风味、老难忘"（吕本中《虞美人》）。更何况，"更阑人静一声声，道不如归去"。（赵鼎《贺圣朝·道中闻子规》）的思乡情切。然而，故园目断，万里烟尘，对辞乡去国的词人而言，在"江左好风光"中寻求心灵的自适，不失为解脱的法门：

放船纵棹，趁吴江风露，平分秋色。帆卷垂虹波面冷，初落萧萧枫叶。万顷琉璃，一轮金鉴，与我成三客。碧空寥廓，瑞星银汉争白。　深夜悄悄鱼龙，灵旗收暮霭，天光相接。莹澈乾坤，全放出、叠玉层冰宫阙。洗尽凡心，相忘尘世，梦想都销歇。胸中云海，浩然犹浸明月。（朱敦儒《念奴娇·垂虹亭》）

挂冠神武。来作烟波主。千里好江山，都尽是、君恩赐与。风勾月引，催上泛宅时，酒倾玉，鲙堆雪，总道神仙侣。　蓑衣箬笠，

更着些儿雨。横笛两三声,晚云中、惊鸥来去。欲烦妙手,写入散人图,蜗角名,蝇头利,着甚来由顾。(向子諲《蓦山溪》)

今日山头云欲举。青蛟素凤移时舞。行到石桥闻细雨。听还住。风吹却过溪西去。　我欲寻诗宽久旅。桃花落尽春无所。渺渺篮舆穿翠楚。悠然处。高林忽送黄鹂语。(陈与义《渔家傲·福建道中》)

这种息隐山林、纵情风月的歌吟,实质上是对南方地域自然与文化环境的努力适应。

周必大在王安中《初寮集》序中言:"洎中兴南渡,四海名胜,迁谪避地,萃于湖广,而公塈赵奇子辟章又家之游夏,大篇短章,更唱迭和,即已尽发平昔之所蕴,且复躬阅事物之变,益以江山之助,心与境会,意随辞达,韵遇险而反夷,事积故而逾新,他人瞠乎其后,我乃绰有余裕。"① 王安中为中山阳曲人,即今山西省阳曲县人,靖康初,连贬随州、象州安置,高宗时,内徙道州,寻放自便。绍兴初,复左中大夫,四年卒。② 王安中亦有由北入南的生活经历。周必大之言:"且复躬阅事物之变,益以江山之助,心与境会,意随辞达,韵遇险而反夷,事积故而逾新",可以看作南渡的北方词人的共同写照。南渡途中,艰难险阻,备尝之矣的北方词人,将漂泊异乡的疲惫与敏感,怀念故园的温情与失落,一并融入他们的词作。这就促成了词作风貌的改变,以及词作艺术境界的提升。

"然词风转变之由,一方由时势造成,一方亦有渊源可述。"③ 这个渊源,即是以苏轼为代表的豪放风格。北方词人南渡后,词风大多豪放清刚,故国之思流动于字里行间。如朱敦儒,其作于南渡前的《鹧鸪天·西都作》,风流潇洒;南渡后的作品,则"忧时念乱,忠愤之致,触感而生"。④ 又如赵鼎,"词婉媚,不减《花间集》"⑤,但其南渡后所作之词,

---

① 周必大:《初寮集原序》,《初寮集》,《文渊阁四库全书》本。
② 李心传:《建炎以来系年要录》卷七十五,中华书局1988年版,第1242页。
③ 龙榆生:《两宋词风之转变论》,《龙榆生词学论文集》,上海古籍出版社1997年版,第246页。
④ 《樵歌·跋》,王鹏运辑:《四印斋所刻词》,上海古籍出版社1989年版,第989页。
⑤ 黄昇:《中兴以来绝妙词选》卷二,《唐宋人选唐宋词》,第706页。

则较少闲情绮语，而多慷慨悲歌，如《满江红·丁未九月南渡，泊舟仪真江口作》词，"慷慨激烈，发欲上指，词境虽不高，然足以使懦夫有立志。"① 又如向子諲，"芗林居士步趋苏堂而哜其胾也。观其退江北所作于后，而进江南所作于前，以枯木之心，幻出葩华，酌元酒之尊，而弃醇味。"② 至于李清照，卓然名家，虽与苏轼词风判然有别，然而其南渡前后的作品风格也有着明显的差异。

（二）南渡与南方词人

如上所述，南渡后北方词人所经历的地域自然、文化环境的变更，使得其词作风貌和艺术境界产生了较大改变。而另一类南渡词人，即原为南方人，曾宦居北方，后又回到南方的词人（大多数为南渡后回到南方），南渡也促成了他们的词风转向以苏轼为代表的豪放词风。如叶梦得词，早年"婉丽绰有温、李之风"，"晚岁落其华而实之，能于简淡处，时出雄杰，不减靖节、东坡"（关注《石林词跋》）《四库全书总目提要》认为叶梦得的词，去古诗颇远，"不得谓之似陶"。而"梦得近于苏轼，其说不诬。"③ 如南宋四名臣中的李光、李纲、胡铨，"三公多近东坡"（李慈铭《南宋四名臣词序》）。又如张元幹，"其词慷慨悲凉，数百年后，尚想其抑塞磊落之气。然其他作，则多清丽婉转，与秦观、周邦彦可以肩随。"④ 清丽婉转的词作大多作于北宋末年，南渡后则风格突变。

这一类南方的南渡词人，南渡前后风格的差异，是由于南渡时的政局变动，词人一方面痛切国事，另一方面由于时局多艰，自身的奔波流徙，对周遭的地域环境多有感触，躬阅事物之变，又得江山之助，所以词风有了较大转变。但这一类南方的南渡词人，对南方的地域环境的感受与南渡的北方词人颇有不同。

这些南方的南渡词人，亦有家国沦亡的漂泊之感：

> 念平昔，空飘荡，遍天涯。归来三径重扫，松竹本吾家。却恨悲风时起，冉冉云间新雁，边马怨胡笳。谁似东山老，谈笑静胡沙。（叶梦得《水调歌头》）

---

① 陈廷焯：《白雨斋词话》卷六，《词话丛编》第四册，第3914页。
② 胡寅：《斐然集》卷十九《向芗林酒边集后序》，《文渊阁四库全书》本。
③ 《四库全书总目提要》卷一九八，第1812页。
④ 同上书，第1814页。

经离乱，青山尽处，海角又天涯。（张元幹《满庭芳》）

天涯万里情难逗。眉峰岂为伤春皱。（胡铨《醉落魄·和答陈景卫望湖楼见忆》）

但这些词人词作中的漂泊之感，有的是因为南渡造成的流离之苦，也有的是贬谪之音（这点将在下面的章节补充论述）。而且相对于北方词人而言，南方的南渡词人，对南方的地域环境，并没有太多的不适应感，反而有一种久违的亲切之情：

笑尽一杯酒，水调杂蛮讴。（李光《水调歌头·昌化郡长桥词》）

八年不见荔枝红。肠断故园东。（张元幹《渔父家风》）

休恼、休恼，今岁荔枝能好。（胡铨《如梦令》）

同南渡的北方词人一样，南方的南渡词人，也在无奈中将南方的山水作为灵魂的栖息地：

缥缈危亭，笑谈独在千峰上。与谁同赏。万里横烟浪。（叶梦得《点绛唇·绍兴乙卯登绝顶小亭》）

闭柴扉，窥千载，考三皇。兰亭胜处，依旧流水绕修篁。傍有湖光千顷，时泛扁舟一叶，啸傲水云乡。寄语骑鲸客，何事返南荒。（李光《水调歌头》）

幸有山林云水，造物端如有意，分付与吾侪。（李纲《水调歌头·似之、申伯、叔阳皆作，再次前韵》）

但相对于南渡的北方词人，南方的南渡词人似乎有更多的振作之音。他们对东晋谢安的态度颇能体现这一点。他们在词中喜欢称引谢安，如叶梦得《八声甘州·寿阳楼八公山作》：

> 故都迷岸草，望长淮、依然绕孤城。想乌衣年少，芝兰秀发，戈戟云横。坐看骄兵南渡，沸浪骇奔鲸。转盼东流水，一顾功成。
> 千载八公山下，尚断崖草木，遥拥峥嵘。漫云涛吞吐，无处问豪英。信劳生、空成今古，笑我来、何事怆遗情。东山老，可堪岁晚，独听桓筝。

八公山在寿阳县（今安徽寿县）城北，淝水流经其下，公元383年，谢安领导谢石、谢玄在这里战胜前秦苻坚大军，即淝水之战。淝水之战是以弱胜强的著名战例，也是汉族打败北方异族的著名战例。东晋与南宋的形势何其相似，叶梦得的"笑我来、何事怆遗情"，是因为"无处问豪英"。南渡的家国之恨，使得他"想乌衣年少、芝兰秀发，戈戟云横"，也使他感叹："谁似东山老，谈笑静胡沙。"（叶梦得《水调歌头》）

南方的南渡词人屡次称引谢安的还有"东山高卧"的典故。谢公在东山，朝命屡降而不动。后出为桓宣武司马，将发新亭，朝士咸出瞻送。高灵时为中丞，亦往相祖，先时，多少饮酒，因倚如醉，戏曰："卿屡违朝旨，高卧东山，诸人每相与言：'石不肯出，将如苍生何！'今亦苍生将如卿何？"谢笑而不答。① 南方的南渡词人词中经常用到这个典故，如：

> 莫作东山今日计，风雷已促鹏程。功成来伴赤松行。却寻鸿雁侣，尊酒会如星。（李弥逊《临江仙》）

> 麟阁丹青，眷注者英裔。眉间喜。日边飞骑。来促东山起。（李弥逊《点绛唇》）

> 报道玉堂，已草调元制。华夷喜。绣裳貂珥。便向东山起。（张元幹《点绛唇》）

---

① 刘义庆：《世说新语校笺》排调第二十五，徐震堮校笺，中华书局1984年版，第429页。

> 一心唯欲南园去。东山著意留难住。曾惯识追风。马群今已空。金盘盛玉露。情绝鸳鸯侣。破贼凯还归。冲天看一飞。（邓肃《菩萨蛮》）

东山高卧，有表示隐居山林、不求出仕之意。"莫作东山今日计"、"东山着意留难住"，都是对东山高卧典故的正典反用。"东山起"，则表示不再隐居，欲出仕做一番事业之意。南方的南渡词人，没有南渡的北方词人那样怀念沦陷的家园，故而较少沉溺于心灵的自适之中，而更多地以功业相许，以社稷为念。

二 北行词人与地域文化

宋代有两次大规模的异族（金、元）入侵，一些宋人或被掳北行，或出使北方，或被召而北行等。其中，有一部分是词人。国家的苦难、个人的不幸际遇，以及北行所经历的地域文化转换，使得他们所作的词在题材与风格上，较之前期有了较大的不同。本节将着重关注这些北行词人的创作与地域文化转换之间的关系。

（一）北行与词题材、风格的变化

北行词人中，最典型的莫过于张炎。张炎，生于淳祐八年（1248年），宋亡，落魄纵游。元世祖至元二十七年（1290年）秋，与沈尧道、曾子敬自杭起程，北上大都（今北京）写金字《藏经》，次年春日之后即归南方。① 但这次北行的经历，在张炎的生命中留下了难以磨灭的印记，也给他的词带来了深刻的影响。

张炎的祖籍虽是凤翔（今陕西凤翔），但宋室南渡后，其祖随之寓居临安（今浙江杭州）。"其先虽出凤翔，然居临安久，故游天台、明州、山阴、平江、义兴诸地，皆称寓、称客，而于吾杭必言归，感叹故国荒芜之作，凡三四见，又安得谓之秦人乎？"② 张炎从小生活在杏花春雨的江南，在情感上也以南方人自居。张炎作于宋亡之前的《南浦·春水》：

> 波暖绿鳞鳞，燕飞来、好是苏堤才晓。鱼没浪痕圆，流红去、翻笑东风难扫。荒桥断浦，柳阴撑出扁舟小。回首池塘青欲遍，绝似梦

---

① 杨海明：《张炎词研究》，齐鲁书社1989年版，第250页。
② 龚翔麟：《山中白云词序》，《四印斋所刻词》，第179页。

中芳草。　和云流出空山，甚年年净洗，花香不了。新渌乍生时，孤村路、犹忆那回曾到。余情渺渺。茂林觞咏如今悄。前度刘郎归去后，溪上碧桃多少。

"（张炎）以《春水》词得名，人因号曰'张春水'。"① 张炎的这首《南浦·春水》赋春水入画，深情绵邈，意溢于言，将江南婉约清丽的美景写得空灵有致。可谓："鼓吹春声于繁华世界，飘飘征情，节节弄拍，嘲明月以谑乐，卖落花而赔笑。能令后三十年西湖锦绣山水，犹生清响。"② 而其宋元之际，以及入元之后的部分作品，骚姿犹存，雅骨仍在："接叶巢莺，平波卷絮，断桥斜日归船"（《高阳台·西湖春感》）、"星散白鸥三四点，数笔横塘秋意"（《湘月》）、"款竹门深，移花槛小，动人芳意菲菲"（《一萼红》）等。

但当张炎于四十三岁时，北上大都，"叹敝却貂裘，驱车万里，风雪关河"（《木兰花慢》），其词作的题材、风格均出现了突变。他的词作记录了他的北行生涯，也反映了北国的自然风光和地域文化。张炎的《三姝媚》赋"芙蓉杏"，即千叶杏，是一种江南所无的奇丽植物："海云寺千叶杏二株，奇丽可观，江南所无。越一日，过傅岩起清晏堂。见古瓶中数枝，云自海云来，名芙蓉杏。因爱玩不去，岩起索赋此曲"（《三姝媚》小序）。而其《庆宫春》小序言："都下寒食，游人甚盛，水边花外，多丽环集，各以柳圈被禊而去，亦京洛旧事也。"其词描绘了大都地区的寒食习俗，也是新的题材。而北方的景致当然与山温水软的江南有较大的差异，张炎北行词中的景物，也染上了特定地域的色彩：

萧疏野柳嘶寒马，芦花深、还见游猎。（《凄凉犯·北游道中寄怀》）

平沙催晓，野水惊寒，遥岑寸碧烟空。万里冰霜，一夜换却西风。（《声声慢·都下与沈尧道同赋》）

---

① 《四库全书总目》卷一八九《山中白云词》条，第1822页。
② 郑思肖：《玉田词题辞》，《疆书丛书》，第1243页。

万里飞霜，千林落木，寒艳不招春妒。(《绮罗香·红叶》)

北国的地域环境，还使得张炎词作的风格变得和陆游、辛弃疾接近，豪气横溢，阔大苍凉。如《壶中天·夜渡古黄河》：

扬舲万里，笑当年底事，中分南北。须信平生无梦到，却向而今游历。老柳官河，斜阳古道，风定波犹直。野人惊问，泛槎何处狂客。　　迎面落叶萧萧，水流沙共远，都无行迹。衰草凄迷秋更绿，惟有闲鸥独立。浪挟天浮，山邀云去，银浦横空碧。扣舷歌断，海蟾飞上孤白。

词作寥廓的境界一方面通过时空纵横的跨度——"万里"、"南北"、"古"、"今"等词语得到体现，另一方面也借助"老柳官河，斜阳古道，风定波犹直"、"浪挟天浮，山邀云去，银浦横空碧"等具体的景物描写来体现。同早期的《南浦·春水》相比较，波暖/波犹直，浪痕圆/浪挟天浮，流红去/落叶萧萧，扁舟小/扬舲万里，柳阴/老柳，梦中芳草/平生无梦，新渌乍生/衰草凄迷，等等，诸多类似的物象呈现出完全不同的意象。"（张炎）遭时不偶，流落播迁，客游无方，彳亍南北。所与交率遗民退士，境会遭适，等诸落叶之聚散，其词一往而深，隐约缠绵。"① 苍凉萧杀的北国秋景刺激了词人家国沦亡、身世盛衰之感，故而一脱承平公子故态，词境从早期的清空秀远，转而苍茫寥廓。

张炎一年后即北行归来，然而他的笔端还是不时流露出北行的影响：

寒气脆貂裘。傍枯林古道，长河饮马，此意悠悠。(《甘州》)

记横笛、玉关高处。万里沙寒，雪深无路。破却貂裘，远游归后与谁谱。(《长亭怨》)

却笑归来，石老云荒，身世飘然一叶。(《疏影》)

---

① 陈撰：《山中白云词疏证序》，张炎：《山中白云词》参考资料辑二，吴则虞校辑，中华书局1983年版，第172页。

同张炎一样，大多数的北行词人词的题材、风格在北行之后都发生了一定变化。如宋徽宗赵佶，靖康二年（1127年），被掳北行。其北行前的词作，如《声声慢·春》、《声声慢·梅》、《满庭芳》"寰宇清夷"等词，雍容华贵；北行之后，每有所作，凄婉感怆，哀情哽咽。如《燕山亭》：

> 裁翦冰绡，打叠数重，冷淡燕脂匀注。新样靓妆，艳溢香融，羞杀蕊珠宫女。易得凋零，更多少、无情风雨。愁苦。闲院落凄凉，几番春暮。　　凭寄离恨重重，这双燕，何曾会人言语。天遥地远，万水千山，知他故宫何处。怎不思量，除梦里、有时会去。无据。和梦也、有时不做。

词人的故国之思，因北行途中见杏花而起兴。无独有偶，其《眼儿媚》乃因闻胡雏吹笛而感作："一日，夜宿林下，时碛月微明，有胡雏吹笛，其声呜咽，太上因口占《眼儿媚》。"① 可以说，北行对大多数的北行词人的题材、词风产生了重大的影响。

词人北行后词题材、风格突变的原因甚多。主要有三个方面，一是北行的经历对词人创作的影响，二是北方地域文化与文学的影响，三是两宋词人对词文体功能认识的深化。

就第一点原因分析。汪元量，钱塘人，"有《水云诗》一卷，多纪国亡事。亲见苍黄归附，辗转北行，元帝后赐三宫燕赉，宋宫人分嫁北匠，有种种悲叹。其《酬王昭仪》及《平原公第夜宴》、《谢太后挽诗》，尤凄绝。故相马廷鸾、章鉴、谢枋得咸序曰诗史。"② "（汪元量）其诗自奉使出疆，三宫去国，凡都人忧悲恨叹无不有。及过河所历皇王帝伯之故都遗迹，凡可喜、可咤、可惊、可痛而流涕者，皆收拾于诗。解其囊，南吟北啸，如赋史传，亦自有可喜。"③ 北行影响了汪元量的诗风，"读之如风樯阵马，快逸奔放。询其故，得于子长之游。嗟乎异哉！"④ 文天祥认为是"子长之游"改变了汪元量的诗风。所谓"子长之游"，典自司马迁自

---

① 陈霆：《渚山堂词话》卷三，《词话丛编》第一册，第375页。
② 钱士升：《南宋书》卷六十二《汪元量传》，《二十五别史》，齐鲁书社2000年版，第936页。
③ 刘辰翁：《湖山类稿序》；汪元量：《湖山类稿》，《文渊阁四库全书》本。
④ 文天祥：《书汪水云诗后》，汪元量《湖山类稿》卷五，《文渊阁四库全书》本。

叙："迁生龙门，耕牧河山之阳。年十岁则诵古文。二十而南游江、淮，上会稽，探禹穴，窥九疑，浮于沅、湘。北涉汶、泗，讲业齐、鲁之都，观孔子之遗风，乡射邹、峄。戹困鄱、薛、彭城，过梁、楚以归。"① 又苏辙《上枢密韩太尉书》言："文者气之所形。然文不可以学而能，气可以养可致。……太史公行天下，周览四海名山大川，与燕、赵间豪俊交游，故其文疏荡，颇有奇气。"司马迁早年的游历生活，是"养气"的一种方式，周览四海名山大川，陶冶了情操，壮阔了胸襟，提升了其内在的修养。文者气之所形，气盛则言宜，司马迁的游历生活对其文学风格的形成有积极的影响。汪元量诗歌"风樯阵马，快逸奔放"，同其北行的生活经历也有关系。因此，词人的北行经历是其词题材、风格突变的原因之一。

（二）北方地域文化与文学对北行词的影响

词人北行导致词题材与风格突变的原因之二，是北方地域文化与文学的影响。词人北行，在北方地域文化与文学环境的熏陶下，词的题材和风格也显现出北方地域文化与文学的某些特征。

金朝是女真族在北方建立起来的与南宋对峙的区域性政权。金朝自1125年灭辽，1126年冬攻陷汴京，至1234年灭国，统治北部中原达一百二十余年。金朝立国一百二十年间，除大定、明昌间较为安定以外，一直是战事不息，忧患相从；加之北方自然地理环境的辽阔苍茫，故而金朝文化呈现出廓大苍凉的特征。蒙古王朝灭金、统一北方（1234年）以后，与南宋王朝对峙达四十余年。其时的元代文化主要是北方文化。北方的地理环境与蒙古民族粗犷豪放的性格相得益彰，蒙古文化也较为雄深浑厚。

金、元地域文化的特点直接影响了其文人的创作。如北国的学术权威与文坛宗主，身历金、元两朝的元好问，其诗歌"上薄风雅，中规李、杜，粹然一出于正，直配苏、黄氏。天才清赡，邃婉高古，沈郁大和，力出意外……歌谣跌宕，挟幽、并之气，高视一世。"② 元好问是太原秀容（今山西忻县）人，属古并州。《隋书·地理志》："自古言勇侠者，皆推幽、并。"曹植《白马篇》："借问谁家子？幽、并游侠儿。"故而"幽、并之气"当指尚气任侠、慷慨悲歌的气质。郝经的论述证明了北方诗歌

---

① 司马迁：《史记》卷一三〇，第3293页。
② 郝经：《遗山先生墓铭》，《陵川集》卷三十五，《文渊阁四库全书》本。

与地域文化之间的深厚关联。

就词而论，金代词人颇为推崇苏轼、辛弃疾所代表的刚劲豪放词风。元好问《遗山自题乐府引》："乐府以来，东坡为第一，以后便到辛稼轩。"① 苏轼虽是南人，但其辞气迈往、落笔绝尘、豪放纵逸的词风，与北方的地域文化风格极为契合，所以受到北人的追慕和推崇。龙榆生先生即言："北人性格，本宜于东坡一派之作风。"② 如蔡松年词即"疏快平博，雅近东坡"。③ 金魏道明注蔡松年《明秀集》亦多以坡词证蔡词，虽有牵强处，但却把握住蔡词的基本风格。高宪"自言于世味澹无所好，唯生死文字间而已。使世有东坡，虽相去万里，亦当往拜之。"④ 赵秉文《东坡真赞》中直欲"裹粮问道往从之"⑤，在《大江东去》和坡赤壁词中又云："我欲从公，乘风归去，散此麒麟发。"又"卫文仲，襄城人，承安中进士。性好淡泊。读书学道，故仕宦不进。平居好歌东坡赤壁词。临终沐浴易衣，召家人告以后事，即命闭户。危坐床上，诵赤壁词，又歌末后二句，歌罢怡然而逝。"⑥ 故而有论者认为，"对苏轼词风的景仰和承继成为金词的主流。"⑦

又辛弃疾词，"跌荡磊落，犹有中原豪杰之气。"⑧ 龙榆生先生亦认为"（辛弃疾）词格之养成必于居金国时早植根柢"。龙先生言："稼轩南来，领袖一代，其直接所受影响，当由于金国之好尚苏词。……东坡词风之由南而北，复由稼轩挟以归南，转相流播，益以地域土风、民情国势之推移摩荡，复与南渡初期向、张诸家之风气相翕合，以造成悲凉感愤、盘礴磊砢的稼轩词派，此又词坛风气之一大转关也。"⑨ 北方的地域土风是豪放词生长的绝佳环境。苏轼的词风在此得以风行，辛弃疾的词风在此得以养成，北方地域文化之于文学的影响可见一斑。况周颐《蕙风词话》卷三云：

---

① 元好问：《遗山自题乐府引》，《遗山乐府》卷首，《彊村丛书》，上海书店出版社、江苏广陵古籍出版社1989年版，第1344页。
② 龙榆生：《苏门四学士词》，《龙榆生词学论文集》，第301页。
③ 陈匪石：《声执》卷下，《词话丛编》第五册，第4961页。
④ 元好问：《中州集》卷五，中华书局1959年版。
⑤ 赵秉文：《闲闲老人滏水集》卷十七，《四部丛刊》初编本。
⑥ 元好问：《续夷坚志》，《元好问全集》卷四六，山西人民出版社1990年版，第294页。
⑦ 陶然：《金元词通论》，上海古籍出版社2001年版，第62页。
⑧ 赵文：《青山集》卷二《吴山房乐府序》，《文渊阁四库全书》本。
⑨ 龙榆生：《两宋词风转变论》，《龙榆生词学论文集》，第246页。

  自六朝已还，文章有南北派之分，乃至书法亦然。姑以词论，金源之于南宋，时代正同，疆域之不同，人事为之耳。风会曷与焉。如辛幼安先在北，何尝不可南。如吴彦高先在南，何尝不可北。顾细审其词，南与北确乎有辨，其故何耶？或谓《中州乐府》选政操之遗山，皆取其近己者。然如王拙轩、李庄靖、段氏遯庵、菊轩其词不入元选，而其格调气息，以视元选诸词，亦复如骖之靳，则又何说。南宋佳词能浑至，金源佳词近刚方。宋词深致能入骨，如清真、梦窗是。金词清劲能树骨，如萧闲、遯庵是。南人得江山之秀，北人以冰霜为清。南或失之绮靡，近于雕文刻缕之技。北或失之荒率，无解深裘大马之讥。善读者抉择其精华，能知其并皆佳妙。而其佳妙之所以然，不难于合勘，而难于分观。往往能知之而难于明言之。然而宋金之词之不同，固显而易见者也。①

  南北之词虽然或有个别例外，但大体是宋词深致绮靡，金词清劲刚方。"江山之秀"、"冰霜为清"，是宋、金不同地域文化的形象说法。"元遗山集金人词为《中州乐府》，颇多深裘大马之风。"② 正是北地辽阔苍劲、雅健雄浑的地域之气造就了金词的深裘大马之风。

  "词肇于唐，成于五代，盛于宋，衰于元。而南有乐笑之流风，北有东坡之余响。"③ 元词在元代文学中成就并不突出，然而元去金、宋未远，流风尚存。元初北方词坛，大抵承祧金词的传统，崇尚豪放高迈词风。元代中后期，豪放词风仍颇为盛行。明王世贞《艺苑卮言》"评明人词"："元有曲而无词，如虞、赵诸公辈，不免以才情属曲，而以气概属词，词所以亡也。"④ 王世贞对元词的评价甚低，但他所指出的元词以气概为主的特征，却也概括出元代词风的基本特征。如刘秉忠《藏春乐府》："雄廓而不失之伧楚，醖籍而不流于侧媚。"⑤ 白朴词，"辞语遒严，情寄高

---

① 况周颐：《蕙风词话》卷三，《词话丛编》第五册，第4456页。
② 贺裳：《皱水轩词荃》，《词话丛编》第一册，第703页。
③ 陈匪石：《声执》卷下，《词话丛编》第五册，第4970页。
④ 王世贞：《艺苑卮言》"评明人词"，《词话丛编》第一册，第393页。
⑤ 况周颐：《蕙风词话》卷三引，《词话丛编》第5册，第4470页。

远，音节协和，轻重稳惬，凡当歌对酒，感事兴怀，皆自肺腑流出"。① 张弘范《淮阳集》："率意吐辞，往往踔厉奇伟，据鞍纵横，横槊酾酒，叱咤风生，豪快天纵，其诗类楚汉间烈士语。"② 姚燧词："高古，不减东坡、稼轩也。"③ 刘因《樵庵词》："笔力雄浑，逼近东坡。"④ 许有壬《圭塘乐府》境界高迈，有"长枪大戟"意度。⑤ 张埜《古山乐府》："真可与苏、辛诸公齐驱并驾。"⑥ 元词豪放词风的养成，乃同金词一样，与北方地域文化密不可分。

北方地域文化养成了金、元词"深裘大马"之风。当宋代北行词人来到北方，因而南北地域文化的巨大差异，使他们变得格外敏感，所以他们的词中不惮繁复地记载了他们对于北方地域风光与文化的感触：

更听胡笳、哀怨泪沾衣。（洪皓《忆江梅》）

虎旅横江，胡尘眯眼，恨有中原隔。（曹勋《念奴娇·持节道京城中秋日》）

越人北向燕支。回首望、雁峰天一涯。（刘氏《沁园春》）

环一抹荒城，草色今如许。（汪梦斗《摸鱼儿·过东平有感》）

北行词人与北方清雄顿挫的地域文化与文学环境相遭遇，身处其间，渐染其习，故而北行词人的词风发生了变化，而变化的趋势在某种程度上接近于金、元词风。

（三）北行途中词学观念的变化

两宋词人对词文体功能认识的深化，也是北行词人北行后词题材及风格突变的又一原因。徐大焯《烬余录》乙编载：

---

① 王博文：《天籁集序》，《四印斋所刻词》，第450页。
② 邓光荐：《淮阳集后序》，《淮阳集》，《文渊阁四库全书》本。
③ 杨慎：《词品》卷五，《词话丛编》第一册，第523页。
④ 夏承焘、张璋编选：《金元明清词选·前言》，人民文学出版社1983年版，第5页。
⑤ 同上书，第6页。
⑥ 李长翁：《古山乐府序》；施蛰存：《词籍序跋萃编》，第488页。

道君北狩后，曾倚声云："玉京曾忆惜繁华。万里帝王家。琼林玉殿，朝喧弦管，暮列笙琶。花城人去今萧索，春梦绕胡沙。家山何处，忍听羌笛，吹彻梅花。"又尝在五国城题壁云："彻夜西风撼破扉，萧条客馆一灯微。家山回首三千里，目断天南无雁飞。"又谱长短句云："裁翦冰绡，打叠数重，冷淡燕脂匀注。新样靓妆，艳溢香融，羞杀蕊珠宫女。易得凋零，更多少、无情风雨。愁苦。闲院落凄凉，几番春暮。　凭寄离恨重重，这双燕，何曾会人言语。天遥地远，万水千山，知他故宫何处。怎不思量，除梦里、有时会去。无据。和梦也、有时不做。"在韩州日，《清明客感》云："茸母初生识禁烟，无家对景倍凄然。帝城春色谁为主？遥指乡关涕泗涟。"

宋徽宗赵佶在北行途中，既写词，又题诗，词和诗一样记载了北行途中的种种遭遇，也展现了其内心的痛楚与无奈。大多数的北行作家与宋徽宗一样，诗、词兼作，全面地反映了北行所触与所感。如韩元吉有《好事近·汴京赐宴闻教坊乐有感》词："凝碧旧池头，一听管弦凄切。多少梨园声在，总不堪华发。　杏花无处避春愁，也傍野烟发。惟有御沟声断，似知人呜咽。"其在北行途中也曾作诗，如《汴都至南京食樱桃》："银盘日日饱朱樱，不负归辕过两京。身到江南梅未熟，故园风味梦关情。"《燕山道中见桃花》："今日风横车少尘，卷帷聊看塞垣春。已惊漠漠花经眼，也有蒙蒙絮扑人。"诗、词都同样反映了韩元吉乾道九年（1173 年）三月，以试礼部尚书为贺金万春节使①的种种经历。

又如洪皓，建炎三年（1129 年）擢徽猷阁待制，假礼部尚书使金，金人逼其仕伪齐刘豫，不从，流放冷山，复徙云中及燕京，留金凡十五年，绍兴十三年（1143 年），始还。洪皓有笔记《松漠纪闻》，"此书乃其所纪金国杂事"。② 洪皓北行十五年，作词多首，如《木兰花慢·中秋》、《木兰花慢·重阳》、《浣溪沙·排闷》、《浣溪沙·闻王侍郎复命》、《临江仙·怀归》等。洪皓亦有诗集《鄱阳集》，"皓所作诗，亦于此时为多。"③ "此时"即指洪皓使金被流放冷山期间。洪皓诗、词中颇多意合之句：

---

① 《金史》卷六一《交聘表》，中华书局1975年版，第1431页。
② 《四库全书总目》卷五十一《松漠纪闻》条，第464页。
③ 《四库全书总目》卷一五七，第1353页。

王郎归去我留滞。(《节至思亲》)

蔺卿全璧我蹉跎。(《浣溪沙·闻王侍郎复命》)

复命无由责在身,可堪甘旨误慈亲。(《念母》)

麟殿阻趋陪内宴,萱堂遥忆侍慈颜。(《浣溪沙·排闷》)

耿耿不寐梦难成。(《中秋》)

空俾骚人叹羡,向隅耿耿无眠。(《木兰花慢·中秋》)

此外,洪皓子洪适在《容斋随笔》五笔卷三指出洪皓《四笑江梅引》中的《忆江梅》、《访寒梅》、《怜落梅》[①] 等词,"所引用句语,一一有来处。"[②] 即应用了大量的前人成句,如何逊、庾信、江总、李白、杜甫、白居易、苏轼等人的诗句。洪皓的北行词与诗渊源不浅。

北行作家既用诗,又用词来反映他们北行途中的经历,在北行作家的笔下,诗、词都具备了言志载道的功能。这同宋代以来诗、词融合的趋势[③]是相映衬的。北行词人的若干论述也体现了诗词同理的主张。如韩元吉《南涧甲乙稿》卷十四《焦尾集序》:

礼曰:士无故不彻琴瑟。古之为琴瑟也,将以和其心也,乐之不以为教也。士之习于琴者既罕,而瑟且不复识矣。其所恃以为声,而心赖以和者,不在歌词乎?然汉魏以来,乐府之变,《玉台》诸诗也,极纤艳。近代歌词,杂以鄙俚,间出于市廛俗子,而士大夫有不可道者。惟国朝名辈数公所作,殆可能和心而近古,是犹古之琴瑟

---

① 洪迈《容斋随笔》五笔卷三言:《四笑江梅引》第四篇"失其稿"。洪迈:《容斋随笔》,上海古籍出版社1978年版,第839页。彊村丛书本鄱阳词从阳春白雪卷七补。
② 洪迈:《容斋随笔》五笔卷三,上海古籍出版社1978年版,第837页。
③ 参见王兆鹏《从诗词的离合看唐宋词的演进》,《中国社会科学》2005年第1期,第151—163页。

乎。或曰：歌词之作，多本于情，其不及于男女之怨者少矣，以为近古何哉？夫诗之作，盖发乎情者，圣人取之，以为止于礼也。《硕人》之诗，其言如人形体态度，摹写略尽。使无孔子，而经后世诸儒之手，则去之必矣。是未可与不达者议也。予时所作歌词，间亦为人传道，有未免于俗者，取而焚之。然犹不能尽弃焉，目为《焦尾集》，以其焚之余也。

"焦尾"典出《后汉书》卷六十下《蔡邕传》："吴人有烧桐以爨者，邕闻火烈之声，知其良木，因请而裁为琴，果有美音，而其尾犹焦，故时人名曰焦尾琴焉。"① 韩元吉用"焦尾"典形容自己对词的认识过程：始以其为贱，后知其为贵。韩元吉认为，词的传统不是纤艳的《玉台》诸诗，也不是鄙俚的近代歌词。那些非议词的艳情化特征的人，是"不达者"，是"后世诸儒"。词和《诗经》一样，发乎情止于礼。词的功能类似古之琴瑟，在能"和其心"。韩元吉对词文化传统的追溯，对词文化意义的肯定，使词进入了传统儒家的诗学视野，兴观群怨、言志抒情。同时，北行词人诗、词同理的观念与北方（金、元）论词者有暗合之处。金王若虚即认为："盖诗词只是一理，不容异观。自世之末作习为纤艳柔脆，以投流俗之好，高人胜士，抑或以是相胜，而日趋于委靡，遂谓其体当然，而不知流弊之至此也。"②

但认识到词同诗一样具有兴观群怨、言志抒情的功能，并不意味着就抹杀了词与诗的文体差异。北行的诗、词在表现方式上有诸多差异。如下列北行诗：

雪中松柏愈青青，扶植纲常在此行。天下岂无龚胜洁，人间不独伯夷清。义高便觉生堪舍，礼重方知死甚轻。南八男儿终不屈，皇天上帝眼分明。（谢枋得《北行别人》）

乾坤空落落，岁月去堂堂。末路惊风雨，穷边饱雪霜。命随年欲尽，身与世俱忘。无复屠苏梦，挑灯夜未央。（文天祥《除夜》）

---

① 《后汉书》卷六十下《蔡邕传》，第2004页。
② 王若虚：《滹南诗话》卷二，丁福保辑：《历代诗话续编》，中华书局1983年版，第517页。

瑶池宴罢夜何其，拂拭朱弦落指迟。弹到急时声不乱，曲当终处意尤奇。雪深沙碛王嫱怨，月满关山蔡琰悲。羁客相看默无语，一襟愁思自心知。（汪元量《幽州秋日听王昭仪琴》）

将北行诗和北行词比较，可以发现有较大的不同。首先，北行诗倾向于说理，议论。如谢枋得的《北行别人》，表达了舍生取义的决心，正气凛然。全诗可以分成三个部分：首联、颔联与颈联、尾联。每一部分的前一半大多应用象喻或典故来起兴，后一半则大加议论。王奕《送谢叠山先生北行》："皇天久矣眼垂青，盼盼先生此一行。遗《表》不随诸葛死，《离骚》长伴屈原清。两生无补秦兴废，一出仍关鲁重轻。白骨青山如得所，何须儿女哭清明。"议论中多勉励宽慰语。相对于北行诗的议论化，北行词较多侧重于感情的抒发与表达。如张炎《凄凉犯·北游道中寄怀》："萧疏野柳嘶寒马，芦花深、还见游猎。山势北来，甚时曾到，醉魂飞越。酸风自咽。拥吟鼻、征衣暗裂。正凄迷，天涯羁旅，不似灞桥雪。　　谁念而今老，懒赋长杨，倦怀休说。空怜断梗梦依依，岁华轻别。待击歌壶，怕如意、和冰冻折。且行行，平沙万里尽是月。"可谓"景中带情，而存骚雅"①，张炎曾言："簸弄风月，陶写性情，词婉于诗。"② 北行词较之北行诗，同样具有多抒情、少议论的特点。

其次，北行词在章法的安排上较多变化。文天祥的《除夜》、汪元量的《幽州秋日听王昭仪琴》等北行诗，章法上较为平板，并无突出之处。而汪元量的《水龙吟·淮河舟中夜闻宫人琴声》："鼓鼙惊破霓裳，海棠亭北多风雨。歌阑酒罢，玉啼金泣，此行良苦。驼背模糊，马头匼匝，朝朝暮暮。自都门燕别，龙艘锦缆，空载得、春归去。　　目断东南半壁，怅长淮、已非吾土。受降城下，草如霜白，凄凉酸楚。粉阵红围，夜深人静，谁宾谁主。对渔灯一点，羁愁一搦，谱琴中语。"章法的安排上颇见匠心。同是听琴，诗《幽州秋日听王昭仪琴》，一入题即点明听琴的时地，中间着力描写琴声感人，最末两句写听众的感受。而同一作者的词，只有在最后三句"对渔灯一点，羁旅一搦，谱琴中语"，才回应词题。词上半片从德祐之难起笔，下半片虽扣紧题面，但仍重在写亡国之苦，去国

---

① 张炎：《词源》，《词话丛编》第一册，第264页。
② 同上书，第263页。

之戚。全词不仅平易中有句法，而且借助于时空腾挪纵横，避免了章法上的平铺直叙。"作慢词，看是甚题目，先择曲名，然后命意。命意既了，思量头如何起，尾如何结，方始选韵，而后述曲。最是过片，不要断了曲意，须要承上接下。"① "作大词，先须立间架，将事与意分定了。第一要起得好，中间只铺叙，过处要清新。最紧是末句，须是有一好出场方妙。"② 词的文体特性决定了北行词与北行诗在章法的安排上有较大不同。

通过北行词与北行诗的比较，可以发现，两宋词人逐渐认识到词在兴观群怨、言志抒情方面的重要作用，但同时对词的文体特质也有了更深的探索与体认。基于这种体认，词人北行之际，自然要把北行的诸多内容用符合于词的艺术方法加以表现。新的内容、新的表现方法，促成了题材与风格的新变。

三 贬谪词人与地域文化

贬谪，又称迁谪、流贬等，是指官员降职，被遣至远离京城的偏远穷僻之地。钟嵘《诗品序》："至于楚臣去境，汉妾辞宫……凡斯种种，感荡心灵，非陈诗何以展其义？非长歌何以骋其情？"贬谪士人的长途流徙之中，往往创作有丰富的文学作品，用以抒发愤懑，寄托悲情。

贬谪文学源远流长。"屈原放逐，著《离骚》。"③ 的确，屈原的作品，大多属于贬谪文学的范畴。汉代贾谊的《鵩鸟赋》，亦是贾谊任长沙王傅期间，"发愤嗟命"之作。唐代的贬谪作品更是数不胜数，唐代白居易《序洛诗序》云："余历览古今诗歌……多因逸免、迁逐、征戍、行旅、冻馁、病老、存殁、别离，情发于中，文形于外，故愤忧怨伤，通计今古十八九焉。"元代方回《瀛奎律髓》就曾把所选唐宋诗三千首分为四十九类，其第四十三类为"迁谪类"，即"迁谪流人之作"。严羽《沧浪诗话》："唐人好诗，多是征戍、迁谪、行旅、离别之作，往往能感动激发人意。"大多数贬谪的文学作品，以其感慨的深沉，表达的真挚，感发心灵，在艺术上取得较高的成就。许多作家在经历了贬谪之后，作品取得了更高的艺术成就，如柳宗元，"然子厚斥不久，穷不极，虽有出于人，其文学辞章必不能自力以致必传于后如今，无疑也。"（韩愈《柳子厚墓志铭》）贬谪对作家本人而言，是极大的不幸，然而从文学的角度说，又是

---

① 张炎：《词源》，《词话丛编》第一册，第258页。
② 沈义父：《乐府指迷》"作大词与作小词法"，《词话丛编》第一册，第283页。
③ 《史记·太史公自序》，第3300页。

极大的幸运。

贬谪文学与地域文化关系密切。王逸《九歌序》言："《九歌者》，屈原之所作也。昔楚国南郢之邑，沅、湘之间，其俗信鬼而好祠。其祠必作歌乐鼓舞以乐诸神。屈原放逐，窜伏其域，怀忧苦毒，愁思沸郁；出见俗人祭祀之礼，歌舞之乐，其词鄙陋。因为作《九歌》之曲。"① 这段话说的是屈原贬谪与楚地文化之间的关系。的确，贬谪作家既失意于政治，遂寄情山水，托意文字，王禹偁《咏泉》诗言："平生诗句多山水，谪居谁知是胜游"，贬谪期间的创作对贬谪地的自然山水，民俗风情多有记叙；又由于贬谪地多为偏远之处，交通不便，与中原地区交流较少，故而往往形成了独特的与主流文化迥然相异的地域文化。贬谪文人下车伊始，便会感受到"文化的冲突"。这也使得他们格外留心贬谪地的地域文化，并于文学作品中多加表现。

而研究贬谪文学与地域文化的关系，最佳的切入点莫过于宋词。宋代中后期党争迭起，"天子无一定之衡，大臣无久安之际，或信或疑，或引或仆，旋加诸膝，旋坠深渊，以成流波无定之宇"② 又由于"宋代士人的身份……大都是集官僚、文士、学者三位于一身的复合型人才"。③ 贬谪官员数量的增多，贬谪官员的文人身份，使得宋代贬谪文学作品，尤其是贬谪词蔚为大观。这是因为宋代文人在贬谪期间将更多的热情投注到词的创作之中。如苏轼，"自元丰三年庚申（1080 年）东坡被贬黄州至元丰八年（1085 年）流寓辗转于江淮间，是东坡词之高峰期。这六年间共得可编年词或约可编年词佰拾壹首，年平均拾捌首有奇，其创作密度几于倅杭时等，而创作质量则不可同日而语矣。"④ 又如黄庭坚，存词 178 首，根据有记载作于"年十六"嘉祐五年（1060 年）的《画堂春》（东风吹柳）起至绍圣元年（1094 年）共 34 年作词 104 首，而从绍圣元年（1094 年）至崇宁四年（1105 年）共 11 年即作词 74 首。又如秦观词，可编年者共 82 首，其中从熙宁元年（1068 年）到绍圣元年（1094 年）26 年共有词

---

① 王逸：《九歌序》，洪兴祖：《楚辞补注》（重印修订本），白化文等点校，中华书局 1983 年版，第 55 页。
② 王夫之：《宋论》卷四，中华书局 1964 年版，第 87 页。
③ 王水照：《情理·源流·对外文化关系——宋型文化与宋代文学之再研究》，《王水照自选集》，上海教育出版社 2000 年版，第 30 页。
④ 苏轼：《东坡词编年笺证·论苏东轼及其词》，薛瑞生笺证，三秦出版社 1998 年版，第 44 页。

作61首，而从绍圣元年（1094年）到元符三年（1110年）6年时间作词21首。① 晁补之词可编年部分共122首，绍圣前词作仅11首，而绍圣后16年中就作词111首，数量之多居于"四学士"之首。② 可见，词人在贬谪期间，词的创作往往出现高峰。何故？原因有二。其一，贬谪之人，得罪之身，不得不谨言慎行。而以文字排击异党，又是宋代党争的一大特色。故而贬谪之人在诗、文创作上多有节制。如苏轼贬谪黄州期间，尽量不作诗文："某自窜逐以来，不复作诗与文字。……其中虽无所云，而好事者巧以酝酿，便生出无穷事也。"③ 但忧心罔极的郁结之气，"此郡人物衰少，无可晤语者"④，寂寞之感和文人的积习，使得他们根本无法杜绝文学创作。于是他们弃诗、文而为词。因为词在宋代还被视作佐欢侑酒、娱宾遣兴，不入大雅之堂的"小道"，"好事者"不会对"小词"进行深文周纳，巧为生事。苏轼贬谪黄州期间，"比虽不作诗，小词不碍。辄作一首，今录呈，为一笑。"⑤ 黄庭坚远谪黔中时，与友人信中亦言："闲居绝不作文字，有乐府长短句数篇，后信写寄。"⑥ 陈师道贬谪时亦言："迩来绝不为诗文，然不废书，时作小词以自娱，用以卒岁。"⑦ 其二，词的文体特征更适合表达贬谪期间忧心愁悴之情。贬谪文人大多"执履忠贞而被逸邪，忧心烦乱，不知所诉"⑧；而词又擅长于表现深微细腻，低回往复的情绪，"词之为体，要眇宜修，能言诗之所不能言，而不能尽言诗之所能言。诗之境阔，词之言长"。⑨ 贬谪文人"肠一日而九回，居则忽忽若有所亡，出则不知其所往"⑩的心境借助于词这一文体，表现得更加幽约怨悱。可以说，宋词忠实地记载了两宋贬谪文人情感波动与思想变化的轨迹。因此，研究贬谪文人与地域文化的关系，宋词是绝佳的进入路径。本节即以湖湘和岭南这两个宋代最为重要的贬谪之地作为论述的

---

① 据周义敢、程自信、周雷编注《秦观集编年校注》统计，人民文学出版社2001年版。
② 据乔力《晁补之词编年校注》，齐鲁书社1992年版。
③ 苏轼：《苏轼文集》卷五《答濠州陈章朝请》，中华书局1986年版，第1709页。
④ 苏辙：《龙川略志引》，《龙川略志》，中华书局1982年版，第3页。
⑤ 苏轼：《苏轼文集》第四册《与陈大夫八首》之三，第1698页。
⑥ 黄庭坚：《与宋子茂书六》，《山谷集》别集卷十五，《文渊阁四库全书》本。
⑦ 陈师道：《与鲁直书》，《后山集》卷十，《文渊阁四库全书》本。
⑧ 王逸：《离骚经序》，洪兴祖撰、白化文等点校：《楚辞补注》，中华书局1983年版，第2页。
⑨ 王国维：《人间词话·删稿》，《词话丛编》第五册，第4258页。
⑩ 司马迁：《报任少卿书》，《文选》卷四一，中华书局1983年版，第581页。

对象。

(一) 贬谪词与湖湘地域文化

湖湘，指洞庭湖与湘江地带，大体相当于今湖南省的地域范围。本章所指湖湘地域文化，大体是指自先秦自两宋以来构建并延续的地域文化。① 湖湘交通不便，北阻大江，南薄五岭，西接黔蜀，宋以前一直是国家版图中的偏远之所，湖湘气候亦与中原地区差异较大，"郡临江湖，大抵卑湿，修短疵疠，未违天常，……地边岭瘴，大抵炎热，寒暑晦明，未衍时序。"② 所以，唐柳宗元即言："过洞庭，上湘江，非有罪左迁者罕至。"③ 宋范仲淹《岳阳楼记》亦言："迁客骚人，多会于此。"

贬谪士人到了湖湘之地，受湖湘特定的地域文化环境熏染，往往创作有大量的贬谪文学作品，"及谪沅、湘间，为江山风物之所荡，往往指事成歌。"④ 如屈原，"屈平所以洞鉴风骚之情者，抑亦江山之助乎?"⑤ 唐张说贬岳州后，"诗益凄婉"，人谓为"得江山助"。⑥ 屈原、张说贬谪文学均与湖湘地域文化的"江山之助"关系密切。

历代贬谪作家留下的创作，逐渐为湖湘地域文化所吸收，成为湖湘地域文化不可或缺的组成部分。如屈原及其《离骚》，便成为湖湘文化的标志之一。后代贬谪于湖湘的诗人，在创作上便有意效仿《离骚》。"才高者菀其鸿裁，中巧者猎其艳辞，吟诵者衔其山川，童蒙者拾其香草。"⑦ 汉贾谊为长沙王太傅时，有《吊屈原文》，"谊为长沙王太傅，既以谪去，意不自得。及渡湘水，为赋以吊屈原。"⑧ 其《吊屈原文》、《鵩鸟赋》均抒发哀怨之情，近于《离骚》的情调；形式上常用带有"兮"的语句，与楚辞十分接近。唐柳宗元《游南亭夜还叙志七十韵》自言："投寄山水

---

① 宋、元、明之后的社会变迁以及几次大规模人口迁移，使湖湘地域文化在形态上发生了较大的变化，不在本书论述范围。

② 张谓：《长沙风土碑铭》，董诰编：《全唐文》卷三百七十五，中华书局1983年版，第3809页。

③ 柳宗元：《柳宗元全集》卷二十三《送李渭赴京师序》，上海古籍出版社1997年版，第192页。

④ 刘禹锡：《刘禹锡集笺证》卷二十《刘氏集略说》，瞿蜕园笺证，上海古籍出版社1989年版，第540页。

⑤ 《文心雕龙注》卷十《物色》，第695页。

⑥ 辛文房撰：《唐才子传校笺》卷一"张说"，中华书局1987年版，第138页。

⑦ 《文心雕龙注》卷一《辨骚》，第48页。

⑧ 《文选》卷六十《吊屈原文一首并序》，第831页。

地，放情咏《离骚》。"其在湖湘之地的创作，"其堙厄感郁，一寓诸文，仿《离骚》数十篇，读者咸悲恻。"① 这是继承屈原"叙情怨，则郁伊而易感；述离居，则怆怏而难怀"②的艺术精神。而屈原的辞赋还有"论山水，则循声而得貌；言节候，则披文而见时"③的特点，即屈原的辞赋融入了楚地（湖湘地域的组成部分）的地域文化，其辞赋通过大量的楚地物象即楚语、楚事以及楚地的风俗，营造了酌奇而不失其真，玩华而不坠其实的艺术世界，对后世的贬谪文学影响甚深。如唐刘禹锡，"禹锡在朗州十年，唯以文章吟咏，陶冶情性。蛮俗好巫，每淫祠鼓舞，必歌俚辞。禹锡或从事于其间，乃依骚人之作，为新辞以教巫祝。故武陵溪洞间夷歌，率多禹锡之辞也。"④

宋代贬谪或因贬谪路经湖湘的词人有黄庭坚、秦观、张孝祥等人。本节即以秦观及其词为例，分析贬谪词与湖湘地域文化之间的关系。秦观（1049—1100年），自绍圣元年（1094年）坐党籍，出为杭州通判始至元符三年（1100年）病疠而卒，在颠沛流离中度过生命中最后6年。其中，绍圣三年，秦观自处州削秩徙郴州。绍圣四年，移横州编管。秦观在郴州寓居近一年，作词九首。⑤ 其中不乏如《踏莎行》（雾失楼台）、《点绛唇》（醉漾轻舟）等名篇。秦观贬谪郴州期间的词作，受到湖湘地域文化的深刻浸染。最鲜明的体现便是如同屈原的辞赋一样，借助于熔铸湖湘地域文化中的诸多物象、意象来抒发内心"何贞臣之无罪兮，被离谤而见尤"⑥的忧愁悲愤之感。

如《临江仙》：

千里潇湘接蓝浦，兰桡昔日曾经。月高风定露华清。微波澄不动，冷浸一天星。　　独倚危樯情悄悄，遥闻妃瑟泠泠。新声寒尽古今情。曲终人不见，江上数峰青。

---

① 《新唐书》卷一六八《柳宗元传》，中华书局1975年版，第5129页。
② 《文心雕龙注》卷一《辨骚》，第47页。
③ 同上。
④ 《旧唐书》列传卷一一〇，中华书局1975年版，第4210页。
⑤ 据秦观《秦观集编年校注》卷三十九，周义敢等编著，人民文学出版社2001年版。
⑥ 屈原：《楚辞·惜往日》，《楚辞补注·九章第四》，第150页。

此词是作者于绍兴二年十月，在贬谪郴州途中夜泊湘江之作。词中应用了湘妃的典故。"有虞二妃，帝尧二女也，长娥皇，次女英"，"舜陟方，死于苍梧。号曰'重华'。二妃死于江、湘之间，俗谓之湘君。"① 郦道元《水经注·湘水》云："大舜之陟方也，二妃从征，溺于湘江，神游洞庭之渊，出入潇湘之浦。"②《湘中记》曰："舜之二妃，死为湘水神，故曰湘妃。"湘妃的传说附丽于湖湘地域，并内化成为湖湘地域文化的一部分。屈原《九歌》是改造南郢之邑、沅湘之间的"祭祀之礼，歌舞之乐"而成，其中便有《湘君》、《湘夫人》二章。秦观《临江仙》之所以咏湘妃事，一方面是秦观夜泊湘江，即景写怀；另一方面为湘妃传说中所蕴含的幽怨悲哀的情调所触动。湘妃传说表现看起来是爱情悲剧，但秦观善于"将身世之感打并入艳情"。③ 事虽各异而情属同伤。《临江仙》最后两句化自唐钱起《省试湘灵鼓瑟》。"湘灵鼓瑟"，出自《楚辞·远游》"使湘灵鼓瑟兮，令海若舞冯夷"句。钱起《省试湘灵鼓瑟》有"曲终人不见，江上数峰青"句，亦有"冯夷空自舞，楚客不堪听。"楚客谓谁？"芳杜湘君曲，幽兰楚客词"（骆宾王《同辛簿简仰酬思玄上人林泉四首》其四）、"楚客肠欲断，湘妃泪斑斑"（岑参《秋夕听罗山人弹三峡流水》）、"楚客欲听瑶瑟怨，潇湘深夜月明时"（刘禹锡《潇湘神》），楚客当指经过潇湘的贬谪之人。"冯夷空自舞"，为其不能解湘灵瑟音中的"苦调凄金石"，而楚客之所以不堪听，则为其"新声含尽古今情"。可以说，《临江仙》中潇湘山水清冷、湘妃瑟曲泠泠意境，十分妥帖地衬托了秦观贬谪湖湘之际幽怨怅惘的心境。

又如《踏莎行》：

  雾失楼台，月迷津渡。桃源望断无寻处。可堪孤馆闭春寒，杜鹃声里斜阳暮。　　驿寄梅花，鱼传尺素。砌成此恨无重数。郴江幸自绕郴山，为谁流下潇湘去。

---

① 刘向：《列女传·有虞二妃》，《中华野史·先秦至隋朝卷》，泰山出版社2000年版，第12页。
② 郦道元注：《水经注疏》卷三十八《湘水》，杨守敬、熊会贞疏，段熙仲点校，陈桥驿复校，江苏古籍出版社1989年版，第3152页。
③ 周济：《宋四家词选目录序论》，《词话丛编》第二册，第1653页。

这首词应用了两则湖湘地域文化内容。其一是"桃源望断无寻处"的"桃源"。桃源说法不一,此处当为陶渊明《桃花源诗并记》中的桃花源。陶渊明诗、文虽属虚构,然因其文中有"武陵人捕鱼为业"语,故湖南武陵,下所隶桃源县,即因陶文之"桃花源"而得名。陶文似虚还实,遂演化成湖湘地域文化的组成部分。"'桃源'为避世之地,在郴西北,是本地风光,亦身世之感。"① 秦观贬谪郴州,"望想玉堂天上,如桃源不可寻,而自己意绪无聊也。"②

第二处用到湖湘地域文化内容的是"郴江幸自绕郴山,为谁流下潇湘去"。郴江,源出于郴州之黄岑山,北流而入耒水,至衡阳而东入于湘江。秦观用郴江水作为象喻,意近杜甫《佳人》诗"在山泉水清,出山泉水浊"。秦观当是怨恨自己不应离乡出仕,而卷入党争。

黄庭坚有言,秦观《踏莎行》乃"少游发郴州回横州,多顾有所属而作。语意极似刘梦得楚蜀间诗也。"③ 刘禹锡于永贞元年(805年)九月被贬,至宝历二年(826年)回京。其间刘禹锡多次迁徙,初贬朗州,后任夔州刺史等职。"巴山楚水凄凉地,二十三年弃置身"(刘禹锡《酬乐天扬州初逢席上见赠》)。贬谪期间,刘禹锡"吞声咋舌,显白无路"(刘禹锡《谢门下武相公启》)、"归目并随回雁尽,愁肠正遇断猿时"(刘禹锡《再授连州至衡阳酬柳柳州赠别》),其部分诗歌有瘴疠之叹,拘囚之思,郁然与骚人同风。另外,刘禹锡在贬谪期间,充分吸收民间文化,其部分诗歌的创作具有民歌风味以及楚、蜀地域文化色彩。黄庭坚言秦观《踏莎行》语意似刘禹锡楚、蜀间诗,即是着眼于贬谪之音和地域文化色彩两个方面。

秦观于郴州期间词中对湖湘自然环境的描写,也染上了贬谪期间特定的心境。如"潇湘门外水平铺。月寒征棹孤"(《阮郎归》)、"湘天风雨破寒初。……衡阳犹有雁传书。郴阳和雁无"(《阮郎归》)、"肠断、肠断。人共楚天俱远"(《如梦令》)等。要言之,秦观于郴州期间的词作,取法屈赋,将湖湘地域文化中的诸多物象与词人的贬谪情绪相结合,达到新的艺术高度。

---

① 陈匪石:《宋词举》(外三种),钟振振校点,江苏古籍出版社2002年版,第117页。
② 黄氏:《蓼园词评》,《词话丛编》第四册,第3048页。
③ 黄庭坚:《跋秦少游踏莎行》,《山谷集》别集卷十二,《文渊阁四库全书》本。

(二) 贬谪词与岭南地域文化

岭南，系指五岭以南地区，即宋代广南东路，广南西路，今广东、广西、海南一带。郦道元："古人云五岭者，天地以隔内外，况绵途于海表，顾九岭而弥邈，非复行路之岨径，信幽荒之冥域者矣。"① 郑樵亦曾指出，五岭之南，"非九州封域之内也。"② 岭南负山临海，属于热带、亚热带季风海洋性气候，环境湿热，中原人士甫到岭南，很难适应。"自岭已南二十余郡，大率土地下湿，皆多瘴厉，人尤夭折。"③ "峤南……以其有瘴雾，世传十往无一二返也。"④ 苏轼亦曾言："岭南天气卑陋，气蒸溽，而海南尤甚。秋夏之交，物无不腐坏者，人非金石，其何以能久？"⑤ 而五岭横绝的封闭环境，阻碍了岭南与中原的经济、文化交流，也使得岭南形成和保留了独特的民风习俗。"岭南州，大抵多卑湿瘴疠，其风土杂夷，自昔与中原不类。"⑥ 如"鼻饮跣行，好吹葫芦笙击铜鼓"⑦、"信鬼神，好淫祀，又云俗以鸡骨卜吉凶"⑧ 等，皆与中原异。苏辙先贬雷州，再贬循州，"所至言语不通，饮食异和。瘴雾昏翳，医药无有。岁行方闰，气候殊恶。昼热如汤，夜寒如冰。"⑨ 苏辙的这段话综合地反映了宋代士人对岭南的隔阂。

唐宋以来，岭南因为同国家权力中心较远，且环境恶劣，成为流人谪宦的编配安置之地。"岭南之人见逐客不问官高卑，皆呼为相公，想是见相公常来也。"⑩ 宋代贬谪岭南的词人较多，有苏轼、黄庭坚、秦观、李纲、李光、赵鼎、胡铨、洪皓、史达祖、张镃、吴潜等。"放臣逐客，一旦置远外，其忧悲憔悴之叹，发于诗什，特为酸楚，极有不能自遣者。"⑪

---

① 《水经注疏》卷三六，第 2998 页。
② 郑樵：《通志》卷四十，中华书局 1987 年版，第 549 页。
③ 《隋书》卷三一《地理志下》，第 887 页。
④ 朱弁：《曲洧旧闻》卷四，《宋元笔记小说大观》第三册，第 2983 页。
⑤ 苏轼：《东坡志林》卷八，中华书局 1981 年版，第 161 页。
⑥ 王守仁：《王文成公全书》续编卷二十九《送李柳州序》，《四部丛刊》初编本。
⑦ 王象之：《舆地纪胜》卷一〇四《广南西路·容州》，《宋代地理书四种》，文海出版社 1982 年版，第 586 页。
⑧ 王象之：《舆地纪胜》卷一〇五《广南西路·象州》，第 591 页。
⑨ 苏辙：《栾城集》后集卷二十《祭八新妇黄氏文》，上海古籍出版社 1987 年版，第 1386 页。
⑩ 佚名：《道山清话》，《宋元笔记小说大观》第三册，第 2935 页。
⑪ 周辉：《清波杂志》卷四"逐客"条，《宋元笔记小说大观》第五册，第 5050 页。

这些贬谪岭南的词人在岭南往往创作有较多的词。

同湖湘地域文化一样，岭南独特的地域文化也影响了贬谪词人，在贬谪词中，也有较多岭南地域文化的体现。如：

> 春牛春杖。无限春风来海上。便丐春工。染得桃红似肉红。
> 春幡春胜。一阵春风吹酒醒。不似天涯。卷起杨花似雪花。（苏轼《减字木兰花·己卯儋耳春词》）

> 瘴雨过，海棠开，春色又添多少。（秦观《醉乡春》）

> 谁念新州人老。几度斜阳芳草。眼雨欲晴时，梅雨故来相恼。休恼。休恼。今岁荔枝能好。（胡铨《如梦令》）

> 瘴气如云，暑气如焚，病轻时也是十分。（高登《行香子》）

鉴于其情况与湖湘地域文化对贬谪词的影响颇为类似，本节不再分析岭南地域文化对于贬谪词的影响，而将重点转向分析贬谪词人及其词对于岭南地域文化的影响。

贬谪岭南的词人，他们从国家的政治、文化、经济中心来到了偏远之所，大多数词人并不因此灰心丧气、在自怜自艾中不可自拔；相反，他们在贬谪期间，以他们巨大的人格与文化魅力感染与影响着岭南的地域文化。明人周孟中为广西左布政使时，曾缅怀桂林历代谪宦者的流风余韵："天地之正气，无乎不在。人生其间，惟君子得是气之正，由是随所遇而发，光明正大，精诚不二。其生也，人仰之；其没也，人思之，祠庙而烝尝之，焄蒿凄怆，如或见之……诸君子或生于斯，或仕于斯，或流寓于斯，或以忠义显，或以孝友称，或以政事名，或以武功奋，当大任而不疚，抗大义而不回，临大节而不变，虽时异势殊，而根于正气之发者，盖无有不同也。是故气之光明如日星，正大如山岳，精诚不二，贯金石而通神明，去今千百载，凛凛犹有生气。"① 苏轼评价韩琦对黄州当地文化的贡献时曾言："诗云：'有匪君子，如金如锡，如圭如璧。'金锡圭璧之所

---

① 周孟中：《桂林名宦祠碑》，汪森：《粤西文载》卷三十九，《文渊阁四库全书》本。

在，瓦石草木被其光泽矣。"① 移此语为评价岭南词人对岭南地域文化的贡献，亦是十分恰当的。

"万里惠州去，旅情应独伤。暮云牛岭暗，秋草雁池荒。古迹怀苏老，清吟和李纲。遥怜蛮聚落，从此识甘棠。"② 贬谪对于苏轼、李纲等宋代词人而言，是大不幸，但对于岭南地域文化来说，则是幸运。"名贤所至，山川生色，瞻丰采者，如快睹景星凤凰，虽世远年湮，犹将侈为胜事焉。潮处岭外蛮烟瘴雨之区，自古以为罪臣投荒之地。其以遣谪至者若常衮、李德裕、赵鼎等十数公，既以废置诸贤附于名宦之后，居官无惭于君国，虽窜谪犹升迁也。乾坤正气，蔚为正人，在一乡一国，则为乡国之光；足迹遍天下，天下人皆欲私而有之。"③ 这些贬谪词人在岭南布施德政、革除弊俗、兴办学校、教授生徒，有力地促进了当地文化的发展。如苏轼居惠州三年，惠州人竟言："风俗吾州以东坡重。"④ 又如李光被贬岭南，李纲作诗送行："郎官出宰乃故事，绝徼万里皆吾民。布宣德泽被蛮邑，犷俗可使风还淳。"⑤ 勉励李光在岭南布宣德泽，淳化犷俗。李光亦自言："予以放逐至此，时得与其士子相从文字间。"⑥ 与当时士子文人过从，传播了文化。胡铨被贬至朱崖，"或念公以有后命，家人为恸，公方著书怡然也。吉阳士多执经受业者，凡经坯冶，皆为良士。初吉阳贡士未尝试礼部，公勉之行。及位于朝，乃请广西五至礼部者，乞不限年，与推恩，自是仕者相踵。"⑦ 胡铨在崖州时，还教授黎族子弟，"黎酋闻邦衡名，遣子就学。"⑧

李光《儋耳庙碑》："近年风俗稍变，盖中原士人谪居者相踵，故家知教子，士风浸盛。应举终场者凡三百人，比往年几十倍。三郡并试时，得人最多。"⑨ 李光所言之"中原士人谪居者"，当然也包括了贬谪词人。应当说，贬谪词人对岭南地域文化的改变和提升不仅仅限于科举，而是全

---

① 苏轼：《苏轼文集》卷六十八《书韩魏公黄州诗后》，第2155页。
② 《华泉集》卷三《芮令尹之兴宁》，《文渊阁四库全书》本。
③ 《鹿洲初集》卷六《流寓小序》，《文渊阁四库全书》本。
④ 《宋本方舆胜览》卷三十六《惠州》，第341页。
⑤ 《梁溪集》卷一六《寄李泰发吏部》，《文渊阁四库全书》本。
⑥ 李光：《庄简集》卷十六《昌化军学记》，《文渊阁四库全书》本。
⑦ 杨万里：《诚斋集》卷一一八《胡铨行状》，《文渊阁四库全书》本。
⑧ 洪迈：《容斋随笔》三笔卷一《朱崖迁客》，第429页。
⑨ 李光：《庄简集》卷一六《儋耳庙碑》，《文渊阁四库全书》本。

面的改变与提升。

此外，贬谪词人的创作往往也成为岭南地域文化宝贵的一部分。如秦观创作有《添春色》一词。"少游在黄州，饮于海棠桥。桥南北多海棠，有老书生家于海棠丛间。少游醉宿于此，明日题其柱云：'唤起一声人悄。衾冷梦寒窗晓。瘴雨过，海棠晴，春色又添多少。　社瓮酿成微笑。半缺瘿瓢共舀。觉健倒，急投床，醉乡广大人间小。'东坡爱其句，恨不得其腔，当有知者。"① 其中，"黄州"当为"横州"之误。《舆地纪胜》卷113《横州·古迹》亦载此事。海棠桥在横州。《淮海先生年谱》引王济著《日询手镜》云："横州海棠桥，长百余尺，皆以铁为材，宋时所建者。其地建亭，亦名海棠亭。数年前，建业黄琮守州，改为淮海书院。"宋刘受祖曾作记曰："今之言宁浦者必曰海棠桥，言海棠必曰秦淮海。是州以海棠桥重，桥以秦淮海重，桥名海棠，未可更也。"② 明吴时来撰《海棠祠碑》云："海棠祠，祠宋臣淮海先生秦观也，在横州郊西之海棠桥侧，即先生故所寓地。后人高先生之风，为亭其上，又改为书院……嘉靖乙卯，南海高君士楠来守州事，因亭宇圮坏，方积需谋为修之。适先生之后人有秦某者，以灵山丞过横，复以请于高君。乃为之立栋宇，筑垣墙，将迎先生，主祠其中，于是议专祀。"③ 秦观因于横州海棠桥作《添春色》词，从此，桥以词重，桥因词名，而秦观也被当地立祠纪念，成为当地地域文化的骄傲。

第二节　地域文化时代变迁与词的创作
——以镇江为例

地域文化具有历史的承续性与相对的稳定性，但同时地域文化也是时代各种因素（如政治、经济、思想观念等）在特定地域的特定投影。当时代急剧变化，某一地域文化也会因为其特殊地理位置与地理形势，相应地发生巨大的改变。如北宋与南宋的镇江地域文化，差异就十分显著。地域文化的时代变迁，对词的创作又会产生哪些方面的影响？北宋、南宋镇

---

① 胡仔：《苕溪渔隐丛话》前集卷五十引《冷斋夜话》，第340页。
② 《粤西文载》卷三十四《海棠桥记》，《文渊阁四库全书》本。
③ 黄宗羲：《明文海》卷六十九《海棠祠碑》，中华书局1987年版，第633页。

江词的题材和风格与地域文化时代变迁的关联相当紧密，而且在两宋词坛上具有普遍性和典型性。本节即以镇江为例，进行地域文化时代变迁与词的创作的探讨。

一 镇江地域文化的北宋、南宋变迁

镇江，古称朱方、丹徒、铁瓮城、京口、南徐州、润州。宋太祖开宝八年（975年）改润州镇海军为镇江军。宋徽宗政和三年（1113年）升润州为镇江府（元代叫镇江路、明初曾称江淮府），从此镇江名称沿用至今。本书为叙述方便，统称镇江。

镇江位于长江下游南岸的沿江冲积平原及其附近的黄土阶地上，京杭大运河与长江在此交汇，所以镇江南北东西，航路四达，苏轼有诗："东来贾客木棉裘，饮散金山月满楼。夜半潮来风又熟，卧听箫管到扬州。"① 形象地说明了镇江发达的航运；陆路交通也"东通吴、会，南接江湖，西连都邑"②。《太平寰宇记》言："京口西距汉沔，东连海峤，为三吴襟带之邦，百越舟车之会。"③ 因此，镇江是交通便利的水陆要津。

镇江拥有群山拱卫、一水横陈的地貌特征。宁镇山脉自西向东，镇江以南的丹徒、句容、金坛三县交界处有茅山山脉略呈南北走向；十里长山绵亘镇江西南；黄鹤山、小九华山、京岘山等耸峙城郊；金山、北固山峙秀江滨，东西相对；向东六十里外的江边，则有圌山、五峰山等形成江防要塞。"山是千重嶂，江为四面壕"④，镇江自古以城高隍深、易守难攻著称。"以长江为天堑，诸山环列，阻其三方，自古形胜之地，虽不设备，险过金汤矣。"⑤ 顾祖禹《读史方舆纪要》引《江防考》云："京口西接石头，东至大海，北距广陵，而金、焦障其中流，实天设之险。"对于长江以南的地方政权而言，镇江实为军事重镇，宋汪藻："千山所环，中横巨浸，形胜之雄，控制南北。"陈亮也指出："京口连冈三面而大江横陈，江旁目极千里，其势大略如虎之出穴，而非若穴之藏虎。"⑥ 镇江的重要意义还不仅在于其易守难攻的地理形势，还因为其是建康门户、东南屏

---

① 黄彻：《䂬溪诗话》卷六，丁福保：《历代诗话续编》，第377页。
② 《隋书》卷三十一《地理志下》，第887页。
③ 王象之：《舆地纪胜》卷七，《宋代地理书四种》，文海出版社1971年版，第77页。
④ 刘禹锡：《浙西李大夫述梦四十韵并浙东元相公酬和斐然续声》，《刘禹锡集笺注》，上海古籍出版社1989年版，第1392页。
⑤ 《至顺镇江志》卷二，江苏古籍出版社1999年版，第7页。
⑥ 陈亮：《戊申再上孝宗皇帝书》，《陈亮集》，中华书局1974年版，第16页。

障,"(京口)因山为垒,缘江为境。……京口常为重镇。"① 故而,作为战略要冲的镇江,向来是兵家必争之地。

北宋王令《润州山游记》言:

> 润之地倚江,其城亦倚山而为固。自汉唐之乱,方天下之分时,润常当战冲,其祸久结而不改,世传其民为甚苦。方其平时,伐山刊林,下浮于江海,其它鼋鱼茭蕨萑苇薪炭,以擅其饶,食用既足,弃其余于旁,近至犹得其赢资。又因其山水之胜,岁时之闲,凭高以临远,思去者以望来,皆生游其间而死葬其下,其民顾亦独乐也。州之南北通河江,故其俗轻有舟,于其岁时,都人士女之出无马,俗不用车舁,其游皆委蛇皇暇,故于山泉之微,木石之细,遇有过异,辄得传一州以为观,宜其事物载于民间者多也。②

王令的这段话,基本概括了历史上和平与战争两种不同时期镇江地域文化的变化。在岁平之时,"京口依山濒江,故多山林川泽之利,凡稼穑、丝枲、虫鱼、草木、果蔬之属,虽细大不齐,然兹地所生皆曰土产。"③ 物产丰富,加之其发达的水陆交通,民生其间而得其乐,镇江地域文化也呈现出相应的内容;而当处于分裂与战乱的时代,镇江作为战略要地,"其祸久结而不改",其地域文化也与和平时期迥然相异。北宋、南宋两个时期的镇江地域文化,也反映了和平、战争时期的差异。

北宋时期的镇江,一直比较安定。赵宋开国之初,在消灭南唐政权时,曾由吴越国出兵,于开宝八年(975年)攻克镇江。攻伐江南之际,宋太祖曾下令:"城陷之日,慎无杀戮。"④ 战事停止后,宋太祖"赦江南,复一岁;兵戈所经,二岁。"⑤ 因此,无论是金陵,还是镇江,虽然易主,但基本上没有遭受太大的破坏,其财富得以保存。终其北宋一朝,镇江因连接东西、贯穿南北的交通枢纽地位,其经济一直较为发达。

两宋之交,宋金战争频繁,金兵时而南下,时而北返,镇江正当其

---

① 杜佑:《通典》,中华书局1984年版,第965页。
② 王令:《广陵集》卷二十三,《文渊阁四库全书》本。
③ 《至顺镇江志》卷四,第113页。
④ 《宋史》本纪三《太祖三》,第43页。
⑤ 同上书,第45页。

冲。后南宋王朝建都临安，据江山半壁与北方金国对峙，长江天堑成为边防前线，镇江地方经常驻扎重兵，控扼江口，成为抵御金兵南下的江防要塞。镇江亦曾发生过较大的战事。宋高宗建炎四年（1130年），金兵十万北返，韩世忠以八千兵在镇江拦截，大战于江心，围困金兵四十余日。此即著名的"黄天荡之战"。宋恭帝德祐元年（1275年）二月，元军占领镇江，七月，宋元两军在焦山江面大战，宋军大败。焦山水战亦是宋元之际较为重要的战役之一。

北宋、南宋不同的时代形势，对于镇江地域文化的影响是深刻的。北宋苏轼，在其一生曾十余次途经镇江，留下百余篇的诗词作品。其作品以描写镇江的名山胜迹，以及与镇江士人的交往为主，于镇江的战略、军事地位则鲜有提及。这从一个侧面反映了北宋镇江地域文化的特征。而作于南宋的《嘉定镇江志》①，其卷三于"风俗"外，另列"攻守形势"的内容，叙述了发生于镇江的历代重要战事。元代《至顺镇江志》，则省去这个部分。其他地域的方志一般也不列这一部分。《嘉定镇江志》的编写特色，同南宋镇江地域文化中"江防重镇"的因素是分不开的。

二 两宋镇江词题材的时代变迁

北宋、南宋镇江地域文化的不同，影响到了镇江词的创作。南宋镇江词较之于北宋镇江词，不仅在同一题材中融入了新的感慨，还新增了一些题材。北宋镇江词与南宋镇江词在艺术手法与艺术风格上也有诸多不同。

先言同一题材的创作。如北宋、南宋的镇江词，"送别"是比较常见的题材。北宋镇江送别词较著名的有苏轼的《南歌子·别润守许仲涂》、《昭君怨·金山送柳子玉》、《少年游·润州作》等。南宋镇江送别词较著名的有陆游的《浪淘沙·丹阳浮玉亭席上话别》、杨炎正的《蝶恋花·别范南伯》、刘过的《念奴娇·留别辛稼轩》等。除了送别词，两宋途次镇江的羁旅行役词也是较为常见的题材。北宋有张先的《南乡子》（何处可魂消）、苏轼的《西江月·送别》、贺铸的《鸳鸯语》（京口抵）等。南宋有陈德武的《水龙吟·和雪后过瓜洲渡韵》、方岳的《望江南·乙未生日，时赴官淮东，以是日次南徐》、刘过的《谒金门·次京口赋》等。

镇江的地理位置及其便利的水陆交通，是北宋、南宋镇江词中"送别"、"羁旅行役"题材比较丰富的一大原因。镇江襟淮带江，是漕运咽

---

① 卢宪：《嘉定镇江志》二十二卷，首一卷，《续修四库全书》本。

喉，行旅要冲。镇江的交通要扼地位，并没有随着两宋政治形势的变更而发生太大的变化。如南宋嘉定年间仍有论者认为："国家驻跸钱塘，纲运粮饷，仰给诸道，所系不轻。水运之程，自大江而下至镇江则入闸，经行运河，如履平地，川、广巨舰，直抵都城，盖甚便也。"① 镇江在北宋、南宋均为水陆要津，词人们在这里，送往迎来，冠盖相望，自然创作有丰富的送别词与羁旅行役词。然而，北宋、南宋词还是颇有差异的。

试比较：

尘心消尽道心平。江南与塞北，何处不堪行。（苏轼《临江仙·辛未离杭至润，别张弼秉道》）

霜满袖，茶灶借僧庐。湖海甚豪今倦矣。（方岳《望江南》）

京江抵、海边吴楚。铁瓮城、行胜无今古。北固陵高，西津横渡。几人携手分襟处。（贺铸《鸳鸯语》）

一江离恨恰平分。安得千寻横铁锁，截断烟津。（陆游《浪淘沙·丹阳浮玉亭席上话别》）

欲去又还不去。明日落花飞絮。飞絮送行舟。水东流。（苏轼《昭君怨·金山送柳子玉》）

离恨做成春夜雨。添得春江，划地东流去。弱柳系船都不住。为君愁绝听鸣橹。（杨炎正《蝶恋花·别范南伯》）

北宋的送别词或羁旅行役词，缺乏镇江地域文化的特色，同其他地域的送别词或羁旅行役词并没有本质上的区别。情感上虽然有些许的感伤，但也不乏"何处不堪行"的宽慰。而南宋时期，镇江地域文化的特色得到有意识的彰显，同时，也开始融入了时代感慨。情感则倾向于沉重悲凉。如方岳的《望江南》小序言："乙未生日，时赴官淮东，以是日次南

---

① 《宋史》卷九十七《河渠志》，第2406页。

徐，泊舟普照寺下，侍亲具汤饼。寺中门有扁曰寿丘山，亲意欣然，盖以丘山为岳字云。"普照寺，在镇江寿丘山巅。而陆游的《浪淘沙》，乃作于浮玉亭（亦是镇江名胜），"安得千寻横铁锁，截断烟津"，千寻铁锁，事出东吴孙皓为对抗王濬大军，"吴人于江险碛要害之处，并以铁锁横截之，又作铁锥长丈余，暗置江中，以逆距船。"送别之词而暗寓历史风云、现实感慨。而且，南宋时期的词作，情感上充满了离恨愁绝、湖海倦游的沉痛。南宋王朝偏安东南一隅，残山剩水，国运衰败，影响到词人的心理，也较之于北宋词人，更加悲凉，所以在词作中也有自然的流露。

除了送别词与羁旅行役词外，不论是北宋还是南宋的镇江词，都对镇江的名山胜迹，给予了较多的关注。多景楼、北固亭（或北固楼）、连沧观、浮玉亭、焦山、金山、北固山等常常是词人登临题咏之处。"镇江山川奇丽，甲于江左，诸名胜诗文最足相副。"[①] 镇江题咏词之所以丰富，是因为镇江山川奇丽，也因为镇江名胜繁多。北宋仲殊曾有《定风波》词十首分咏瓮城、花山李卫公园亭、渌水桥、沈内翰宅百花堆、刁学士宅藏春坞、多景楼、金山寺化城阁、陈丞相宅西楼、苏学士宅绿杨村及京口风光。仲殊所咏均是镇江名胜。如其六"多景楼"：

南徐好，多景在楼前。京口万家寒食日，淮南千里夕阳天。天际几重山。　莺啼处，人倚画阑干。西塞烟深晴后色，东风春减夜来寒。花满过江船。

两宋镇江词作中，以题咏多景楼词数量最多，质量最高。著名的词作如苏轼《采桑子·润州多景楼与孙巨源相遇》、仲殊《定风波·独登多景楼》、陈亮《念奴娇·登多景楼》、程珌《水调歌头·登甘露寺多景楼望淮有感》、刘学箕《唐多令·登多景楼》、陆游《水调歌头·多景楼》、杨炎正《水调歌头·登多景楼》、吴潜《沁园春·多景楼》等。多景楼，《嘉定镇江志》卷十二《宫室》："多景楼在甘露寺，天下之殊景也。"[②] 米芾《净名斋记》："江山万里，十郡百邑，临流为隍者，惟吾丹徒。重楼参差，巧若图刻，云霞出没而天光不夜，高三景、小万有者，惟吾甘

[①] 《乾隆镇江府志》卷四十四《艺文一》，江苏古籍出版社1991年版，第284页。
[②] 《嘉定镇江志》卷十二《宫室》，《续修四库全书》本。

露。东北极海野，西南朝数山者，谓之多景。"张邦基《墨庄漫录》卷四称："镇江府甘露寺在北固山上，江山之胜，烟云显晦，萃于目前。旧有多景楼，尤为胜览之最。盖取李赞皇《题临江亭》诗'多景悬窗牖'之句，以是命名。"①"元符后因焚荡再建，然非旧址。唯东面可眺，三隅暗甚。"②"下临峭壁，岸稍稍坏，难于立屋。"③后乾道庚寅（1170年），"主僧化昭危之，乃相地于寝室之西，为屋五楹，榜以元章旧迹，登者以为得江山之胜。盖东瞰海门，西望浮玉，江流萦带，海潮腾迅。而维扬城堞浮图，陈于几席之外。断山零落，出没于烟云杳霭之间。至天清月明，一目万里。……京口气象雄伟，殆甲东南。北固濒江而山，耸峙斗绝，在京口为最胜处。"④陈天麟所言"元章旧迹"，米芾字元章，旧迹曰"天下第一江山"，最初为梁武帝书赠甘露寺⑤，后宋吴琚曾题榜之。《嘉定镇江志》卷十二："多景楼，……其后秘撰耿秉重修。吴琚诗云：'几年殊草创，今日见天成。'榜曰'天下第一江山'。"之所以称"元章旧迹"，盖"吴琚书似米元章，而峻峭过之。今京口北固，'天下第一江山'六大字额，乃琚书也。"⑥

"北固濒江而山，耸峙斗绝，在京口为最胜处。"⑦北固山除甘露寺多景楼外，亦有北固亭（或作北固楼）。"北固楼在丹徒县城北一里北固山上，下临长江，三面皆水。晋蔡谟建。"⑧北固楼也是词人们经常登临题咏之处。如辛弃疾《永遇乐·京口北固亭怀古》、《南乡子·登京口北固亭有怀》，岳珂《祝英台近·北固亭》，姜夔《永遇乐·次稼轩北固楼词韵》等，北固楼因与多景楼均在北固山上，宋人有时也将两楼并言之，如辛弃疾《南乡子》题为："登京口北固亭有怀"，王奕的和作题作"和辛稼轩多景楼"，盖皆登临之作，而将两楼混而为一之故。

北宋的多景楼词，大多较注重个体情感的抒发。如仲殊《定风波·独登多景楼》下阕："山色入江流不尽，古今一梦莫思量。故里无家归去

---

① 张邦基：《墨庄漫录》卷四，《宋元笔记小说大观》第五册，第4681页。
② 《至顺镇江志》卷九"僧寺·甘露寺"条，第358页。
③ 同上。
④ 《至顺镇江志》卷九"僧寺·甘露寺"条引宋镇江郡守陈天麟《多景楼记》，第358页。
⑤ 王直：《抑庵文集》后集卷五《甘露寺兴造记》，《文渊阁四库全书》本。
⑥ 《御定佩文斋书画谱》卷三十五"吴琚"条，《文渊阁四库全书》本。
⑦ 《至顺镇江志》卷九"僧寺·甘露寺"条引宋镇江郡守陈天麟《多景楼记》，第358页。
⑧ 《江南通志》卷三十二，《文渊阁四库全书》本。

懒。伤远。年华满眼多凄凉。"历史的感慨"古今一梦"被"莫思量"轻轻带过，词人独登多景楼，念兹在兹的是故里无家，年华凄凉的人生境况。苏轼的《采桑子·润州多景楼与孙巨源相遇》情绪的表达就更加乐观，"多情多感仍多病"之"多"，是为了照应"多景楼"之"多"字而为文生情，更何况，一切不过"回头一笑空"。到了南宋，多景楼词及北固楼词的格调为之一变。如：

江左占形胜，最数古徐州。连山如画，佳处缥渺著危楼。鼓角临风悲壮，烽火连空明灭，往事忆孙刘。千里曜戈甲，万灶宿貔貅。（《陆游《水调歌头·多景楼》）

何处望神州。满眼风光北固楼。千古兴亡多少事，悠悠。不尽长江滚滚流。（辛弃疾《南乡子·登京口北固亭有怀》）

豪杰说中州。及此见题多景楼。曹石当年徒浪耳，悠悠。岁月滔滔江自流。（王奕《南乡子·和辛稼轩多景楼》）

天地本无际，南北竟谁分。楼前多景，中原一恨杳难论。（程珌《水调歌头·登甘露寺多景楼望淮有感》）

算当时多少，英雄气概，到今惟有，废垅荒丘。梦里光阴，眼前风景，一片今愁共古愁。人间事，尽悠悠且且，莫莫休休。（吴潜《沁园春·多景楼》）

较之于北宋词，南宋的多景楼词及北固楼词，在视阈上比较开阔，空间上：天地、南北、千里、长江、神州、中州等，时间上：千古、古今、"往事"、"当时"、"人间事"等。空间与时间的纵横捭阖，增加了词的容量。词作不再局限于个人悲戚的浅斟低唱，而将"千古兴亡"与"眼前风景"结合起来，在情感的深度与广度上着力开拓，取得了与北宋词迥然相异的艺术成就。

不仅仅是多景楼和北固楼，应当说北宋、南宋对镇江景观的描绘均有较大不同。北宋镇江词较多歌咏镇江秀美的风光，如：

北固山前三面水。碧琼梳拥青螺髻。（苏轼《蝶恋花·送春》）

灯摇蜡焰香风软。落日烟霞晴满眼。欲仗丹青，巧笔彤牙管。解写伊川山色浅。谁能画得江天晚。（仲殊《蝶恋花》）

京江抵、海边吴楚。铁瓮城、行胜无今古。北固陵高，西津横渡。几人携手分襟处。凄凉渌水桥南路。（贺铸《鸳鸯语》）

绿水小河亭，朱阑碧甃。江月娟娟上高柳。画楼缥缈，尽挂窗纱帘绣。（毛滂《感皇恩·镇江待闸》）

而南宋词则对镇江的地理形势，战略地位有更多的关注。如：

一水横陈、连冈三面，做出争雄势。（陈亮《念奴娇》）

江左占形胜，最数古徐州。连山如画，佳处缥渺著危楼。（陆游《水调歌头》）

铁瓮古形势，相对立金焦。长江万里东注，晓吹卷惊涛。（吴潜《水调歌头·焦山》）

面前直控金山。极知形胜东南。更愿诸公著意，休教忘了中原。（李好古《清平乐》）

南宋极其紧迫的政治形势，使得词人对镇江的美丽景观无暇顾及，而更多地考虑到其在国家政治中的地位与作用。

北宋、南宋镇江词的不同，还体现在不同题材作品的出现。北宋的镇江词中，几乎没有怀古词作。北宋词人的登临之作，如苏轼《采桑子·润州多景楼与孙巨源相遇》、仲殊《定风波·独登多景楼》等，也缺少怀古的意蕴。而南宋词人甫至镇江，便追忆起历史。镇江这一舞台曾上演过许多六朝兴亡的篇章。三国时孙权在此地筑铁瓮城，号曰"京城"，作为东吴建国的基础,后改都建业,从此京口成为六朝首都屏障。《至顺镇江志》引《唐图经》:"古号铁瓮城者,以其坚固如金城之类。"① 晋愍帝建兴元年(313年),祖逖自京口率部曲百余家击楫渡长江,意欲收复中原失地,功败于垂成。南朝宋刘裕起兵京口,声讨桓玄,取代了东晋王朝。而南齐、南梁的立国者萧道成、萧衍均为南徐州南兰陵(今丹阳东)人。"伤心人别有怀抱"的南宋词人,到了镇江,想起这些历史,"别有一番滋味在心头"。而那些击楫中流的历史英雄,又感染常怀振复之志的南宋词人,让他们慨叹再三。著名的怀古词有辛弃疾《永遇乐·京口北固亭怀古》、《南乡子·登京口北固亭怀古》等,有的词作虽然没有言明为怀古词,但词的怀古特征很明显,如:

> 问兴亡,成底事,几春秋。六朝人物,五胡妖雾不胜愁。休学楚囚垂泪,须把祖鞭先著,一鼓版图收。惟有金焦石,不逐水漂流。(赵善括《水调歌头·渡江》)

> 绸缪。千古恨,纷纷离合,晋宋曹刘。望长安何处,落照西头。往事苍苔陈迹,夷吾在、吾属何愁。清樽畔,谁能为我,一曲舞梁州。(李曾伯《满庭芳·丙午登多景楼和王总侍韵》)

> 混隋陈,分宋魏,战孙曹。回头千载陈迹,痴绝倚亭皋。惟有汀边鸥鹭,不管人间兴废,一抹度青霄。安得身飞去,举手谢尘嚣。(吴潜《水调歌头·焦山》)

镇江地域文化本来就是由多个层面组合而成,其既有秀丽的自然风光,也有着深厚的历史底蕴。当金兵南下牧马、南宋朝廷据江而守之时,词人们对镇江地域文化的表现就相对集中于六朝时期在镇江活动过的"风流人物"。这不是简单的比附,而是暗寓着词人恢复失地,再图中原的渴盼。

三 两宋镇江词艺术手法艺术风格的时代变迁

不同的题材需要不同的艺术手法与艺术风格与之相匹配。南宋时的镇

---

① 《至顺镇江志》卷二,第10页。

第二章 地域文化转换变迁与词的创作

江词，比之北宋词，融入了更多的时代风云，在艺术的手法和风格上也有诸多突破之处。试以析之。

北宋镇江词大多直抒胸臆，所以词作中较少运用典故。南宋的镇江词较多地应用了六朝的典故，而且有的词作典故密集，甚至有"掉书袋"之嫌。如辛弃疾名作《永遇乐·京口北固亭怀古》：

> 千古江山，英雄无觅，孙仲谋处。舞榭歌台，风流总被，雨打风吹去。斜阳草树，寻常巷陌，人道寄奴曾住。想当年，金戈铁马，气吞万里如虎。　　元嘉草草，封狼居胥，赢得仓皇北顾。四十三年，望中犹记，烽火扬州路。可堪回首，佛狸祠下，一片神鸦社鼓。凭谁问，廉颇老矣，尚能饭否？

这首词作于开禧元年（1205年）辛弃疾镇江知府任上。此前一年（嘉泰四年）韩侂胄定议伐金，时为浙东发抚使的辛弃疾曾拜见韩侂胄，言"金国必亡，愿属大臣备兵，为仓卒应变之计。"① 所以，此词"北顾"之意极浓。宋翔凤《乐府余论》："辛稼轩《永遇乐·京口北固亭怀古》一词，意在恢复，故追数孙刘，皆南朝之英主。"辛词虽曰怀古，实寓伤今之意，其对孙权、刘裕的追述，有着深刻的现实意义。孙权以区区之地，抗衡曹魏，鼎峙江东，而"英雄无觅"、"风流总被，雨打风吹去"，颇有时无英雄，谁御外侮之意；"想当年，金戈铁马，气吞万里如虎。"极写刘裕北伐声威，回忆当年盛况，感叹现实萧条。下阕用宋文帝事。刘义隆急于事功，用王玄谟等仓促北伐，以至于两淮残破、胡马饮江。辛词的着眼点仍是与北伐相关史事。陈洵云此词"全为宋事寄慨"②，诚为至论。又岳珂曾对辛弃疾言此篇："用事多耳"，而辛弃疾也颇以为然："夫君实中予痼。"③ 此词应用了孙权、刘裕、刘义隆、廉颇等典故，除廉颇一事外，均是有关镇江的史实，属"本地风光"，所以，用典虽密，脉络可寻，故有论者以为："辛词当以京口北固怀古永遇乐为第一。"④

南宋镇江词运用典故时的手法大多与辛弃疾《永遇乐》类似，它们

---

① 陈邦瞻：《宋史纪事本末》卷八十三《北伐更盟》，中华书局1977年版，第925页。
② 陈洵：《海绡说词·宋辛弃疾稼轩词》，《词话丛编》第五册，第4876页。
③ 岳珂：《桯史》卷三《稼轩论词》，《宋元笔记小说大观》第四册，第4359页。
④ 冯金伯辑《词苑萃编》卷五引《升庵词话》语，《词话丛编》第二册，第1870页。

大量运用与镇江地域文化相关的典故,并为现实寄慨。如:

> 因笑王谢诸人,登高怀远,也学英雄涕。凭却长江管不到,河洛腥膻无际。正好长驱,不须反顾,寻取中流誓。小儿破贼,势成宁问疆场。(陈亮《念奴娇·登多景楼》)

> 鼓角临风悲壮,烽火连空明灭,往事忆孙刘。(陆游《水调歌头》)

> 天下英雄谁敌手?曹刘。生子当如孙仲谋。(辛弃疾《南乡子·登京古北固亭有怀》)

> 英风追想孙刘。似黑白两奁棋未收。(程公许《沁园春》)

> 击楫誓中流,剑冲星、醉酣起舞。(曹冠《蓦山溪·渡江咏潮》)

> 关情处,是闻鸡半夜,击楫中流。(陈人杰《沁园春》)

> 江涛还此,当日击楫渡中流。(方岳《水调歌头·九日多景楼用吴侍郎韵》)

陈亮、曹冠、方岳等用到的"击楫中流"典,亦是与镇江地域文化相关的典故,见《晋书·祖逖传》。祖逖,河北范阳人,西晋末年徙居丹阳之京口,"以社稷倾覆,常怀振复之志,……帝乃以逖为奋威将军、豫州刺史,给千人廪,布三千匹,不给铠仗,使自招募。仍将本流徙部曲百余家渡江,中流击楫而按誓曰:'祖逖不能清中原而复济者,有如大江!'辞色壮烈,众皆慨叹。"① 祖逖渡江处,正在京口。

镇江地域文化厚重丰富,有多个侧面,南宋镇江词独独钟情六朝典故,反映了南宋时期政治形势影响下,镇江地域文化中那些进取中原、意图恢复的部分得到重视和凸显。

---

① 《晋书》卷六十二《祖逖传》,中华书局1974年版,第1695页。

此外，在词调的使用上，北宋与南宋的镇江词也有不同之处。北宋镇江词多为《少年游》、《南歌子》、《采桑子》、《减字木兰花》、《定风波》等字数较少的词调。南宋镇江词多为《永遇乐》、《满江红》、《水调歌头》、《念奴娇》、《水龙吟》、《六州歌头》等字数较多的长调。字数较多，容量较大的长调，在艺术表现上更具腾挪跳跃的空间与功能，更适宜表现复杂多变的感情。镇江群峰环抱，大江横江的地理形势，极易激发起南宋词人感愤国事，痛彻时局的情感。处有为之地，而恢复无望，词人伤时悼今，短语不足以道深情，选择艺术表现力丰富的长调也就是情理之必然。

就艺术风格而言，北宋镇江词的风格比较普通，和北宋其他地域的词作没有太大的区别，并没有呈现出太多的镇江地域文化色彩。具体词人的词风也并没有因为词人身处镇江而发生转变。与之不同的是，南宋镇江词，大多较为慷慨悲凉。如：

> 月下鸣榔，风急怒涛飚。关河无限清愁，不堪临鉴。正霜髯、秋风尘染。（岳珂《祝英台近·北固亭》）

> 南北区分，江山形胜，忧愤令人扶上楼。沈凝久，任斜飞雪片，急洒貂裘。（程公许《沁园春·用履斋多景楼韵》）

> 何处浣离忧。消除许大愁。望长江、衮衮东流。一去乡关能几日，才屈指、又中秋。（刘学箕《糖多令·登多景楼》）

> 春去春来，潮生潮落，几度斜阳人倚楼。堪怜处，怅英雄白发，空敝貂裘。（李曾伯《沁园春·丙午登多景楼和吴履斋韵》）

> 忽醒然，成感慨，望神州。可怜报国无路，空白一分头。（杨炎正《水调歌头·登多景楼》）

类似的词作还有张孝祥的《水调歌头·金山观月》，陈亮的《念奴娇·登多景楼》，辛弃疾的《永遇乐·京口北固亭怀古》、《南乡子·登京口北固亭有怀》，毛开的《水调歌头·次韵陆务观陪太守方务德登多景楼》，吴潜的《水调歌头·焦山》、《水调歌头·江淮一览》，李好古的《水调歌头·和金焦》，吴琚的《念奴娇·题浮玉石簰山》，杨炎正的《水调歌头·登多景楼》，黄机的《霜天晓角·金山吞海亭》、《六州歌头·次岳总干韵》，蔡戡的《水调歌头·南徐秋阅宴诸将，代老人作》等。值得注意的是，一些南宋雅词派的词人，因受到镇江地域文化的影响，所创作的镇江词也颇为慷慨悲凉。如姜夔词风醇雅，然其镇江词也同大多数的镇江词一样，感慨今昔，沉痛悲凉。如《永遇乐·次稼轩北固楼词韵》：

云隔迷楼，苔封狠石，人向何处。数骑秋烟，一篙寒汐，千古空来去。使君心在，苍厓绿嶂，苦被北门留住。有尊中酒差可饮，大旗尽绣熊虎。　　前身诸葛，来游此地，数语便酬三顾。楼外冥冥，江皋隐隐，认得征西路。中原生聚，神京耆老，南望长淮金鼓。问当时、依依种柳，至今在否。

此词典故的运用跟大多数的镇江词一样，都是"本地风光"。如"狠石"，在北固山甘露寺，头如伏羊，相传孙权曾踞其上与刘备共商抗曹大事。又如"尊中酒差可饮"，语出《南徐州记》："桓温常曰：'京口酒可饮，箕可用，兵可使。'"① 再如"楼外冥冥，江皋隐隐，认得征西路"一语亦与镇江地域文化有关。东晋桓温拜征西大将军，北讨苻秦；宋武帝刘裕北伐中原，镇江均是重要的备战之地。除了典故的应用以外，姜夔此词次辛弃疾《永遇乐·京口北固亭怀古》韵，风格也颇为类似。一开篇即感叹时无英雄："人向何处？"下阕用桓温事。"桓公北征，经金城，见前为琅邪时种柳，皆已十围，慨然曰：'木犹如此，人何以堪。'攀枝执条，泫然流泪。"② 姜夔运用这种英雄暮年，有志难酬的典故，有效地烘托了词作苍凉沉痛的气氛，达到了慷慨悲凉的艺术风格。姜夔词的主体风格是醇雅一路，而这首镇江词的风格却略同于辛弃疾的词风。这是南宋镇江地域文化影响的结果。正是在这种地域文化的影响下，南宋镇江词整体显现出慷慨悲凉的风格。

---

① 徐震堮：《世说新语校笺·捷悟》引《南徐州记》，中华书局1984年版，第320页。
② 《世说新语校笺·言语》，第64页。

第三章　地域文化与宋词流派
——以江西为例

关于宋词流派，历代均有论述。今人吴熊和《唐宋词通论》第四章《词派》[①]、刘扬忠《唐宋词流派史》[②]对唐宋词的流派更是条分缕析，细致精详。本书在他们研究的基础上，引入地域文化的视角，考察地域文化对宋词流派的发生、发展和流派特征的影响。

当然，并非所有宋词流派的形成都与地域文化有关系，也并非所有的地域文化都能孕育产生宋词流派。多方面的因素，都能导致文学群体的集聚，地域因素只是其中的可能之一。地域因素之所以影响宋词流派的形成，主要有三个方面的原因。在同一地域文化的陶冶与熔铸下，词人们在文学风格与文学理论主张方面往往有较一致的倾向性。这种倾向性是他们腹心相照、声气相求的第一个原因。第二个原因是同一地域，过从方便，促进词人之间友情的培养；交流便捷，也利于理论主张和词作的传播，有利于创作上的相互借鉴与学习。第三个原因则是基于桑梓之情的亲近或其他地域集团利益的考虑。

理论的阐发仍然需要实例的验证。而个案的探究则有助于理论的发现。本章即以"江西"为例考察，以期在验证地域文化如何决定了宋词流派的形成，又如何影响了宋词流派的品格与特性。

本章所谓"江西"，乃依照今之行政区划。江西地处中国东南偏中部长江中下游南岸，可谓"吴头楚尾，粤户闽庭"，三面环山，背沿江汉，是一个较为完整的自然地理单元，在地域文化上也具有同质性。其地域范围上，大致相当于汉代的豫章郡，涵盖了宋代的洪州（南宋改为隆兴府）、江州、虔州（南宋改为赣州）、吉州、袁州、抚州、筠州（南宋改

[①] 吴熊和：《唐宋词通论》，商务印书馆2003年版。
[②] 刘扬忠：《唐宋词流派史》，福建人民出版社1999年版。

为瑞州)、饶州、信州、南康军、南安军、临江军、建昌军等。宋代江南西路的兴国军,今属湖北省;而江州在北宋时曾隶属江南东路;南康军在南宋时属江南东路。故从自然地理和历史地理两方面考虑,以江西作为地域单元,较为简便与合理。

江西自古"光岳萃英,江山得气,人杰之生,每因于地,大江迤西,川原秀丽,斗牛舒华,人物挺异"。① 两宋时期江西更是文化辉煌,人才辈出。"古者江南不能与中土等,宋受天命,然后七闽、两浙与夫江之西、东,冠带诗书,歙然大盛。人才之盛,遂甲天下。"② 北宋李觏、王安石,南宋陆九渊、陆九龄兄弟,都是儒学史上的领军人物。③ 江西文学上的成就更是令人瞩目。"江西自欧阳子以古文起于庐陵,遂为一代冠冕,后来者莫能与之抗。其次莫如曾子固、王介甫,皆出欧门,亦皆江西人。老苏所谓执事之文,非孟子之文,而欧阳子之文也。朱文公谓江西文章如欧阳永叔、王介甫、曾子固做得如此好,亦知其皓皓不可尚已。至于诗,则山谷倡之,自成一家,并不蹈古人町畦。"④ 唐宋八大家,宋代六位,江西人居其半,而三苏的文风,亦有受江西人的影响。黄庭坚则开创了宋代影响最大的诗歌派流"江西诗派"。杨万里则是南宋"中兴四大诗人"之一,创造了"诚斋体",影响巨大。

宋代江西的词也很发达。据唐圭璋先生《两宋词人占籍考》统计宋代词人共871人(无词流传、有词而其籍无考者不计在内),其中江西158人,占总数的18%强,居全国第二位,仅次于浙江(216人)。⑤ 又王兆鹏《唐宋词史论》统计认定了两宋十大词人:辛弃疾、苏轼、周邦彦、姜夔、秦观、柳永、欧阳修、吴文英、李清照、晏几道等。⑥ 其中江西人有姜夔、欧阳修。另辛弃疾也与江西关系密切。辛弃疾虽是山东人,但曾

---

① 《江西通志》卷六十六"人物",《文渊阁四库全书》本。
② 洪迈:《容斋随笔》四笔卷五《饶州风俗》,第665页。
③ 朱熹是婺源人,婺源历史上一直属徽州管辖,1934年划入江西,1947年又归属安徽。1949年后隶属江西。朱熹生于建州尤溪(今属福建),朱熹长期生活和活动于福建,他是"闽学"的领军人物。又其曾称陆九渊为"江西之学"(《江西通志》卷二十二)。虽然朱熹曾知南康军、复建白鹿洞书院并讲学于此,但时间不长。基于以上数点原因,不把朱熹列为江西人物,朱熹的学说亦不视作江西地域文化一部分。
④ 罗大经:《鹤林玉露》丙编卷三"江西诗文"条,《宋元笔记小说大观》第五册,第5344页。
⑤ 唐圭璋:《词学论丛》,上海古籍出版社1986年版,第576页。
⑥ 王兆鹏:《唐宋词史论》,人民文学出版社2000年版,第93页。

两次隐居江西，又曾提点江西刑狱和知隆兴府兼江西安抚，其大部分词作于江西。江西与辛弃疾关系密切。其他虽不属十大词人，却亦自成一家，独步一时的有晏殊、王安石、晏几道、黄庭坚、刘辰翁等。

宋代江西词的成就形成了风格独特的流派。朱祖谋《映庵词序》言：

  西江诗派、卓绝千古，唯词亦然。有宋初造，文忠、元献，实为冠冕。平园近体，踵庐陵之美；叔原补亡，嬗临淄之风。若乃《桂枝》高调，振奇半山；《琴趣外篇》，导源山谷。南渡而后……尧章以鄱阳布衣，建言古乐，襟韵孤夐，声情道上，瑰姿命世，翁无异辞。①

宋代前期，江西有以欧阳修、晏殊为代表的词派。"独文忠与元献，学之既至，为之亦勤，翔双鹄于交衢，驭二龙于天路。且文忠家庐陵，而元献家临川，词家遂有西江一派。"② 而后，黄庭坚等接踵而起，形成以江西诗派成员为基本骨干，与江西诗派大致相侔的词派。江西南渡词人，以及此后的辛弃疾及江西辛派词人，声势浩大，影响深远。宋末元初，以元凤林书院所刻《名儒草堂诗余》为代表的江西遗民词人，亦俨然成一流派。厉鹗《论词绝句十二首》其九：

  送春苦调刘须溪，吟到壶秋句绝奇。
  不读凤林书院体，岂知词派有江西。③

终其两宋，江西词派继履接踵，薪火相传，影响甚大。词派的更迭演幻，不应仅仅归因于文学自身的发展演进。伴随时代演进、存在多个侧面的江西地域文化对江西词派的兴起与更化也有着深刻的影响。

---

① 朱祖谋：《映庵词序》，载《映庵词》，中华书局1939年版，转引自刘扬忠《唐宋词流派史》，第186页。
② 冯煦：《蒿庵论词》，《词话丛编》第四册，第3585页。
③ 厉鹗：《樊榭山房文集》卷七，《四部丛刊》初编本。

第一节　南唐词风与北宋前期江西词派

对于北宋初年的词坛状况，冯煦《蒿庵论词》"论欧阳修词"条曾有精到的论述：

> 宋初大臣之为词者，寇莱公、晏元献、宋景文，范蜀公，与欧阳文忠并有声艺林，然数公或一时兴到之作，未有专诣。独文忠与元献，学之既至，为之亦勤，翔双鹄于交衢，驭二龙于天路。且文忠家庐陵，而元献家临川，词家遂有西江一派。其词与元献同出南唐，而深致则过之。宋至文忠，文始复古，天下翕然师尊之，风尚为之一变。即以词言，亦疏隽开子瞻，深婉开少游。本传云，超然独骛骛，众莫能及，独其文乎哉，独其文乎哉。①

范蜀公，即范镇，成都华阳人，哲宗时封蜀郡公。② 范镇词作今不可见，故"范蜀公"疑为"范仲淹"之误。冯煦的这段话论及北宋初年士大夫词人的关键人物，并认为能"专诣"，即形成自我风格的代表是晏殊和欧阳修。晏殊是临川（今江西抚州）人，欧阳修是庐陵（今江西吉安）人，所以冯煦谓之"西江一派"。为区别于宋末元初的江西遗民词人，刘扬忠先生《唐宋词流派史》将北宋前期晏欧等几位江西籍文人官僚，命名为"北宋江西词派"。③ 古今命名，均着眼于词派的地域文化特性，彰显了晏、欧诸人词作中的地域文化因子。

一　地域文化的一脉相承与词风的相似性

作为江西籍的词人，晏殊、欧阳修，"同出南唐"；晏殊之子晏几道，亦"试续南部诸贤余绪"。④ 可以说，晏氏父子，欧阳修直接继承江西地域文化中的南唐君臣的词学传统。冯煦《蒿庵论词》"论晏殊词"条认为：

---

① 冯煦：《蒿庵论词》，《词话丛编》第四册，第3585页。
② 《宋史》列传第九十六《范镇传》，第10789页。
③ 刘扬忠：《唐宋词流派史》，第186页。
④ 晏几道：《乐府补亡自序》，《彊村丛书》，第168页。

> 词至南唐，二主作于上，正中和于下，诣微造极，得未曾有。宋初诸家，靡不祖述二主，宪章正中，譬之欧、虞、褚、薛之书，皆出逸少。晏同叔去五代未远，馨烈所扇，得之最先，故左宫右徵，和婉而明丽，为北宋倚声家初祖。①

南唐冯延巳、李璟、李煜对宋初词坛影响甚大，"宋初诸家，靡不祖述二主，宪章正中"，而晏殊能成为"北宋倚声家初祖"的原因是对南唐君臣词学传统的继承"得之最先"，所谓"最先"，不当只是"去五代未远"的时代先后问题，而是基于同一地域，"近水楼台先得月"之先。

南唐的疆域包括今江苏大部分地区、安徽淮河以南、湖北东部、福建西部及江西全境。②但保大十二年（公元954年）后，逐渐丧失长江以北、淮河以南十四州，江西遂成为其立国最重要的地域依托。南唐都金陵，但在一段时间内曾迁都南昌。③南昌是金陵以外的第二大都市。此外，南唐词人冯延巳在公元948—951年任抚州节度使。④叶嘉莹诗："罢相当年向抚州，仕途得失底须忧。若从词史论勋业，功在江西一派流。"⑤因此，江西作为南唐最重要的一部分地域，江西地域文化即是南唐文化的组成部分。江西地域文化在实质上是南唐文化的"嫡派传人"。故而南唐君臣所遗留的词学传统，亦是江西地域文化的一部分。江西籍的晏氏父子、欧阳修对南唐词的学习大得地利之便，如罗愿《新安志》卷十《记闻》载：

> 冯相国乐府号《阳春集》者，冯氏子孙泗州推官璪，尝以示晏元献公，公以为真赏。

地域上的接近，桑梓之情的牵引，使他们有更多的机会接触到南唐词，并自觉承袭南唐词的传统。

---

① 冯煦：《蒿庵论词》，《词话丛编》第四册，第3585页。
② 谭其骧：《中国历史地图集》第五册（隋、唐、五代十国时期），中国地图出版社1982年版，第90页。
③ 《新五代史》，中华书局1974年版，第777页。
④ 夏承焘：《唐宋词人年谱·冯正中年谱》，《夏承焘集》第一册，浙江古籍出版社、浙江教育出版社1997年版，第57页。
⑤ 叶嘉莹：《唐宋词名家论稿·论冯延巳词》，河北教育出版社1997年版，第35页。

南唐君臣词人对晏殊、欧阳修、晏几道的影响，前人多有论及。如毛晋即言："晏氏父子，具足追配李氏父子。"① 晏氏父子追配南唐二主，除同为父子这一特性外，风格相似是最主要的原因。冯延巳同南唐二主一样，对宋初词坛有显著影响。冯煦言："南唐起于江左，祖尚声律，二主倡于上，翁（冯延巳）和于下，遂为词家渊丛。"② 刘颁《中山诗话》谓："晏元献尤喜江南冯延巳歌词。其所自作，亦不减延巳。"③ 因此，龙榆生言："冯延巳在五代为一大作家，与温、韦分鼎三足，影响北宋诸家者尤钜。南唐歌词种子，向江西发展，辙迹可寻，冯氏实其中心人物，治词史者所不容忽也。"④

晏氏父子、欧阳修对南唐词风的承传，使他们的词作风格呈现相似性。这可以从多个方面加以体察。最明显的是，南唐君臣，晏氏父子，欧阳修诸人词作颇多重出互见，历来不易辨析。五代北宋初年，词体不尊，传抄时鲁鱼亥豕，在所难免。但诸人词风相似，亦是导致混淆，后人无法判定归属的原因。如《蝶恋花》"六曲阑干偎碧树"一首，"既见冯延巳《阳春集》，又见晏殊《珠玉词》，又见欧阳修《欧阳文忠公近体乐府》卷二。三家词同出一脉，光从风格上看，是很难辨别的。"⑤ 据唐圭璋先生《宋词互见考》⑥，李煜与欧阳修词互见的有《一斛珠》"晚妆初过"，《蝶恋花》"遥夜亭皋闲信步"等；李煜与晏几道词互见的有《采桑子》"辘轳金井梧桐晚"；冯延巳与欧阳修词互见的有《应天长》"绿槐阴里黄莺语"，《玉楼春》"雪云乍变春云簇"，《鹊踏枝》"谁道闲情抛掷久"、"几日行云何处去"、"庭院深深深几许"、"六曲阑干偎碧树"四首，《归自谣》"何处笛"、"寒水碧"、"春艳艳"三首，《芳草渡》"梧桐落"，《更漏子》"风带寒"，《醉桃源》"南园春半踏青时"、"角声吹断栊梅枝"二首，《清平乐》"雨晴烟晚"，《应天长》"石城山下桃花绽"等；李璟、冯延巳、欧阳修词互见的有《应天长》"一弯初月临鸾镜"；李璟、晏殊、晏几道词互见的有《浣溪沙》"一曲新词酒一杯"；冯延巳、李煜、欧阳

---

① 毛晋：《小山词跋》，《宋六十名家词》，商务印书馆1933年版，第37页。
② 冯煦：《阳春集序》，《四印斋所刻词》，第331页。
③ 刘颁：《中山诗话》，何文焕辑：《历代诗话》上册，中华书局1981年版，第292页。
④ 龙榆生：《唐宋名家词选》，上海古籍出版社1980年版，第42页。
⑤ 吴熊和：《唐宋词通论》，商务印书馆2003年版，第187页。
⑥ 唐圭璋：《词学论丛》，上海古籍出版社1986年版，第266页。

修、晏殊词互见的有《阮郎归》"东风吹水日衔山"。

南唐词与北宋前期江西词重出互见，晏氏父子，欧阳修之间的词也重出互见。如晏殊与欧阳修词互见的有《渔家傲》"幽鹭漫来窥品格"、"楚国细腰原自瘦"二首，《蝶恋花》"南雁依稀迴侧阵"、"帘幕风轻双语燕"二首，《玉楼春》"珠帘半下香销印"、"池塘水绿春微暖"、"红条约束琼肌稳"、"春葱指甲轻拢撚"、"燕鸿过后春归去"五首，《蝶恋花》"梨叶初红蝉韵歇"、《渔家傲》"粉蕊丹青描不得"、《浣溪沙》"青杏园林煮酒香"、《清商怨》"关河愁思望处满"；晏殊、晏几道词互见的有《胡捣练》"小桃花与早梅花"、《破阵子》"忆得去年今日"二首，《如梦令》"楼外残阳红满"、《六幺令》"露残风信"、《蝶恋花》"千叶梅花夸百媚"、《临江仙》"东野亡来无丽句"、《西江月》"愁黛颦成月浅"、《浣溪沙》"家近旗亭酒易沽"、《虞美人》"小梅枝上东君信"等。

当然以上互见的词作，也有另见于其他词集者；有的经后人考证已有明确的作者归属。此外，非江西籍流派的其他词人也有作品互见现象，但冯、晏、欧诸人的词作互见现象最为多见。这在一定程度上反映了他们词风的相似性。词风的相似也反映了同一地域文化的连贯性。

二 晏氏父子、欧阳修对南唐词传统的继承

晏氏父子、欧阳修对南唐词的学习非常充分，十分出色。具体而言，如在词的语言上，他们对南唐词心摹手追。王国维《人间词话》指出："欧九《浣溪沙》词'绿杨楼外出秋'，晁补之谓只一'出'字，便后人所不能道。余谓此本于正中《上行杯》词'柳外秋千出画墙'，但欧语尤工耳。"① 表达技巧上也能看出明显的承传。"冯正中《玉楼春》词：'芳菲次第长相续，自是情多无处足。尊前百计得春归，莫为伤春眉黛蹙。'永叔一生似专学此种。"② 又如谭献指出欧阳修《蝶恋花》："泪眼问花花不语，乱红飞过秋千去"，与李煜的《清平乐》"别来春半"同妙。③ 而陈廷焯虽然认为晏、欧词与南唐词貌合神离，但他也承认："晏、欧词雅近正中。"④

晏氏父子、欧阳修接受南唐词的影响还有更重要的方面。《花间集》

---

① 王国维：《人间词话》，《词话丛编》第五册，第4243页。
② 同上书，第4244页。
③ 谭献：《复堂词话》，《词话丛编》第四册，第3993页。
④ 陈廷焯：《白雨斋词话》，《词话丛编》第四册，第3781页。

镂玉雕琼，剪花裁叶，"不无清绝之辞，用助娇饶之态"，词为"娱宾遣兴"而作，仅资"羽盖之欢"，究竟不脱伶工之词的习气。而南唐君臣词人，如王国维《人间词话》所言：

> 冯正中词，虽不失五代风格，而堂庑特大，开北宋一代风气。与中、后二主词皆在《花间》范围之外，宜《花间集》不登其只字也。①

《花间集》不采录南唐词，正如有论者指出的那样，一方面是因为道里隔绝，另一方面则因为年岁不相及。但南唐词的总体气质与《花间集》有明显差异。所谓"堂庑特大"，可以通过王国维先生的另一句话来加以理解：

> 词至李后主而眼界始大，感慨遂深，遂变伶工之词而为士大夫之词。②

词为"士大夫之词"，就是指以士大夫的方式、语言来表现士大夫的生活与情感。南唐的"士大夫之词"，为晏氏父子、欧阳修等所继承，主要体现在三个方面：

首先，词体的功能有所拓展。词不再是单纯地供"绣幌佳人"在酒筵歌席上用来演唱的"艳词"，而是被赋予了更丰富的思想内涵与更深挚的情感寄托。李清照《词论》："五代干戈，四海瓜分豆剖，斯文道熄。独江南李氏君臣尚文雅，故有'小楼吹彻玉笙寒'、'吹皱一池春水'之词。语虽奇甚，所谓'亡国之音哀以思'也。"③ 而冯延巳的《鹊踏枝》诸首，亦有一种幽咽惝怳，如醉如迷的"寄托"之意。虽然北宋前期的江西词人并没有南唐君臣特定的尴尬与窘迫，但在词中抒写人生感慨的习惯却保留下来。

夏敬观言："晏氏父子，嗣响南唐二主，才力相敌，盖不特辞胜，犹

---

① 王国维：《人间词话》，《词话丛编》第五册，第4243页。
② 同上书，第4242页。
③ 王仲闻：《李清照集校注》，人民文学出版社1979年版，第194页。

有过人之情。"① 陈廷焯："李后主、晏叔原皆非词中正声,而其词则无人不爱,以其情胜也。情不深而为词,虽雅不韵,何足感人。"② 这里的"情",是指词中的情感寄托。这种寄托有时是男女之情,如晏殊《玉楼春》"绿杨芳草长亭路"、欧阳修《生查子》"去年元夜时"、晏几道《临江仙》"梦后楼台高锁"等。更多的时候,"情"是士大夫之情,是词人真实心灵的展示。如晏殊的词中最多对时间消逝的伤春悲秋之情。如:

无可奈何花落去,似曾相识燕归来。(《浣溪沙》)

春花秋草,只是催人老。(《清平乐》)

春光一去如流电,当歌对酒莫沉吟。(《踏莎行》)

在词中表达因时间流逝而产生的怅惘之情,在《花间集》中就较为少见。同样,如欧阳修《朝中措》(送刘仲原甫出守维扬)中抒写了士大夫的生活情怀和生活感慨,晏几道的词除了"析酲解愠",也"期以自娱,不独叙其所怀,兼写一时杯酒间闻见,所同游者意中事。"③ 总之,晏氏父子、欧阳修的词,继承了南唐词的传统,词不再是生活的他者,而成为词人吟咏情性,抒写怀抱的有效方式。

其次,词的境界、气象上有所提升。王国维《人间词话》论南唐词:

南唐中主词:"菡萏香销翠叶残,西风愁起碧波间。"大有众芳芜秽,美人迟暮之感。

词至李后主而眼界始大,感慨遂深,遂变伶工之词而为士大夫之词。周介存置诸温、韦之下,可谓颠倒黑白矣。"自是人生长恨水长东","流水落花春去也,天上人间",金荃、浣花,能有此气象耶?

张皋文谓飞卿之词"深美闳约",余谓此四字唯冯正中足以当之。

---

① 《夏评小山词跋尾》,转引自龙榆生《唐宋名家词选》,第100页。
② 陈廷焯:《白雨斋词话》卷七,《词话丛编》第四册,第3952页。
③ 晏几道:《小山词自序》,《彊村丛书》,第168页。

温、韦之精艳，所以不如正中者，意境有深浅也。①

南唐词人突破了以温、韦为代表的花间词人的樊篱，境界气象上向深远一路发展。晏氏父子、欧阳修亦是如此。

陈廷焯言："温、韦创古者也。晏、欧继温、韦之后，面目未改，神理全非，异乎温、韦者也。"② 神理之所以全非，就在于境界与气象的差异。如晏殊《蝶恋花》"槛菊愁烟兰泣露"，境界辽阔高远。同样，欧阳修《蝶恋花》"庭院深深深几许"、《玉楼春》"尊前拟把归期说"、《踏莎行》"候馆梅残"等，意境亦是深邃悠远。而小晏的词，"独可追逼《花间》，高处或过之。"③ 小晏词的境界与气象，相对于花间词，确实有更上一层楼的提升。

最后，词格调的雅化。具体表现即是词摒弃雕馈质实、穷形尽相的描写，转而追求契合文人士大夫情趣的淡雅表达。如词咏富贵，处理不当，极易误入粗鄙。吴处厚《青箱杂记》卷五载：

> 晏元献公虽起田里，而文章富贵，出于天然。尝览李庆孙《富贵曲》云："轴装曲谱金书字，树记花名玉篆牌。"公曰："此乃乞儿相，未尝谙富贵者。"故公每吟咏富贵，不言金玉锦绣，而惟说其气象，若"楼台侧畔杨花过，帘幕中间燕子飞"、"梨花院落溶溶月，柳絮池塘淡淡风"之类是也。故公每以此句语人曰："穷儿家有这景致无？"④

晏殊的这种美学趣味，得到了欧阳修的肯定。欧阳修《归田录》卷二载：

> 晏元献公喜评诗，尝曰："'老觉腰金重，慵便枕玉凉'，未是富贵语，不如'笙歌归院落，灯火下楼台'，此善言富贵者也。"人皆

---

① 王国维：《人间词话》，《词话丛编》第五册，第 4239 页。
② 陈廷焯：《白雨斋词话》卷八，《词话丛编》第四册，第 3965 页。
③ 陈振孙：《直斋书录解题》卷二十一，上海古籍出版社 1987 年版，第 618 页。
④ 吴处厚：《青箱杂记》卷五，《宋元笔记小说大观》第二册，第 1658 页。

以为知言。①

欧阳修的"人皆以为知言",所谓"人",当然包括他本人。这种美学观念落实到词创作上,便形成《珠玉词》清刚淡雅、温润秀洁的特点。赵令畤《侯鲭录》卷七引晁无咎言:"晏叔原不蹈袭人语,风度闲雅,自是一家。如'舞低杨柳楼心月,歌尽桃花扇底风'。自可知此人必不生在三家村中也。"② 的确,小山诸词,风度闲雅。因此,在格调趋雅方面,晏氏父子、欧阳修是一致的。

三 作为地域文学流派的晏氏父子、欧阳修与其他地域词人的差异

晏氏父子、欧阳修词风的相似形成了地域流派,还表现在其与同时代其他地域的词人总体风格的差异上。如福建词人柳永的风格就与他们有着明显的不同。柳永虽然也有"不减唐人高处"③ 的作品,但就大体而言,是欹斜从俗的。因其与晏、欧词风的差异之大,甚至遭到晏殊的鄙视与轻慢:

> 柳三变既以词忤仁庙,吏部不放改官,三变不能堪,诣政府。晏公曰:"贤俊作曲子么?"三变曰:"只如相公亦作曲子。"公曰:"殊虽作曲子,不曾道'彩线慵拈伴伊坐'。"柳遂退。④

晏殊对柳永的讥讽,是基于两者美学趣味的不同。晏殊与欧阳修生平不睦,魏泰《东轩笔录》卷十一载:

> 庆历中,西师未解,晏元献公殊为枢密使,会大雪。欧阳文忠公与陆学士经同往候之,遂置酒于西园。欧阳公即席赋《晏太尉西园贺雪歌》,其断章曰:"主人与国共休戚,不惟喜悦将丰登。须怜铁甲冷彻骨,四十余万屯边兵。"晏深不平之,尝语人曰:"昔者韩愈亦能作言语,每赴裴度会,但云'园林穷胜事,钟鼓乐清时',却不

---

① 欧阳修:《归田录》卷二,《宋元笔记小说大观》第一册,第617页。
② 赵令畤:《侯鲭录》卷七,《宋元笔记小说大观》第二册,第2091页。
③ 同上书,第2091页。
④ 张舜民:《画墁录》,《宋元笔记小说大观》第二册,第1553页。

曾如此作闹。"①

他们甚至还互相攻击对方的人品，然而却一致佩服对方的词作：

> 晏公一日指韩愈画像语坐客曰："此貌大类欧阳修，安知修非愈之后也。吾重修文章，不重它为人。"欧公亦每谓人曰："晏公小词最佳，诗次之，文又次于诗，其为人又次于文也。"岂文人相轻而然耶？②

晏殊对柳永词的态度就根本不同，晏殊匆忙地划清界限，表明态度。这表明二者的美学旨趣相去甚远。同样，欧阳修、晏几道与柳永的词风也泾渭分明。"柳之乐章，人多称之，然大概非羁旅穷愁之词，则闺门淫媟之语。若以欧阳永叔、晏叔原、苏子瞻、张子野、秦少游辈较之，万万相辽。彼其所以传名者，直以言多近俗，俗子易悦故也。"③ 晏氏父子、欧阳修与柳永词的差异，是"士大夫之词"与市民之词的差异。

如吴县（今江苏苏州）人范仲淹，其词激壮沉雄，但欧阳修就对他的词颇不以为然。魏泰《东轩笔录》卷十一载：

> 范文正公守边日，作《渔家傲》乐歌数阕，皆以"塞下秋来"为首句，颇述边镇之劳苦，欧阳公尝呼为穷塞主之词。及王尚书素出守平凉，文忠亦作《渔家傲》一词以送之，其断章曰："战胜归来飞捷奏，倾贺酒，玉阶遥献南山寿。"顾谓王曰："此真元帅之事也。"④

又如湖州乌程人张先，虽然欧阳修对他的词颇为激赏，"欧阳文忠公见张安陆，迎谓曰：'好，云破月来花弄影。'"⑤ "张先子野郎中《一丛花》词，一时盛传，欧阳永叔尤爱之，恨未识其人。子野家南地，以故

---

① 魏泰：《东轩笔录》卷十一，《宋元笔记小说大观》第三册，第2757页。
② 魏泰：《东轩笔录·佚文》，中华书局1983年版，第180页。
③ 严有翼：《艺苑雌黄》，郭绍虞辑：《宋诗话辑佚》（下册），中华书局1980年版，第579页。
④ 魏泰：《东轩笔录》卷十一，《宋元笔记小说大观》第三册，第2756页。
⑤ 刘颁：《中山诗话》，何文焕辑：《历代诗话》（上册），第292页。

致都，谒永叔，阍者以通，永叔倒屣迎之曰：'此乃桃杏嫁东风郎中。'"①但这种欣赏不是流派内部的认同，张先的风格在晏、欧范围之外。陈廷焯《白雨斋词话》卷一："张子野词，古今一大转移也。前此则为晏、欧，为温、韦，体段虽具，声色未开；后此则为秦、格，为苏、辛，为美成、白石，发扬蹈厉，气局一新，而古意渐失。"② 张先诚为晏、欧流派外人物。

至于宋初其他词人，"虽时时有妙语，然破碎何足名家"③，未曾形成自己的风格，故不足以名流派。当然，与晏氏父子、欧阳修风格不同的词人，他们词风的差异并非全部都是地域文化的原因，但是晏氏父子、欧阳修三者风格的趋同，却是地域文化影响的结果。

确认晏殊、欧阳修、晏几道形成了基于地域文化的词派，并在词风上接受南唐词的影响，并不意味着三者之间的词风毫无区别、完全相同。他们沿着南唐词的传统形成自己的特点。"冯延巳词，晏同叔得其俊，欧阳永叔得其深。"④ 何以谓俊、深，后世读者众说纷纭，但晏殊、欧阳修风格的细微差异，却也为大多数读者所认识。又晏几道的词风与晏殊也略有不同，"小山词从《珠玉》出，而成就不同，体貌各具。《珠玉》比花中之牡丹，小山其文杏乎？"⑤ 晏氏父子、欧阳修风格的多样性，是个人气质、学养及人生经历所决定的。这些差异，是受地域文化影响下词风趋同前提下的差异。

四 晏氏父子、欧阳修对后代词人的影响

晏氏父子、欧阳修学习继承南唐词人，是在继承基础上的改造创新，与之相似，学习继承晏欧词风的后代词人，也往往吸取晏氏父子的某些优长，加以发扬再造。

王安石崇尚冯延巳的词作，"《阳春》一集，为临川、珠玉所宗"⑥，而且，他对李煜的词也曾加以评点，隐然认为学作小词当读李煜词：

---

① 范公偁：《过庭录》，《文渊阁四库全书》本。
② 陈廷焯：《白雨斋词话》卷一，《词话丛编》第四册，第3782页。
③ 王仲闻：《李清照集校注》卷三《词论》，人民文学出版社1979年版，第195页。
④ 刘熙载：《词概》，《词话丛编》第四册，第3689页。
⑤ 况周颐：《蕙风词话》未刊稿，转引自龙榆生《唐宋名家词选》，第100页。
⑥ 况周颐：《历代词人考略》卷四，转引自王兆鹏《唐宋词汇评》（唐五代卷），浙江教育出版社2004年版，第428页。

  荆公问山谷云："作小词曾看李后主词否？"云："曾看。"荆公云："何处最好？"山谷以"一池春水向东流"为对。荆公云："未若'细雨梦回鸡塞远，小楼吹彻玉笙寒。'又'细雨湿流光'最好。"①

  又如王安石《清平乐》下阕："小怜初上琵琶。晓来思绕天涯。不肯画堂朱户，春风自在杨花。"乃取法晏殊《踏莎行》："小径红稀，芳郊绿遍。高台树色阴阴见。春风不解禁杨花，濛濛乱扑行人面。翠叶藏莺，朱帘隔燕。炉香静逐游丝转。一场愁梦酒醒时，斜阳却照深深院。"而其《生查子》中的"把酒祝东风，且莫恁，匆匆去"也与欧阳修《浪淘沙》中的"把酒祝东风。且共从容"暗合，其《清平乐》中"留春不住。费尽莺儿语"句则与欧阳修《减字木兰花》中的"留春不住。燕老莺慵无觅处"暗合。又其《谒金门》下阕："红笺寄与添烦恼。细写相思多少。醉后几行书字小。泪痕都搵了"，又与晏几道《两同心》中的"相思处，一纸红笺，无限啼痕"，貌肖神似。

  晏殊、欧阳修的词风甚至影响到南宋的江西词人，如庐陵（今江西吉安）词人周必大。朱祖谋《映庵词序》："西江诗派，卓绝千古，唯词亦然。有宋初造，文忠、元献，实为冠冕。平园（指周必大，周必大有《平园集》——引者按）近体，踵庐陵之美。"②北宋前期江西词人还影响到后来的非江西词人，如苏轼、秦观等。冯煦即云："（欧阳修）疏隽开子瞻，深婉开少游。"③刘扬忠先生《唐宋词流派史》则认为宋祁、王琪亦属晏欧词派。④

  由此可见，晏氏父子、欧阳修受地域文化的濡染，继承了南唐词的传统，形成了相似的词风。同时，他们自身所创造和遗留下来的词学传统，亦成为江西地域文化的一部分，影响着后代江西词的发展进程。

---

  ① 胡仔：《苕溪渔隐丛话》前集卷五十九引《雪浪斋日记》，第407页。
  ② 朱祖谋：《映庵词序》，载《映庵词》，中华书局1939年版，转引自刘扬忠《唐宋词流派史》，第186页。
  ③ 冯煦：《蒿庵论词》，《词话丛编》第四册，第3585页。
  ④ 刘扬忠：《唐宋词流派史》，第203—204页。

第二节 江西诗派的词作及词论

在晏氏父子，欧阳修之后，北宋在江西地域上所形成的具有流派特征、兼具地域特色的词派，当数以江西诗派为骨干成员的词派。作为宋代最重要的诗歌流派——江西诗派，其大部分成员在词论和词的创作上也有相当成就。黄庭坚、陈师道以及江西诗派的其他人，他们关于词的理论主张比较具有代表性。李调元《雨村词话》卷二甚至认为是陈师道开创了词话写作的先河①，陈师道《后山诗话》中即有论词之言共十一则。词的创作方面，据1999年新版《全宋词》统计，江西诗派的三宗之首黄庭坚存词192首。吕本中《江西诗派宗社图》② 共列二十五位诗人，有词传世者9人。其中，陈师道存词54首、谢逸62首、僧祖可3首、徐俯17首、韩驹2首、李彭10首、晁冲之16首、谢薖17首、夏倪1首。另外，据莫砺锋先生《江西诗派研究》③，应属江西诗派却由于各种原因没有被列入《江西诗派宗派图》的诗人，尚有数人。其中存词者6人：陈与义18首、释惠洪21首、吴则礼39首、吕本中27首、赵蕃3首、韩淲197首。④

江西诗派的词人大多主张"诗词同理"，在词创作上也诗词互渗，好用典、喜议论，并常以禅入词，形成了生新瘦硬的风格；部分词作喜用俗字俚语。江西诗派词论的提出及词风的形成，与江西地域文化传统中江西前辈词人的影响有很深的关联。同样，江西诗派的词论及词作，也影响了当时绝大多数的江西籍词人和部分的非江西籍词人，又下启南宋辛派江西词人以及宋末元初江西遗民词人的创作。虽然其间有不少的变异，前辈词人的某一些技艺被超越，而另一些特性则被放大，但基于共同地域文化的承传的线索仍清晰可见。

一 诗词同理

论及江西诗派的词人之词论，黄庭坚《小山词序》不可忽略。晏几道与黄庭坚交厚。元丰年间，晏几道、黄庭坚、王铉等在京师多有唱和。

---

① 李调元：《雨村词话》卷二"词话始陈后山"，《词话丛编》第二册，第1403页。
② 见《苕溪渔隐丛话》前集卷四十八，第327页。
③ 莫砺锋：《江西诗派研究》，齐鲁书社1986年版。
④ 据《全宋词》，中华书局1999年新1版统计。

苏轼想见晏几道,也是通过黄庭坚的关系:"元祐年间,东坡因鲁直欲见之。"① 黄庭坚《小山词序》对晏几道词评价甚高:

  及独嬉弄于乐府之余,而寓以诗人之句法。清壮顿挫,能动摇人心,士大夫传之,以为有临淄之风耳,罕能味其言也。……至其乐府,可谓狎邪之大雅,豪士之鼓吹,其合者高唐洛神之流,其下者岂减桃叶团扇哉。②

  黄庭坚以论诗的旨趣论词,即以诗的标准来要求、评价和肯定词。照他看来,小山词之所以能取得清壮顿挫、动摇人心的效果,达到"狎邪之大雅,豪士之鼓吹"的境界,关键还在于"寓以诗人句法"。无独有偶,在《跋秦少游踏莎行》中,黄庭坚也曾这样评论秦观:"语意极似刘梦得楚蜀间诗也。"③ 黄庭坚观念中词的创作是否成功,词能似诗是个重要量度。

  "寓以诗人句法",具体而言,便是要求词的创作从学问中来,并"夺胎换骨,点铁成金"。"诗词高胜、要从学问中来"④,以学问为诗、亦为词,是黄庭坚理论的一大特点。其《跋东坡乐府》云:"语意高妙,似非吃烟火食人语,非胸中有万卷书,笔下无一点尘俗气,孰能至此。"⑤ 胸中有万卷书,即是乐府语意高妙的必要条件。"取古人之陈言入于翰墨,如灵丹一粒,点铁成金也"⑥,"不易其意而造其语,谓之换骨法;窥入其意而形容之,谓之夺胎法。"⑦ 他的这两条诗歌理论主张,同样也是其论词的主张,并在他本人所写的词中有较多反映。

  陈师道的词学主张也值得注意。其《答秦觏书》言:"仆于诗,初无师法,然少好之,老而不厌,数以千计。及一见黄豫章,尽焚其稿而学

---

 ① 西山老人:《小山集跋》,转引自吴熊和《唐宋词汇评》(两宋卷)第一册,浙江教育出版社 2004 年版,第 329 页。
 ② 黄庭坚:《小山词序》,《彊村丛书》,第 167 页。
 ③ 黄庭坚:《山谷集》别集卷十二,《文渊阁四库全书》本。
 ④ 胡仔:《苕溪渔隐丛话》前集卷四十七,人民文学出版社 1962 年版。
 ⑤ 黄庭坚:《山谷集》卷二十六,《文渊阁四库全书》本。
 ⑥ 黄庭坚:《山谷集》卷十九《答洪驹父书》,《文渊阁四库全书》本。
 ⑦ 惠洪:《冷斋夜话》卷一,《宋元笔记小说大观》第二册,第 2171 页。

焉。"① 对黄庭坚诗的推崇到了无以复加的地位。而除了诗，他同样推崇黄庭坚的词。在词创作上以黄庭坚为参照系。其《书旧词后》："余他文未能及人，独于词自谓不减秦七、黄九"②，又在《渔家傲·从叔父乞苏州湿红笺》词中说："拟作新词酬帝力，轻落笔，黄秦去后无强敌"。实际上，他的词正如王灼《碧鸡漫志》卷二所言："妙处如其诗"。③

除黄庭坚、陈师道外，江西诗派的词人中还有相当一部分人主张或接受诗词同理的观念，他们在词的创作上也表现类似于诗的特点。陈与义的词即被人评为："婉约纶至，诗人之词也。"（刘辰翁《须溪评点简斋诗集》）、王灼《碧鸡漫志》卷二则对诸多江西诗派词人其词风近似诗风的特点作了总结性的评述："陈去非、徐师川、吕居仁、韩子苍、朱希真、陈子高、洪觉范（词），佳处亦各如其诗。"④ 其中，陈与义（去非）、徐俯（师川）、吕本中（居仁）、韩驹（子苍）、释惠洪（洪觉范）均是江西诗派成员。他们词的佳处即如其诗，即可视为其"诗词同理"观念的外在体现。

当然，"诗词同理"、"以诗为词"等观念和实践，并不是江西诗派词人的首创和独有。李清照《词论》⑤ 言：

> 晏元献、欧阳永叔、苏子瞻、学际天人，作为小歌词，直如酌蠡水于大海，然皆句读不葺之诗尔。

又言：

> 王介甫、曾子固文章似西汉，若作一小歌词，则人必绝倒，不可读也。乃知词别是一家，知之者少。

---

① 陈师道：《后山先生集》卷十四《答秦觏书》，《宋集珍本丛刊》第 28 册，线装书局 2004 年版，第 266 页。
② 陈师道：《后山先生集》卷十九《书旧词后》，《宋集珍本丛刊》第 29 册，线装书局 2004 年版，第 5 页。
③ 王灼：《碧鸡漫志》卷二"各家词短长"条，《词话丛编》第一册，第 83 页。
④ 同上。
⑤ 王仲闻：《李清照集校注》，人民文学出版社 1979 年版，第 194 页。

李清照提出词"别是一家"的观点,并认为"知之者少",不知词别是一家,即其词如"句读不葺之诗",或言以诗为词的词人有晏殊、欧阳修、苏轼、王安石、曾巩等人。以上诸人均为江西诗派以外人物。但值得注意的是,除苏轼外,其余四人皆为江西人。江西人不约而同以诗为词,显然不能只是用巧合来解释;地域文化的影响在其中扮演了相当重要的角色。江西的地域文化,以及晏殊、欧阳修、王安石等江西前辈词人以诗为词的倾向,对江西诗派的词学观及其创作有相当影响。

二 诗词渗透

在诗词同理的观念主导下,江西诗派的词人的词作显现了一些共同特点。最明显地表现在诗与词创作的相互渗透。江西诗派的词人在词的创作中经常仿效诗的创作方法,并接受诗作的影响。具体表现为在词的创作中借鉴自己或前人的诗歌创作,甚至檃栝前人诗作。当然,其词的创作有时也对其诗的创作产生某些影响。

如黄庭坚《青玉案·至宜州次韵上酬七兄》:

> 烟中一线来时路。极目送、归鸿去。第四阳关云不度。山胡新啭,子规言语。正在人愁处。 忱能损性休朝暮。忆我当年醉时句。渡水穿云心已许。暮年光景,小轩南浦。同卷西山雨。

这里"忆我当年醉时句",据陈霆《渚山堂词话》卷一言,指的是黄庭坚《夜发分宁寄杜涧叟》:"我自只如常日醉,满窗风雨替人愁"的诗句。作词而言及诗,诗与词在某种程度上是共通的,这体现了诗词一体的倾向。

更多时候,则表现为将略加改造的诗句入词。黄庭坚的《西江月》前两句"断送一生惟有,破除万事无过",便是改造韩愈《遣兴》中的"断送一生惟有酒"和《赠郑兵曹》中的"破除万事无过酒"两个诗句而成。黄庭坚《少年心》"对景惹起愁闷"中的"似合欢桃核,真堪人恨。心儿里,有两个人人"。词句亦袭用温庭筠诗句"合欢桃核真堪恨,里许原来别有人。"不单限于黄庭坚,江西诗派的其他诗人的词作也有这种现象。试以谢逸《卜算子》为例:

> 烟雨幂横塘,绀色涵清浅。谁把并州快剪刀,剪取吴江半。
> 隐几岸乌巾,细葛含风软。不见柴桑避俗翁,心共孤云远。

这首词，化用了许多杜甫诗句。"烟雨幂横塘"句法取自杜诗《秋雨荆南送石首薛明府辞满告别三十韵》"烟雨封巫峡"句；"谁把并州快剪刀，剪取吴江半"化用杜诗《戏题王宰画山水图歌》"焉得并州快剪刀，剪取吴松半江水"句；至于"细葛含风软"，更直接取用杜诗《端午日赐衣》中的成句；而"不见柴桑避俗翁，心共孤云远"两句亦袭用了杜诗《遣兴五首》其三："陶潜避俗翁"，《西阁二首》其一："百鸟各相命，孤云无自心"。谢逸的另外一首词《蝶恋花》的首句"豆蔻梢头春色浅"亦是概括杜牧《赠别》"娉娉袅袅十三余，豆蔻梢头二月初"句。又如惠洪的《青玉案》中"高城回首，暮云遮尽，目断人何处"，化用欧阳詹《初发太原途中寄太原所思》："高城已不见，况复城中人。"徐俯的《鹧鸪天》"七泽三相碧草连"，其中"游鱼一似镜中悬"词句，本沈云卿"船如天上坐，鱼似镜中游"诗。赵蕃《菩萨蛮·送游季仙归东阳》"鸡声茅店炊残月，板桥人迹霜如雪"，连赵蕃都自述"此是古人诗"。

有时，还用词对诗进行檃栝。如黄庭坚就曾檃栝其诗"海上神仙字太真，昭阳殿里称心人。犹思一曲霓裳舞，散作中原胡马尘。方士归来说风度，梨花一枝春带雨。分钗半钿愁杀人，上皇倚栏独无语"为《调笑歌》："无语，恨如许。方士归时肠断处，梨花一枝春带雨。半钿分钗亲付。天长地久相思苦，渺渺鲸波无路。"有时，词也用来集句。如黄庭坚《鹧鸪天·重九日集句》。再如他的《菩萨蛮》："半烟半雨溪桥畔，渔翁醉着无人唤。疏懒意何长，春风花草香。　江山如有待，此意陶潜解。问我去何之，君行到自知"也是集句而成。"疏懒意何长，春风花草香"，两句均出杜诗，前句出自《西郊》："无人觉来往，疏懒意何长"，下句出自《绝句二首》："迟日江山丽，春风花草香"。而"江山如有待"、"此意陶潜解"则分别取自杜诗《后游》、《可惜》。又如惠洪的《浪淘沙》"山径晚樵还"，即是"用林和靖句作长短句"。

此外，词的"夺胎换骨，点铁成金"，其取材在很多时候还并不局限于诗，如黄庭坚《瑞鹤仙》乃檃栝欧阳修散文《醉翁亭记》而成；韩淲《贺新郎》"万事佯休去"词，下阕首句"天关九虎寻无路"化用《楚辞·招魂》"君无上天些，虎豹九关，啄害下人些"等。

当然，词也对诗的创作产生某些影响。如黄庭坚的诗"少游醉卧古藤阴下，谁作诗歌送一杯。解道江南断肠句，只今惟有贺方回"即运用贺方回《青玉案》词中"彩笔新题断肠句"入诗。

江西诗派的词人之"诗词渗透"实际上可以在江西前辈词人处找到端倪。如晏殊的《浣溪沙》下阕："无可奈何花落去，似曾相识燕归来。小园香径独徘徊。"三句即来自其诗《假中示判官张寺丞王校勘》："上巳清明假未开，小园幽径独徘徊。春寒不定斑斑雨，宿醉难禁滟滟杯。无可奈何花落去，似曾相识燕归来。游梁赋客多风味，莫惜青钱万选才。"欧阳修《踏莎行》末两句："阑干敲遍不应人，分明帘下闻裁剪"则改自唐韩偓的诗《倚醉》："分明窗下闻裁剪，敲遍阑干唤不应。"晏几道《浣溪沙》中"户外绿杨春系马，床前红烛夜呼庐"句改自唐韩翃《赠李翼》诗："门外碧潭春洗马，楼前红烛夜迎人。"关于檃栝，吴承学《宋代檃栝词》言："学术界都认为苏轼开创了檃栝词体，就自觉的文体而言，确是如此，但在苏轼之前，已有相近的创作了。比如晏几道《临江仙》词前阕'东野亡来无丽句，于君去后少交亲。追思往事好沾巾。白头王建在，犹见吟诗人。'更是对唐诗人张籍《赠王建》的改写。张诗云：'白君去后交游少，东野亡来箧笥贫，赖来白头王建在，眼前犹见咏诗人。'晏几道的词，虽未标檃栝，实则已近檃栝体了。"① 集句在宋代开始流行。吴承学先生认为："王安石是文学史上第一个大量创作集句诗的作家，也代表着宋代集句艺术的最高水平。"② 词中集句亦则始于王安石。谢章铤《赌棋山庄词话》言："（集句词）第考之临川集，荆公已启其端。咏梅甘露歌三首，草堂菩萨蛮一首，皆是集句。"③

三 用典与议论之风

江西诗派的词人之词作，还有一个十分显著的特征，就是好用典。他们的咏物词明显地具有这个特性。如黄庭坚《满庭芳·茶》下阕：

> 相如虽病渴，一觞一咏，宾有群贤。为扶起灯前，醉玉颓山。搜搅胸中万卷，还倾动、三峡词源。归来晚，文君未寝，相对小窗前。

"相如虽病渴"，用《史记·司马相如列传》司马相如"常有消渴疾"典，词末"文君未寝"亦自《史记》取典；"一觞一咏"，用王羲之《兰亭集序》"群贤毕至，少长咸集。……一觞一咏，亦足以畅叙幽情"

---

① 吴承学：《中国古代文体形态研究》，中山大学出版社2000年版，第159页。
② 同上书，第140页。
③ 谢章铤：《赌棋山庄词话》卷十二，《词话丛编》第四册，第3467页。

典;"醉玉颓山",见《世说新语·容止》"嵇叔夜(康)……其醉也,傀俄若玉山之将崩";"搜搅胸中万卷",出自卢仝《走笔谢孟谏议寄新茶》诗句"三碗搜枯肠,唯有文字五千卷";"还倾动、三峡词源",用杜甫《醉歌行》"词源倒流三峡水"。用典密集,几乎一句一典。江西诗派的其他诗人在写词时也有这个习惯,颇好用典。

江西诗派的词人之词作还有好议论之风。如陈师道的《清平乐》上阕:"藏藏摸摸。好事争如莫,背后寻思浑是错。猛与将来放着。"其中就颇含哲理。徐俯《卜算子》:"心空道亦空,风静林还静。卷尽浮云月自明,中有山河影。　供养及修行。旧话成重省。豆爆生莲火里时,痛拔寒灰冷。"以词咏道,略具玄言之味。

好议论的最突出表现是,江西诗派的词人在浅斟低唱的小词中夹杂了钟磬梵呗之音。如王安石即在词中开创了描写禅理的先河。如《望江南·皈依三宝赞》。这一点,又为后来的江西诗派所发扬。两宋之际,江西禅宗盛行,江西诗派大多数是江西人,濡染颇深。江西诗派中祖可、善权、惠洪等皆是出家人,黄庭坚则被认为是黄龙祖心禅师的法嗣。① 陈与义,词集名《无住词》,"以其所居有无住庵,故以名之。"②《金刚经》:"应无所住而生其心。"庵名本此。因此,援禅语入词,也是一种必然。如黄庭坚的《渔家傲》"三十年来无孔窍,几回得眼还迷照。一见桃花参学了,呈法要,无弦琴上单于调。折叶寻枝虚半老,拈花特地重年少。今后水云人欲晓。非玄妙,灵云合破桃花笑。"南岳临济宗福州灵云志勤和尚在沩山见桃花而悟道,作偈:"三十年来寻剑客,几回落叶又抽枝。自从一见桃花后,直至如今更不疑。"③ 这首诗即是演绎这段禅门公案。李彭《渔歌十首·颂尊宿付呆山人》犹如偈语。而释惠洪《述古德遗事作渔父词八首》便是最能体现这种以禅入词的风格特征了。

四　俗化与软艳

江西诗派的词人之部分词的用语上,如同其诗,力避熟语滥调,转而求奇走险,生新之余,颇含枯涩之感,如"孙郎微笑,坐来声喷霜竹"之"喷"字(黄庭坚《念奴娇》)、"安排云雨娶新晴"之"娶"字(陈师道《浣溪沙》)、"霜晓更凭阑。减尽晴岚"之"减"字(惠洪《浪淘

---

① 普济:《五灯会元》卷十七,中华书局1984年版,第1111页。
② 《四库全书总目》卷一九八,第1813页。
③ 普济:《五灯会元》卷四"灵云志勤禅师",第239页。

沙》）生新而不失熨帖，恰如其诗。

江西诗派的词人还有部分词，喜用俗字俚语。这与江西前辈词人的影响是分不开的。冯延巳《鹊踏枝》"叵耐为人情太薄"即有俗语。另冯延巳《薄命女》："春日宴。绿酒一杯歌一遍。再拜陈三愿。一愿郎君千岁，二愿妾身常健，三愿如同梁上燕。岁岁长相见。"沈雄《古今词话》认为："词则俚鄙。"① 李煜《菩萨蛮》"花明月暗笼轻雾"词末一句"教君恣意怜"句，亦是极真极俚之语。又沈增植言："醉翁《琴趣》，颇多通俗俚语，故往往与乐章相混。山谷俚语，欧公先之矣。"② 陈廷焯亦认为："欧阳公《长相思》词也。可谓鄙俚极矣。"③ 又王安石《千秋岁引·秋景》"别馆寒砧"中有"无奈被他情担阁"。"'无奈'数语鄙俚，然首尾实是词家法门。"④ 江西前辈词人喜用俗字俚语的习惯为江西诗派词人所保留。

张戒《岁寒堂诗话》卷上言："近世苏、黄亦喜用俗语"。⑤ 江西诗派在诗歌创作中，喜用俗字俗词。同样，在词的创作中也出现了一些俚俗艳曲。先说俗字的应用。陆游《老学庵笔记》卷二载：

> 鲁直在戎州，作乐府曰："老子平生，江南江北，爱听临风笛。孙郎微笑，坐来声喷霜竹。"予在蜀见其稿，今俗本改"笛"为"曲"以协韵，非也。然亦疑"笛"字太不入韵。及居蜀久，习其语音，乃知泸戎间谓"笛"为"曲"，故鲁直得以借用，亦因为戏之耳。

俗字的应用，会使以典雅为宗的作品产生"陌生化"的艺术效果。江西诗派词作可谓善用此技。比如黄庭坚的词，好用"厮"字⑥，亦用

---

① 沈雄：《古今词话》，《词话丛编》第一册，第899页。
② 沈曾植：《菌阁琐谈》，《词话丛编》第四册，第3610页。
③ 陈廷焯：《白雨斋词话》卷五，《词话丛编》第四册，第3899页。
④ 先著、程洪：《词洁辑评》卷三，《词话丛编》第二册，第1353页。
⑤ 张戒：《岁寒堂诗话》卷上，《历代诗话续编》上册，第451页。
⑥ 沈曾植：《海日楼札丛》卷七《菌阁琐谈》"欧词好用厮字"条，中华书局1962年版，第287页。

"起俊"这等俗语。①

李调元《雨村词话》卷一："山谷语多用俳语，杂以俗谚，多可笑之句。"② 不仅山谷词如此，其他江西诗派的词人也有这个特点。这跟他们的词的创作态度也有关，江西诗派的有些词人"时作小词以自娱"③，以娱乐戏谑的态度作词，自然容易趋于"可笑之句"。

江西诗派的词人，其词的创作的俗化，还出现了曲的部分特征："山谷酷似曲，如《归田乐》（对景还消受）"④ 更有甚者，词的创作中有"字谜"。"山谷有《两同心词》：云：'你共人女边着字，争知我门里挑心。'字谜入词始此，乃'好闷'二字也。"⑤

俚俗体现了艺术趣味的转变。从俚俗走向软艳，似乎只有一步之遥。宋人笔记中有多则记载言黄庭坚曾大量作艳词，甚至有佛门中人加以劝诫。⑥ 在黄庭坚的词中，哪怕是咏荔枝，也要写到"红裳剥尽看香肌"之类（《定风波》"准拟阶前摘荔枝"）。陈师道的词也具有纤艳的特点。⑦ 如《木兰花减字》："匀红点翠。取次梳妆谁得似。风柳腰肢。尽日纤柔属阿谁。娇娇小小。却是寻春人较老。著便休痴。付与风流幕下儿。"流丽娇软，艺术趣味与柳永近似。曾季貍《艇斋诗话》则认为吕本中的词不减唐《花间》之作。⑧ 其他江西诗派的词作也多数具有这方面的特点。

五　江西诗派词作的成就与缺憾

在诗词同理的观念主导下，江西诗派词的创作取得了相当的成就。其中较突出的乃是黄庭坚、陈与义、谢逸、吕本中诸人。王世贞论黄庭坚："鲁直书胜词，词胜诗，诗胜文。"⑨ 陈师道认为黄庭坚是当代罕有之词手："今代词手，唯秦七、黄九尔，唐诸人不逮也。"⑩ 对自己的词作自视

---

① 沈曾植：《海日楼札丛》卷七《菌阁琐谈》"山谷俗语"条，第288页。"起俊"见黄庭坚《步蟾宫》词："虫儿真个恶灵利，恼乱得道人眼起俊。"
② 李调元：《雨村词话》卷一，《词话丛编》第二册，第1401页。
③ 陈师道：《后山先生集》卷十四《与黄鲁直书》，《文渊阁四库全书》本。
④ 李调元：《雨村词话》卷一，《词话丛编》第二册，第1400页。
⑤ 同上书，第1401页。
⑥ 同上书，第1397页。
⑦ 杨慎：《词品》卷三，《词话丛编》第一册，第479页。
⑧ 曾季貍：《艇斋诗话》，《历代诗话续编》上册，第304页。
⑨ 王世贞：《艺苑卮言》，《词话丛编》第一册，第391页。
⑩ 《后山先生集》卷二三《诗话》，《文渊阁四库全书》本。

甚高。另外，谢逸的词在当时亦有相当影响。谢逸尝于黄州关山杏花村馆驿题《江城子》词云："杏花村里酒旗风，烟重重，水溶溶。野渡舟横，杨柳绿阴浓。望断江南山色远，人不见，草连空。　夕阳楼外晚灯笼，粉香融，淡眉峰，记得年年，相见画屏中。只有关山今夜月，千里外，素光同。"后来过路之人，看到这首词，就纷纷向馆卒借笔抄录。馆卒颇为厌烦，以至于用泥将这首词涂掉。① 由此可见，谢逸词在当时受欢迎的程度。吕本中的词也受到较高的评价，如曾季貍《艇斋诗话》就认为："东莱晚年长短句尤浑然天成，不减唐《花间》之作"、"皆精绝，非寻常词人所能作也"②，成就突出。

江西诗派词人中成就最大的当数陈与义。陈与义仅存词18首，但其成就在江西诗派词人中却是最高的。《四库全书总目提要》认为"山谷词利钝互见，后山则勉强学步，迥非与义之敌。"③ 其还进一步指出陈与义词的特点：一是"吐言天拔"，二是"不作柳䄬莺娇之态"，三是"无疏笋之气"。黄昇则认为："（陈与义）词虽不多，语意超绝，识者谓其可摩坡仙之垒也。"④ 杨慎《词品》卷四也持此论。

虽然江西诗派的词作受到了相当程度的肯定，但是我们也应当看到，江西诗派的词作毕竟还存在比较多也较明显的缺点。

关于黄庭坚的词，陈廷焯就持如下观点："黄九于词，直是门外汉，匪独不及秦、苏，亦去耆卿远甚"⑤、"词贵缠绵，贵忠爱，贵沉郁，黄之鄙俚者无论矣。"⑥ 我们现在看黄庭坚的词，确是瑕瑜互见。江西诗派的其他词作也受到较严重的批评。综合起来，有以下几个方面：

一是混淆了诗词之别。如前所述，江西诗派以论诗的旨趣论词。正所谓"成也萧何、败也萧何"。一方面，江西诗派词作的成就与"诗词同理"的观念是分不开的。另一方面，"诗词同理"的极端化，便是混同了诗、词这两种截然不同文体之间的区别，这就成为体认"词"的文体特性的障碍，从而使词的创作无法本色当行。"晁无咎评本朝乐章，不具诸

---

① 胡仔：《苕溪渔隐丛话》后集卷三十三引《复斋漫录》，第256页。
② 曾季貍：《艇斋诗话》，《历代诗话续编》上册，第304页。
③ 《四库全书总目提要》卷一九八《无住词》条，第1813页。
④ 黄昇：《中兴以来绝妙词选》卷一，《唐宋人选唐宋词》下册，第691页。
⑤ 陈廷焯：《白雨斋词话》卷一，《词话丛编》第四册，第3784页。
⑥ 同上。

集，今载于此云：'……黄鲁直间作小词，固高妙，然不是当行家语，是著腔子唱好诗。……'"① 而且，"著腔子唱好诗"的毛病不限于黄庭坚一人，江西诗派的许多人都有这个缺点，如陈师道。陆游认为："陈无己诗妙天下，以其余作词，宜其工矣。顾乃不然。殆未易晓也。"② 陆游的这段话，可以看作对整个江西诗派词创作的针砭，正是因为他们以余力作词，对词作为一种特殊文体的认识不足，未能充分尊重词体本身的艺术规律，这就导致了他们词作的整体水平不高。

二是用典过多近于杂凑。这实质上即是由"诗词同理"生发出来的。作为江西诗派诗作的显著特征——"杂凑"这个缺点，也同样在词作中存在，并受到诟病。如李清照就认为："黄（庭坚）即尚故实而多疵病，譬如良玉有瑕，价自减半矣。"③ 而李调元《雨村词话》评陈师道："乐天诗：'樱桃樊素口，杨柳小蛮腰。'伊州、凉州，古舞，无地名也。后山《西江月》云：'正需蛮素作伊凉。'笔力虽好，终嫌杂凑。先生尝有词自先赞：'黄秦去后无绝敌。'可谓言大。"④ 杂凑，即几乎成了江西诗派的通病。用典、杂凑之所以能在江西诗派的词的创作中得以推行，这与他们"诗词同理"的创作观念有关，也同他们对词体特性缺乏认识有关。

三是粗俗。陈廷焯指出过黄庭坚词的缺陷所在："词贵缠绵，贵忠爱，贵沉郁，黄之鄙俚者无论矣，即以其高者而论，亦不过于倔强中见姿态耳！于倔强中见姿态，以之作诗，尚未必尽合，况以之为词耶？"⑤ 俚俗，在江西诗派的诗中，还有相当成功的例子，而在词中，却以失败居多。张戒认为："世徒见子美诗之粗俗，不知粗俗语在诗句中最难；非粗俗，乃高古之极也。自曹、刘死，至今一千年，惟子美一人能之……近世苏、黄亦喜用俗语，然时用之，亦颇安排勉强，不能如子美胸襟流出也。"⑥ 江西诗派的末流，对前辈诗人的继承，有时只停留在皮毛之上。他们的词创

---

① 吴曾：《能改斋词话》卷一"黄鲁直词谓之著腔诗"条，《词话丛编》第一册，第125页。
② 《渭南文集》卷二八《跋后山居士长短句》，《陆放翁全集》，中国书店1986年版，第168页。
③ 王仲闻：《李清照集校注》卷三《词论》，人民文学出版社1979年版，第195页。
④ 李调元：《雨村词话》卷一，《词话丛编》第二册，第1402页。
⑤ 陈廷焯：《白雨斋词话》卷一，《词话丛编》第四册，第3784页。
⑥ 张戒：《岁寒堂诗话》卷上，《历代诗话续编》上册，第450页。

作，同样有这个弊端。

六　江西诗派词作的影响

杨万里《江西宗派诗序》："江西宗派诗者，诗江西也，人非皆江西也。人非皆江西而诗曰江西者何？系之也。系之者何？以味不以形也。"江西诗派不尽江西人，以味不以形，但诗派仍以地域命名，凸显了流派的地域文化色彩。准诗派之例，江西诗派的词作及词论，影响也逾越了江西籍词人。诗词一理，喜化用前人诗句，或喜檃栝，集句，议论成风，多用典，好用俚语俗语等习惯，在词坛上曼衍流布，成为时代普遍的艺术旨趣。

但如果就程度论，江西籍，或非江西籍但在江西生活过的词人，受江西诗派的词作及词论的影响最为显著。

如向子諲，原为开封人，南渡后居临江军（今江西清江），其常与江西诗派词人唱和。其《水调歌头》词序言：

> 大观庚寅闰八月秋，芗林老、顾子美、汪彦章①、蒲庭鉴，时在诸公幕府间，从游者，洪驹父、徐师川、苏伯固父子、李商老兄弟。是夕登临，赋咏乐甚。俯仰三十九年，所存者，余与彦章耳。绍兴戊辰再闰，感时抚事，为之太息。因取旧诗中师川一二语，作是词。

其《浣溪沙》小序亦言："政和壬辰正月，豫章龟潭作。时徐师川、洪驹父、汪彦章携酒来作别。"洪驹父、徐师川、吕本中均为江西诗派中人。他的词即有江西诗派词作的一些特征。如其亦有集句词《浣溪沙》："爆竹声中一岁除。东风送暖入屠苏。瞳瞳晓色上林庐。　老去怕看新历日，退归拟学旧桃符。青春不染白髭须。"据其小序言：

> 荆公除日诗云："爆竹声中一岁除，东风送暖入屠苏。千门万户瞳瞳日，争插新桃换旧符。"东坡诗云："老去怕看新历日，退归拟学旧桃符。"古今绝唱也。吕居仁诗有"画角声中一岁除，平明更饮

---

① 《全宋词》第1237页作"江彦章"，据王兆鹏《宋南渡词人群体研究》第57页注45考，当为汪彦章，从之。

屠苏酒"之句，政用以为故事耳。芗林退居之十年，戏集两公诗，辄以鄙意足成浣溪沙，因书以遗灵照。

集句的还有向子諲《满庭芳》"瑟瑟金凤"词，其小序言乃改作："芗林改张元功所作"。《蓦山溪》"挂冠神武"词，按照其小序，乃"王明之曲，芗林易十数字歌之"。

又如杨万里，江西吉水人，他的诗"江西派的习气也始终不曾除根，有机会就要发作"①，其词作虽少，然亦有奇致，"杨万里不特诗有别才，即词亦有奇致"。② 其词《归去来兮引》檃栝陶渊明《归去来兮辞》，有江西诗派的词风。

再如姜夔，曾"三薰三沐师黄太史氏"③，虽然后来大悟"学即病"，"虽黄诗亦偃然高阁矣"，但他的诗中还是能找到江西诗派的痕迹，"古体黄陈家格律，短章温李氏才情"。④ 姜夔的诗学观及其创作实践，亦影响到了他的词作，"读其说诗诸则，有与长短句相通者"。⑤ 夏承焘先生言：

> 白石的诗风是从江西派出来走向晚唐的，他的词正复相似，也是出入于江西和晚唐的，是要用江西派诗来匡救晚唐温、韦、北宋柳、周的词风的。⑥

姜夔是南宋卓然大家，"在婉约和豪放两派之外，另树'清刚'一帜，以江西诗瘦硬之笔救周邦彦一派的软媚，又以晚唐诗的绵邈风神救苏辛派粗犷的流弊。"⑦ 姜夔亦在南宋辛派词外开创了醇雅一派。朱彝尊《黑蝶斋诗余序》言：

---

① 钱锺书：《宋诗选注》，人民文学出版社1989年版，第159页。
② 王奕清：《历代词话》卷七，《词话丛编》第二册，第1230页。
③ 姜夔：《白石道人诗集·原序》，《姜白石诗集笺注》，山西人民出版社1986年版，第1页。
④ 《平庵悔稿》卷七《谢姜夔秀才示诗卷，从千岩萧东夫学诗》，转引自钱锺书《宋诗选注》，第215页。
⑤ 谢章铤：《赌棋山庄词话》卷十二，《词话丛编》第四册，第3478页。
⑥ 夏承焘：《姜夔的词风》，《夏承焘集》第三册《月轮山词论集》，第306页。
⑦ 同上书，第313页。

> 词莫善于姜夔，宗之者张辑、卢祖皋、史达祖、吴文英、蒋捷、王沂孙、张炎、周密、陈允平、张翥、杨基，皆具夔之一体。

汪森《词综序》亦言：

> 鄱阳姜夔出，句琢字炼，归于醇雅。于是史达祖、高观国羽翼之，张辑、吴文英师之于前，赵以夫、蒋捷、周密、陈允衡、王沂孙、张炎、张翥效之于后。

吴文英与陈允平是否属于姜夔一派，后人尚有争议。但耐人寻味的是姜夔一派词人中仅张辑为其同乡晚辈，其他大多为江浙一带人士。原因之一是姜夔早年随父居汉阳，父死依姊而居，以后漫游湘、鄂、苏、杭、湖等地。其过从来往者多为江西以外士人，故其影响江西较少。如果从地域文化的角度来看，姜夔词的风格与江西地域文化的格格不入，与两浙地域文化神契形合当是最关键的原因。

江西的山水地貌，"森秀竦插，有超然远举之致"。① 孕育其间的地域文化，刚劲质朴，其民"其俗性悍而急"。② 而姜夔"翰墨人品，皆似晋、宋之雅士"③，相对而言，两浙一带，山温水软，"三吴之州，莫大于杭，其地山秾水妍，其人机慧，疏秀而清明，其俗通商美宦，安娱乐，而多驱驰。"④ 士人游赏嬉乐其间，一方面，"扞格了多少英雄豪俊"（赵秋晓《齐天乐》）、"东南妩媚，雌了男儿"（无名氏《失调名》），所以《宋史·地理志》认为两浙路"人性柔慧"。⑤ 另一方面，山水优美明媚，加之南宋定都临安，皇家富丽堂皇的气派，影响两浙地域文化，趋向于醇雅一路。这样的地域文化更易于培育或吸收姜夔这样的词风。

江西诗派的词论及词作影响还波及辛派词人和南宋江西遗民词人，这将在下一节给予分析。

---

① 刘献廷：《广阳杂记》卷四，《丛书集成》初编本。
② 《宋史》，第2192页。
③ 周密：《齐东野语》卷十二引姜夔《自述》，《宋元笔记小说大观》第五册，第5571页。
④ 戴表元：《剡源戴先生文集》卷二《学古斋记》，《四部丛刊》初编本。
⑤ 《宋史》，第2177页。

第三节　江西南渡词人、辛弃疾与辛派词人

靖康二年（1127）北宋灭亡，汉族政权和北方的士大夫、民众大量南迁。时代巨变不可避免地影响了当时的词创作。关于南渡词人词风的突变，前人已有丰厚的研究。就江西地域文化而言，靖康巨变带来的影响大致有两方面，一方面南宋定都于临安，江西与国家政治、文化中心的距离变近，这使江西地域文化更深地融入时代的洪流之中，更深地打上了时代的烙印；另一方面大量北方士人的迁入，为江西地域文化注入异质的成分。故而，南宋的江西词人既承继并发展了北宋江西词人的传统，又追求新变，呈现出新的艺术精神与艺术面貌。

一　向子䛫

向子䛫是江西南渡词人的代表。胡寅《向芗林酒边集后序》论向子䛫词在南渡前后的变化时言：

> 观其退江北所作于后，而进江南所作于前，以枯木之心，幻出葩华，酌元酒之尊，而弃醇味，非染而不色，安能及此。

向子䛫所自定的《酒边集》分两卷，上卷曰江南新词，下卷曰江北旧词，分卷是基于南渡前后作品风格的不同。而他把后作而置之于前，则是体现了对南渡后作品的重视。就大多数的南渡词人而言，其南渡前后的风格都会呈现出较为明显的差异。谢章铤的"南宋词多黍离麦秀之悲，北宋词多北风雨雪之感"①，谢章铤对北宋、南宋词风格的把握未必准确，但其判断两宋词在内容及风格上存在差异，却是至论。向子䛫词的内容和风格在靖康前后也有较大差异。其南渡前作品，多赠别怀人，流连花月之作。如《生查子》：

> 近似月当怀，远似花藏雾。好是月明时，同醉花深处。　　看花不自持，对月空相顾。愿学月频圆，莫作花飞去。

---

① 谢章铤：《赌棋山庄词话》卷一引王昶言，《词话丛编》第四册，第3321页。

拈出这样的作品，并不是其在艺术上有过人之处，而是因为它代表了向子諲前期作品的典型风格，再如下面这些词句："薄情已是抛人去，更与新愁到酒边"（《鹧鸪天·宣和己亥代人赠别》）、"欢心未已。流水落花愁又起。离恨如何。细雨斜风晚更多"（《减字木兰花·政和癸巳》）、"花样风流柳样娇。雪中微步过溪桥"（《浣溪沙·政和癸巳仪真东园作》），所咏不过花月柳雪，意象与比喻也很普通，感情浅淡，风格纤弱，艺术上并没有较《花间》以及北宋前期的小令突破多少。但其作于南渡后的作品，风格就有了明显的变异。试比较下面两首词：

> 霭霭朝云，矜春态度。楚宫梦断寻无路。欲将尊酒遣新愁，谁知引到愁深处。　　不尽长江，无边细雨。只疑都把愁来做。西山总不解遮拦，随春直过东湖去。（《踏莎行·政和丙申九江道中》）

> 江南江北雪漫漫。遥知易水寒。同云深处望三关。断肠山又山。　　天可老，海能翻。消除此恨难。频闻遣使问平安。几时鸾辂还。（《阮郎归·绍兴乙卯大雪行鄱阳道中》）

这两首词均作于江西旅途，《踏莎行》为南渡前，《阮郎归》为南渡后。《踏莎行》写的是"愁"，《阮郎归》写的是"恨"；《踏莎行》以"细雨"，以"朝雨"作喻，《阮郎归》以"雪漫漫"设景；《踏莎行》是"梦断"，《阮郎归》则是"断肠"。应当说，《踏莎行》固然写愁，但愁只是个人际遇的感慨，《阮郎归》则充满了感念国事，天老海翻的悲情。概言之，靖康之乱前，向子諲的词作以唱酬赠别为主，华辞丽藻，不出月露之形，唯是风云之状。入南宋后其所作便更多地融入了时代的感慨，出语悽恻沉痛，风格亦变为"步趋苏堂而哜其胾者也"①，即倾向于豪放一派。

绍兴八年（1139年），向子諲因为不肯拜金诏，忤秦桧意，乃致仕，卜居清江，号所居曰"芗林"。绍兴二十二年（公元1152年）去世，年六十八。致仕退居芗林十五年间，向子諲词的风格又有较大的转变。国事既不可问亦不堪问，仕途又失意困蹇，于是向子諲的词便转向寻求宁静超

---

① 胡寅：《斐然集》卷十七《向芗林酒边集后序》，《文渊阁四库全书》本。

脱的人生体验。虽然他的词仍然或深或浅地抒写着对国事的挂念、对政局的关怀，如作于绍兴戊辰的《水调歌头》，小序言"感时抚事，为之太息"，其词最末数句："忍问神京何在，幸有芎林秋露，芳气袭衣裳。断送余生事，惟酒可忘忧。"又如作于绍兴甲子（公元 1144 年）上元的怀念京师的《水龙吟》："到而今江上，愁山万叠，鬓丝千缕。"但其词更多的则是表现退处林泉的闲适心灵。他或穿林踏雪，或徜徉醉乡：

　　蓑衣箬笠，更着些儿雨。横笛两三声，晚云中、惊鸥来去。欲烦妙手，写入散人图，蜗角名，蝇头利，着甚来由顾。（《蓦山溪》）

　　余兴追游，清芬坐对，高谈倾耳。晚归来，风扫停云，万里月华如洗。（《水龙吟》）

　　纵玉钩初上，冰轮未正，无奈婵娟。饮客不来自酌，对影亦清妍。（《八声甘州》）

正因为"此生休问"，所以才甘老山林，才"愿瓮中，长有酒如泉"。向子諲晚年的词作和北宋时期的作品不同，因为其作品中有着对国事的关怀；但亦和其南宋初年的作品不太一样，在国恨家仇的失意中，退而求诸江月林风的慰藉。

向子諲之于南宋江西词人的意义在于，他在继承江西诗派的词论及词作的若干成就的基础上，增强了词与政治、时代的紧密关系，同时也为在词陶写性情，表达隐逸之思方面积累了经验。

二　辛弃疾

辛弃疾（1140—1207），初字坦夫，后改字幼安，号稼轩，齐州历城（今山东济南）人。辛弃疾虽不是江西籍，但他与江西有着密切的关系。辛弃疾于公元 1175—1176 年先后任提点江西刑狱、知隆兴府兼江西安抚，公元 1182—1192 年闲居上饶带湖，1194—1203 年隐居铅山瓢泉。[①] 辛弃疾一生居江西二十余年，自绍兴三十二年（公元 1162 年）奉表归宋后，即有近一半的时间是在江西度过。而且，江西亦是他的终老之地。辛弃疾

[①] 邓广铭：《辛稼轩年谱》，古典文学出版社 1957 年版。

与江西地域文化的关系不言而喻。

据《稼轩词编年笺注》①，辛弃疾存词626首，其中，带湖之什有228首，瓢泉之什有225首，共453首；此外，两浙、铅山诸作21首及补遗28首，其中亦有一部分作于江西。辛弃疾作于江西的词作约占全部词作的3/4。辛词与江西地域文化的关系可谓非同寻常。

辛弃疾与江西词人交往密切，唱和甚多。如《蝶恋花·和杨济翁韵》，乃同吉安人杨炎正唱和。《水调歌头·九日游云洞，和韩南涧尚书韵》，韩南涧即韩元吉，有《南涧甲乙稿》，开封雍邱人，南渡后流寓信州上饶，亦可算作江西词人。《满庭芳·和洪丞相景伯韵》，乃和洪适。《最高楼·庆洪景庐内翰七十》，为洪迈祝寿词。洪适、洪迈为鄱阳人。《新荷叶·和赵德庄韵》，乃同赵彦端唱和。赵彦端家江西余干，亦属江西人。《行香子·博山戏简昌父、仲止》，乃赠赵蕃、韩淲之作。赵蕃寓信州玉山，韩淲寄籍上饶，均可视作江西人。鄱阳人姜夔有《汉宫春·次韵稼轩蓬莱阁》等词，吉州人刘过有《念奴娇·留别辛稼轩》等词。此外，辛弃疾还同洪莘之、赵善括、赵善扛、徐安国、京镗、石孝友、徐文卿、赵晋臣、吴绍古等江西词人有过唱和。辛弃疾同江西词人的唱和在数量上也颇为可观，如与赵晋臣唱和词达24首，与赵蕃唱和词有7首，与大多数的词人都有多首唱和。在相互唱和之际，江西词人与辛弃疾相互影响，相互促进。

关于辛词的艺术特色，前人有过大量的论述。但从地域文化的角度看，辛词实是江西词学传统的重要环节。他的词融会并发展了前代江西词人的诸多特征，从艺术手法上看，有以下三点。

首先，辛词进一步拓展了词体的功能。如果说南唐词人，晏欧等北宋前期江西词人使词摆脱了单纯的娱宾遣兴的功能，使之表现士大夫的情感与生活，而江西诗派的词人主张"诗词同理"，用词来写原本只有诗才能表现的题材的话，那么，辛弃疾的词更进一步，几乎达到了无意不可言，无事不可入的地步。如他写有羁旅行役之词，如《满江红·江行和杨济翁韵》；写有咏物词，如《贺新郎·赋水仙》；写有闺情词，如《一络索·闺思》；写有艳情词，如《浣溪沙·赠子文侍人名笑笑》；写有节序词，如《青玉案·元夕》；写有漫兴词，如《浣溪沙·漫兴作》；有写景，

---

① 辛弃疾：《稼轩词编年笺注》（增订本），邓广铭笺注，上海古籍出版社1993年版。

如《清平乐·博山道中即事》；有隐逸词，如《水龙吟·题瓢泉》；有怀古，如《水龙吟·登建康赏心亭》；有咏史，如《八声甘州·夜读李广传》；更有大量和词，还有赠别，如《鹧鸪天·送人》；寿词，如《洞仙歌·寿叶丞相》；贺词，如《满江红·贺王帅宣子平湖南寇》。辛词在沿用传统词体的功能之时，一方面增加了词的实用功能，另一方面又深化了词在表达情感方面的功能。

其次，风格的多样化。当然从主体风格看，辛弃疾的词风雄深雅健，激昂排宕。但豪放并不是辛词的唯一风格，辛词是宋代词风的集大成者。刘克庄《后山诗话》云：“公所作大声镗鞳，小声铿鍧，横绝六合，扫空万古。其秾丽绵密处，亦不在小晏秦郎之下。”范开《稼轩词序》言：

> 其词之为体，如张乐洞庭之野，无首无尾，不主故常。又如春云浮空，卷舒起灭随所变态，无非可观。无他，意不在于作词，而其气之所充，蓄之所发，词自不能不尔也。其间固有清而丽，婉而妩媚，此又坡词之所无，而公词之所独也。

辛词的风格固然有横绝古今、掣鲸碧海的豪壮之作，亦有清丽、婉约等风格，辛词的"不主故常"、"随所变态"的原因在于"气之所充，蓄之所发"。"气"是歌词中声与意的本原，辛弃疾的词不是为文而造情，辛词"苟不得之于嬉笑，则得之于行乐；不得之于行乐，则得之于醉墨淋漓之际。"词是辛弃疾气节、功业与生活的"陶写之具"，所以才达到风格多样化的艺术境地。辛词风格多样化的另一个原因在于其努力学习前辈词人的艺术经验。如《木兰花慢》"用天问体"送月；如《声声慢》"檃括渊明《停云》诗"；《玉楼春》"少年才把笙歌盏"，小序言明："效白乐天体"。《河渎神》"芳草绿萋萋"小序言"词效花间体"。效花间体的还有《唐河传·效花间集》。也效李清照体，如《丑奴儿·博山道中效李易安体》。《念奴娇》则"效朱希真体"。辛弃疾也效江西词人体，《归朝欢》"山下千林花太俗"小序言"因效介庵体为赋"。鄱阳人赵彦端有《介庵集》。《蓦山溪》则"效赵昌父体"，赵蕃字昌父，寓信州玉山。《婆罗门引》"落花时节"小序言"别叔高。叔高长于楚词"，所以词中特别提到"未消文字湘累"等，可见稼轩作词时，对唱和友人的艺术特征多有琢磨，故能充分吸收其长处。辛弃疾在与大量的江西词人相互唱和的过程中，借鉴艺术经验，探讨艺术奥秘，也促成了其词体风格的多样化。

最后，以文为词。陈模《怀古录》卷中《论稼轩词》言辛词《贺新郎·别茂嘉十二弟》乃"尽集许多怨事，全与太白《拟恨赋》手段相似。"① 又如《沁园春·将止酒，戒酒杯使勿近》，非倚声本色，在艺术手法上恰如班固的《宾戏》、扬雄的《解嘲》。"乃是把古文手段寓之于词。"② 辛弃疾的"以文为词"不是横空出世，而是在包括江西词人在内的前代词人艺术探索的基础上逐步发展起来的。如江西诗派主张"活法"，"学诗当识活法，所谓活法者，规矩具备，而能出于规矩之外；变化不测，而亦不背于规矩也。"③ 辛弃疾也作如是主张，"诗句得活法，日月有新功。"（《水调歌头》）

又如江西诗派的词作多用典，好檃栝，喜集句。辛词有过之而无不及。辛词的用典很密集，"时时掉书袋"。④ 据熊笃统计，《辛稼轩词编年笺注》共辑词626首，其中未用典故者仅83首，其余543首共用2016次典故，有两首词应用典故多至13典。⑤ 辛词的用典技巧很高："稼轩词拉杂使事，而以浩气行之。如五都市中，百宝杂陈，又如淮阴将兵，多多益善，风雨纷飞，鱼龙百变，天地奇观也。"⑥ 刘熙载言："稼轩词龙腾虎掷，任古书中理语、廋语，一经运用，便得风流，天姿是何复异！"⑦ 庶几近乎江西诗派的"夺胎换骨，点铁成金"。辛词的典故来源丰富："辛稼轩别开天地，横绝古今，论、孟、诗小序、左氏春秋、南华、离骚、史、汉、世说、选学、李杜诗、拉杂运用，弥见其笔力之峭。"⑧ 辛弃疾有檃栝词，如《声声慢·檃栝陶渊明停云诗》、《丑奴儿·醉中有歌此诗以劝酒者，聊檃栝之》，又《水龙吟》"昔时曾有佳人"小序："爱李延

---

① 陈模：《论稼轩词》，邓广铭：《稼轩词编年笺注》附录，上海古籍出版社1993年修订版，第598页。
② 同上书，第599页。
③ 吕本中：《夏均父集序》，见刘克庄《后村先生大全集》卷二十四"吕紫薇"条，《文渊阁四库全书》本。
④ 《后村先生大全集》卷九十九《题刘叔安感秋八首》，《文渊阁四库全书》本。
⑤ 熊笃：《论稼轩词的用典》，刘庆云、陈庆元主编：《稼轩新论》，海风出版社2005年版，第281页。
⑥ 陈廷焯：《词则·放歌集》卷一，上海古籍出版社1984年版，第17页。
⑦ 刘熙载：《词概》，《词话丛编》第四册，第3693页。
⑧ 吴衡照：《莲子居词话》卷一，《词话丛编》第三册，第2408页。

年歌,淳于髡语,合为词,庶几高唐、神女、洛神赋之意云",其词句"连缀古语,浑然天成"。① 辛弃疾还有集句词,如《忆王孙·集句》、《踏莎行·赋稼轩,集经句》、《卜算子·用庄语》等。运用前代经、史、散文等文体中的典故,或由此集句、檃栝,必然引起词体语言的散文化。

又如江西诗派的词不避俚语俗词。辛弃疾部分词作语言上也是浅近卑俗。如《南乡子·赠妓》:

> 好个主人家。不问因由便去嗏。病得那人妆晃了,巴巴。系上裙儿稳也哪。　别泪没些些。海誓山盟总是赊。今日新欢须记取,孩儿,更过十年也似他。

同此词一样,辛弃疾的词中大量使用口语、谚语、熟语,如常用"渠"、"侬"、"他"、"了"、"些"等语,又如《玉楼春·用韵答叶仲洽》有"身似道旁官堠懒",自注"谚云:'馋如鹞子,懒如堠子'"。俗词俚语,以及日常生活用语进入词,也导致了词体语言的散文化。

再如江西诗派的词有议论之风,辛弃疾的词也爱发议论。"东坡为词诗,稼轩为词论"②,其《最高楼》:

> 吾衰矣,须富贵何时。富贵是危机。暂忘设醴抽身去,未曾得米弃官归。穆先生,陶县令,是吾师。　待葺个、园儿名佚老。更作个、亭儿名亦好。闲饮酒,醉吟诗。千年田换八百主,一人口插几张匙。休休休,更说甚,是和非。

小序标明了词的写作缘起:"吾拟乞归,犬子以田产未置止我,赋此骂之"。词人官场失意,想致仕归老,但儿子不理解,于是词人"骂之",实际上是劝告和说明。"吾衰矣,须富贵何时"——富贵不可求;"富贵是危机"——求富贵的危害;"暂忘设醴"典自《汉书·楚元王传》:"元王既至楚,以穆生、白生、申公为中大夫。穆生不嗜酒,元王每置

---

① 冯煦:《蒿庵论词》,《词话丛编》第四册,第 3592 页。
② 陈模:《怀古录》卷中,《稼轩词编年笺注》(增订本),上海古籍出版社 1993 年版,第 599 页。

酒，常为穆王设醴。及王戊即位，忘设醴，穆生退曰：'可以逝矣。醴酒不设，王之意怠，不去，楚人将钳我于市。'遂谢病去。"① 此典故和陶渊明不为五斗米折腰的典故一样，说明智者不为富贵所累的态度。所以，词人要优游园亭——不求富贵的快乐。"千年田换八百主"至词章末尾，乃道富贵为虚妄。此词说理逻辑严密，层层深入，又引经据典，亦庄亦谐，出入雅俗，反映了词人非同一般的艺术技巧。又如"玄入参同契，禅依不二门。静看斜日隙中尘。始觉人间何处，不纷纷"（《南歌子·独坐蔗庵》）、"莫炼丹难。黄河可塞，金可成难。休辟谷难。吸风饮露。长忍饥难"（《柳梢青》）、"醉者乘车坠不伤，全得于天也"（《卜算子·用庄语》）等，或参禅，或悟道，表现形式均是以议论为主。散文长于议论，辛词多议论，因此词的体式就倾向于散文化。

当然，辛弃疾的以文为词，最明显地体现在以散文的章法结构来填词。如《沁园春·将止酒，戒酒杯使勿近》，词采用与"杯"一问一答的结构。又如《水龙吟》：

听兮清佩琼瑶些。明兮镜秋毫些。君无去此，流昏涨腻，生蓬蒿些。虎豹甘人，渴而饮汝，宁猿猱些。大而流江海，覆舟如芥，君无助、狂涛些。　　路险兮、山高些。愧余独处无聊些。冬槽春盎，归来为我，制松醪些。其外芳芬，团龙片凤，煮云膏些。古人兮既往，嗟余之乐，乐箪瓢些。

此词并非单纯的独木桥体，词的实际韵脚在"些"字前一字，即"瑶"、"毫"、"蒿"、"猱"、"涛"、"高"、"聊"、"醪"、"膏"、"瓢"等，这是师法《楚辞》中《招魂》只用"些"字，《大招》采用"只"字为句尾，而韵字在其前的方式。从广义的角度看，赋亦是散文之一种。此外又如《汉宫春·立春日》，谭献认为乃"以古文长篇法行之"。② 可以说，"以文为词"是沿着"诗词同理"道路的再次远足。"以文为词"贯穿着稼轩词的始终，丰富着词体的题材内容，增强了词体的表达能力。这也启引了南宋江西遗民词人的写作。

---

① 《汉书》三六《楚元王传》，第1922页。
② 谭献：《复堂词话》，《词话丛编》第四册，第3994页。

辛弃疾的词在思想内容上，也接受了江西地域文化的影响，融会并发展了前代江西词人的诸多特征，主要表现为以下两点。

第一，词作中爱国主义与现实精神的凸显。范开《稼轩词序》言：

> 公一世之豪，以气节自负，以功业自许，方将敛藏其用以事清旷，果何意于歌词哉，直陶写之具耳。

稼轩词潜气内转，笔势纵横，激昂跌宕，是同他的"忠义之心，刚大之气"[①] 相辅相成的，也是南渡以来因时代巨变而词风转折的代表。如著名的《永遇乐·京口北固亭怀古》呼唤如孙权、刘裕的时代英雄，表达了对国事的关切，并以廉颇自许。词作慷慨之气，裂竹之声，是词人恢复之志的生动流露。又如《破阵子·为陈同甫赋壮语以寄》："醉里挑灯看剑，梦回吹角连营。八百里分麾下炙，五十弦翻塞外声。沙场秋点兵。马作的卢飞快，弓如霹雳弦惊。了却君王天下事，赢得生前身后名。可怜白发生。"无论是醉里，还是梦中，萦绕于心的始终是"天下事"。哪怕是在为朋友祝寿，都不忘相互砥砺，"待他年，整顿乾坤事了，为先生寿"（《水龙吟·为韩南涧尚书寿甲辰岁》），大有"匈奴未灭，何以家为"的气概。又如"要挽银河仙浪，西北洗胡沙"（《水调歌头·寿赵漕介庵》）、"马革裹尸当自誓，蛾眉伐性休重说"（《满江红·汉水东流》）、"看试手，补天裂"（《贺新郎·同父见和，再用韵答之》）等，也是报国之志的忠实写照。

第二，隐逸之思。"吾道悠悠，忧心悄悄。"（《踏莎行·和赵国兴和录韵》）辛弃疾一生三次罢官，两度闲居，投闲置散二十余年，有志而不获骋，"都将万字平戎策，换得东家种树书。"（《鹧鸪天·有客慨然谈功名，因追念少年时事戏作》）虽然是愤慨之语，但也不失为自我解脱的法门。汪莘《方壶诗余自叙》："辛稼轩，乃写其胸中事，尤好称渊明。"辛弃疾的词中多次提到东晋时期的江西诗人陶渊明。如"我愧渊明久矣"（《水调歌头·再用韵答李子永》）、"便此地结吾庐，待学渊明，更手种门前五柳"（《洞仙歌·访泉于奇师村得周氏泉为赋》）、"醉倒却归来，松菊陶渊宅。"（《生查子·民瞻见和复用前韵》）等。辛弃疾词写归隐，并

[①] 谢枋得：《辛稼轩先生墓记》，《叠山集》卷三，《文渊阁四库全书》本。

非自我标榜,空慕清高之作,而是乐其恬退,处之淡迫。如《鹧鸪天·代人赋》:

  陌上柔条初破芽。东邻蚕种已生些。平冈细草鸣黄犊,斜日寒林点暮鸦。 山远近,路横斜。青旗沽酒有人家。城中桃李愁风雨,春在溪头荠菜花。

  沈际飞《草堂诗余别集》卷二:"善读此词,便许看陶诗,许作王、孟。"俞陛云《唐五代两宋词简析》:"稼轩集中多雄慨之词,纵横之笔,此调乃闲放自适,如听雄笳急鼓之余,忽闻渔唱在水烟深处,为之意远。"安宁淡远的乡村生活是身之所居,亦是其心之所憩。辛弃疾此类作品甚多,英雄而作渔樵语,颇为无奈。

  辛弃疾对富贵弃之如敝屣,"富贵浮云,我评轩冕,不如杯酒。"(《水龙吟》)对功名也看得比较淡然,"人道是、子胥冤愤终千古。功名自误。谩教得陶朱、五湖西子,一舸弄烟雨。"(《摸鱼儿·观潮上叶丞相》)然而,辛弃疾的内心还是充满矛盾。如《水龙吟·登建康赏心亭》:"休说鲈鱼堪鲙。尽西风,季鹰归未。求田问舍,怕应羞见,刘郎才气。"国事如此,不得便归;求田问舍,亦属不屑。因此,他的隐居词作中,仍有不能忘怀世事的作品,如"老合投闲,天教多事,检校长身十万松"(《沁园春》),长松在他看来犹如部曲列阵。又如"笑吾庐,门掩草,径封苔。未应两手无用,要把蟹螯杯。说剑论诗余事,醉舞狂歌欲倒,老子颇堪哀。"(《水调歌头·汤朝美司谏见和,用韵为谢》)闲居是一种无奈,一种悲哀。

三　江西辛派词人

  作为南宋影响最大的词人之一,辛弃疾的影响所及,形成了声势浩大的稼轩词派。"这个词派,以辛弃疾为无可争议的主帅,以韩元吉、陆游等年辈稍长于辛的友人为同盟军……以陈亮、刘过、赵善括、杨炎正、程珌、岳珂、黄机等与辛氏年辈相若或年辈虽晚但尚及与辛氏交往的豪放词人为之辅翼,以戴复古、刘克庄、吴潜、李曾伯、陈人杰、李好古等一大批南宋晚期的慕蔺趋风者为强大后劲,彬彬然蔚为百年之盛。"[①] 这其

---

① 刘扬忠:《唐宋词流派史》,第 425 页。

中，韩元吉、陈亮、刘过、赵善括、杨炎正等皆为江西籍或仕宦江西者。

试以刘过为例，分析辛弃疾词对江西辛派词人的影响。刘过（1154—1206），字改之，号龙洲道人，吉州太和（今江西泰和）人。屡试不第，终身布衣。有《龙洲集》。刘过与辛弃疾有过直接交往。岳珂《桯史》卷二载：

> 嘉泰癸亥岁，改之在中都。时辛稼轩弃疾帅越，闻其名，遗介招之，适以事不及行，作书归辂者，因效辛体《沁园春》一词，并缄往，下笔便逼真。其词曰："斗酒彘肩，风雨渡江，岂不快哉。被香山居士，约林和靖，与东坡老，驾勒吾回。坡谓西湖，正如西子，浓抹淡妆临镜台。二公者，皆掉头不顾，只管衔杯。　白云天竺飞来。图画里、峥嵘楼观开。爱东西双涧，纵横水绕，两峰南北，高下云堆。逋曰不然，暗香浮动，争似孤山先探梅。须晴去，访稼轩未晚，且此徘徊。"辛得之大喜，致馈数百千，竟邀之去。馆燕弥月，酬唱叠叠，皆似之，逾喜。垂别，赐之千缗，曰："以是为求田资。"改之归，竟荡于酒，不问也。①

刘过与辛弃疾唱和或赠辛弃疾的词作还有《沁园春·寄辛稼轩》、《念奴娇·留别辛稼轩》、《沁园春·送辛幼安弟赴桂林官》等。岳珂言刘过《沁园春》乃"效辛体"。刘过词虽"未尝全作辛体"②，其《沁园春·美人指甲》、《沁园春·美人足》等作，侧艳之词，"刻画猥亵，颇乖大雅"。③ 但刘过以稼轩体为师的作品还是主流。前人大都将其归入辛派。如黄昇谓："（刘过）稼轩之客。……其词多壮语，盖学稼轩者也。"④ 张炎亦云："辛稼轩、刘改之作豪气词，非雅词也，于文章余暇，戏弄笔墨，为长短句之诗耳。"⑤ 王世贞云："词至辛稼轩而变，其源实自苏长

---

① 岳珂：《桯史》卷二"刘改之诗词"条，《宋元笔记小说大观》第四册，第4348页。
② 《四库全书总目》卷一九九《龙洲词提要》，第1820页。
③ 同上。
④ 黄昇：《中兴以来绝妙词选》卷五，《唐宋人选唐宋词》下册，第760页。
⑤ 张炎：《词源》卷下，《词话丛编》第一册，第267页。

公,至刘改之诸公极矣。"① 刘过词对稼轩词风格的学习主要集中在"壮语"、"豪气"方面,内容上也受到辛弃疾的影响,关注时局,好言恢复。如"望中原驱驰去也,拥十州,牙纛正翩翩。春风早,看东南王气,飞绕星躔"(《八声甘州·送湖北招抚吴猎》)、"过旧时营垒,荆鄂有遗民。忆故将军,泪如倾"(《六州歌头·题岳鄂王庙》)、"男儿事业无凭据。记当年、击筑悲歌,酒酣箕踞。腰下光芒三尺剑,时解挑灯夜语"(《贺新郎》)等。

辛弃疾吸收了江西地域文化的影响,加以融会贯通,再造新篇。辛弃疾的词作和众多的前代江西词人一样,参与塑造了新一代的江西地域文化,深刻地影响着后代的江西词人除江西辛派词人外,以《名儒草堂诗余》为代表的南宋江西遗民词人亦是辛派余波。

第四节 南宋江西遗民词人

南宋江西遗民词人与江西地域文化的关系也颇为密切。他们以江西地域文化为依托,承续江西前辈词人传统,形成了内部联系紧密、风格大体相似的地域词派,为宋末元初词坛增色不少。

一 南宋遗民词人的界定

论及南宋江西遗民词,不能不言《名儒草堂诗余》。是书又名《凤林书院草堂诗余》、《元草堂诗余》、《续草堂诗余》,清雍正甲辰(公元1724年),厉鹗整理此书,有题记曰:

> 元凤林书院《草堂诗余》三卷,无名氏选,至元大德间诸人所作,皆南宋遗民也。词多凄恻伤感,不忘故国,而于卷首冠以刘藏春、许鲁斋二家,厥有深意。至其采撷精妙,无一语凡近。牟阳老人《绝妙好词》外,渺焉寡匹。余于此二种,心所爱玩,无时离手。每当会意,辄欲作碧落空歌,清湘瑶瑟之想。②

---

① 王世贞:《艺苑卮言》,《词话丛编》第一册,第391页。
② 庐陵凤林书院编:《名儒草堂诗余》,商务印书馆1939年版,第95页。

厉鹗对《名儒草堂诗余》的选录标准及其词作艺术评价甚高，认为可与周密《绝妙好词》比肩。《名儒草堂诗余》的特色还在于所选"皆南宋遗民"，故词作大多"凄恻伤感，不忘故国"。

《名儒草堂诗余》是一部地域色彩非常浓厚的词选。除少数例外，在作者名字下均附以籍贯，如罗志仁附注"涂川"、李琳附注"长沙"、刘将孙附注"庐陵"等。这是编选者地域文化意识的反映。此外，《名儒草堂诗余》三卷，收录62人共203首词作，集中有籍贯可考者70%是江西籍。① 厉鹗《论词绝句十二首》云：

  送春苦语刘须溪，吟到壶秋句绝秋。不读凤林书院体，岂知词派有江西？②

所谓的"凤林书院体"就是"江西词派"，是对宋末元初江西遗民词人的简要概括。陈匪石云《元草堂诗余》："其确为元人者，只刘藏春、许鲁斋两家，余皆南宋遗民。……是名虽属元，实乃南宋遗韵。"③ 易代之际，作者归属实不易断定。现依唐圭璋编《全宋词》、《全金元词》，《名儒草堂诗余》凡收入《全宋词》者皆为南宋词人，计有萧汉杰（吉水）、鞠华翁（吉水）、刘辰翁（庐陵）、颜奎（太和）、尹济翁（庐陵）、文天祥（庐陵）、邓剡（庐陵）、彭元逊（庐陵）、赵文（庐陵）、赵功可（庐陵）、王学文（眉山）、詹玉（古郢）、彭履道（丰城）、姚云文（高安）、王梦应（攸县）、李琳（长沙）、危复之（抚州）、罗志仁（涂川）、王炎午（庐陵）、刘将孙（庐陵）、刘铉、杨樵云（涂川）、刘应雄（西昌）、曾隶、黄水村（宜春）、姜个翁（清江）、彭芳远、戴山隐、李裕翁、龙端是、萧东父、王从叔（庐陵）、吴元可（禾川）、李太古（古芸）、黄子行（修水）、龙紫蓬、萧允之、段宏章（禾川）、刘贵翁（庐陵）、黄霁宇、刘天迪（西昌）、张半湖、刘景翔（安成）、周伯阳、尹公远、李天骥（庐陵）、刘应几（安成）、周孚先（西昌）、彭泰翁（安

---

① 许春燕：《从〈名儒草堂诗余〉看江西词派》，《南昌大学学报》2004年第4期，第114页。许春燕另有《〈名儒草堂诗余〉作者与版本浅探》（载《苏州教育学院学报》2002年第4期），对作者的籍贯与生平辨析甚详。

② 厉鹗：《樊榭山房文集》卷七，上海古籍出版社1992年版，第513页。

③ 陈匪石：《声执》卷下"元草堂诗余"条，《词话丛编》第五册，第4961页。

成)、曾允元(西昌)等50人。谢章铤言:"昔者元凤林书院诗余,厉樊榭谓可以溯江西词派。顾亦不尽豫章之人。"① 这和江西诗派不尽为江西人是同样道理,盖以神不以形之故也。研究南宋江西遗民词人,当然须以这50人为对象而不是《名儒草堂诗余》的全部词人(其中有12人属元代或金代词人),但这50人的词作则不限于《名儒草堂诗余》所选,而当考察其全部词作。另丰城王义山、饶州马廷鸾、玉山王奕、江西刘鉴、婺源汪宗臣、信州弋阳谢枋得、南丰刘壎、永新胡幼黄、鄱阳黎廷瑞、鄱阳徐瑞等人,与上述50人有较多交往,词论及词风也较为相似,亦可附论。

《名儒草堂诗余》所收录是否尽为遗民词人?《现代汉语词典》对"遗民"的定义是"指改朝换代后仍然效忠前一朝代的人。也泛指大乱后遗留下来的人民。"《辞海》的定义是:"旧指劫后残留的人民。亦指易代后不仕新朝的人。"比较两种定义,"易代后不仕新朝"较为合理。据许春燕《〈名儒草堂诗余〉版本与作者浅探》②,《名儒草堂诗余》所选南宋词人中,有抗元英雄如文天祥、王炎午、王梦应、鞠华叔等;有隐士逸民,沈雄《古今词话》言:《松筠录》曰:宋季高节,盖推庐陵、吉水、涂川,亦同一派,如邓剡字光荐,刘会孟号须溪,蒋捷号竹山,俱以词鸣一时者。更如危复之于至元中,累徵不仕,隐紫霞山,卒谥贞白。赵文自号青山,连辟不起,与刘将孙为友,结青山社。王学文号竹涧,与汪水云为友,不知所之。至若彭巽吾名元逊,罗壶秋名志仁,颜吟竹名子俞,吴山庭名元可,萧竹屋名允之,曾鸥江名允元,王山樵名从叔,萧吟所名汉杰,尹涧民名济翁,刘云闲名天迪,周晴川名玉晨,皆忠节自苦,没齿无怨者。"③ 比较特殊的是出仕学官者。如赵文任东湖书院山长,罗志仁任天长书院山长,刘将孙任临汀书院山长等。但书官山长,并不隶属于元朝行政系统,属于相对清散的职位,再加上他们的词作中不时流露出故国之思。所以,沈雄《古今词话》引《松筠录》也把赵文、罗志仕等也描绘成忠节自苦的遗民。

这些南宋江西遗民词人,彼此交往密切,唱和甚多。如文天祥、邓

---

① 谢章铤:《赌棋山庄词话》卷四"闽词钞"条,《词话丛编》第四册,第3367页。
② 许春燕:《〈名儒草堂诗余〉版本与作者浅探》,《苏州教育学院学报》2002年第4期。
③ 沈雄:《古今词话》词话上卷"宋季高节"条,《词话丛编》第一册,第775页。

剡、刘辰翁三人是同学："（邓剡）少与文天祥、刘辰翁游欧阳守道门。"① 三人相交甚厚，刘辰翁之子刘将孙云："将孙之先人交丞相兄弟为厚，盖尝与江西幕议。"② 邓剡《祭须溪文》称："呜呼，天地间奇诡超迈之气于是乎绝，四十五年如手如足之情于是乎诀。"③ 文天祥《送行中斋三首》诗赠邓剡，有言曰："过从三十年，知心不知面。"并曾言"邓先生（光荐）真知吾心者，吾铭当以属之。"④ 赵文同文天祥、刘辰翁、刘将孙都有交往。刘将孙《赵青山先生墓表》曰："当青山间关携弟元简从文信公于闽……予对床喘息相闻，夜话景景，鸡未鸣披衣语待晓。……公少吾先君子八岁，而先君子推重之，以为吾党，婉娈不忘，无疏密如一日。""予于公忘年之交，笃密逾至。"⑤ 赵文号青山。赵文也为萧汉杰诗集作序⑥，二人交情颇厚。赵功可是赵文之弟，有《柳梢青·怀青山兄，时在东湖》。又罗志仁与刘将孙也有交往，刘将孙有《罗壶秋访来志别》诗。王梦应是刘须溪的门生，有《哭须溪墓》文。⑦ 颜奎，"文山文公尝延致幕下"、居乡里时，"与须溪刘辰翁、中斋邓光荐辈游。"⑧ 赵功可有词《桂枝香·和詹天游就访》，詹玉号天游。王炎午，"庭珪诸孙，自幼力学，业《春秋》，为太学上舍生，与文天祥同游。"⑨ 王炎午与赵文亦有交往，有《回青山赵仪可慰书》。

南宋江西遗民词人交往密切，还组成一定的文学社团。如《古今词话》载："赵文自号青山，连辟不起，与刘将孙为友，结青山社。"⑩ 他们经常诗文酬赠，词的唱和酬赠也非常丰富。如刘辰翁有《点绛唇·和邓中甫晚春》、《霜天晓角·和中斋九日》、《摸鱼儿·辛巳冬和中斋梅词》等十余首赠和邓剡词。刘辰翁与彭远逊有唱和词《谒金门·风乍起，约

---

① 曾燦才：《中国地方志集成·江西府县志辑·民国庐陵县志》卷十九（下），江苏古籍出版社1996年版，第487页。
② 刘将孙：《养吾斋集》卷十六《文氏祠堂记》，《文渊阁四库全书》本。
③ 周南瑞：《天下同文集》卷三十六，《文渊阁四库全书》本。
④ 《江西通志》卷七十六，《文渊阁四库全书》本。
⑤ 刘将孙：《养吾斋集》卷二十九《赵青山墓表》，《文渊阁四库全书》本。
⑥ 赵文：《青山集》卷一《萧汉杰青原樵唱序》，《文渊阁四库全书》本。
⑦ 王梦应：《哭须溪墓》，《天下同文集》甲集卷三十七，《文渊阁四库全书》本。
⑧ 许有壬：《吟竹先生墓表》，《至正集》卷五十七，《文渊阁四库全书》本。
⑨ 《宋史翼》卷三十四《王炎午传》，《宋史资料萃编》第一辑，台湾文海出版社1967年版，第1494页。
⑩ 沈雄：《古今词话》词话上卷"宋季高节"条，《词话丛编》第一册，第775页。

巽吾同赋海棠》、《谒金门·和巽吾重赋海棠》、《谒金门·和巽吾海棠韵》等。刘辰翁同赵文亦有唱和，如《洞仙歌》（器之高谊，取前月青山《洞仙歌》华余重寿，走笔谢之）。赵文有《洞仙歌·寿须溪，是年其子受鹭洲山长》。刘辰翁有《瑞龙吟·和王圣与寿韵》，王梦应，字圣与。刘辰翁还有《水调歌头·寿詹天游》，詹玉，字可大，别号天游。颜奎有《醉太平·寿须溪》、《大酺·和须溪春寒》。尹济翁有《风入松·癸巳寿须溪》、《一萼红·和玉霄感旧》。文天祥有《酹江月·驿中言别友人》，此友人即为邓剡。邓剡有《好事近·寿刘须溪》。彭元逊有《子夜歌·和尚友》，尚友，刘将孙字。赵功可有《桂枝香·和詹天游就访》、《柳梢青·怀青山兄，时在东湖》，青山，即赵功可兄长赵文号。刘壎有《菩萨蛮·和詹天游》词。

"《松筠录》曰：宋季高节，盖推庐陵、吉水、涂川，亦同一派。"[①]以《名儒草堂诗余》为中心的南宋江西遗民词人，基于共同的地域文化、相似的人生境遇并在频繁的往来过从、酬赠唱和过程中互相探讨与学习，使他们的词风表现出鲜明的地域文化特色和高度的相似性。这决定了他们成其为词派的基本条件。刘辰翁处在这一词派的中心地位。首先，他与词派中众人均有交往唱和；其次他有词作354首，词的成就也是南宋江西遗民词人比较突出的；最后，他的词论与词风在南宋江西遗民词人中具有代表性。

南宋江西遗民词人受到了江西地域文化的影响，也受到已成为江西地域文化一部分的稼轩词风的影响。他们对稼轩词风全面学习，努力师法。他们的词作中有较多追和辛弃疾的词作，如刘辰翁有《青玉案·用辛稼轩元夕韵》，王奕有《酹江月·和辛稼轩金陵赏心亭》、《南乡子·和辛稼轩多景楼》，刘将孙有《金缕曲·用稼轩韵作》等。刘辰翁学习辛弃疾，也学习辛派后劲刘过。如《唐多令》小序言"龙洲曲已八九和，复为中斋勉强夜和，中有数语，醉枕忘之"。刘过号龙洲，有《龙洲集》，和他人作品是一种学习的方式，八九和，说明学习的程度是比较深的。前人也曾指出他们的风格与稼轩词的相似之处。如刘辰翁，"须溪词风格遒上似稼轩"。[②] "（须溪）其词笔多用中锋，风格遒上，略与稼轩旗鼓相当。"[③]

---

① 沈雄：《古今词话》词话上卷"宋季高节"条，《词话丛编》第一册，第775页。
② 况周颐：《蕙风词话》卷二，《词话丛编》，第4451页。
③ 况周颐：《餐樱庑词话》，转引自龙榆生《唐宋名家词选》，第298页。

又如刘将孙："刘尚友诗余有《摸鱼儿》（己卯元夕）、（甲申客路闻鹃）各一阕。尚友两词并情文慷慨，骨干近苍。"① 杨海明先生《唐宋词史》认为："从他们的词学渊源看，也不同于'浙派词人'的继承周邦彦，却更多地接受了辛弃疾的影响。"② 刘扬忠先生《唐宋词流派史》也认为这些词人是"稼轩派在特定地域和特定时期的遗响与变奏"。③ 下面就从地域文化承传的角度来探讨南宋江西遗民词人的艺术成就。

二　"诗词同理"、"以文为词"传统的赓续

前辈词人的理论与实践在江西这一地域上流布传递，深刻地影响了南宋江西遗民词人。江西诗派的词人倡导"诗词同理"、辛派词人创作上"以文为词"，南宋江西遗民词人则沿其流而扬其波，体现了地域传统的承续性。

南宋江西遗民词人的代表刘辰翁，在《辛稼轩词序》中表达了他的词学观：

> 词至东坡，倾荡磊落，如诗如文，如天地奇观，岂与群儿雌声学语较工拙；然犹未至用经用史，牵雅、颂入郑卫也。自辛稼轩前，用一语如此者必且掩口。及辛稼轩横竖烂漫，乃如禅宗棒喝，头头皆是；又如悲笳万鼓，平生不平事并尽厄酒，但觉宾主酣畅，谈不暇顾。词至此亦足矣。……稼轩胸中今古，止用资为词，非不能诗，不事此耳。……吾怀此久矣，因宜春张清则取《稼轩词》刻之，复用吾请。清则少游杭浙，有奇志逸气，必能仿佛为此词者。④

刘辰翁对辛弃疾词的高度评价，包含了一种美学认同的两个层面。"稼轩胸中今古，止用资为词，非不能诗，不事此耳"，显然词和诗的差异只是外在的文体上的，其内在的艺术精神是一致的。这是第一层面。第二层面，词的美学典范或最终目标是"诗词同理"、"以文为词"。东坡的词"如诗如文"，所以"如天地奇观"。辛弃疾能"用经用史，牵雅、颂

---

① 况周颐：《蕙风词话》卷三"刘将孙养吾斋诗余"条，《词话丛编》第五册，第4467页。
② 杨海明：《唐宋词史》，第627页。
③ 刘扬忠：《唐宋词流派史》，第546页。
④ 《须溪词》卷六，邓广铭《稼轩词编年笺注》增订本，第599页。

入郑卫",达到了"至此足矣"的艺术境界。期待、鼓励、褒奖郑清"必能仿佛为此词者",却是以对辛弃疾词风的推崇为前提。刘辰翁的儿子刘将孙受其词学观的影响,"尝笑谈文者鄙诗为文章之小技,以词为巷陌之风流,概不知本末至此",也主张"诗、词与文同一机轴","声成文谓之音,诗乃文之精者,词又近。"①

又赵文《青山集》卷二《吴山房乐府序》云:

> 观晏、欧词,知是庆历嘉祐间人;观周美成词,其为宣和、靖康也无疑矣。声音之为世道邪?世道之为声音邪?……渡江后,康伯可未离宣和间一种风气,君子以是知宋不能复中原也。近世辛幼安跌宕磊落,犹有中原豪杰之气。而江南言词者,宗美成,中州言词者宗,元遗山,词之优劣未暇论,而风气之异,遂为南北、强弱之占,可感已!②

在晚唐五代,词"不无清绝之辞,用助娇娆之态"③,到了北宋初年,钱惟演"上厕则阅小辞"④,可见词的地位还很低。而在宋末元初的遗民词人赵文心中,词则上升到关乎社稷世运的地位。《毛诗序》认为:"故正得失,动天地,感鬼神,莫近于诗。先王以是经夫妇,成孝敬,厚人伦,美教化,移风俗。"⑤曹丕《典论·论文》认为:"盖文章,经国之大业,不朽之盛事。"⑥在赵文看来,词的地位与诗、文相当。这也是"诗词同理"、"以文为词"观念的表征。

又刘壎《隐居通议》卷十一诗歌六之"兴亡歌咏"云:

> 汉高帝《大风》之歌曰:"大风起兮云飞扬,威加海内兮归故乡,安得壮士兮守四方。"宋太祖《咏日出》之诗曰:"欲出未出红剌剌,千山万山如火发。须臾拥出大金盆,赶退残星逐退月。"陈后主之诗曰:"午醉醒来晚,无人梦自惊。夕阳如有意,偏傍小窗明。"

---

① 刘将孙:《养吾斋集》卷十一《胡以实诗词序》,《文渊阁四库全书》本。
② 《全元文》卷三二二,凤凰出版社2004年版,第71页。
③ 欧阳炯:《花间集序》,《唐宋人选唐宋词》上册,第28页。
④ 欧阳修:《归田录》卷二,《宋元笔记小说大观》第一册,第620页。
⑤ 《毛诗正义》卷一,《十三经注疏》本,第270页。
⑥ 《文选》卷五十二,第720页。

南唐李后主之词曰:"樱桃落尽春归去,蝶翻轻粉双飞。"又曰:"门巷寂寥人去后,望残烟草萋迷。"合四君之所作而论之,则开基英雄之主与亡国衰弱之君,气象不同,居然可见。①

这则论述和赵文的观点一样,亦认为诗、词能反映出一定的时代气象。而且,刘壎将汉高祖、宋太祖、陈后主的诗与李后主的词合而道之,亦是"诗词同理"观念的反映。

南宋江西遗民词人创作的散文化倾向,充分体现了对"诗词同理"、"以文为词"文学理念的认同与继承。

首先,南宋江西遗民词人创作的散文化体现之一,是同江西诗派的词人、辛派词人一样,以议论入词。如刘辰翁《临江仙·坐悟》:"我去就他甚易,他来认我良难。悟时到处是壶天。古诗寻一句,危坐看香烟。金玉满堂不守,菁华岁月空迁。从今饱饭更安眠。丹经都不看,闲坐一千年。"表达了禅理哲思。又如"世事几、翻云覆雨,独此道嫌人,抛弃尘土"(鞠华翁《桂枝香·过溧水感羊角哀左伯桃遗事》)、"上有皇天白日,下有人心青史,未必竟朦胧"(王奕《水调歌头》)、"看前古、兴亡堕泪,谁知历历今如古"(赵文《莺啼序·有感》)等。下面具体就文天祥《沁园春·题潮阳张许二公庙》词,借以管窥南宋江西遗民词人的议论化特色。词如下:

为子死孝,为臣死忠,死又何妨。自光岳气分,士无全节,君臣义缺,谁负刚肠。骂贼睢阳,爱君许远,留取声名万古香。后来者,无二公之操,百炼之钢。　人生翕歘云亡。好烈烈轰轰做一场。使当时卖国,甘心降虏,受人唾骂,安得流芳。古庙幽沉,仪容俨雅,枯木寒鸦几夕阳。邮亭下,有奸雄过此,仔细思量。

词题为"题潮阳张许二公庙"。张许,即张巡、许远,唐"安史之乱"时守睢阳而死。韩愈有《张中丞传后序》彰其事。又韩愈于元和十四年(819),谏佛骨事贬潮州刺史,于潮州一地恩泽甚深,后潮人建书

---

① 刘壎:《隐居通议》卷十一诗歌六"兴亡歌咏"条,施蛰存、陈如江辑:《宋元词话》,上海书店出版社1999年版,第605页。

院、庙祀皆以韩名。又以韩为张巡、许远之知己，并为张许建立祠庙。张许双庙初建于北宋熙宁年间（1068—1077），位于潮阳县东郊之东山山麓。① 元潮州路总管王用文《刻文丞相谒张许庙词跋》云："丞相文山公题此词盖在景炎时也。三宫北还，二帝南走，时无可为矣。赤手起兵，随战随溃，道经潮阳，因谒张、许二公之庙。而此词实愤奸雄之误国，欲效二公之死，以全节也。噫！唐有天下三百年，安史之乱，其成就卓为江淮之保障者，二公而已矣。宋有天下三百年，革命之际，始终一节，为十五庙祖宗出色者，文山公一人焉。词有曰：'人生翕欻云亡。好烈烈轰轰做一场。'是知公之时，固异乎张、许二公之时，而公之心即张许之心矣。予守潮日，首遣人诣潮阳致祭，仍广石本，以传诸远。"② 诚如王用文所言，文天祥这首词"实愤奸雄之误国，欲效二公之死以全节也"之所以全词反复申说"为臣死忠"、"好烈烈轰轰做一场"的思想。全词正反论说，层层紧扣，逻辑严密。"为子死孝，为臣死忠，死又何妨"是从正面总说，"自光岳气分，士无全节；君臣义缺，谁负刚肠"，则言自"安史之乱"以来，士风扫地，良可叹也，然张、许独能留"声名万古香"，可谓难能。唯"后来者，无二公之操，百炼之钢"，惜乎！下阕换头处又提出劝告"好烈烈轰轰做一场"，紧接着做一假设，如果张、许当时投降卖国，那么"安得流芳？"也正因为他们当时坚贞自守，所以"古庙幽沉，仪容俨雅"，受到后人的尊敬，而那些"奸雄"，经过张许二公庙，则不免反躬自省。词除"古庙幽沉，仪容俨雅，枯木寒鸦几夕阳"通过景物意象来表达对张、许二人的崇敬之情，其他的词句均为陈说事理的论断。因此，谓之"押韵的散文"可也。

其次，散文化的又一体现是用典甚多。刘辰翁称赏辛词"用经用史，牵雅颂，入郑卫"③，南宋江西遗民词人也喜用典故，典故的来源也较宽泛。如颜奎《醉太平·寿须溪》："茶边水经。琴边鹤经。小窗甲子初晴。报梅花小春。　小冠晋人。小车洛人。醉扶儿子门生。黄河解清。"单就下阕而言，四句三典。卓人月《词统》卷三言："杜钦字子夏，为小冠广才守，人称小冠子夏。王子年《拾遗记》：丹丘千年一烧，黄河千年一清。司马温公居洛，约邵尧夫游。邵未至，司马诗曰：林间高阁望已久，

---

① 《永乐大典》卷五三三四五潮州府，中华书局1986年版。
② 同上。
③ 《稼轩词编年笺注》（增订本），第599页。

花外小车犹未来。"① 其实，卓人月对"小冠晋人"的解释是错误的。杜钦小冠的典故出自《汉书》："（杜）钦字子夏……茂陵杜邺与钦同姓字，俱以材能称京师，故衣冠谓钦为'盲杜子夏'以相别，钦恶以疾见诋，乃为小冠，高广财二寸，由是京师更谓钦为'小冠杜子夏'。"② 颜奎词为祝寿，不太可能把刘辰翁比成杜钦，且"晋人"两字失解。当是将刘辰翁比成晋人。"晋末皆冠小冠，而衣裳博大。"③ 魏晋士人的文采风流一直为后代所企慕。所以，将刘辰翁比成晋人是较合理的。"小车洛人"，卓人月的解释是对的，事见邵伯温《邵氏闻见录》卷十八。④ 而卓人月引王子年《拾遗记》"黄河千年一清"解释词中的"黄河解清"，不妥。《左传》襄公八年："子驷曰：《周诗》有之曰：'俟河之清，人寿几何？'"⑤ 黄河解清，则人寿可期，亦是祝寿的贴切典故。又如刘辰翁《沁园春·闻歌》："十八年间，黄公垆下，崔九堂前。叹人生何似，飘花陌上，妾身难托，卖镜桥边。隔幔云深，绕梁声彻，不负杨枝旧日传。主人好，但留髡一石，空恼彭宣。　不因浩叹明年。也不为青衫怆四筵。念故人何在，旧游如梦，清风明月，野草荒田。俯仰无情，高歌有恨，四壁萧条久绝弦。秋江晚，但一声河满，我自潸然。"此词典故甚密。因皆熟典，不再分析。

除了应用典故外，南宋江西遗民词人还善于化用前人的诗句词句。以刘辰翁为例。其《祝英台近·水后》"剪烛深夜巴山，酒醒听如故"，显然化自李商隐《夜雨寄北》："何当共剪西窗烛，却话巴山夜雨时。"又《金缕曲》中"抚铜仙，清泪如铅水"、《兰陵王》中"想玉树凋土、泪盘如露。咸阳送客屡回顾"、《烛影摇红》中"有客秋风，去时留下金盘露"等，均化自李贺《金铜仙人辞汉歌》："茂陵刘郎秋风客，夜闻马嘶晓无迹。画栏桂树悬秋香，三十六宫土花碧。魏官牵车指千里，东关酸风射眸子。空将汉月出宫门，忆君清泪如铅水。衰兰送客咸阳道，天若有情天亦老。携盘独出月荒凉，渭城已远波声小。"《满江红》中"看雪消鸿去，有何留迹"，化自苏轼《和子由渑池怀旧》："人生到处知何似？应似

---

① 卓人月：《词统》卷三，转引自《唐宋词汇评》（两宋卷）第五册，第3790页。
② 《汉书》卷六十，第2667页。
③ 《宋书》卷三十，第890页。
④ 邵伯温：《邵氏闻见录》卷十八，《宋元笔记小说大观》第二册，第1822页。
⑤ 《左传》襄公八年，《十三经注疏》本，第1939页。

飞鸿踏雪泥。"

南宋江西遗民词人还善于檃栝。刘将孙《沁园春》二首，据其小序言："近见旧词，有檃栝前后赤壁赋者，殊不佳。长日无所用心，漫填沁园春二阕，不能如公哨遍之变化，又局于韵字，不能效公用陶诗之精整，姑就本语，捃拾排比，粗以自遣云。"刘将孙《满江红》"千里酸风"，乃是檃栝李贺的《金铜仙人辞汉歌》，马廷鸾《水调歌头·檃栝楚词答朱实甫》则是檃栝《楚辞》。

再次，南宋江西遗民词人也惯用俗词俚语。刘辰翁《欧氏甥植诗序》言："诗无改法，生于其心，出于其口，如童谣，如天籁，歌哭一耳，虽极疏戆朴野，至理碍词褻，而识者常有以得其情焉……彼句锻月炼，岂复有当日兴趣万一哉？"① 诗可以如童谣、如天籁、如歌哭，诗词同理，词自然也不妨疏戆朴野，也不妨加入俗词俚语。

如刘辰翁《摸鱼儿·甲午送春》词：

又非他，今年晴少，海棠也恁空过。清赢欲与花同梦，不似蝶深深卧。春怜我。我又自、怜伊不见侬赓和。已无可奈。但愁满清漳，君归何处，无泪与君堕。　　春去也，尚欲留春可可。问公一醉能颇。钟情剩有词千首，待写大招招些。休阿那。阿那看、慌慌得似江南麼。老夫婆娑。问篱下闲花，残红有在，容我更簪朵。

此词运用了不少民间的俗语俚语，如"伊"、"侬"、"阿那"等。刘辰翁《水调歌头·寿周溪园》小序自谦"某俚歌水调"。刘辰翁的其他词也应用了不少俗语俚语以及口语化的词汇。如"泥滑滑，行不得也哥哥"（《大圣乐·伤春》）、"更催催，迟数日，是春生"（《最高楼·再和》）、"休休莫莫，毋多酌我"（《莺啼序·感怀》）等。

况周颐言"须溪词多真率语，满心而发，不假追逐，有掉臂游行之乐。"② 以之论南宋江西遗民词人词，亦无不可。刘将孙《沁园春》题序言："大桥名清江桥，在樟镇十里许，有无闻翁赋沁园春、满庭芳二阕，书避乱所见女子，末有埋冤姐姐，衔恨婆婆语，极俚。后有螺川杨氏和二

---

① 刘辰翁：《刘辰翁集》卷六《欧氏甥植诗序》，江西人民出版社1987年版，第174页。
② 况周颐：《餐樱庑词话》，转引自龙榆生《唐宋名家词选》，第298页。

首，又自序生杨嫁罗，丙子暮春，自涪翁亭下舟行，追骑迫，间逃入山，卒不免于驱掠。行三日，经此桥，睹无闻二词，以为特未见其苦，乃和于壁。复云，观者毋谓弄笔墨非好人家儿女，此词虽俚，谅当近情，而首及权奸误国。又云，便归去、懒东涂西抹，学少年婆。又云，错应谁铸。皆追记往日之事，甚可哀也。因念南北之交，若此何限，心常痛之，适触于目因其调为赋一词，悉叙其意，辞不足而情有余悲矣。"不论是无闻翁的词，还是杨氏所和二首词，在刘将孙看来，都是"俚"或"极俚"，但刘将孙却也"因其调为赋一词"，由此可知，刘将孙的词也当是不避俚俗。南宋江西遗民词人的其他词也应用了较多俚语俗词，如"燕子知否，莺儿知否，厮句春回"（黎廷瑞《眼儿媚》）、"偏厮称，霓裳霞佩，玉骨冰肌"（詹玉《庆清朝慢》）、"赢得春工笑，恼杀渠侬"（刘将孙《八声甘州》）等。这些俚语俗词的应用，使得南宋江西遗民词人词呈现曲的部分特征。

最后，散文化的特征还表现在散文化的句法之上。南宋江西遗民词人学习辛弃疾，在句末用上"也"、"矣"、"耳"等语气词，如"置之勿道，逝者如斯，甚矣衰久矣"（刘辰翁《莺啼序·感怀》）、"吾老矣，叹臣之少也，已不如人"（刘辰翁《沁园春·再和槐城自寿韵》）、"叹生儿、当如异日，孙仲谋耳"（刘辰翁《金缕曲·杜叟陈君》）、"我老无能矣。……汉晋唐虞一杯水，只鲁连，犹未知之耳"（刘将孙《金缕曲·用稼轩韵作》）、"是东风吹就，明朝吹散，又还是，东风也"（黎廷瑞《水龙吟·金陵雪后西望》）、"名利事，总成非，漫老矣何为"（赵文《塞翁吟》）、"老夫耄矣"（马廷鸾《齐天乐·和张龙山寿词》）等。这些语气词的使用，使词句更趋向于散文中的陈述句或判断句。

三　以豪放为主，兼及多样化的词风

南宋江西遗民词人以辛弃疾为师，学习其豪放激昂的词风，也学习其不主故常，随所变化的艺术精神，故而南宋江西遗民词人，在慷慨激昂的词作之外，亦有秾丽绵丽之作。

先言豪放。关于南宋江西遗民词人的豪放风格，前人多有论述。如文天祥，王国维认为"文文山词，风骨甚高，亦有境界，远在圣与、叔夏、公谨诸公之上。"① 又如刘辰翁，况周颐认为："须溪词，风格遒上似稼轩。"② 诚然，国亡于异族之手，南宋江西遗民词人，以文为词，直抒胸臆，胸中峭拔之气，发而为词，故多豪放。

南宋江西遗民词人的豪放风格有多方面的体现。体现之一是思想感情上，虽亡国而不消沉，仍旧积极奋发，励志恢复。如"乾坤未老，地灵尚有人杰"（文天祥《酹江月·南康军》）、"健笔风云蛟龙起，人物山川形势，犹有封狼居胥意"（刘辰翁《金缕曲·杜叟陈君》）、"睨柱吞嬴，回旗走懿，千古冲冠发"（邓剡《念奴娇·驿中言别》）、"男儿死耳，嘤嘤昵昵，丁宁卖履分香事，又何如，化作胥潮去"（赵文《莺啼序·有感》）等，充满着整顿乾坤的斗牛之气。

就典故的应用而言，那些壮怀激烈的历史典故，总是得到词人的偏爱，在词中反复应用。如晋代刘琨、祖狄闻鸡起舞，祖狄击楫中流的故事，就多次出现在刘辰翁的词中。如"越石暮年扶风赋，犹解闻鸡起舞"（《金缕曲·和同姓》）、"记薰廊待对，闻鸡蹴起"（《齐天乐·端午和韵》）、"牛衣泪，冷落闻鸡东府"（《摸鱼儿》）等。又曹操与刘备的对话："今天下英雄，唯使君与操耳。"③ 原本是政治人物的试探之语，在后代演化成了"如欲平治天下，舍我其谁"的壮语，如"大小卢同马异，天下使君与操，但欠虎铜符。"（刘辰翁《水调歌头》）又如"古人已矣，天下英雄，使君与操耳。听喔喔，鸡鸣早起，屡舞徘徊，痛饮高楼，狂歌过市。"（刘辰翁《莺啼序·闷如愁红》）则是合两则典故而用。又《三国志·陈登传》载："许汜与刘备并在荆州牧刘表坐，表与备共论天下人，汜曰：'陈元龙湖海之士，豪气不除。'备谓表曰：'许君论是非？'表曰：'欲言非，此君为善士，不宜虚言；欲言是，元龙名重天下。'备问汜：'君言豪，宁有事邪？'汜曰：'昔遭乱过下邳，见元龙。元龙无客主之意，久不相与语，自上大床卧，使客卧下床。'备曰：'君有国士之名，今天下大乱，帝主失所，望君忧国忘家，有救世之意，而君求田问舍，言无可采，是元龙所讳也，何缘当与君语？如小人，欲卧百尺楼上，卧君于地，何但上下床之间邪？'"这则典故所包蕴的士大夫当有忧国忘家、救世之意的精神深契南宋江西遗民词人的内心，所以词作中也一再引

---

① 王国维：《人间词话》，《词话丛编》第五册，第 4262 页。
② 况周颐：《蕙风词话》卷二，《词话丛编》第五册，第 4451 页。
③ 《三国志·蜀书》卷三二，第 875 页。

用。如"远想使君台上,携手与人同乐,中夜说元龙"(刘辰翁《水调歌头》)、"元龙丘坟无恙,谁唤起,共论心"(赵功可《绮寮怨》)、"元龙老气正峥嵘"(刘壎《临江仙》)等。

就意象的选择而言,南宋江西遗民词人倾向于选择刚硬阔大的意象。如"宇宙",有"万古鱼龙,雷收电卷,宇宙刹那间戏"(刘辰翁《齐天乐》)、"慨宇宙、风涛如许。安得六丁移此石,去横身、作个中流砥。长唱罢,冥鸿起"(黎廷瑞《贺新郎》)、"渺四海故人,一尊今雨,万里长空。宇宙此山此日,今夕几人同"(刘将孙《八声甘州》)等。又如"乾坤",有"徒把乾坤分裂,谁与帝、扶民厄"(王奕《霜天晓角》)、"乾坤能大,算蛟龙元不是池中物"(文天祥《酹江月》)、"乾坤正要人撑拄,便公能安稳天宁肯"(赵文《莺啼序》)、"乾坤桑海无穷事,才历昆明初劫"(王学文《摸鱼儿》)等。此外,龙、海、英雄、狂等意象或词语也为南宋江西遗民词人所常用。

辛弃疾词以豪放为主,但亦有以健笔写柔情之作;既有"举头西北浮云,倚天万里须长剑"(《水龙吟·过南剑双溪楼》)的豪情,又有"宝钗分,桃叶渡,烟柳暗南浦"(《祝英台近·晚春》)的柔语,辛派各词人的风格也略有差别。同样,豪放虽然是南宋江西遗民词人的主要风格,但不同词人之间的风格存在差异,同一词人的不同词作风格也有不同。

比如刘辰翁,况周颐《蕙风词话》卷二认为其除了有"风格遒上似稼轩"的词外,还"间有轻灵婉丽之作。"① 况周颐还举出轻灵婉丽的风格词作有《浣溪沙·感别》、《浣溪沙·春日纪事》、《山花子》等。又如彭元逊,有"语爽朗而意深远"② 的作品,亦有"忧深思远"③ 之作。又如赵功可,其"抖擞人间,除离情别恨,乾坤余几。"(《曲游春·次韵》)是"苦语,亦豪语"④;而其《桂枝香·和詹天游就访》则"托旨婉约"。⑤ 又如詹玉的词,固然有"忠愤至情,流溢行间句里"⑥ 者,杨

---

① 况周颐:《蕙风词话》卷二,《词话丛编》第五册,第4451页。
② 陈廷焯:《白雨斋词话》卷七,《词话丛编》第四册,第3951页。
③ 同上书,第3950页。
④ 况周颐《蕙风词话》卷三,《词话丛编》第五册,第4471页。
⑤ 同上书,第4470页。
⑥ 同上书,第4469页。

慎则认为其乃"以艳词得名"①，其《浣溪沙》："淡淡青山两点春。娇羞一点口儿樱。一梭儿玉一纠云。　白藕香中见西子，玉梅花下遇昭君。不曾真个也销魂。"可谓艳词。又如姚云文，其《摸鱼儿·艮岳》，"慨以当慷，亦陈经国之亚匹也"②，但亦有观点认为其"尤工词调，风韵不减秦淮海。"③又如罗志仁，其《金人捧露盘·丙午钱塘》风格悲凉豪壮，而其《菩萨蛮慢》的"怅别后、屏掩吴山，便楼燕月寒，鬓蝉云委。锦字无凭，付银烛、尽烧千纸"句便是"十二分决绝，十二分缠绵。"④而《木兰花慢·禁酿》云："汉家糜粟诏，将不醉、饱生灵。"亦"语极庄，却极谑。"⑤又如刘将孙，固然有"抗志自高"的词作，但亦有"抚时感事，凄艳在骨"之作。⑥

南宋江西遗民词人以豪放为主的多样化风格，受益于以辛弃疾为代表的江西前代词人的丰厚馈赠。他们丰富多样的艺术风格亦是江西地域文化精神的反映之一。

四　亡国之痛、故国之思的叙写

南宋江西遗民词人延续了辛弃疾词中的爱国主义与关怀现实的精神，在词作中深刻地表达了亡国的伤痛和对历史的反思。

南宋江西遗民词人大多怀抱经国济世之志，如姚勉，"慷慨有大志"⑦；文天祥，"忠肝如铁石"⑧；谢枋得，"以忠义自任"⑨；刘辰翁，"慷慨立风节"⑩；邓剡，"少负奇气"⑪；王炎午，"忠烈之气，真可与天地间风霆日星相永伟"⑫；赵文、赵功可，"皆幼负隽气"⑬；刘将孙，"抗志自高"。⑭所以在国势危亡之时，他们或如文天祥、谢枋得等，毁家纾

---

① 杨慎：《词品》卷五，《词话丛编》第一册，第520页。
② 陈廷焯：《白雨斋词话》卷七，《词话丛编》第四册，第3950页。
③ 《江西通志》卷七十一，《文渊阁四库全书》本。
④ 况周颐：《蕙风词话》卷三，《词话丛编》第五册，第4474页。
⑤ 同上。
⑥ 同上书，第4468页。
⑦ 《宋史翼》卷二十九《姚勉传》，《宋元资料萃编》第一辑，台湾文海出版社1967年版。
⑧ 《宋史》，第12533页。
⑨ 同上书，第12687页。
⑩ 杨慎：《升庵集》卷四十九《刘辰翁》，《文渊阁四库全书》本。
⑪ 黄宗羲：《宋元学案》卷八八，中华书局1986年版，第2963页。
⑫ 无名氏：《书王梅边遗像》，《宋遗民录》卷一，《宋史资料萃编》第四辑，第27页。
⑬ 程钜夫：《雪楼集》卷二十二，《文渊阁四库全书》本。
⑭ 况周颐：《蕙风词话》卷三，《词话丛编》第五册，第4468页。

难，杀身成仁；或如姚勉等，"指斥权奸"①；或如彭元逊、罗志仁、吴元可、萧允之、曾允元、王从叔、萧汉杰、尹济翁、刘天迪等，"皆忠节自苦，没齿无怨"。② 邓剡，"以义行著"③；赵文，"连辟不起"④；刘辰翁，"逃之方外"⑤；王奕则，"杜门不出"⑥；王炎午，"终身不仕"。⑦

这些南宋遗民词人，遭逢国难，以忠义之心自励，以豪迈之气相许。如邓剡与文天祥的唱和：

正为鸥盟留醉眼，细看涛声云灭。睨柱吞嬴，回旗走懿，千古冲冠发。伴人无寐，秦淮应是孤月。（邓剡《酹江月·驿中言别》）

镜里朱颜都变尽，只有丹心难灭。（文天祥《酹江月·和友驿中言别》）

文天祥的"镜里朱颜都变尽，只有丹心难灭"词句和其诗《过零丁洋》"人生自古谁无死，留取丹心照汗青"一样，是南宋江西遗民词人坚贞勇毅内心的真实写照。而邓剡对文天祥则以赵国丞相蔺相如、蜀国丞相诸葛亮相期许。蔺相如傲立秦庭、持璧睨柱、怒发冲冠、气概凛然；诸葛亮"死诸葛能走生仲达"、谋略过人。蔺相如和诸葛亮所体现的胆识是南宋江西遗民词人共同的期许。于是，呼唤英雄，渴望建功立业，成了他们词作中的主题之一：

吾年如此，更梦里、犹作狼居胥意。（刘辰翁《念奴娇》）

叹孟德周郎，英雄安在。（刘将孙《沁园春》）

便万里传宣谁不羡，便万里封侯谁不愿。（赵文《最高楼》）

---

① 《宋史翼》卷二十九《姚勉传》，《宋史资料萃编》第一辑。
② 沈雄：《古今词话·词话上卷》，《词话丛编》第一册，第 775 页。
③ 王奕清：《历代词话》卷八，《词话丛编》第二册，第 1259 页。
④ 沈雄：《古今词话·词话上卷》，《词话丛编》第一册，第 775 页。
⑤ 黄宗羲：《宋元学案》卷八十八，《巽斋学案·博士刘须溪先生辰翁》。
⑥ 《宋史翼》卷三十五《王奕传》，《宋史资料萃编》第一辑，台湾文海出版社 1967 年版。
⑦ 《宋史翼》卷三十四《王炎午传》，《宋史资料萃编》第一辑，台湾文海出版社 1967 年版。

然而，大厦已倾，狂澜难挽。更何况，"吾闻用夏变夷者，未闻变于夷者也"①。而元之灭宋，乃开夷狄主中夏之局。于是，异族铁蹄下的屈辱和悲哀，吟成词中随处可睹的遗民之痛：

> 便乞与娲皇，化成精卫，填不尽遗恨。（姚云文《摸鱼儿·艮岳》）

> 兴亡事、泪老金铜。骊山废尽，更无宫女说元宗。（罗志仁《金人捧露盘·丙午钱塘》）

> 清泪满檀心，如此江山，都付与、斜阳杜宇。（段宏章《洞仙歌·荼蘼》）

> 倚看斜阳，檐头燕子，如把兴亡说。（王义山《念奴娇·题临湖阁》）

> 彩云散，香尘灭。铜驼恨，那堪说。（文天祥《满江红·代王夫人作》）

厉鹗说这些词人："词多凄恻感伤，不忘故国"。②国已亡，家已破，报国无门，恢复无计，遗民词人如何为他们苦痛的心灵寻找到安身立命之所在？江西地域文化中的隐逸思想成了他们灵魂的栖息地：

> 适意处，退为佳。田园尽可渊明栗，弓刀何似邵平瓜。但年年，清浅水，看梅花。（赵文《最高楼·寿刘介叔》）

> 好在雨外云根，水边石上，鸥鹭盟重结。见说西湖湖上路，香沁梅梢新雪。驾白麒麟，鞭青鸾凤，次第孤山客。吾今西啸。寄诗先与逋仙说。（黎廷瑞《酹江月·呈谭龙山》）

---

① 《孟子·滕文公上》，《十三经注疏》本，第2706页。
② 厉鹗：《名儒草堂诗余·跋》，商务印书馆1937年版，第95页。

笑桓大将军，枝条如此，陶潜处士，门巷归分。（马廷鸾《沁园春·为洁堂寿》）

然而，时代的悲剧在于国家的命运同作为个体的词人紧密联系在一起。他们词中黍离麦秀的历史感慨，较之前代文学显得更加深切的原因，就在于他们叙说出了沧桑巨变中的个体生命体验，即无处可隐的绝望，无家可归的凄惶，无枝可依的疲倦：

从初错铸鸱夷，不如归去，到今此、欲归何处。（刘辰翁《祝英台近·水后》）

对绿橘黄橙，故园在念，怅望归路犹赊。（刘埙《长相思·客中景定壬戌秋》）

谁念客身轻似叶，千里飘零。（邓剡《浪淘沙·疏雨洗天清》）

客路不如归梦短，何况啼鹃，怎不教肠断。（赵文《苏幕遮·春情》）

十五年来，逢寒食节，皆在天涯。（谢枋得《沁园春·寒食郓州道中》）

如果从艺术技巧的角度看，南宋江西遗民词人一般通过怀古、托物言志和抒怀，或借春去秋晚起兴，表达家国之恨。

先言借怀古以慨今。黎廷瑞是南宋江西遗民词人中作怀古词较多的词人，有《大江东去·题项羽庙》、《八声甘州·金陵怀古》、《水龙吟·金陵雪后西望》等多首怀古词。其结构大多是先概括史事，词的末尾再抒写感慨。其结尾"兴亡休问，高陵秋草空翠"、"悲欢梦，芜城杨柳，几度春风"、"笑乌衣，不管春寒，只管说、兴亡话"等，主旨集中在"兴亡"这一时代最巨大的主题之上。所以，词人是在用现实的视角对历史进行寻找和解读。黎廷瑞如此，其他词人亦如此。又如"寂寞古豪华。乌衣日又斜。说兴亡、燕入谁家"（邓剡《唐多令》）、"看前古、兴亡堕泪，谁知历历今如古"（赵文《莺啼序》）、"更今古匆匆，一番兴废。立尽斜阳，共谁评半语"（龙紫蓬《齐天乐·题滕王阁》）等，词人怀古本因感时，言史即是慨今。同时，在历史时空坐标下，家仇国恨的表达更加深化更加苍茫。

再者托物言志或托物抒怀。元初文网森严，"诸妄撰词曲，诬人以犯上恶言者，处死"①，"诸乱制词曲，为讥议者，流"。② 周密《癸辛杂识》及续集即有诸多关于元初文字狱的记载。一方面，文字狱的威胁使得遗民词人更倾向于选择"托物言志"这种曲折幽微的表达方式；另一方面，从艺术的角度考虑，托物言志、言意、抒怀，可以使情感的表达更加形象、更加深沉。南宋江西遗民词人一般借咏物来表达社稷颓圮的铜雀春情，如刘辰翁《摸鱼儿》小序即曰："今岁海棠迟开半月，然一夕如雪，无饮余者，赋此寄恨。"所以词中感慨："人间事，大半归谋诸妇。不如意十八九。"又如"何人念、流落无几。点点抟作，雪绵松润，为君裹泪"（彭元逊《六丑·杨花》）、"羡春风依旧，年年眉妩。宫腰楚楚。倚画阑、曾斗妙舞。想而今似我，零落天涯，却悔相妒"（赵文《瑞鹤仙·刘氏园西湖柳》）、"笑东家西沼，到处依依。同是东风种得，独无据，飘泊年时"（刘贵翁《满庭芳·萍》）等。南宋江西遗民词人笔下的物，沾惹着词人亡国的悲苦。南宋江西遗民词人还借所咏物的品质，来表达自己的坚贞之志。如黎廷瑞《秦楼月·梅花十阕》写出了梅花如商山四皓、首阳孤竹般的幽独与高洁。对梅花品质的提炼与赞颂同词人自我期许自我鼓励的内心紧紧相连。又如"岁寒相命，算人间，除了梅花无物"（刘辰翁《醉江月·怪梅一株，为北客载酒移寘盆中，伟然》）、"遥想苏武穷边，霜鸿夜渡，蒿目吟寒视"（文天祥《念奴娇·冰澌》）、"冰肌玉骨淡裳衣。素云生翠枝。一生不晓谪仙诗。雪香应自知"（赵文《阮郎归·梨花》）等，对所咏物的拟人化描写，恰恰是为词人自我心志的写照提供方便。此外，南宋江西遗民词人所咏之物，大多集中在梅花、秋日牡丹、雨中海棠、风前断笛、灯花、落花、败荷、萍、雁等事物之上，充满着末世的萧瑟之感与悲凉之气。

节令物候、春秋代序，南宋江西遗民词人伤春悲秋，实为哀悼社稷的

---

① 《元史》卷一〇四《刑法志·大恶》，第2651页。
② 《元史》卷一〇五《刑法志·禁令》，第2685页。

倾颓。以刘辰翁为例。刘辰翁的词作中有一大部分是春兴秋感之作。如《兰陵王·丙子送春》虽然题曰"送春",但词作却神游故国,抒发的仍是"玉树凋土,泪盘如露"的家国之恨。送春充满悲情,迎春却又何尝不是:"遗民植杖唐巾起,闲伴儿童看立春"(刘辰翁《鹧鸪天·迎春》),春苦,秋更苦:"天地不知兴废事,三十万,八千秋"(《唐多令·丙子中秋前》)。其实,这种伤春悲秋、亡国之悲、故国之思的情绪,弥漫在每一个节令物候之中,"江南无路,鄜州今夜,此苦又谁知否。空相对,残釭无寐,满村社鼓"(《永遇乐》)、"听欸乃渔歌,兴亡事远,咽咽未能句"(《摸鱼儿·和中斋端午韵》)、"知公所恨何事,不是为封侯。自有此山此月,说甚何年何处,重泛木兰舟。起舞酹英魄,余愤海西流"(《水调歌头·癸未中秋》)等。元灭宋之后,于习俗多有改变,《宋季忠义录》言:"元既有江南,以豪侈粗戾变礼文之俗,未数十年,熏渍狃狎,胥化成风,而宋之遗俗销灭尽矣。为士者辫发短衣,效其语言容饰以自附于上,冀速获仕进……非确然自信者,鲜不为之变。"① 于是,四季的轮回转换,也烙上了遗民的夷夏之辨:

  铁马蒙毡,银花洒泪,春入愁城。笛里番腔,街头戏鼓,不是歌声。(《柳梢青·春感》)

  十载废元宵,满耳番腔鼓。(《卜算子·元宵》)

  不见古时月,何似汉时秋。(《水调歌头·和彭明叔七夕》)

不仅刘辰翁,其他的南宋江西遗民词人也对节序的变换、物候的推移格外敏感。如"贫得今年无月看,留滞江城"(萧汉杰《浪淘沙·中秋雨》)、"嗟春如逆旅。送无路、远涉前无渡"(颜奎《大酺·和须溪春寒》)、"忽潮生海立,又天阔、江清欲晓。孤迥幽深,激扬悲壮,浮沉浩渺"(彭元逊《徵招·和焕甫秋声》)、"心情浑何似,似琵琶马上,晓寒沙漠"(赵文《大酺·感春》)、"落日啼鹃,断烟荒草,吟不成谁语。听西河、人唱罢,何堪把、江南重赋"(赵功可《氐州第一·次韵送春》)、

---

① 万斯同:《宋季忠义录》卷十二,《四明丛书》第二集第六十一册,广陵书社2006年版。

"去去不堪回首,斜阳一点西楼"(黎廷瑞《朝中措·送春》)等。

难能可贵的是,南宋江西遗民词人不是一味沉溺在亡国的悲伤之中,而是对历史进行应有的反思。如王奕《贺新郎·金陵怀古》上阕:

> 决眦斜阳里。品江山、洛阳第一,金陵第二。休论六朝兴废梦,且说南浮之始。合就此、衣冠故址。底事轻抛形胜地,把笙歌、恋定西湖水。百年内,苟而已。

此词的题序言:"金陵流峙,依约洛阳",词人于金陵怀古,对金陵的地理形势颇多夸奖,并批评南宋政府当时不选择金陵而选择临安定都的错误,"可笑诸公俱铸错,回首金瓯觺徙",认为这是南宋覆亡原因乃是定都的失策以及文恬武嬉,不思进取的士风。此外如"如此江山,应悔却、西湖歌舞"(詹玉《三姝媚·古卫舟》)、"攒万舸,开一棹,散无踪。到了书生死节,蜂蚁愧诸公"(王奕《水调歌头·过鲁港丁家洲,家德渡江之地,有感》)、"恨前此、燕丹计早,荆庆才疏,易水衣冠,总成尘土"(赵文《莺啼序·有感》)等,都包含着对历史反思的可贵精神。当然,南宋江西遗民词人毕竟不是政论家,亦非史学家,他们对历史的反思往往仅止于感性的表象。他们的可贵并不在于反思的深刻,而在于反思之际赤诚坚贞的心灵。

第五节 江西词派的总体特征与江西地域文化的关系

前面四节勾勒了宋代各个时期江西词派生成演进的历程,并对各先后词派之间的承传关系做了一番梳理与辨析。但倘将北宋前期的晏、欧与宋末元初的江西遗民词人相互比较,差异处似乎要远远多于共同点。江西地域文化何以在不同的时代产生不同风格的词派?对于地域文化、地域文化与文学流派的关系诸问题的正确理解,有助于回答上述诘问。

首先,地域文化并不仅是单一形态的个体,地域文化是多层次多侧面的复合体。在不同的时代条件下,地域文化不同层次不同侧面的重要性也有所不同。有时原本处于次要地位的文化特征会演变成主流特征,而原本处于主流地位的文化特征消退成次要特征。文学作品对地域文化的反映，也并不是全面和锱铢必较的。不同层次不同侧面的地域文化会因作者及文体的原因而得到各有侧重的反映。

其次，地域文化的内涵和精神也会随着时代的发展而变化。在唐五代以前，江西地域文化处于国家的边缘，除徐孺子、陶渊明数人外，罕有影响全国的重要人物。有宋三百多年间，随着国家政治、经济、文化重心的渐次南移，江西地域得到更大规模的开发，外来移民显著增加，对外交通越发便捷。江西地域文化也因此得到迅猛的发展，名家辈出，占尽风流，俨然为东南文化重镇。因此，江西地域文化的改变与重塑，是研究江西地域文化与词派关系必须要加以考量的问题。

最后，文学作品中描写地域的自然风光，人情习俗固然是文学接受地域文化影响的一个显证。但如果认为文学与地域文化的关系仅止于此，也未免过于肤浅。地域文化的内涵与精神对文学作品的影响往往更加深入更加全面。寻绎地域文化与词派之间的关联，当然也不应只停留在表面的文学现象与地域文化的机械对应，而应当深入挖掘表象之下的实质。

一 江西词派的总体特征

基于对地域文化与文学流派关系的理解，要分析江西地域文化与词派之间关系，可先从归纳江西不同时期的词派的共同特征入手。在前面四节的分析中，可以发现它们大致有如下共同之处：

第一，词的题材和功能不断地得到拓展。词在晚唐五代，主要还是用来侑酒佐欢，还是伶工之词。在南唐君臣词人，晏氏父子、欧阳修等词人的努力下，词体开始表达更深刻的思想更丰富的感情，"遂变伶工之词而为士大夫之词"。[①] 到了江西诗派的词人手里，词还能用来发表议论，表现禅理哲思。南渡词人向子諲等，词作中增强了感念国事的内容。辛弃疾的词，无意不可言，无事不可入。南宋江西遗民词人沿袭了辛派词人的传统，而且在词中融入了深沉的黍离麦秀之感。

第二，以豪放为主的多样化风格。南唐君臣的词"堂庑特大"、"皆在《花间》范围之外"[②]，晏几道词"清壮顿挫"。江西诗派的词作中因为喜欢用典和议论化的倾向，某些词的风格同其诗一样，尖新瘦硬；到了

---

① 王国维：《人间词话》，《词话丛编》第五册，第 4242 页。
② 同上书，第 4243 页。

江西南渡词人和辛派词人的笔下，豪壮之作大量涌现。南宋江西遗民词人亦有不少慷慨激昂之作。

但江西词人并不自囿于一种风格之中。即使是辛弃疾等典型豪放词人，也有轻灵婉丽之作。前面几节也分析了其他阶段词人的多样化风格。多样化的风格正反映了江西词人不主故常，熔铸百家，勇于吸取多方面艺术资源和艺术经验的可贵精神。

第三，圆通的文体观。从北宋前期到南宋末年，江西大多数词人的文体观，都相对灵活圆通而不固执僵硬，即认为诗、词、文的艺术经验在一定程度上是可以互通有无、互相借鉴的。无论是江西诗派的"诗词同理"，辛派词人的"以文为词"等观点，实质上只是江西词坛文体观的典型体现和集中表述而已，在之前或之后的词派中都有类似的文体观念。

第四，淑世精神的张扬。江西词人始终关注着现实时世。无论是南唐后主的亡国之痛、南渡词人的时代哀歌，还是辛派词人的呐喊呼号，抑或是遗民词人的泪尽胡尘，他们的词作都与时代歌哭与共、休戚相关。同时，对时代生活的关注和思考也提升了词的艺术内涵与艺术境界。

第五，隐逸思想的存在。从江西南渡词人开始，尘外之音就开始萦绕在他们的词作之中。向子諲，辛弃疾及辛派词人，江西遗民词人等，大多把林泉松庐看成精神的家园，以寻求对现实失望之后的解脱与安宁。此外，隐逸也是抗争，是不同流合污的姿态，是独善其身的自省。从这个意义上说，淑世与隐逸不仅不矛盾，相反还是有机的统一。

不同时期的江西词派居然显现出某些一致性的特征。这当然不能仅仅归因于巧合，而应当还存在有更深层的原因。前代词人的经验与成就本身就融入地域文化，成为地域文化的一部分，也成为地域文化中最易于为后代词人所接受所传承的部分。当然，除了词学传统的影响之外。地域文化的其他部分对江西词派风貌的形成也有着不可忽略的塑造作用。

二 江西自然地理环境与江西词派

"广谷大川异制，民生其间者异俗。"① 江西的自然地理环境对其民风习俗有较大的影响。江西境内地貌，除北部较为平坦外，东西南部三面环山，中部丘陵起伏，山地、丘陵约占总面积的70%。深山茂林，山险水

---

① 《礼记正义·王制》，阮元校刻《十三经注疏》上册，第1338页。

激，"森秀竦插，有超然远举之致"①，孕育了刚劲质朴、犷悍豪迈的民风。诚如《宋史》所言："其俗性悍而急。"② 江西词的风格以豪放刚硬为主，当与此有相当关系。

江西三面环山，北临长江，是一个独立完整的地理单元，此种地形有利于地域文化的形成与成熟。因此，依附于江西地域文化的不同时期的江西词派，都有着较之其他地域更为鲜明的地域风格。

因为南宋定都临安，江西与国家的政治文化中心距离变近，加之其原来即为"吴头楚尾，粤户闽庭"的形胜之区。这对江西地域文化的发展与对外交流产生了诸多便利之处。例之以词，辛弃疾等一大批外来词人的加盟，即为江西词坛带来新的面貌。而对外来文化精华的吸收与借鉴，也促成江西词风的多样化。

三　佛教与江西词派

佛教宗派纷繁，有性、相、台、贤、禅、净、律、密八大宗派。其中，禅宗和净土宗是流传最广的宗派。

净土宗由唐代的道绰（562—645）及弟子善导（613—681）所创，东晋江西庐山的慧远最早提倡求生"净土"，后为净土宗追认为"初祖"。净土宗与江西渊源可见。

禅宗在盛唐时有南宗、北宗之分。北宗神秀（约606—706）一派主张渐修，盛极一时，但不久便衰微。南宗慧能（638—713）被禅宗尊为六祖，南宗主张顿悟，弘传甚盛。慧能弟子中有南岳怀（667—774）和青原行思（？—741）是为南宗的南岳、青原两派。晚唐五代至南宗，逐渐发展成"五家七派"。从南岳一系先分出沩仰宗，次又分临济宗。青原行思一系又分出三派：曹洞宗、云门宗、法眼宗。此两系合称五宗。北宋初，五宗并盛。北宋中期，临济宗分化成杨岐、黄龙两支派，合前五宗名为七派。故曰"五家七派"。

五家七派中在江西开宗的有临济宗（祖师道一、怀海、希远皆居江西），杨岐派（杨岐山在江西萍乡，祖师为江西袁州宜春的方会），黄龙派（黄龙山位于江西洪州，祖师为江西信州的慧南），沩仰宗（沩山在湖南宁乡，仰山在江西宜春），曹洞宗（曹山在江西宜黄，洞山在江西宜

---

① 刘献廷：《广阳杂记》卷四，《丛书集成》初编本。
② 《宋史》，第2192页。

丰，祖师行思居吉安青原山）。黄庭坚《送密老住五峰诗》："水边林下逢衲子，南北东西古道场"。就是对江西禅宗胜地形象的描绘。

江西能成为佛教之邦与江西的地理位置与自然环境关系密切。魏晋南北朝及晚唐五代两个时期，中原以北战乱频仍，而江西地区战祸较少，于是士庶大量迁入，僧侣亦纷至沓来，寻山占寺。加之江西环境清幽，多名山胜境，亦为佛家所乐居。"大抵南方富于水，号为千岩竞秀，万壑争流，所以浮屠之居，必获奇胜之域也。"① "天下佳山水，莫富于东南，有道之士庐其中者，十常八九。"② 可以说，江西地理位置与自然环境对佛教在江西的传播的作用颇多。而佛教的传播又改变和丰富了江西的地域文化。

江西地域文化中的佛教因子，对江西文学的发展有深刻的影响。这方面前人的研究很多。本章主要分析江西佛教（主要是禅宗）与宋词的关系。

江西词人和佛教关系密切者甚多。如江西词人的"前身"南唐君臣词人，皆笃信佛教。李煜一生尊崇佛教，"江南国主为郑王时，受心法于法眼之室"③，并在南唐境内大修佛寺，亲预佛事，直至宋将曹彬兵临城下，其仍在静居寺中听《楞严圆觉经》，被俘至汴京后，仍"登普光寺，擎拳赞念，久之，散施缁帛甚众"。④ 李煜的词，颇有些禅宗宁静圆融的意境。又王国维曾言："后主之词，真所谓以血书者也。宋道君皇帝燕山亭词亦略似之。然道君不过自道身世之戚，后主则俨有释迦、基督，担荷人类罪恶之意，其大小固不同矣。"⑤ 在李煜的词中，他个人的悲哀和人类的悲哀是相通的。将个体的体验与感慨升华成对人类共同苦难的关怀，这是宗教的情怀。而"担荷人类罪恶"，又在一定程度上使其词"眼界始大，感慨遂深，遂变伶工之词为士大夫之词"。⑥ 上文提到，江西词派的一大特点即是词的功能的不断拓展。这个拓展的起点，可以追溯到李煜词中的佛教因子。

---

① 余靖：《武溪集》卷八《韶州白云山延寿禅院传法记》，《文渊阁四库全书》本。
② 谢逸：《溪堂集》卷七《上高净众禅院记》，《文渊阁四库全书》本。
③ 普济：《五灯会元》卷十"清凉泰钦禅师"条，《五灯会元》中，第576页。
④ 马令：《南唐书》，《丛书集成》初编本。
⑤ 王国维：《人间词话》，《词话丛编》第五册，第4243页。
⑥ 同上书，第4242页。

第三章　地域文化与宋词流派 ·209·

又如王安石,与佛教也有很密切的关系。张煜《王安石与佛教》① 有相关研究。此不赘述。王安石为数不多的词,如《雨霖铃》"孜孜矻矻"、《南乡子》"嗟见世间人"、《望江南·皈依三宝赞》等,化用禅语、融汇禅典、解语禅理,也受到佛教的深刻影响。王安石与宋神宗的对话反映了其对佛理的看法:

>安石曰:"臣观佛书乃与经合,盖理如此则虽相去远,其合尤符节也。"上曰:"佛西域人,言语既异,道理何缘不异?"安石曰:"臣愚以为苟合于理,虽鬼神异趣,要无以易。"②

那么,王安石以为的"苟合于理"的"理"是什么内涵呢?梁启超言:"公晚年益簟精哲理,以求道本,以佛老二氏之学,皆有所得,而其要归于用世。"③ 王安石的禅理词虽然并没有"归于用世",但这种淑世的态度一直影响到后代的江西词人。此外,王安石与宋神宗的对话反映了王安石思想的圆通灵活,即外在的言语相异,鬼神异趣并不会影响到"理"的内核;也反映了王安石的思想实质上是受到禅宗万法皆无自性,不可执着黏滞思想的影响。这种圆通灵活的思想应用到文学上,就倾向于认为诗、词、文虽然文体各异,但道理相通。吴聿《观林诗话》载:

>半山尝于江上人家壁间见一绝云:"一江春水碧揉蓝,船趁归潮未上帆;渡口酒家赊不得,问人何处典春衫。"深味其首句,为踌躇久之而去。已而作小词,有"平涨小桥千嶂抱,揉蓝一水萦花草"之句,盖追用其语。④

王安石从诗中取意取句为词《渔家傲》,开江西诗派"诗词同理"之先河。

江西诗派受禅宗的影响也很深。上文曾提到江西诗派的诸多成员与禅

---

① 张煜:《王安石与佛教》,博士学位论文,复旦大学,2004年。
② 李焘:《续资治通鉴长编》(附拾补)卷二三三,上海古籍出版社1986年版,第2171页。
③ 梁启超:《学术论著集·王安石传》,华东师范大学出版社1998年版,第294页。
④ 吴聿:《观林诗话》,《历代诗话续编》上册,第125页。

宗关系密切。江西诗派的得名即源于禅宗。据南宋胡仔言："吕居仁近时以诗得名，自言传衣江西。尝作宗派图。自豫章以降，列陈师道……合二十五人，以为法嗣。谓其源流皆出豫章也。"① 孙觌论《宗派图》写作意图亦言："元祐中，豫章黄鲁直独以诗鸣。当是时，江右之学诗者皆自黄氏。至靖康、建炎间，鲁直之甥徐师川，二洪驹父玉父皆以诗人进，居从官大臣之外，一时学士大夫向慕，作为江西宗派。如佛氏传心，推次甲乙，绘而为图。凡挂一名其中，有荣耀焉。"② 江西宗派，以衣钵相传，号称法嗣，这是学习禅宗的做法。又杨万里《送分宁主簿罗宠材秩满入京》诗云："要知诗客参江西，正似禅客参曹溪。不到南华与修水，于何传法更传衣。"黄庭坚是江西修水人，而六祖传法的南宗禅祖庭即在曹溪南华寺。杨万里诗的本意在于用禅宗六祖来譬喻黄庭坚在诗坛的崇高地位，但也从一个侧面反映了江西诗派与禅宗的渊源。

江西诗派许多人都与禅宗有很深的关联。江西诗派中祖可、善权、惠洪等是出家人，饶节，"（晚年）为僧，号如璧。"③ 黄庭坚则被认为是黄龙祖心禅师的法嗣。④ 任渊评陈师道的诗曰："读后山诗，大似参曹洞禅。"⑤ 陈与义，词集名《无住词》，"以其所居有无住庵，故以名之。"⑥《金刚经》："应无所住而生其心。"庵名本此。韩驹与灵源惟清法师有交谊，对他有"本色住山人"之评语。⑦ 刘克庄《江西诗派汪信民》曾言："紫微公尤推尊信民。其诗曰：'富贵空中业，文章木上瘿。要知真实地，惟有华严境。'盖吕氏家世本喜谈禅，而紫微与信民尚禅学。"⑧ 紫微公即吕本中，汪信民即汪革。谢逸"江南胜士……闲居多从衲子游"。⑨ 晁冲之亦"薄酒宁非道，寒灰却会禅。"（吕本中《同叔用宿子之家》）

江西诗派与禅宗的关系如此密切，所以他们的文学观念受到禅宗的影响是很自然的。黄庭坚的"点铁成金，夺胎换骨"，"后山（陈师道）论

---

① 胡仔：《苕溪渔隐丛话前集》卷四十八，第 327 页。
② 孙觌：《鸿庆居士集》卷三十《西山老文集序》，《文渊阁四库全书》本。
③ 陈振孙：《直斋书录解题》卷二十，第 598 页。
④ 普济：《五灯会元》卷十七，第 1111 页。
⑤ 任渊：《后山陈先生集序》，《后山集》卷首，《文渊阁四库全书》本。
⑥ 《四库全书总目提要》卷一九八，第 1813 页。
⑦ 惠洪：《石门文字禅》卷二十六"题昭默与清老偈"条，《文渊阁四库全书》本。
⑧ 转引自傅璇琮《黄庭坚与江西诗派资料汇编》，中华书局 1978 年版，第 716 页。
⑨ 惠洪：《冷斋夜话》卷十，《宋元笔记小说大观》第二册，第 224 页。

诗说换骨，东胡（徐俯）论诗说中的，东莱（吕本中）论诗说活法，子苍（韩驹）论诗说饱参，入处虽不同，其实皆一关捩，要知非悟不可"。①而"悟"则是禅学的根本。"不立文字，教外别传"的禅学精神与诗学精神共通共鸣。又如"活法"，吕本中提出："学诗当识活法，所谓'活法'者，规矩具备，而能出于规矩之外，变化不测，而亦不悖于规矩也。是道也，盖有定法而无定法，无定法而有定法。知是者，则可以与语'活法'矣。"② 这种"活法"观亦源自禅宗："夫参学者，须参活句，莫参死句。活句下荐得，永劫不忘；死句下荐得，自救不了。"③ 韩驹《赠赵伯鱼》诗则直接提出诗禅一理："学诗当如初学禅，未悟且遍参诸方。一朝悟罢正法眼，信手拈出皆成章。"

向子諲受佛学的影响也较深。他的词如《点绛唇》即是作于"与二三禅子以月宝林山中"，《虞美人》"澄江霁月清无对"小序言："中秋，与二三禅子方诵十玄谈，赵正之复以长短句见寄，乃用其韵语答之，兼示栖隐宁老。"《西江月》"见处莫教认著"小序："吴穆仲与法喜以禅悦为乐，寄唱酬醉蓬莱示芗林居士，有'见处即已，无心即了'之句，戏作是词答之。"其词中也往往用来表现佛理禅思。如《浣溪沙·戏呈牧庵舅》：

进步须于百尺竿。二边休立莫中安。要知玄露没多般。　花影镜中拈不起，蟾光空里撮应难。道人无事更参看。

整首词着眼于义理的探讨。许多词句取化佛典《五灯会元》。如"进步须于百尺竿"语本"百尺竿头须进步，十方世界是全身"④，"二边休立莫中安"语本"二边纯莫立，中道不须安"。⑤ 又"花影镜中拈不起"则取自著名的迦叶拈花典。⑥ 其"琪树照人间，晓然是，华严境界"

---

① 曾季貍：《艇斋诗话》，丁福保辑：《历代诗话续编》上册，中华书局1983年版，第296页。
② 吕本中：《夏均父集序》，见刘克庄《后村先生大全集》卷二十四"吕紫薇"条，《文渊阁四库全书》本。
③ 《古尊宿语录》卷四十六，中华书局1994年版。
④ 普济：《五灯会元》，中华书局1984年版，第208页。
⑤ 同上书，第696页。
⑥ 同上书，第10页。

[《蓦山溪》（绍兴乙卯，大雪行鄱阳道中）]、"一段澄明绝点埃，世事如泡影"（《卜算子》）、"青山芳甸，尽入真如观"[《点绛唇》（重九戏用东坡先生韵）]等，可以见出禅学很深的濡染。

辛弃疾与禅宗也有联系。据《广丰县志》言："博山寺……宋绍兴间悟本禅师奉诏开堂，辛稼轩为记。"① 陆游《送辛幼安殿撰造朝》言："稼轩落笔凌鲍谢，退避声名称学稼。十年高卧不出门，参透南宗牧牛话。"②"牧牛"，禅宗用来比喻本心。如大安禅师言居沩山三十年，"只看一头水牯牛，若落路入草，便把鼻孔拽转来，才犯人苗稼，即鞭挞。调伏既久，可怜生受人言语，如今变作个露地白牛，常在面前，终日露迥迥地，趁亦不去也。"③ 程珌《六州歌头·送辛稼轩》："向来抵掌，未必总谈空。"④"谈空"即探讨禅的义理，"未必总谈空"从反面看，平常仍以"谈空"居多。辛弃疾《题桃符》诗曾自言："身为参禅老，家因赴诏贫"，《醉书其壁》其一又言："颇觉参禅近有功，因空成色色成空"，《第四子学春秋，发愤不辍，书以勉之》亦言："身是归休客，心如入定僧。"辛弃疾的这些诗，透露了他受过禅学思想的影响。而他的诗，还直接表现禅思佛理，如《书寿宁寺壁》："万事随缘无所为，万法皆空无所思。"《丙寅九月二十八日作，明年将告老》："渐识虚空不二门，扫除诸幻绝根尘。此心自拟终成佛，许事从今只任真。有我故应还起灭，无求何自别冤亲。"《丁卯年七月鹤鸣亭三首》其二："功名此去心如水，富贵由来色是空。便好洗心依佛祖，不妨强笑伴儿童"等。所以，吴则虞认为："稼轩不讲学，不著书，然议论深得濂、洛之意，于禅宗亦多勘破。"⑤ 诚为至论。

吴则虞还认为辛弃疾的词《祝英台近》（水纵横），"假禅理以言遭际也"⑥《玉楼春》（夜半何人推山去），"此用禅理作词也"。⑦ 实际上，受到禅宗思想影响的词还有很多，如"随缘道理应须会，过分功名莫强求。

---

① 转引自邓广铭《稼轩词编年笺注》中《鹧鸪天》注引，第 172 页。
② 邓广铭辑校审订，辛更儒笺注：《辛稼轩诗文笺注》附录二，上海古籍出版社 1995 年版，第 287 页。
③ 《五灯会元》卷四"长庆大安禅师"，第 191 页。
④ 邓广铭：《稼轩词编年笺注》附录一，第 592 页。
⑤ 吴则虞：《辛弃疾词选集》，上海古籍出版社 1993 年版，第 194 页。
⑥ 同上书，第 201 页。
⑦ 同上书，第 246 页。

先自一身愁不了,那堪愁上更添愁"(《瑞鹧鸪》)、"但凄凉顾影,频悲往事,殷勤对佛,欲问前因"(《沁园春》)、"洗尽机心随法喜。看取尊前,秋思如春意"(《蝶恋花》)等。辛弃疾的词中也如江西诗派的词作,应用了一些禅语,如"八万四千偈后,更谁妙语披襟"(《西江月》)、"看灯元是菩提叶。依然曾说菩提法。法似一灯明。须臾千万灯。 灯边花更满。谁把空花散。说与病维摩。而今天女歌"(《菩萨蛮·晋臣张菩提叶灯席上赋》)、"休说须弥芥子,看取鹍鹏斥鷃,小大若为同"(《水调歌头·题永丰杨少游提点一枝堂》)等。辛弃疾也应用禅典。如《浣溪沙·别成上人,并送性禅师》前两句:"梅子熟时到几回,桃花开后不须猜"即用了两个佛典。"梅子"语见《五灯会元》卷三《大梅法常》:"(大梅法常)初参大寂,问:'如何是佛?'寂曰:'即心是佛。'师即大悟,遂之四明梅子真旧隐缚茆燕处……大寂闻师住山,乃令僧问:'和尚见马大师得个甚么,便住此山?'师曰:'大师向我道:即心是佛。我便向这里住。'僧曰:'大师近日佛法又别。'师曰:'作么生?'曰:'又道:非心非佛。'师曰:'这老汉惑乱人,未有了日。任他非心非佛,我只管即心即佛。'其僧回举似马祖,祖曰:'梅子熟也!'"① "桃花"典出《五灯会元》卷四《灵云志勤》:"(灵云)初在沩山,因见桃华悟道。有偈曰:'三十年来寻剑客,几回落叶又抽枝。自从一见桃华后,直至如今更不疑。'"②

刘辰翁言:"及稼轩横竖烂漫,乃如禅宗棒喝,头头皆是……但觉宾主酣畅,谈不暇顾。"③用禅宗棒喝来比喻辛弃疾的词,还是有些道理的。

江西词人中还有很多人也受到禅宗的影响,为免烦琐,兹从略。

江西词人对禅宗的接受,直接影响到他们的词论和词的创作风格。江西词派的诸多地域特色和禅宗有着莫大的关联。如"诗词同理"、"以文为词"理论的发明,受益于禅宗不可执着黏滞的"实相无相"观念,因此对于文体的观念比较通达。

又如词中多用佛语禅词,亦是禅宗对江西词派创作的影响。佛语禅词入词,一方面增强了词的表现力;另一方面如韩驹所言:"今人作诗复用

---

① 《五灯会元》卷三《大梅法常禅师》,第146页。
② 《五灯会元》卷四《灵云志勤禅师》,第239页。
③ 刘辰翁:《刘辰翁集》卷六《辛稼轩词序》,第178页。

禅语，盖是厌陈旧而欲新好也。"① 又黄庭坚倡导以俗为雅，江西词作中也多应用俗字俚语，原因之一是很多禅语本身就很俚俗。"达磨是老臊胡，释迦老子是干屎橛，文殊普贤是担屎汉。等觉妙觉是破执凡夫，菩提涅槃是系驴橛，十二分教是鬼神簿、拭疮疣纸。四果三贤、初心十地是守古冢鬼，自救不了。"② 这样的文字在禅典中屡见不鲜，江西词人应用俚语俗词也就无甚突兀。原因之二是禅宗重视寻常自然，时常生活即是禅，寻常口语即是诗。俚语俗语即是寻常口语，以寻常口语入词，符合禅宗的宗旨。

江西词派的创作还有一个特点，即多用典故。典故的应用，可以取得"用事琢句，妙在言其用而不言其名"的效果③；也可以达到立象以表意，借事以相发明的效果。这与禅宗"绕路说禅"，即"不道破"、"不犯正位"的言说原则颇为契合。

至于江西词派的创作中多戏谑游戏之作，则与禅宗呵佛骂祖，贵见真我的启示有关。此外，禅宗语录也充满机锋与戏谑意味。如"问：'如何是古佛心？'师曰：'镇州萝卜重三斤。'"④ "问：'如何是祖师西来意？'师曰：'入市乌龟。'"⑤ "问：'如何是正法眼？'师遽答曰：'破沙盆'"⑥ 等，禅宗的这种语言方式对江西词派"以文为词"中的一些戏谑笔法颇有影响。

宋代禅宗与江西文学的关系有很多耐人寻味的地方，留给我们难以穷尽的思考。以上只是从地域文化的视角，分析禅宗对于宋代各个时期的江西词派的普遍性影响，至于禅宗对各个词人影响的差异之处则未加论及。

四 江西宋学与江西词派的淑世精神

上文提到，有宋三百余年，江西词派一以贯之的，是"以天下为己任"的责任感与使命感。江西词人大多以治国平天下为政治理想，追求经世济用的功业建树，以期实现个体的生命价值。所以，他们在词中融入了对现实的关注与思考，他们用词记录了时代的渴盼与失落，也抒发了

---

① 魏庆之：《诗人玉屑·室中语》，上海古籍出版社 1978 年版，第 135 页。
② 《五灯会元》卷七"德山宣鉴禅师"，第 374 页。
③ 惠洪：《冷斋夜话》卷四"诗言其用不言其名"条，《宋元笔记小说大观》第二册，第 2189 页。
④ 《五灯会元》，第 681 页。
⑤ 同上书，第 1047 页。
⑥ 同上书，第 1393 页。

济世救民的抱负与情怀。他们的词始终张扬着强烈的淑世精神。江西词派的淑世特征,是江西宋学影响下的产物。

所谓宋学,是指以儒学为核心的宋代诸派学术的总称。江西宋学成就颇高,出现了欧阳修、王安石等宋学第一流的人物。他们思想学说的形成,受益于长于斯游于斯的江西地域文化。他们的思想与学说影响广泛,遍及全国;但乡邦江西,沾溉自是深远。

江西宋学人物众多,但他们的思想有共通之处,即对世事的关心。这也是江西士大夫的传统。如晏殊,据欧阳修《晏公神道碑铭》:"庆历三年三月,遂以刑部尚书居相位,充集贤殿大学士兼枢密使。……公为人刚简,遇人必以诚,当时知名之士如范仲淹、孔道辅等皆出其门。及为相,益务进贤材,当公居相府时,范仲淹、韩琦、富弼皆进用,至于台阁,皆一时之贤。天子既厌西兵,闵天下困弊,奋然有意,遂欲因群材以更治,数诏大臣条天下事。方施行,而小人权幸皆不便。明年秋,会公以事罢,而仲淹等相次亦皆去,事遂已。"① 晏殊积极支持范仲淹等人的庆历新政,其政治命运的起落与庆历新政相首尾。晏殊积极参与新政的态度与行为影响了后代的江西士人。

欧阳修是宋学的开山人物,有《易童子问》、《诗本义》等经学著作。欧阳修也一直被视为韩愈的继承人。苏轼曾言:"自汉以来,道术不出于孔氏,而乱天下者多矣,晋以老庄亡,梁以佛亡,莫或正之。五百余年而后得韩愈,学者以愈配孟子,盖庶几焉。愈之后二百有余年而后得欧阳子,其学推韩愈、孟子以达于孔氏,著礼乐仁义之实,以合于大道。"② 那么,欧阳修学问的精髓是什么?苏轼曾论及欧阳修对士风的影响,从侧面反映了欧阳修的学说内核:"自欧阳子出,天下争自濯磨,以通经学古为高,以救时行道为贤,以犯颜纳说为忠。"③ 可见,欧阳修的学说思想中"救时行道"是很重要的成分。

欧阳修也倡导"文以载道"。其言:"圣人之文,虽不可及,然大抵

---

① 欧阳修:《欧阳修全集·居士集》卷二十二《晏公神道碑铭》,中国书店出版社1986年版,第161页。
② 苏轼:《苏轼文集》卷十《六一居士集序》,第316页。
③ 同上。

道胜者，文不难而自至也。"① "道纯则充于中者实，中充实则发为文者辉光。"② 这句话中的"文"，原本是指"古文"或散文，但理解成"文学艺术"也未尝不可。在这样的思想引导之下，词中表现出一定的淑世精神，是再自然不过了。由于在欧阳修时代，词并不曾进入当时士人的文学视野——仍是小道；所以欧阳修的词中并没有表现出太多的现实内容，但欧阳修的"救时行道"精神及其文学观念在后代的江西词人那里得到体现。

王安石是北宋著名的政治改革家，也是卓有成就的思想家和文学家。韩琦曾评价王安石："安石为翰林学士则有余，处辅弼之地则不可。"③ 对王安石的变法存异议、对王安石的政治能力表示否定的人，对王安石的学说也是肯定和赞赏的。王安石开创和主导的学派，在北宋即被称为荆公学派、新学、王学等。"王安石始倡道德性命之学，给北宋中期以来已经复兴的传统儒学进一步注入了新鲜的血液，宋学从此进入了它的繁荣期。"④

梁启超概括王安石的学说曰："荆公之学，内之在知命居节，外之在经世致用，凡其所以立身，行已，与夫施于有政者，皆其学也。"⑤ 的确，经世致用是王安石学说中非常重要的一部分。《四库全书总目·周官新义提要》言："安石之意本以宋当积弱之后而欲济之以富强，又惧富强之说必为儒者所排击，于是附会经义以钳儒者之口。"⑥ 可见，王安石的学说是为他的政治改革而服务的。其《淮南杂说·致一论》言："天下之事，固有可思可为者，则岂可以不通其故哉！此圣人之所以又贵乎能致用者也。"其批评课试文章则曰："大则不足以用天下国家，小则不足以为天下国家之用"，主张"今士之所宜学者，天下国家之用也"⑦，一言以蔽之，王安石学说的指归在于"贵乎能致用也"。

江西宋学强烈的淑世精神影响深远。南宋的杨万里亦主张"学道者，

---

① 欧阳修：《欧阳修全集·居士集》卷四十七《答吴充秀才书》，第222页。
② 欧阳修：《欧阳修全集·居士外集》卷十八《答祖择之书》，第499页。
③ 《宋史》卷三一二，第10229页。
④ 陈植锷：《北宋文化史述论》，中国社会科学出版社1992年版，第235页。
⑤ 梁启超：《饮冰室合集》专集第七册《王荆公》第二十章《荆公之学》，中华书局1989年版，第186页。
⑥ 《四库全书总目》卷一九，第150页。
⑦ 王安石：《王文公文集》卷一《上仁宗皇帝言事书》，上海人民出版社1974年版，第6页。

必有以用道也……学道而不用，安以道为哉"。① 江西遗民词人如谢枋得、文天祥、邓剡等更是以天下为己任，勇于担当，"万古纲常担上肩，脊梁铁硬对皇天"（谢枋得《和曹东谷韵》）的人物。原来是歌筵酒肆浅斟低唱的小词，在江西词人的手中发出了大声镗鞳的时代之声，江西宋学功莫大焉。

此外，"诗词同理"、"以文为词"等文体观念与江西宋学也有关系。"作为一个政治家来说，王安石是一个'援法入儒'的人；作为一个学问家来说，王安石却是一个把儒释道三家融合为一的人。"② 王安石如此，其他江西学者亦如此，他们的思想太多能融会各家，具有相大的开放性与灵活性。这种开放灵活的思想影响至诗学，则是通达的文体观。欧阳修《六一诗话》："退之笔力，无施不可……其资谈笑、助谐谑、叙人情、状物态，一寓于诗，而曲尽其妙。此在雄文大手，固不足论，而余独爱其工于用韵也……乃天下之至工也。"③ 欧阳修对韩愈"无施不可"、"雄文大手"的褒扬，实际上就是对"以文为诗"的肯定。既然"以文为诗"能别开生面，"诗词同理"、"以文为词"也就有了成立的前提。

再则，江西宋学思维缜密，学理邃深；务明大义，疑古析伪；辨言析理，细致入微。在此语境熏陶下，"江西士风好为奇论，耻与人同，每立异以求胜。"④ 影响所及，也就加强了词的议论化倾向。

五　陶渊明与江西词派的隐逸主题

有"古今隐逸诗人之宗"⑤ 之称的陶渊明是东晋江州寻阳郡柴桑（在今江西九江西南）人。寻阳背靠"奇秀甲天下"的庐山。庐山又名"匡庐"，得名于隐士匡裕。"有匡裕先生者，出自殷周之际，遁世隐时，潜居其下。或云裕受道于仙人，共游此山，遂托室崖岫，即岩成馆。故时人谓其所止为神仙之庐，因以名山焉。"⑥ 西晋末年，柴桑人翟氏不受征辟，隐居庐山，子庄、孙矫、曾孙法，皆效法乃祖，守道清贞，隐德卓著，号为翟家四世；⑦ 东晋末年又有周续之、刘遗民、陶渊明遁迹庐山，不应征

---

① 《诚斋集》卷八十六《曾子论中》，《四部丛刊》初编本。
② 邓广铭：《略谈宋学》，《宋史研究论文集》第三辑，浙江人民出版社1987年版。
③ 欧阳修：《六一诗话》，《历代诗话》上册，第272页。
④ 黎靖德辑：《朱子语类》卷一二四，中华书局1986年版，第2971页。
⑤ 钟嵘：《诗品注》，陈延杰注，人民文学出版社1980年版，第41页。
⑥ 释慧远：《庐山记略》，《太平御览》卷四十一《庐山》，《四部丛刊》三编。
⑦ 《晋书》卷九十四《隐逸传》，第2444—2445页。

命，谓之"寻阳三隐"。① 可见，当地隐逸文化源远流长。

而陶渊明的诗文及其所代表的隐逸文化是江西地域文化的重要组成部分。陶渊明高洁淡泊的人格，任真超脱的处世方式，得到了宋代江西词人的强烈共鸣。陶渊明诗文中的一些独特意象也为宋代江西词人所广泛吸收。宋代江西词人中的大量隐逸词即可看成是陶渊明的流风余韵。

前面提到，由于江西宋学的影响，江西的士人大多怀抱强烈的入世愿望和淑世精神。但当理想与现实发生冲突之后，江西词人或转向佛道思想，或求诸山林隐逸。如辛弃疾，洪迈《稼轩记》曾言："使遭事会之来，挈中原还职方氏，彼周公瑾、谢安石事业，侯（辛弃疾）固饶为之。此志未偿，顾自诡放浪林泉，从老农学稼，无亦大不可欤？"② 洪迈所描绘的辛弃疾的思想轨迹在宋代江西词人中具有相当大的代表性。辛弃疾言："虏人凭陵中夏，臣子思酬国耻，普天率土，此心未尝一日忘"③，但词人欲济无楫，报国无门，于是乃"常有静退之心，久矣倦游"④，便欲学"渊明归去来"（《西河·送钱仲耕自江西漕移守婺州》）。而辛弃疾在公元1182—1192年带湖及公元1194—1202年瓢泉的两个退隐时期，词中出现的大量陶渊明意象正是这种心态的反映。陶渊明及其所包含的隐逸文化成为辛弃疾的心灵寄托。

江西词人主要从三个方面来理解和学习陶渊明。首先，江西词人非常钦佩陶渊明固穷守道，安于丘园的淡泊高洁的人格。如"晚岁躬耕不怨贫。只鸡斗酒聚比邻。都无晋宋之间事，自是羲皇以上人。 千载后，百篇存。更无一字不清真。若教王谢诸郎在，未抵柴桑陌上尘"（辛弃疾《鹧鸪天·读渊明诗不能去手，戏作小词以送之》）、"惟自乐，不忧贫。渊明谈笑更清真"（韩淲《鹧鸪天·次韵赵路分生朝所赋》）、"举世谁不醉，独属陶公"（刘将孙《八声甘州·九日登高》）等词，均是着眼于陶渊明高洁的人品。

其次，陶渊明"率然而出，率然而归"⑤，任真超脱的处世态度与方式也使宋代江西词人非常企慕。陶渊明超脱自适的处世态度对"百感忧

---

① 《宋书》卷九十三，第2280页。
② 洪迈：《稼轩记》，《辛稼轩诗文笺注》附录一，上海古籍出版社1995年版，第268页。
③ 辛弃疾：《美芹十论》，《辛稼轩诗文笺注》，第1页。
④ 辛弃疾：《新居上梁文》，《辛稼轩诗文笺注》，上海古籍出版社1995年版，第102页。
⑤ 刘辰翁：《须溪集》卷四《吾庐记》，第118页。

其心，万事劳其形"① 的词人有解救之功。欧阳修《偶书》诗："吾见陶靖节，爱酒又爱闲。……决计不宜晚，归耕颖尾田。"② 对陶渊明的企慕在他的词中也有表达。如《采桑子·西湖念语》十首小序即言："昔者王子猷之爱竹，造门不问于主人；陶渊明之卧兴，遇酒便留于道上。"陶渊明"性嗜酒"③，有《饮酒》诗。"陶渊明诗篇篇有酒，吾观其意不在酒，亦寄酒为迹焉。"④ 意在不酒，而在于酒所体现出来的精神。陶渊明曾言："（孟嘉）好酣饮，逾多不乱。至于任怀得意，融然远寄，傍若无人。温尝问君：'酒有何好，而卿嗜之？'君笑而答曰：'明公但不得酒中趣尔。'又问听妓，丝不如竹，竹不如肉，答曰：'渐近自然。'中散大夫桂阳罗含赋之曰：'孟生善酣、不愆其意。'"⑤ 陶渊明转述的孟嘉之语，正可看成是夫子自道。饮酒，是对任怀得意，融然远寄，渐近自然的生活方式的追求。宋代江西词人准确地把握住这一精神，"且倾白酒。赖有茱萸枝在手。可是清甘。绕遍东篱摘未堪"（向子諲《减字木兰花》）、"倾白酒，绕东篱，只与陶令有心期"（辛弃疾《鹧鸪天》）、"陶潜把菊任持醪。山遥遥外水萧萧"（韩淲《浣溪沙》）等。

陶渊明对宋代江西词人在文学艺术上的影响，表现在陶渊明诗歌中的诸多意象都进入词。陶渊明《饮酒》其二有："采菊东篱下，悠然见南山"句，宋代江西词人大多把菊看成陶渊明的化身，也看成是隐逸的象征。如"东篱多种菊，待学渊明，酒兴诗情不相似"（辛弃疾《洞仙歌》）、"九日黄花，渊明之后，谁当汝俦"（刘辰翁《沁园春·和刘仲简九日韵》）、"山色泛秋光。点点东篱菊又黄"（刘将孙《南乡子》）等。此类意象还有"东篱"、"停云"、"三径"⑥ 等。

除了地域文化之外，宋代江西词派的诸多风格的形成，当然还有其他

---

① 欧阳修：《欧阳修全集·居士集》卷十五《秋声赋》，第 112 页。
② 欧阳修：《欧阳修全集·居士外集》卷四《偶书》，第 372 页。
③ 陶渊明：《陶渊明集笺注》卷六《五柳先生传》，袁行霈笺注，中华书局 2003 年版，第 502 页。
④ 萧统：《陶渊明文集序》，《陶渊明集笺注》附录一，第 613 页。
⑤ 《陶渊明集笺注》卷六《晋故西征大将军长史孟府君传》，第 492 页。
⑥ 三径，典自萧统《文选》卷四十五：李善注引《三辅决录》曰："蒋诩字元卿，舍中开三径，唯羊仲、求仲从之游，皆挫廉逃名不出。"（第 852 页）然因陶渊明《归去来兮辞》有"三径就荒，松菊犹存"句，词人一般把三径和陶渊明相联系，如"未报贾船回。三径荒锄菊卧开"（黄庭坚《南乡子》）、"渊明最爱菊，三径也栽松"（辛弃疾《水调歌头·赋松菊堂》）、"渊明中路相候。何须更待三三径，也自长拖衫袖"（刘辰翁《摸鱼儿》）。

方面的原因，如时代文学风气、非江西地域文化文学思潮、词人个体的禀赋与经历，都可能会对词派的风貌产生影响。地域文化对词派形成与发展的影响只是其中的一个因素，却也是重要的因素。

江西词派与江西地域文化的关系是地域文化与文学流派的个案。个案分析所展现出来的地域文化与文学流派千丝万缕的关系，有助于理解文化与文学的关系、文化传播的范围与路径、流派内部的文化认同等问题。

第四章 宋词中的地域文化表述

宋词主要表述地域文化哪些方面的内容？又是如何表述的？地域文化从自然、人文两个层次展现其丰富的内容，而宋词对这些内容的表述，又具有源于文体特征的独特方式。

第一节 宋词中的地名：最直观的地域文化表述

宋词与地名的关系可谓密切。词人的生平，其郡望、籍贯、行踪等都有赖地名加以记载。两万多首宋词中，即有相当一部分的词作小序或词本身都应用了地名。地名是一个地域的"标签"，承载着丰富的地域文化内涵与地域情感。地名在宋词中的应用，是宋词地域文化表述的一个部分；而地名在宋词创作中的地位与作用，更是宋词地域文化意识的直接表现。

一 宋词地名的双重功能：纪实与象征

地名在宋词中的地位和作用，首先便表现为纪实功能。地名表明了词创作的地域背景。潘阆《酒泉子》十首，首句多是"长忆钱塘"、"长忆西湖"、"长忆孤山"等，可知此词乃怀念余杭之作。吴文英《八声甘州·灵岩陪庾幕诸公游》"渺空烟四远"，"灵岩"，即苏州灵岩山，上有馆娃宫，借此知词咏西子事。

词中地名的纪实功能，或有助于考证。如高惟月，仅知其为怀安人。然而宋代怀安地名有二，一是潼川府路怀安军，二是福州府怀安。高惟月在《念奴娇》"岩扃不锁"的小序中自称"三山高惟月"，三山是福州古称，故高惟月应为福州怀安人。

其次，宋词中的地名与词作的思想内涵相辅相成。苏轼《卜算子·黄州定慧院寓居作》，"黄州"这个地名透露此词作于苏轼经历"乌台诗案"之后，贬为黄州团练副使期间。了解了这一背景，有助于理解词作的幽愤寂苦之音。同样，朱敦儒的《相见欢》：

> 金陵城上西楼。倚清秋。万里夕阳垂地、大江流。　　中原乱。簪缨散。几时收。试倩悲风吹泪、过扬州。

联系南宋时的地理形势，此词应用金陵、中原、扬州等地名颇有深意：六朝兴亡之地的金陵，隔江相望的便是江淮抗敌前线；扬州是当时抗敌重镇；而中原已落入敌手。词人将地名作为词的有机组成部分，通过这些地名，词人感怀国事、悲愤交集的情绪溢于言表。读者亦能凭借这些地名，进入词人激越痛楚的内心世界。

应当说，很多的词题、词序以及词本身的地名兼有双重功能，如王安石《桂枝香·金陵怀古》中的"金陵"、苏轼《念奴娇·赤壁怀古》的"赤壁"、张元幹《水调歌头·追和》词句的"重来吴会三伏、行见五湖秋"中的"吴会"和"五湖"，这些地名，既有纪实功能，又是词人情感表达的重要组成部分。

但是，宋词中地名应用还有另外一种特征，即应用时弱化地名的纪实功能，而突出地名的象征功能。如灞桥，位于长安之东，但很多词人提到灞桥之时，却未必和其地理位置有什么相干。刘克庄《菩萨蛮》中的"笑杀灞桥翁，骑驴风雪中"、张炎《满江红》中的"且依然诗思，灞桥人独"，用的都是郑綮"诗思在灞桥风雪中驴子上"的典故。① 而毛滂的《上林春令》中的"落花飞絮濛濛，长忆著，灞桥别后"、高观国《解连环》中的"依依灞桥怨别"，则是取折柳赠别之意。② 同样，辛弃疾《永遇乐·京口北固亭怀古》："元嘉草草，封狼居胥，赢得仓皇北顾。"刘辰翁《念奴娇》："吾年如此，更梦里，犹作狼居胥意。"这两首词都提到了"狼居胥"。狼居胥在今内蒙古，词中用"狼居胥"，典出自汉骠骑将军霍

---

① 孙光宪《北梦琐言》卷七："唐相国郑綮，……或曰'相国近有新诗否？'对曰：'诗思在灞桥风雪中驴子上，此处何以得之？'"《唐五代笔记小说大观》下册，上海古籍出版社2000年版，第1863页。

② 何清谷：《三辅黄图校释》卷六："灞桥在长安东，跨水作桥。汉人送客至北桥，折柳赠别。"中华书局2005年版，第356页。

去病封狼居胥山事①,显然,无论是辛弃疾还是刘辰翁,其词中的"狼居胥",并不是一个简单的地名,而寓"北伐"之意。

二 宋词地名的应用与文体、词人审美理想及文学传统的关系

并不是所有的地名,在宋词中都寓有象征;不同的地名往往有其不同的象征意义。那么,什么样的地名才能在宋词写作中被赋予象征意义?词人写作时,其所选用的词汇,必须符合词体的美学规范。例如,柳永的诗《煮海歌》中所选用的词汇在他倚红偎翠的词中就难觅身影。那些"以诗为词"、"以文为词"等突破词体规范的词人,便受到本色当行派的诟病。而且,不同的词人具有不同的美学理想,因此词汇应用的方式与结构都经过了不同词人审美经验的淘汰与筛选,以求符合各自的美学趣味。柳永的"奶奶兰心惠性"、"待伊要、尤云殢雨"、"针线闲拈伴伊坐"等词汇和句式,不会出现在晏殊的词中,因为二者的审美品性相去甚远。地名是词汇的一种,其在词中的应用及其象征意义的强弱,自然也受到文体与词人审美理想的共同制衡。

宋词文体的形成,固然有其特殊的历史机缘,但仍是文学家族中的一员,其在很大程度上接受了前代文学预设的框架。宋代词人在写作时,也不曾自外于传统。正是在其融会前代文学的经验并加以选择改造的努力下,宋词与前代文学,面目虽殊,但气血相近。因此,那些在前代文学作品中久经辗转、百般锻炼的地名,乃是宋词中地名应用的首选之品。

从前代文学手中接过的地名,还要经过词人思想感情的化合与点染,并渗入词人自身的人格与情趣,才能真正成为宋词中"有意味"的地名。如"长安",是唐代的首都,因此在唐代诗人的笔下,"长安"具有政治权力中心的象征意义。长安在宋代不再是首都,但在词中其政治权力中心的象征意义却并没有消失,如"长安古道马迟迟"(柳永《少年游》)、"西北望长安,可怜无数山"(辛弃疾《菩萨蛮》)等。但宋词中"长安",又非唐诗"长安"生硬的翻版,而是浸透着宋人浓厚的生命体验和个体情感。如周邦彦《苏幕遮》:"故乡遥,何日去?家住吴门,久作长安旅。"这里的长安,表层的意思是京师的代称,更深一层则是指"不愿封侯,只怕为羁旅"(杨泽民《苏幕遮》)的异乡。

---

① 《史记·卫将军骠骑列传》:"(骠骑将军霍去病)转击左大将,斩获旗鼓,历涉离侯。济弓闾、获屯头王、韩王等三人,将军、相国、当户、都尉八十三人,封狼居胥,禅于姑衍,登临瀚海。"《史记》,第2936页。

要达到这样的艺术效果，词人以地名入词时，往往只取一点，不及其余，即略去枝蔓，而突出地名所指向的地域某一方面的特性。比如在不同的词中，地名"洛阳"的含义亦有所侧重。如朱敦儒《蓦山溪》："东风误我，满帽洛阳尘，唤飞鸿，遮落日，归去烟霞外"，其"洛阳尘"用以形容世人风尘仆仆，追名逐利，洛阳即泛指京城；而袁去华《水龙吟·雪》："洛阳高卧，萧条门巷，悄无人到"，则用汉袁安的典故，主要仅借以咏雪。① 联想、比兴、暗示、参照等修辞手法的巧妙应用，往往可使地名的侧重点发生改变，从而使地名的含义朝着词人需要的方面倾斜。

此外，宋词在地名的应用技巧上，也受到前代文学的影响。汉赋、魏晋以来逐渐兴起的山水诗、唐诗等都为宋词留下许多足资借鉴的艺术经验。其中尤以唐诗的影响最大。李白《峨眉山月歌》："峨眉山月半轮秋，影入平羌江水流。夜发清溪向三峡，思君不见下渝州。"全诗仅二十八个字，便嵌用了"峨眉"、"平羌"、"清溪"、"三峡"、"渝州"五个地名，但毫无堆垛之感。杜甫《闻官军收河南河北》尾联："即从巴峡穿巫峡，便下襄阳向洛阳。"这里，地名的应用可谓出神入化。"巴峡"与"巫峡"，"襄阳"与"洛阳"，既是句内对，又形成了一副标准的流水对。"即从""便下"绾合四个地名，气势流贯，"巴峡"、"巫峡"、"襄阳"、"洛阳"之间的距离原本相当遥远，一经绾合，便近在咫尺。而"穿"与"向"两字，使四个原本相对独立的地名贯串有序，浑然一体，成为归家线路图的高度概括。唐诗中地名成功应用的例子还很多，如王勃《送杜少府之任蜀川》首联："城阙辅三秦，风烟望五津"、岑参《轮台歌奉送封大夫出师西征》第二联："羽书昨夜过渠黎，单于已在金山西"、张继《枫桥夜泊》："姑苏城外寒山寺"等诗句在地名的应用上均有可圈可点之处。宋词中地名的应用艺术，并不是凭空产生的，宋词正是在吸收前代文学艺术精华的基础上，不断地加以改造创新，使地名的应用在创作中达到了一个新的高度。

三 宋词中的地名应用举隅：江南、平山堂、扬州

以下选取江南、平山堂、扬州三个富有典型性的地名，分析宋词中应

---

① 范晔《后汉书·袁安列传》注引晋周斐《汝南先贤传》："时大雪积地丈余，洛阳令身出案行，见人家皆除雪出，有乞食者。至袁安门，无有行路。谓安已死，令人除雪入户，见安僵卧。问何以不出。安曰：'大雪人皆饿，不宜干人。'令以为贤，举为孝廉。"《后汉书》，中华书局1965年版，第1517页。

用地名的方式和特点。

（一）宋词中的江南

我们先以"江南"地名为例，分析一个地名如何在长期的历史发展过程中，沉淀着深厚的文化传统与美学理想，从而承载起两宋词人丰富的艺术联想。地名语义上的江南，在宋代一般是江南东路和江南西路这两个行政区域的总称。而宋词中提及的江南，大多数情况下并没有具体的空间范畴，但其中却寄寓着丰富深厚的文化信息。

自六朝起，江南就以其秀美的风光、丰饶的物产著称，许多的诗、文、词都曾用最华丽的语汇描绘和赞叹江南秀美的风光，如"江南佳丽地，金陵帝王州。逶迤带渌水，迢递起朱楼。飞甍夹驰道，垂杨荫御沟。凝笳翼高盖，叠鼓送华辀。献纳云台表，功名良可取"①、"暮春三月，江南草长，杂花生树，群莺乱飞"②、"江南好，风景旧曾谙。日出江花红胜火，春来江水绿如蓝。能不忆江南？"③ 在这些文学作品中，江南不仅仅是单纯的地域概念，还兼具美学与文化的概念。所以，宋词中的"江南"也是风光旖旎。如赵彦端《瑞鹤仙》："江南如画，紫菊冬前，翠橙霜后。"认为江南如画的，非仅赵彦端一人。两宋词人一提及"江南"，笔触顿时变得格外细致轻柔；对其美景，更是赞不绝口。如王琪《望江南》十首，便将江南草、柳、酒、燕、竹、雨、水、岸、月以及雪诸种事物细细写来，把江南风物之美从各个角度加以穷形尽相的描绘。又如："江南路，花无数。"（卢祖皋《更漏子》）、"斜风雨细江南岸"（晁端礼《踏莎行》）、"把江南、图画展开看，都难比。"（吕胜己《满江红》）等词句中所反映的江南美景，可谓美不胜收。而且，词中的江南，不是"大漠孤烟直，长河落日圆"的雄浑，不是"骏马秋风冀北"的刚硬，更不是"鸡声茅店月，人迹板桥霜"的荒凄。江南的美，基本是倾向于轻柔恬静的，江南是属于春天的："江南春晓，花发乱莺飞"（李之仪《蓦山溪》）、"怎向江南，更说杏花烟雨"（陈亮《品令》）。哪怕是肃杀的冬季，在词人看来，也是"江南雪里花如玉"（韩元吉《菩萨蛮》）。有时，词人还有意将其他地方来反衬江南的美，如向滈《阮郎归》："陇头归路指苍茫，江南春兴长。"

---

① 谢朓：《鼓吹曲》，《文选》卷二八，第405页。
② 丘迟：《与陈伯之书》，《文选》卷四三，第609页。
③ 白居易：《忆江南》，载曾昭岷等《全唐五代词》，中华书局1999年版，第72页。

词中江南的美，不仅美在杏花春雨的自然风景，还美在有斜桥红袖的香艳。如刘过《糖多令》："绮陌红楼应笑我，为梅事，过江南。"绮陌红楼，似乎是专属于江南的。也许，词人念念不忘的江南风味，便是"江南风味依然在，玉貌韶颜"（周邦彦《丑奴儿》）。江南，在词中，是一个多情的所在，"相思恰似江南柳，一夜春风一夜深"（苏庠《鹧鸪天》），又是少年岁月诗酒流连之处："尽带江南春色、过长淮。一曲艳歌留别，翠蝉摇宝钗"（张先《定西番》）。

宋词中"江南"的艳情性特征，同六朝以来的江南地域文化有密切关系。晋室南渡之后，江南地区得到广泛的开发，江南山川秀美、物产丰饶、经济富庶，再加上统治者偏安一隅，进虽不足图中原，退则暂得保富贵，故而朝野上下养成了轻艳昌逸的社会风气。如《南史·齐废帝东昏侯纪》："大起诸殿，芳乐、芳德、仙华、大兴、含德、清曜、安寿等殿，又别为潘妃起神仙、永寿、玉寿三殿，皆币饰以金璧。其玉寿中作飞仙帐，四面绣绮，窗间尽画神仙。又作七贤，皆以美女侍侧。凿金银为书字，灵兽、神禽、风云、华炬为之玩饰。椽桷之端，悉垂铃佩。江左旧物，有古玉律数枚，悉裁以钿笛。庄严寺有玉九子铃，外国寺佛面有光相，禅灵寺塔诸宝珥，皆剥取以施潘妃殿饰。性急暴，所作便欲速成，造殿未施梁桷，便于地画之，唯须宏丽，不知精密。酷不别画，但取绚曜而已，故诸匠赖此得不用情。又凿金为莲华以帖地，令潘妃行其上，曰：'此步步生莲华也。'涂壁皆以麝香，锦幔珠帘，穷极绮丽。"① 又如《陈书·皇后传论》："后主每引宾客对贵妃等游宴，则使诸贵人及女学士与狎客共赋新诗，互相赠答，采其尤艳丽者以为曲词，被以新声，选宫女有容色者以千百数，令习而歌之，分部迭进，持以相乐。其曲有《玉树后庭花》、《临春乐》等，大指所归，皆美张贵妃、孔贵嫔之容色也。其略曰：'璧月夜夜满，琼树朝朝新。'"② 上有所好，下必效焉，江南地域："都邑之盛，士女昌逸，歌声舞节，袨服华妆，桃花渌水之间，秋月春风之下，无往非适。"③ 南朝江南地域文化的这种艳情化特征，在文学作品中也有清晰的反映。如宫体诗的内容与风格，可以借用《隋书》对梁简文帝诗歌的评价一言以蔽之："清辞巧制，止乎衽席之间；雕

---

① 《南史》卷五，中华书局1975年版，第153页。
② 《陈书》卷七，中华书局1972年版，第132页。
③ 《南史》卷七十，中华书局1975年版，第1697页。

琢蔓藻，思极闺闱之内。"① 又如南朝乐府民歌，"桑间濮上，郑卫之声，前此所痛斥不为者，今则转而相率以绮艳为高，发乎情而非止乎礼义，遂使唐宋以来之情词艳曲，得沿其流波，而发荣滋长，而蔚为大国"。② 正所谓"南国多情多艳词"（许浑《听歌鹧鸪辞》），江南地域文化中的艳情成分对六朝文学有着巨大的影响，而六朝文学的发展又进一步凝练强化了江南地域文化的艳情特性。因此，当宋词中提及地名"江南"，往往熏香掬艳，炫目醉心，这不能不归功于江南地域文化在六朝时期的深厚积淀。

当然，江南地域文化中的其他部分也沉积着丰富的意象资源，对宋词中的"江南"亦产生了不小的影响。宋词中反复出现"江南梅萼"、"江南消息"、"江南芳信"等词组，如周邦彦《解连环》："水驿春回，望寄我，江南梅萼"，又如袁去华《念奴娇》："岁晚天涯驿使远，难寄江南消息"，又如贺铸《弄珠英》："江南芳信，目断何人寄"等。这些，显然是化用六朝陆凯《赠范晔诗》："折花逢驿使，寄与陇头人。江南无所有，聊赠一枝春。"又《世说新语·识鉴》："张季鹰辟齐王东曹掾，在洛见秋风起，因思吴中菰菜羹、鲈鱼脍曰：'人生贵得适意尔，何能羁宦数千里以要名爵！'遂命驾便归。"张翰张季鹰是吴人，即江南人，受此影响，在宋词中，将"江南"与这个典故共同使用的情况非常多见。如"莼羹鲈脍非吾好，去国讴吟，半落江南调"（贺铸《凤栖梧》）、"江南秋欲遍。正莼际鲈分，酒边螯荐"（卢祖皋《瑞鹤仙》）、"唤起江南，一叶莼鲈兴"（方岳《蝶恋花》）等。也正是这则典故，强化了宋词的"江南"的故乡内涵，如"最是游子悲乡，小人怀土，梦绕江南岸"（京镗《念奴娇》）、"凭栏处空引领，望江南、不见转凄凉。羁旅登高易感，况于留滞殊方"（洪皓《木兰花慢·重阳》）。江南是乡愁，也是疲惫心灵的港湾："家在江南，三径都荒了。何时到。暗尘扑帽。应被渊明笑"（袁去华《点绛唇》）、"便江南、求田问舍，把岁寒、三友一圈栽"（吴潜《八声甘州》）。

此外，宋词中的"江南"意象，也得到与江南地域文化相关的唐诗的沾溉。大量对江南景色的描绘吸取了唐诗的经验，有的词句，则直接化

---

① 《隋书》卷三五《经籍志》，第1090页。
② 萧涤非：《汉魏六朝乐府文学史》，人民文学出版社1984年版，第259页。

用唐诗成句。如贺铸《晚云高》:"秋尽江南叶未凋。晚云高。青山隐隐水迢迢。接亭皋。二十四桥明月夜,弭兰桡。玉人何处教吹箫。可怜宵。"即是檃栝杜牧《寄扬州韩绰判官》诗而成,其"江南"意象大体类似。晁补之《虞美人》:"江南载酒平生事。游宦如萍寄。蓬山归路傍银台。还是扬州一梦、却惊回。年年后土春来早。不负金尊倒。明年珠履赏春时。应寄琼花一朵、慰相思。"则暗用杜牧《遣怀》诗意。

可见,宋词中的地名"江南",其所蕴含的意象早已超越了单纯的地域所指,而具有了美学与文化上的深厚意蕴。

(二) 宋词中的平山堂

"江南"这个地名,沉淀了江南地域文化的种种意蕴。许多词人借助"江南"这一地名,完成了他们内心的情感表达。宋词中的地名应用,还存在另外一种情况:即某一地名,其本身的象征意思并没有"江南"、"长安"等地名丰富。但是仍然有着强烈的触动功能,当词人应用这一具体地名时,往往具有清晰的意义指向。试举"平山堂"为例。

宋叶梦得《避暑录话》卷一载:"欧阳文忠公在扬州作平山堂,壮丽为淮南第一。堂据蜀冈,下临江南数百里,真、润、金陵三州,隐隐若可见。公每暑时,辄凌晨携客往游。"① 欧阳修有《朝中措·平山堂》一词:

> 平山栏槛倚晴空。山色有无中。手种堂前垂柳,别来几度春风。
> 文章太守,挥毫万字,一饮千钟。行乐直须年少,尊前看取衰翁。

因为有了欧阳修的《朝中措》,此后宋词的写作,就倾向于将平山堂与欧阳修结合起来。最著名的是苏轼《水调歌头》:"长记平山堂上,欹枕江南烟雨,渺渺没孤鸿。认得醉翁语,山色有无中。"苏轼的词虽然题作"黄州快哉亭赠张偓佺",但词中以回忆中的"平山堂"来描绘快哉亭的景色,并化用了欧阳修《朝中措》词句。

值得注意的是,苏轼在词中言"山色有无中"是"醉翁语"。苏轼当然不会不知道,"山色有无中"出自王维《汉江临泛》:"江流天地外,山

---

① 叶梦得:《避暑录话》卷一,《宋元笔记小说大观》第三册,第2582页。

色有无中。"但因为苏轼《水调歌头》有意将快哉亭与平山堂相标举,而平山堂又是醉翁所建,加之欧阳修《朝中措》的"山色有无中"语将江南山色的空濛迷茫之感形容备至。因此,"认得醉翁语,山色有无中",便说的是平山堂前的江南风景。也就是说,苏轼认为,是欧阳修发现了平山堂前的山色。

"平山堂一坏土耳,亦无片石可语,然以欧、苏词,遂令地重。"① 一处普通的自然景观,因为两首词,遂声名日重。后来的宋词,举凡出现"平山堂",大体是沿着欧、苏的两首词的轨迹继续开拓。有的是和韵,如方岳《水调歌头》(平山堂用东坡韵)。但更多的是,裁剪两词词意,再出新篇,如晁补之《八声甘州》(扬州次韵和东坡钱塘作)。

欧阳修《朝中措》中有"手种堂前垂柳,别来几度春风"句,后代词人的笔触,也就集中在平山堂前的垂柳、春风。如"欲吊文章太守,仍歌杨柳春风"(苏轼《西江月》)、"与君记,平山堂前细柳,几回同挽"(叶梦得《竹马儿》)、"平山堂下旧嬉游。只有舞春杨柳、似风流"(向子諲《虞美人》)等。欧词中亦有"平山栏槛倚晴空"句,有的词人就一并总举:"平山老柳。寄多少胜游,春愁诗瘦。万叠翠屏,一抹江烟浑如旧。晴空栏槛今何有"(张榘《绛都春》)、"平山谩记。怅杨柳春风,晴空栏槛,陈迹总非是"(张榘《摸鱼儿》)。

欧阳修《朝中措》、苏轼《水调歌头》两词的风格在一定程度上影响了后来"平山堂系列"词作。大多数的词作风格趋于疏宕超旷。也有很多的宋诗写到"平山堂",如刘敞《游平山堂寄欧阳永叔内翰》、《再游平山堂》,释道潜《平山堂观雨》,晁补之《招缙云寺关彦远教授曾彦和集平山堂次关韵》,黄裳《平山堂》等。但这些诗作却较少提到欧阳修。欧阳修的《朝中措》风格比较明朗平易,感情一气贯注,往而不复。而大部分写平山堂的宋诗,则别具面目。如刘敞五言律诗《平山堂》:

> 吴山不过楚,江水限中间。此地一回首,众峰如可攀。俯看孤鸟没,平视白云还。行子厌长路,秋风聊解颜。

"吴山不过楚"、"江水限中间"、"众峰如可攀"等句写景的笔法瘦

---

① 王士慎:《花草蒙拾》,《词话丛编》第一册,第681页。

硬清冷，略显生涩。行子的感情表达，通过孤鸟、长路、秋风等意象的渲染来完成的，隐忍克制，欲言又止。整体而言，写平山堂的宋诗，并没有受到欧阳修《朝中措》词的多大影响。

分析宋词中对"平山堂"地名的叙写的意义在于，将地名作为线索，得以寻绎同种文体内部绵延赓续的传统。而诗、词中对同一地名叙述的差异，再一次证明了不同文体之间的隔阂与疏离。

(三) 宋词中的扬州

如上所述，词中的地名，往往沉淀了地名所代表的地域文化，或地名所承载的文学传统；而后代的词作又不断地加以放大，使词中的"地名"成为一种文化符码，既沟通古今，又触动联想，有效地促进了词作内涵的深化与延展。当然，对于类似"平山堂"、实体与意义都相对单一的地名而言，其在宋词中的"身份"比较稳定。而有的地名，由于时代变迁所导致的地缘政治重要性的升降、文化中心位置的集散、经济活动的消长等原因，其所对应的实体发生了较大的改变。这种改变，自然要对地名的含义发生影响。"扬州"的地名含义在北宋、南宋词作中的差异很好地说明了这一点。

北宋时，词中的"扬州"意象总是同繁华盛世或歌舞流连的青春岁月联系在一起。常用的典故有"竹西歌吹"、"扬州梦"等，均出唐代杜牧诗意。杜牧《题扬州禅智寺》诗："谁知竹西路，歌吹是扬州。"北宋词人遂用"竹西歌吹"形容繁华，如"游人都上十三楼。不羡竹西歌吹、古扬州"（苏轼《南歌子》）、"片帆初卷，歌吹是扬州"（晁端礼《百宝装》）、"东南自古繁华地，歌吹扬州"（贺铸《罗敷歌》）等。

杜牧《遣怀》诗："落魄江南载酒行，楚腰纤细掌中轻。十年一觉扬州梦，赢得青楼薄幸名。"以及其《赠别》："娉娉袅袅十三余，豆蔻梢头二月初。春风十里扬州路，卷上珠帘总不如。"这两首关于扬州的名篇，深刻地影响了北宋词人。北宋词人的"扬州梦"，大多追忆年少冶游之乐。如"花陌千条，珠帘十里，梦中还是扬州"（李之仪《满庭芳》）、"一醉几缠头，过扬州、珠帘尽卷"（黄庭坚《蓦山溪》）、"豪纵。豪纵。一觉扬州春梦"（贺铸《忆仙姿》）等。

到了南宋，一方面，地名"扬州"在词中保留了北宋时的象征意义，并在内涵和意蕴方面略有发展。"扬州"等同于"繁华"或"青春"的象征意义并没有消退，但是词人对繁华如梦的感慨却更加沉痛，对青春已逝的追悼也更加凝重，如"吾曹镜中看取，且狂歌载酒古扬州。休把霜髯老眼，等闲清泪空流"（朱敦儒《木兰花慢》）、"十年一梦扬州路。倚高寒、愁生故国，气吞骄虏"（张元幹《贺新郎》）、"十里扬州，三生杜牧，前事休说"（姜夔《琵琶仙》）等。

另一方面，地名"扬州"又因为时代的影响，而衍生出其他的象征意义。

南宋时，由于地缘政治状况的改变，扬州成为抗金战略要冲。此外，由于金兵分别于宋高宗建炎三年（1129）、绍兴三十一年（1161）大举南犯，扬州遭到较大破坏。故而南宋词人咏及扬州，就比北宋词人增添了感慨国事的成分。刘过《六州歌头》概括了扬州在南渡之后的情景："镇长淮，一都会，古扬州。升平日，珠帘十里春风、小红楼。谁知艰难去，边尘暗，胡马扰，笙歌散，衣冠渡，使人愁。"兴亡荣枯之感，自然而然地渗透在词人的笔下："登临何处自销忧。直北看扬州"（朱敦儒《朝中措》）、"四十三年，望中犹记，烽火扬州路"（辛弃疾《永遇乐》）、"断肠烟树扬州，兴亡休论"（岳珂《祝英台近》）等。应当说南宋之后，词中"扬州"地名的应用增加了"时事主题"，其往往象征着国家气运与时代政治形势。

四 宋词中的地名应用与词的情感表达——以晁冲之《玉蝴蝶》为例

下面，再以晁冲之《玉蝴蝶》为例，具体分析宋词中的地名应用与词的情感表达之间的联系，以期窥宋词地名应用的艺术于一斑。晁冲之《玉蝴蝶》：

> 目断江南千里，灞桥一望，烟水微茫。尽锁重门，人去暗度流光。雨轻轻、梨花院落，风淡淡、杨柳池塘。恨偏长。佩沉湘浦，云散高唐。　　清狂。重来一梦，手搓梅子，煮酒初尝。寂寞经春，小桥依旧燕飞忙。玉钩栏、凭多渐暖，金缕枕、别久犹香。最难忘。看花南陌，待月西厢。

宋词中应用地名有许多成功的例子，比如晁补之《宴桃源》："往岁真源谪去。红泪扬州留住。饮罢一帆东去，去入楚江寒雨。无绪。无绪。今夜秦淮泊处。"全词连串了真源、扬州、楚江、秦淮四个地名，艺术上是比较成功的。而晁补之从弟晁冲之所作的此首《玉蝴蝶》，在地名的应用上，也是颇有特色，极见功力。

这首词写一个羁旅行客对佳人别后的思念。这样的题材，在宋词中并不鲜见。但此首《玉蝴蝶》的成功之处与最大特色即在于将大量地名融入词作，从而与词人的感情一起往复低回。全词用了十二个地名。大致可分为两类，一类是"专有地名"，如江南、灞桥、湘浦、高唐等，它们有着清晰的地域指向；另一类是"类地名"——没有明确的方位指向，却提示着词发生的场所和环境的地名，如重门、院落、池塘、小桥、勾栏、南陌、西厢等。

这么多的地名在词中集中出现，如果处理不好，容易流于堆砌。因此，晁氏《玉蝴蝶》在地名的应用上，不论是"专有地名"还是"类地名"都进行了虚化处理。先说"专有地名"。江南，一般指淮河以南的长江中下游地区，在宋代，又指江南东路、江南西路等行政区域；但是，"目断江南千里"，显然，千里之外的江南，是看不到的，是"烟水微茫"的，词人无意告诉读者怀念的是一个怎样的"江南"，他只不过是为千里之外的乡愁找一个归宿。由"江南"而至长安之东的"灞桥"，如果坐实了理解，未免觉得词人的空间跳跃得过于突兀，其实此处"灞桥"，只是取"灞桥伤别"之意，无关其地。同样，所谓的"湘浦"、"高唐"，亦只是男女情事的代名词，全然不涉及具体的地理位置。"专有地名"如此，"类地名"更是如此。院落、池塘、小桥，在词中只是辅助营造一种花月流连的意境，并没有指实的可能与必要。又如"看花南陌，待月西厢"两句，南陌、西厢两个地名也已虚化，如黄昇《木兰花慢·怀旧》"记历历前游，看花南陌，命酒西楼"中的地名应用，亦是同样技巧。南、西是方位词，不仅对偶，还起着代表的作用。曾经的爱情如此炽热，或在南陌、或在西厢，亦在东郊、亦在北野，"历历前游"、漫山遍野。

值得注意的是，词人特地选择了那些在中国文学传统中久经涵泳，有着丰富的文化与情感内涵的地名。说到南陌、西厢，自然调动起读者"陌上花开，可缓缓归矣"、"待月西厢下，隔墙花影动"的情感回味。各类地名典故的应用，最能体现这一点，"灞桥"是伤别，"佩沉湘浦"用的是郑交甫汉皋遗佩的典故，"云散高唐"用的是楚襄王梦会巫山神女的故事。因为典故的恰当应用，词人心灵的后花园、古老的爱情传说、人类的共同情感三者叠相交映，反复交错。在这里，艺术的共性与个性得到了完美的统一。

在地名的具体处理上，此词也匠心独运。如将"江南"与"千里"、"灞桥"与"望"、"重门"与"尽锁"相互搭配，充分表达出苍茫思念的苦楚；而"佩沉湘浦，云散高唐"的"沉"、"散"两字，又十分形象地形容出别后的黯然魂伤。"雨轻轻、梨花院落，风淡淡、杨柳池塘"化自晏殊《无题》中的"梨花院落溶溶月，柳絮池塘淡淡风"，但词人将与梨花同白的"溶溶月"换成了"梨花一枝春带雨"的"雨轻轻"，这就使得富贵之气渐淡而幽怨之意转浓，"风淡淡、杨柳池塘"，给人以慵懒无力之感。"玉钩栏，凭多渐暖"，"钩栏"与"玉"同属，突出其"冷"，以"玉钩栏"之冷，凭多犹暖，况且花月往事。"看花南陌、待月西厢"，将爱情中最难忘的场景概括为"看花"、"待月"，典型又不失贴切。

最重要的是，词人将地名的应用与词人情感的起伏成功地联系起来。陈子昂《度荆门望楚》前四句写道："遥遥去巫峡，望望下章台。巴国山川尽，荆门烟雾开。"它按照行程的层次安排地名，章法井然。而《玉蝴蝶》也与它有异曲同工之妙。词作开头，用"江南千里，灞桥一望"，叙说了人在他乡内心的触动与无奈。"尽锁重门"、"梨花院落"、"杨柳池塘"，则把回忆限定在一个相对逼仄的空间之中，衬托出情感的压抑。"佩沉湘浦、云散高唐"，往事风流云散，突出了情感的恍然一梦，踪迹难觅，惆怅之感，跃然纸上。"小桥依旧燕飞忙"，有一种"独立小桥风满袖"的凄清与寂寞。结尾用"看花南陌，待月西厢"，感情往复，哀而不伤。因此，全篇遇事写物，形于兴属，词人并没有"为了地名而地名"，而是把地名与词中情感的往复巧妙地结合起来，所以读起来熨帖真切，毫无饾饤之感。

清许昂霄《词综偶评》评晁冲之《临江仙》"情知春去后，管得落花无"两句曰："淡语有深致，咀之无穷。"[①] 其实，把这个评语移到此处，评价词人在《玉蝴蝶》中对地名的应用，亦是至论。

---

① 许昂霄：《词综偶评》，《词话丛编》第二册，第 1553 页。

第二节 宋词中的山水：作为自然的
地域文化表述

地域自然环境是地域文化存在的基础和前提，是地域文化形成发展的物质条件。不同的地域自然环境，必然孕育和促成不同的地域文化。同时，那植根于自然地域环境的执着与钟情，那生于斯、游于斯的生活与歌咏，使地域自然环境本身成为地域文化"一体两翼"中不可或缺的部分。

既然地域文化依倚自然而成，并将自然招纳为扈从，考察宋词与地域文化的关系，当然要考察作为自然的地域文化，即山水与宋词关系的实质与意义。

一 山水文学传统与宋词中的山水写作

文学作品中与自然关系最为密切的莫过于山水文学。中国山水文学的源头，可以追溯到遥远的诗骚时代。《诗经》中的山水描写，虽然寥若晨星，却也难掩光芒：

昔我往矣，杨柳依依。今我来思，雨雪霏霏。（《小雅·采薇》）

节彼南山，维石岩岩。赫赫师尹，民具尔瞻。（《小雅·节南山》）

蒹葭苍苍，白露为霜。所谓伊人，在水一方。（《秦风·蒹葭》）

《诗经》的景物描写的句子，在诗歌中主要是为"赋、比、兴"服务的，即渲染气氛、引发诗情。《楚辞》中也有"袅袅兮秋风，洞庭波兮木叶下"（《九歌·湘夫人》）、"悲哉秋之为气也！萧瑟兮草木摇落而变衰"（《九辩》）等很多描写自然景物的句子。但无论是《诗经》，还是《楚辞》，山水并不是诗人的主要审美对象，山水描写主要是诗歌抒情的辅助手段。

此后，汉赋铺采摛文，体物写志，其山水描写较之诗骚更具规模。晋宋以来，山水诗蔚为大观。谢灵运的山水诗富丽精工，曲肖幽微；谢朓的山水诗清新朗练，秀丽多姿；鲍照、颜延之、王羲之、阴铿、何逊等也有较出色的山水诗歌作品。这一时期的山水作品，讲究炼字炼句，讲求山水景物描摹的客观逼真等，为后世山水文学的发展提供了足资借鉴的艺术经验。唐代的山水文学作品，尤其是山水诗，取得了辉煌的成就。"气蒸云梦泽，波撼岳阳城"（孟浩然《望洞庭湖赠张丞相》）、"大漠孤烟直，长河落日圆"（王维《使至塞上》）、"天姥连天向天横，势拔五岳掩赤城"（李白《梦游天姥吟留别》）、"会当凌绝顶，一览众山小"（杜甫《望岳》）、"千山鸟飞绝，万径人踪灭"（柳宗元《江雪》）、"远上寒山石径斜，白云生处有人家"（杜牧《山行》）、"鸡声茅店月，人迹板桥霜"（温庭筠《商山早行》），唐诗中的山水，可谓形象饱满，气韵生动，在意境的经营上超越前人，而且各自形成了鲜明的艺术风格。

宋词中的山水写作，一般有两类，一类以山水为主要审美对象，这类以山水为题材的作品，可以称之为山水词；还有一类，则是抒情性词作中的简短山水景物描写。但不论是哪种作品，其山水写作，都能将传统文学的精华悉括囊中，参伍以相变、因革以为功，或模山范水，或遗貌取神，较好地绍述了山水文学"写气图貌，属采附声"的传统，反映了宋代词人对于自然山水的态度，呈现了宋代词人丰富的情感世界。而且，宋词中山水写作，也体现了词人对地域文化的选择与接受。

二　宋词中的山水词

先来看以山水为主要审美对象、以山水为题材的作品，即山水词。词体起源于中唐，一开始，作为"胡夷里巷之曲"，其主要任务是"以清绝之辞"助"娇娆之态"，士大夫文人偶尔的倚声填词，也大多是罗绮香泽、浅斟低唱，所以，唐五代词中的山水词，是比较少的。这种状况，在宋代并未得到很大的改变。在宋词中，单纯描写山水的作品很少。在两万多首宋词中，人们所熟知的，全篇描写山水的词，不外数十首。

为什么山水词的数量比较少呢？首先是因为词之为体，要眇宜修，是一种"狭深文体和心绪文学"[①]，长于抒发细腻的感情，模山范水的工笔描绘并非其所长，故而词作更倾向于把山水景物的笔墨作为情感抒发的铺垫。

其次，这与读者阅读的期待视野也有关系。那些不符合读者期待视野

---

① 杨海明：《唐宋词史》，天津古籍出版社1998年版，第4页。

的作品，会遭到批评、淘汰，进而影响其传播。因此，词人在创作的时候，因为自觉或不自觉地迎合读者的心理，就较少创作那些纯粹的山水词了。西湖十咏词的命运就能说明此问题。"周公谨、陈君衡、王圣与、集虽抄传，公谨赋西湖十景，当日属和者甚众，而今集无之。《花草粹编》载有君衡二词，陆辅之《词旨》载有圣与《霜天晓角》等调中语，均今集所无。"① 据朱彝尊语，则周密、陈允平、王沂孙等有"西湖十景"词。今王沂孙的西湖十景词已不可见。此外，"当日属和者甚众"，也都失传了。现在《全宋词》中能找到的西湖十景词有：张矩《应天长》十首、陈允平《西湖十咏》、周密《木兰花慢》属十首，另奚潋仅存《芳草·南屏晚钟》一首。其他词作，大都失传。失传的原因是什么呢？"公谨《木兰花慢·西湖十景》十章，不过无谓游词耳。"② 那些追和周密词的作品，在风格上应该跟周密的《木兰花慢》属同一类型。这些纯粹写景的"无谓游词"都失传了，相反的是，"西湖八景词，古今咏者众多，惟陈西麓允平词皆可传。"③ 陈允平的《西湖十咏》能够脱颖而出的原因，是"题咏西湖十景，惟陈西麓感伤时事，得风人之正。草窗《木兰花慢》十阕，泛写景物，了无深义。张成子《应天长》十章，才气不逮草窗，而时有与西麓暗合处。"④ 张矩的词能流传，是因为同陈允平词的暗合。这种所谓的暗合，显然也就是，"西麓《西湖十咏》，多感时之语，时时寄托。"⑤ 即词作虽然写景，然而写景是为了言情。山水只是词人内在感情的外在寄托。

因此，宋词读者的期待视野是很明显的，对"寄托"的期待，注定了一部分宋词无法流传；而词人，在这种预设的视野下，也会相应地规避单纯的山水词的创作。两股力量的合流，便是现存宋词中山水词数量较少的原因之一。至于现在还能看到周密的《木兰花慢》，则是因为周密词名甚著，后人搜求其词，连篇累牍，不嫌其多；吉光片羽，亦加珍重。此乃文学史的常见现象，不在本书的论述之列。

三 抒情性词作中的山水写作

既然宋词中纯粹的山水词并不多见，本书就把目光转向抒情性词作中

---

① 朱彝尊：《词综·发凡》，上海古籍出版社2005年版，第10页。
② 陈廷焯：《白雨斋词话》卷二，《词话丛编》第四册，第3806页。
③ 李调元：《雨村词话》卷二，《词话丛编》第二册，第1413页。
④ 陈廷焯：《白雨斋词话》，《词话丛编》第四册，第3947页。
⑤ 同上书，第3806页。

的山水写作。这类写作在宋词之中随处可见。它们以写形传神、物我相融为旨归，从而营造出个性化、情感化的意境。

词中的山水，常常起到确立了作品艺术基调的作用。如范仲淹《渔家傲》上阕："塞下秋来风景异，衡阳雁去无留意。四面边声连角起，千嶂里，长烟落日孤城闭。"写景种种，渲染了浓厚的悲凉气氛，为下阕苍凉悲壮的感情表达做了铺垫。而有时，当词人的感情在语言之外，欲说还休，词人就会借助景物描写，来取得悠然不尽的意韵。如秦观《满庭芳》："山抹微云，天连衰草，画角声断谯门。暂停征棹，聊共引离尊。多少蓬莱旧事，空回首、烟霭纷纷。斜阳外，寒鸦万点，流水绕孤村。"词作一开始，便用暮霭苍茫、衰草连天、画角鸣咽的场景，衬托出词人惨淡迷惘的情怀。"多少蓬莱旧事"，往日的回忆纷至沓来，词人的情感似乎要在这里喷薄而出，"烟霭纷纷。斜阳外，寒鸦万点，流水绕孤村"，萧瑟凄绝的景语，将词人原本抑郁难平的情感弥漫成难言的哀愁，从而收到了"有余不尽"的艺术效果。

词中的山水是为词人的思想感情服务的，因此词人对于山水，要么粗笔勾勒，要么随缘点染，并不追求雕琢刻镂、穷形尽相。如柳永的《雨霖铃》起首三句"寒蝉凄切，对长亭晚，骤雨初歇"，寥寥数笔，便勾勒出一幅初秋雨后离别图。下阕的景物描写，用的则是点染笔法。"词有点有染。柳耆卿雨淋铃云：'多情自古伤离别，更那堪冷落清秋节！今宵酒醒何处？杨柳岸，晓风残月。'上两句点出离别。冷落、今宵二句，乃就上二句意染之。"① 这种景物描写的特点，和宋词的"情以物兴，物以情观"的艺术品格是分不开的。

而且，词中山水意境，是词人艺术个性与词人情感的完美融合。因此，相同的山水，在不同词人的笔下差异较大。试以词中最为常见的"青山"、"绿水"意象加以分析。欧阳修《玉楼春》："杏花红处青山缺"，表现的是春天的秾艳与热烈；苏轼《蝶恋花》："云水萦回溪上路，叠叠青山，环绕溪东注"，则展现出山村生活的宁静与质朴，暗含词人对于归隐生活的向往；向子諲《点绛唇》："绿水青山，一轮明月林梢过"，山水之中有禅意；晁补之《迷神引》："黯黯青山红日暮，浩浩大江东注"，山水之景和词人贬谪之时黯然的心境相契合；辛弃疾《菩萨蛮·书

---

① 刘熙载：《词概》，《词话丛编》第四册，第3705页。

江西造口壁》:"郁孤台下清江水,中间多少行人泪。西北望长安,可怜无数山。 青山遮不住,毕竟东流去。江晚正愁余,山深闻鹧鸪。"此词第一句之"清江水",乃是"行人泪"的象喻。而青山遮住长安(政治中心的象征),则青山无疑是"敌人"或"政敌"的象喻。

四 山水写作与文化心态

宋词中的山水写作,其丰富的艺术技巧不仅值得称道,而且其体现出来的词人共同文化心态也耐人寻味。

共同的文化心态之一,便是对自然山水的向往与热爱。罗大经《鹤林玉露》丙编卷三《观山水》载有赵季仁语:"某平生有三愿:一愿识尽世间好人;二愿读尽世间好书;三愿看尽世间好山水。"① 平生只有三个愿望,"看尽世间好山水"亦是其中之一,足见对山水的热爱。这样的"山水发烧友"为数甚多。赵季仁还引证了朱文公事,来说明"吾道不孤":"季仁因言朱文公每经行处,闻有佳山水,虽迂途数十里,必往游焉。携樽酒,一古银杯,大几容半升,时引一杯。登览竟日,未尝厌倦。又尝欲以木作《华夷图》,刻山水凹凸之势,合木八片为之,以雌雄笋相入,可以折,度一人之力足以负之。每出则以自随。后竟未能成。"② 朱熹也非常热爱山水,即使要绕道几十里,也要寻访山水胜境,而且流连终日,也不厌倦,甚至设想设计一份山水模型,随身携带。两宋词人对山水的热爱,也与赵季仁、朱熹等相似。比如汪莘,"老疾蹒跚"之时,仍系情山水,他喜爱黄山景色,有《沁园春·忆黄山》词,他还挂黄山图十二轴于室,并作词来表达自己画饼充饥、望梅止渴的心境:"如今老疾蹒跚,向画里嬉游卧里看。"此外,宋词中对山水的吟咏与歌颂也随处可见,如"谁羡骖鸾?人在舟中便是仙"(欧阳修《采桑子》)、"富贵非吾志。但知临水登山啸咏,自引壶觞自醉"(苏轼《哨遍》)、"水光山色与人亲,说不尽、无穷好"(李清照《怨王孙》)、"小陆未须临水笑,山林我辈钟情"(辛弃疾《临江仙》)等。

词人之所以热爱山水,是相信"大抵登山临水,足以触发道机,开豁心志,为益不少"。③ 欧阳修认为:"道之明者,固能达于进通穷通之理,能达于此而无累于心,然后山林泉石可以乐。必与贤者共,然后登临

---

① 罗大经:《鹤林玉露》丙编卷三《观山水》,《宋元笔记小说大观》第五册,第5342页。
② 同上。
③ 同上。

之际，有以乐也。"① 正所谓："江山明秀发诗情"（徐俯《浣溪沙》），宋代词人认为，对自然山水的审美可以上升到精神领域，使精神得以净化与提升，的确如此。朱敦儒在《念奴娇·垂虹亭》中言，面对秋夜美景："洗尽凡心，相忘尘世，梦想都销歇。胸中云海，浩然犹浸明月。"张元幹登洛滨横山，亦是"乘除了，人间荣辱，付之一笑。"（《永遇乐·为洛滨横山作》）

  词人大量创作山水词的另一心态是借以寻求仕途之外的满足。欧阳修《寄圣俞》慨言"何况仕路如天梯"②，苏舜钦亦曾言："昨在京师官时，不敢犯颜色，不敢议论时事，随众上下，心态蟠屈不开固亦极矣。"③ 泯灭自我、如履薄冰，仕途之艰难可见一斑。程颐甚至认为做官是人生三大不幸之一："人有三不幸，年少登高科，一不幸；席父兄之势为美官，二不幸；有高才能文章，三不幸也。"④ 苏舜钦在叙述了为官的种种痛楚之后，认为辞官之后的一大乐趣便是："有兴则泛小舟出盘闾，吟啸览古于江山之间。"⑤ 因此，词人徜徉山水之间，把山水看作自己的心灵后花园，并将其上升为"治国平天下"的道德理想之外的另外一种人生价值观。朱敦儒《鹧鸪天》："我是清都山水郎，……诗万首，酒千觞。几曾着眼看侯王。"傲视侯王的勇气与底气，正来自逍遥山水的自得与自适。王琪《望江南》："名利客，飘泊未还家。西塞山前渔唱远，洞庭波上雁行斜。"西塞山、洞庭水呼唤着奔波于名利之途的词人。而当词人失意之时，山水又能给予精神上的慰藉。绍熙五年（1194 年），辛弃疾罢闽帅初归信州，应当说心情是很抑郁的。但他的《沁园春·再到期思卜筑》却"意气峥嵘"：

  一水西来，千丈晴虹，十里翠屏。喜草堂经岁，重来社老，斜川好景，不负渊明。老鹤高飞，一枝投宿，长笑蜗牛戴屋行。平章了，待十分佳处，著个茅亭。 青山意气峥嵘。似为我归来妩媚生。解频教花鸟，前歌后舞，更催云水，暮送朝迎。酒圣诗豪，可能无势，

---

① 欧阳修：《欧阳修全集·居士外集》卷十九《答李大临学士书》，中国书店出版社 1986 年版，第 502 页。
② 欧阳修：《欧阳修全集》，中国书店 1986 年版，第 34 页。
③ 苏舜钦：《苏舜钦集》，上海古籍出版社 1981 年版，第 109 页。
④ 程颐、程颢：《二程集》，中华书局 1981 年版，第 421 页。
⑤ 苏舜钦：《苏舜钦集》，上海古籍出版社 1981 年版，第 110 页。

我乃而今驾驭卿。清溪上，被山灵却笑，白发归耕。

当词人面对如同渊明斜川、杜甫草堂的新居时，是何等的自得。且看他迎云送水、俯仰以嬉；词人未必真的想退老林泉，但面对花鸟歌舞，云水相催的愉悦，便似乎忘却了宦海风波、仕途坎坷。

五　山水写作与词人对地域文化的选择和接受——以欧阳修为例

宋词中的山水写作，还体现了词人对地域文化的选择与接受。文化的组成有物质、制度以及精神三个层面。山水是地域文化形成的物质基础，并参与塑造了地域文化的制度与精神层面，从而成为地域文化的一部分。词人由对某一处山水的喜爱，进而喜爱其所从属的地域文化。同样，词人对某一地域文化的感情会影响其词作中的山水写作，而山水写作也在相当程度上反映了词人对于地域文化的态度。

以下即以欧阳修对颍州、吉州的态度与其词创作之间的关系来进行典型分析。欧阳修有《采桑子》十首，咏颍州西湖，是欧阳修词作中的精华，亦是宋词中的名篇。夏敬观言："公昔知颍，此晚居颍州所作也。十词无一重复之意。"[①] 的确，欧阳修词从不同时序和不同角度写下西湖美景，令人心驰神往。对于欧阳修创作《采桑子》十首的原因，施元之《注东坡先生诗》卷三《陪欧阳公燕西湖》言："（欧阳修）昔守颍上，乐其风土，因卜居焉。郡有西湖，公尤爱之，作《念语》及十词歌之。"也就是说，欧阳修创作《采桑子》十首，同他对颍州风土的热爱有很大关系。

欧阳修曾先后三次居颍州。皇祐元年（1049年）二月知颍州；皇祐四年（1052年）四月丁母忧归颍州；熙宁四年（1071年）六月，以观文殿学士、太子少师致仕，归隐颍州居住。皇祐元年（1049年），欧阳修移知颍州后，曾致书韩琦云："汝阴西湖，天下胜绝。养愚自便，诚得其宜。"[②] 并"于时慨然已有终焉之意也"[③]。欧阳修致仕后，选择了终老异乡，很多人感到困惑。洪迈曾言："公生四子，皆为颍人，泷冈之上，遂

[①]《夏敬观评六一词》，转引自龙榆生《唐宋名家词选》，上海古籍出版社1980年版，第68页。

[②] 欧阳修：《欧阳修全集》，中国书店出版社1986年版，第1221页。

[③] 同上书，第302页。

无复有子孙临之,是因一代贵达,而坟墓乃隔为他壤。"① 罗大经也表示不理解:"公自葬郑夫人之后,不复归故乡。……乐颍昌山水,作思颍诗,退休竟卜居焉。前辈议其无回首敝庐、息间乔木之意。"② 欧阳修之所以作出这种令人费解的选择,是因为他对颍州有着深厚的感情。

欧阳修之所以对颍州的感情深厚,是因为"爱其民淳、讼简而物产美,土厚、水甘而风气和"。③ 民风、物产、水土等都是地域文化的组成部分。因此可以说欧阳修对颍州的感情,也就是对颍州地域文化的感情。"其思颍之念,未尝少忘于心,而意之所存亦时时见于文字也。"④ 作为士大夫文人,对颍州的感情自然会在其文字中体现。"时时见于文字",当然不限于诗、文,在词中也会有流露。因此,《采桑子》十首的创作,与欧阳修对颍州地域文化的感情是分不开的。

与之相反,在欧阳修的词中见不到对其家乡吉州的深情吟咏。这同他对家乡的地域文化不太满意也有关系。他晚年选择终焉异乡,一方面是对颍州感情很深,但也不排除有对家乡情感淡漠的成分在。欧阳修对故土的意义颇为推崇,"仕宦而至将相,富贵而归故乡,此人情之所荣,而今昔之所同也"。⑤ 但由于其对自己家乡情感却十分淡漠,所以仍然"六一先生薄吉州,归田去作颍昌游"。⑥ 因此,欧阳修词中没有家乡的内容也就不奇怪。

第三节 怀古词:作为历史文化传统的地域文化表述
——以金陵为例

胡小石先生曾有《南京在中国文学史上的地位》⑦ 一文,从山水文

---

① 洪迈:《容斋续笔》,上海古籍出版社1978年版,第406页。
② 罗大经:《鹤林玉露》甲编卷一"仕宦归故乡"条,《宋元笔记小说大观》第五册,第5167页。
③ 欧阳修:《欧阳修全集》,中国书店出版社1986年版,第302页。
④ 同上。
⑤ 同上书,第281页。
⑥ 罗大经:《鹤林玉露》甲编卷一"仕宦归故乡"条,《宋元笔记小说大观》第五册,第5167页。
⑦ 胡小石:《胡小石论文集》,上海古籍出版社1982年版,第138页。

学、文学教育、文学批评之独立、声律及宫体文学等方面论说文学与南京的关系，认为"南京在文学史上可谓诗国"。

的确，中国文学史上有许多名篇，都与南京（金陵）① 有关。唐诗中作于金陵或以金陵为题材的作品，单就清代衡塘退士所编《唐诗三百首》而言，就收录有李白的《长干行》、《金陵酒肆留别》、《登金陵凤凰台》，刘禹锡的《西塞山怀古》、《乌衣巷》、《泊秦淮》，崔颢的《长干行》二首，张祜的《题金陵渡》，韦庄的《金陵图》等。而宋词中关于金陵的名篇也很多，如王安石的《桂枝香》、周邦彦的《西河·金陵怀古》、辛弃疾的《水龙吟·登建康赏心亭》等。

值得注意的是，关于金陵的诗词名篇，大多是具有"怀古"性质的作品。金陵的"怀古"之作为什么这么多？或者说，诗人、词人为什么喜欢选择金陵来"发思古之幽情"？本节即把"怀古词与金陵"作为个案加以研究，进而探析宋词是如何选择并表述地域文化中的历史文化传统，换言之，即探讨怎样的地域文化才会被宋词所表述，又是如何表述的，以及词的表述同诗的表述有何异同之处等问题。

一 怀古作品的共同特征

分析"怀古词"，首先要对"怀古"的含义有比较清楚的认识，但这并非易事。因为在中国古代，"怀古"常与"咏史"、"览古"、"咏古"，"思古"、"古意"、"咏怀"等概念相混。梁萧统所编《文选》卷二一有"咏史"一类，然而其所收录的并不都是咏史之作。如卢谌的诗题便为《览古》。又如左思《咏史》八首，亦不专咏史事，而是借以抒写怀抱。其一"弱冠弄柔翰"，其五"皓天舒白日"更是纯粹的咏怀诗体。

最早将"怀古"一词冠为诗题的，当是陶渊明的《癸卯岁始春怀古田舍诗》二首，其一怀荷蓧丈人，其二咏长沮、桀溺，但两篇均言志重于怀古，说成是"咏史"诗或"咏怀"诗亦无不可。而李白的《越中览古》，杜甫的《咏怀古迹》五首，李商隐的《咏史》、《览古》一般被算

---

① 历史上南京地名多有变更，越国时称"越城"，楚国时称"金陵邑"，秦时称"秣陵"，东汉末年，孙吴改秣陵为"建业"，西晋时以秦淮河南北为界，分称"秣陵"、"建邺"，西晋末年又改称"建康"，隋唐时先后称"蒋州"、"昇州"、"丹阳"、"江宁"、"归化"、"白下"、"上元"等，南唐时称"江宁府"，北宋初年称"昇州"，后又改称为"江宁府"，南宋时称"建康"。明时始称"南京"。清时称"江宁府"，太平天国时为"天京"，民国时又为"南京"。本书为叙述方便，遵循诗词中的惯例，统一称之为"金陵"。

为怀古诗。

既然概念的辨析困难重重，不妨径自选取李白《登金陵凤凰台》、刘禹锡《西塞山怀古》、许浑《金陵怀古》三首公认的怀古诗来分析一下"怀古"作品的共同特征。为论述方便，将三首诗移录于下：

> 凤凰台上凤凰游，凤去台空江自流。吴宫花草埋幽径，晋代衣冠成古丘。三山半落青天外，二水中分白鹭洲。总为浮云能蔽日，长安不见使人愁。（李白《登金陵凤凰台》）

> 王濬楼船下益州，金陵王气黯然收。千寻铁锁沉江底，一片降幡出石头。人世几回伤往事，山形依旧枕寒流。从今四海为家日，故垒萧萧芦荻秋。（刘禹锡《西塞山怀古》）

> 玉树歌残王气终，景阳兵合戍楼空。松楸远近千官冢，禾黍高低六代宫。石燕拂云晴亦雨，江豚吹浪夜还风。英雄一去豪华尽，惟有青山似洛中。（许浑《金陵怀古》）

清代沈德潜《说诗晬语》卷下认为"怀古必切时地"。这三首怀古诗的第一个共同特征便是与地点的契合。三首怀古诗，均咏六朝史事，但六朝史事都限定在一定的地域或地点之上，如金陵、凤凰台、西塞山等。也就是说，怀古诗一般由历史的遗迹、遗址起兴，"经古人之成败咏之是也"[①]，与地域的关系较为密切。而咏史诗发端于历史材料，乃"读史见古人成败，感而作之"[②]。如班固的《咏史》咏缇萦救父之事，左思《咏史》其三歌咏段干木、鲁仲连二人，所思所咏均限定于历史事件或历史人物，与地点或地域并没有任何关联。但是，怀古的"切时地"，并不意味着诗人创作时要亲临历史遗迹。怀古所述之景，也未必皆为眼前实景。

第二个共同的特征，便是怀古"乃一时兴会所触，不比山经地志、以详赅为佳"[③]。袁枚这句话，有两层含义。第一层含义是，怀古作品虽由历史遗迹起兴，但遗迹并不是篇章的重点，所以对于遗迹及其历史事

[①] 遍照金刚：《文镜秘府论·论文意》，人民文学出版社1975年版，第135页。
[②] 同上。
[③] 袁枚：《随园诗话》卷六，人民文学出版社1982年版，第187页。

件，不必搜括无遗，在作品中亦不必加以罗列。第二层含义是，历史遗迹是为作者的思想感情服务的，作者的情感兴发源于遗迹，却并不止于遗迹及其相关史实。如刘禹锡的《西塞山怀古》，专咏王濬一事，但作者于王濬的史实并没有详加叙述，而是用一大半的篇幅来抒发自己的感慨。相对而言，咏史诗更重视对史实的櫽栝。如清人何焯即认为"櫽栝本传，不加藻饰"乃咏史诗之"正体"。①

要之，所谓"怀古"之作，从写作对象而言，其所歌咏的历史人物或历史事件，必定与某一地域地点相关联；就其写作方式而言，地域或地点，只是作者思想感情抒发的起点；相对于咏史作品，怀古作品重在写一己之感慨，抒情性较为突出。至于其他如"览古"、"古意"、"咏怀"等，名目虽繁，都是"咏史""怀古"两个大类的分支，可根据作品的特征进行归类，没有必要单独另列。当然，相对于科学的严密，文学显得较为随意与模糊。因此"怀古"与"咏史"的分类，只是大致而言。

二 怀古词的发展历程

明确了"怀古"的含义，再来看"怀古词"。体认"怀古词"的最好办法，莫过于回顾"怀古词"的发展历程。

唐五代之时，词的主要功能还是"镂玉雕琼"、"裁花剪叶"。因此，词中基本没有"怀古"主题。但也有例外，如《花间集》有欧阳炯的《江城子》：

> 晚日金陵岸草平，落霞明，水无情。六代繁华，暗逐逝波声。空有姑苏台上月，如西子镜，照江城。

这是一首典型的怀古词。起首"晚日金陵岸草平"点明了词所凭吊的地点是"金陵"，但是，词人的感叹并不限于六朝繁华的消逝，"空有姑苏台上月，如西子镜，照江城。"姑苏台在苏州西南，乃春秋时吴国夫差与西施嬉游之处。作者用"姑苏台上月"，将吴国兴亡的历史与六朝相比照，前车之覆，后车可鉴，然而"后人哀之而不鉴之，亦使后人而复哀后人也"（杜牧《阿房宫赋》）这首三十六字小令，其感慨六朝兴亡的主题即为后来的宋词所承续。

---

① 何焯：《义门读书记》卷四十六"张景阳咏史诗"条，中华书局1987年版，第893页。

柳永《双声子》是"宋代怀古词之祖"①，张昇《离亭燕》也是宋代较早的怀古词，柳词嗟叹夫差旧国，张词怅望六朝兴亡：

晚天萧索，断蓬踪迹，乘兴兰棹东游。三吴风景，姑苏台榭，牢落暮霭初收。夫差旧国，香径没、徒有荒丘。繁华处，悄无睹，惟闻麋鹿呦呦。　想当年、空运筹决战，图王取霸无休。江山如画，云涛烟浪，翻输范蠡扁舟。验前经旧史，嗟漫载、当日风流。斜阳暮草茫茫，尽成万古遗愁。（柳永《双声子》）

一带江山如画，风物向秋潇洒。水浸碧天何处断，霁色冷光相射。蓼屿荻花洲，掩映竹篱茅舍。　云际客帆高挂，烟外酒旗低亚。多少六朝兴废事，尽入渔樵闲话。怅望倚层楼，寒日无言西下。（张昇《离亭燕》）

两首词在篇章结构上大体相近。都是先写景，点出古迹，再概括史事，最后怀古咏怀。具体而言，则是"写景—写史—感慨"三部曲，"古、今、景、情"四要素。后来的怀古词，大抵接受了这样的"三部曲"和"四要素"，当然创作时三部曲的次序略有变化，对四要素也各有侧重。值得注意的是，柳词写史，寥寥数笔；张词写史，也只用"多少六朝兴废事，尽入渔樵闲话"一笔带过。而且两词均不自抒胸臆，而是把自己的怅惘和欲说还休的滋味寄托在斜阳暮草、倚楼怅望的形象之中。不在史实上多加纠缠，用意境的营造而不是直接的议论来完成词人思想感情的表达，这些也为后来的怀古词所取法。

王安石《桂枝香》是传诵一时的怀古词名作：

登临送目，正故国晚秋，天气初肃。千里澄江似练，翠旗如簇。归帆去棹残阳里，背西风，酒旗斜矗。彩舟云淡，星河鹭起，画图难足。　念往昔、繁华竞逐，叹门外楼头，悲恨相续。千古凭高对此，谩嗟荣辱。六朝旧事随流水，但寒烟芳草凝绿。至今商女，时时犹唱，后庭遗曲。

---

① 刘扬忠：《唐宋词流派史》，福建人民出版社1999年版，第224页。

"金陵怀古，诸公寄词于《桂枝香》，凡三十余首，独介甫最为绝唱。东坡见之，不觉叹息曰：'此老乃野狐精也。'"①"诸公"的三十余首《桂枝香》均已失传，唯有"最为绝唱"的王安石的《桂枝香》流传下来。连写作有《念奴娇·赤壁怀古》的苏轼都称王安石为"野狐精"。苏东坡的《念奴娇·赤壁怀古》，是北宋怀古词的杰作。其词下阕："故国神游，多情应笑我，早生华发。人间如梦，一尊还酹江月。"在历史的沧桑叙事中渗入个体的生命体验，从而使词作的情感表达既具有时空沉积的厚重，又有直抵心灵的深度。加之其词俯仰兴亡，大气磅礴，激昂慷慨，富有感染力，所以其技巧和风格一直为后来的怀古词所取法。

周邦彦的《西河·金陵》，也是怀古词名篇，可与王安石《桂枝香》相媲美：

佳丽地，南朝盛事谁记？山围故国绕清江，髻鬟对起。怒涛寂寞打孤城，风樯遥度天际。 断崖树，犹倒倚。莫愁艇子曾系。空余旧迹郁苍苍，雾沉半垒。夜深月过女墙来，伤心东望淮水。 酒旗戏鼓甚处市？想依稀，王谢邻里。燕子不知何世，入寻常巷陌人家，相对如说兴亡，斜阳里。

这首怀古词的最大特点便是"檃栝唐句，浑然天成"。②王安石的《桂枝香》也化用前人诗句，如"门外楼头"，用杜牧《台城曲》："门外韩擒虎，楼头张丽华"诗意；结尾"至今商女"三句，用杜牧《夜泊秦淮》"商女不知亡国恨，隔江犹唱后庭花"诗意。周词较之王词，规模更大，也更集中地化用了前人诗意，并成功地将其融为一体。"佳丽地，南朝盛事谁记"，化用谢朓《鼓吹曲》："江南佳丽地，金陵帝王州"；"山围故国绕清江"、"怒涛寂寞打空城"取自刘禹锡《石头城》："山围故国周遭在，潮打空城寂寞回"；"莫愁艇子曾系"句，源自古乐府《莫愁乐》："艇子打两桨，催送莫愁来"；"夜深"二句、"想依稀"三句则分别是刘禹锡《石头城》："淮水东边旧时月，夜深还过女墙来"，《乌衣巷》："旧时王谢堂前燕，飞入寻常百姓家"的改头换面。最为难得的是，

---

① 杨湜：《古今词话》，《词话丛编》第一册，第22页。
② 许昂霄：《词综偶评》，《词话丛编》第二册，第1554页。

"采唐诗融化如自己者"。① 多家诗句并不是杂凑拼用，而是融为有机的一体。后世怀古词，往往效法周邦彦，镕裁旧章，翻转新意。北宋的怀古词还有秦观的《望海潮》"星分斗牛"、"秦峰苍翠"、"梅英疏淡"数首，贺铸的《台城游》"南国本潇洒"，仲殊的《诉衷情·建康》，叶梦得的《念奴娇》"云峰横起"等。

但是，怀古词的勃兴却是在南宋。宋室南渡之后，政治形势发生了重大的改变，"风景不殊，正自有山河之异"（《世说新语·言语》），众多的词人感慨时事，借古人之酒杯，浇自己之块垒，于是怀古词的创作进入高峰期。

在北宋怀古词的基础之上，南宋怀古词发展出许多新的特点。首先，南宋怀古词的创作固然有经行某地，为此地的史事所触动而形诸篇章，但追和他人的怀古词也逐渐增多。追和他人，主要有三种情况。第一种是南宋人追和北宋人。如吴潜《西河·和旧韵》、杨泽民《西河·岳阳》、陈允平《西河》、王奕《西河》（和周美成金陵怀古）等都是追和周邦彦的怀古词《西河·金陵》。第二种是同时代的人之间相和。如张榘《水龙吟》（次韵虚斋先生雨花宴）、吴渊《满江红》（雨花台再用弟履斋乌衣园韵）、姜夔《永遇乐》（次稼轩北固楼词韵）等。也有用自己前韵的。如吴潜《满江红》（雨花台用前韵）。第三种则是南宋后期词人追和南宋前期词人的作品。如王奕《酹江月》（和辛稼轩金陵赏心亭）。此为王奕元至元二十七年（1290年）过金陵时所作，距离辛弃疾创作《念奴娇》（登建康赏心亭呈史致道留守）的时代有一百二十余年之久。此外，李曾伯《沁园春》（庚子登凤凰台，和壁间韵）乃和壁间无名氏之作。

其次，南宋的怀古词，比起张昇的"渔樵闲话"，对兴亡的感受更加切肤入髓。朱敦儒《芰荷香·金陵》"无奈尊前万里客，叹人今何在，身老天涯"，对历史的感叹，是和对时代、对自我生命的悲凉体验交织在一起的。词人或者"杯到莫停手，唯酒可忘忧"（丘崈《水调歌头·登建康赏心亭怀古》）地借酒浇愁，或者"把枕边，忧国许多愁，权抛掷"（吴渊《满江红·乌衣园》）暂且忘怀现实种种，但一旦身临其境，便惹起无尽家仇国恨："我来吊古，上危楼，赢得闲愁千斛"［辛弃疾《念奴娇》（登建康赏心亭呈史致道留守）］，时代对怀古词的影响是强烈的。

---

① 张炎：《词源》，《词话丛编》第一册，第266页。

最后，南宋的怀古词，不仅大量化用前人诗句，还密集地应用典故。虽然，南宋怀古词对具体历史的仍是简略概括，但亦通过对一系列典故的精心组织，充分挖掘典故所包孕的丰富信息以及暗示联想功能，增添了词作的历史感，使怀古词的写作朝"深"、"厚"两个方向发展。辛弃疾《永遇乐·京口北固亭怀古》应用典故，几乎到了一句一典的地步，并不是怀古词中的孤例，而是普遍现象。如汪元量《莺啼序·重过金陵》：

> 金陵故都最好，有朱楼迢递。嗟倦客、又此凭高，槛外已少佳致。更落尽梨花，飞尽杨花，春也成憔悴。问青山、三国英雄，六朝奇伟。　麦甸葵丘，荒台败垒。鹿豕衔枯荠。正朝打孤城，寂寞斜阳影里。听楼头、哀笳怨角，未把酒、愁心先醉。渐夜深，月满秦淮，烟笼寒水。　凄凄惨惨，冷冷清清，灯火渡头市。慨商女不知兴废。隔江犹唱庭花，馀音亹亹。伤心千古，泪痕如洗。乌衣巷口青芜路，认依稀、王谢旧邻里。临春结绮。可怜红粉成灰，萧索白杨风起。　因思畴昔，铁索千寻，谩沈江底。挥羽扇、障西尘，便好角巾私第。清谈到底成何事。回首新亭，风景今如此。楚囚对泣何时已。叹人间、今古真儿戏。东风岁岁还来，吹入钟山，几重苍翠。

这首《莺啼序》不仅多处化用前人诗句，也多处应用历史典故。"金陵故都"两句，檃栝谢朓《隋王鼓吹曲·入朝曲》："江南佳丽地，金陵帝王州。逶迤带绿水，迢递起朱楼"；"麦甸葵丘"本刘禹锡《再游玄都观》诗序："荡然无复一树，惟兔葵燕麦，动摇于春风耳"；"荒台败垒，鹿豕衔枯荠"，是归纳《史记·淮南王安传》为吴王拒谏后，伍子胥之语："臣今见麋鹿游姑苏之台也"；"正朝打孤城"二句，取自刘禹锡《石头城》"潮打空城寂寞回"；"月满秦淮，烟笼寒水"及其下的"慨商女不知兴废"两句，均来自杜牧《泊秦淮》；"凄凄惨惨"叠字句让人想起李清照的《声声慢》起首三句；"乌衣巷口"不仅化用刘禹锡《乌衣巷》诗，"认依稀、王谢旧邻里"还是周邦彦《西河·金陵》中的原封不动的句子；"临春结绮"句，"临春"、"结绮"是陈后主与宠妃张丽华曾经居住过的楼阁；"可怜红粉成灰"，化用白居易《和关盼盼感事诗》："见说白杨堪作柱,争教红粉不成灰";"铁索千寻,漫沈江底",用东吴曾以铁索横江作为防御,却为晋将王濬烧断事;"挥羽扇、障西尘",用的是《世说新语·轻诋》中"庾公权重,足倾王公。庾在石头,王在冶城坐,大风扬尘,王以扇拂尘曰:'元规尘污人!'"典;"便好角巾私第",用的是《世说新语·雅量》"有往来者云:'庾公(庾亮)有东下意。'或谓王公(王导):'可潜稍严,以备不虞。'王公曰:'我与元规虽俱王臣,本怀布衣之好。若其欲来,吾角巾径还乌衣,何所稍严。'"典;"回首新亭"三句,用的仍是王导的典故,事见《世说新语·言语》"过江诸人"条。许昂霄《词综偶评》认为汪元量《莺啼序》:"慨古实以伤今,当与麦秀之歌、黍离之诗并传。"① 典故的稠密应用与词作的现实指向紧密相关,亦是南宋怀古词的特征之一。

  对两宋怀古词史的简单回顾,可以得出两个观感。第一,就怀古词的创作数量而言,南宋比北宋多。北宋词人中创作怀古词的还比较少,仅柳永、张昇、王安石、苏轼、仲殊、张舜民、秦观、贺铸、仲殊、周邦彦等人。而且,大多数的词人只有一两首的怀古词。到了南宋,几乎所有比较重要的词人都创作有怀古。大多数的词人都创作有多首怀古词。如辛弃疾便有《水龙吟·登建康赏心亭》、《念奴娇·登建康赏心亭呈史致道留守》、《水龙吟·过南剑双溪楼》、《永遇乐·京口北固亭怀古》、《汉宫春·会稽秋风亭怀古》、《南乡子·登京口北固亭有怀》、《生查子·题京口郡治尘表亭》等怀古词。

  南宋怀古词勃兴,与南宋的政治形势有很深的关联。南宋一百五十二年的历史,东南半壁、残山剩水,政治格局左支右绌,加之外患不断,先是宋金抗衡,败多胜少,后是宋元对峙,最终一败涂地。这种政治形势,对当时的词人产生了很大的影响。《赌棋山庄词话》卷一引王述庵语:"南宋词多黍离麦秀之悲。"② 所谓"黍离",用的是《诗经》中的典故。《诗经·王风·黍离》③ 引《毛序》言,"黍离,闵宗周也。周大夫行役至于宗周,过故宗庙宫室,尽为禾黍。闵周室之颠覆,彷徨不忍去,而作是诗也。""麦秀",用的是"箕子朝周,过故殷墟,感宫室毁坏,生禾

---

① 许昂霄:《词综偶评》,《词话丛编》第二册,第1571页。
② 谢章铤:《赌棋山庄词话》卷一,《词话丛编》第四册,第3321页。
③ 《诗经注析》,程俊英、蒋见元注析,中华书局1991年版,第194页。

黍，箕子伤之，欲哭则不可，欲泣为其近妇人。乃作麦秀之诗以歌咏之"①的典故。这两则典故，均是感触亡国、触景生情之作。特定的历史遗迹，往往会触动南宋词人对于时局的感慨。他们的"黍离麦离"之感，就借助于"怀古词"表达出来。因此，可以说，南宋飘摇动荡的政局，是怀古词勃兴的社会原因。"夺他人之酒杯，浇自己之块垒"（李贽《焚书·杂说》），是怀古词勃兴的心理成因。

第二，"金陵怀古"是宋代怀古词最重要的主题。从张昇《离亭燕》中的感叹六朝兴亡，到王安石的《桂枝香》、周邦彦的《西河·金陵》、贺铸的《水调歌头·台城游》，再到南宋的康与之的《菩萨蛮令·金陵怀古》、辛弃疾的《水龙吟》（登建康赏心亭）、杜旟的《酹江月·石头城》、汪元量的《莺啼序·重过金陵》等，总之"金陵怀古"较之"维扬怀古"、"赤壁怀古"、"长安怀古"、"姑苏怀古"，不论从整体创作数量，还是从名作数量而言，都远为优胜。

三　金陵怀古词的怀古地点与勃兴原因

要回答"金陵怀古"为什么会成为南宋怀古词最重要的主题，可以先考察"金陵怀古词"中的怀古地点。金陵怀古词固然有从"金陵"整体落墨的，但也有从具体的古迹名胜起兴的。下面即把词中涉及的金陵地名作一简介。

金陵　"其地居全国东南，当长江下游，北控中原，南制闽粤，西扼巴蜀，东临吴越；居长江流域之沃野，控沿海七省之腰膂；所谓'龙蟠虎踞'，'负山带江'是也。"②地理形势是如此的重要，连三国诸葛亮都感叹："钟阜龙蟠，石头虎踞，真帝王所都也。"③然而，"论者每谓金陵形势，偏于东南，都其地者，往往为南北对峙之局，不足以控制全国，统一宇内。"④六朝古都的金陵，在两宋词人的眼中，是六朝兴亡史的浓缩版。特别是到了南宋，同样是偏安东南一隅，同样是外患不断，词人经行此地，自然是有万千感触。正所谓"山岳崩颓，既履危亡之运；春秋迭代，必有去故之悲"（庾信《哀江南赋序》），所以，宋词中有不少以"金陵"为题的怀古之作，如周邦彦《西河·金陵》、陈亮《念奴娇·至

---

① 《史记·宋微子世家》，第1621页。
② 朱偰：《金陵古迹图考》，中华书局2006年版，第9页。
③ 祝穆撰、祝洙补订：《宋本方舆胜览》卷十四，第154页。
④ 朱偰：《金陵古迹图考》，中华书局2006年版，第9页。

金陵》、王奕《贺新郎·金陵怀古》等。有的以"建康"、"秣陵"为题，但怀古的实质是一样的。如万俟绍之《贺新郎·秣陵怀古》、赵长卿《醉花阴·建康重九》、仲殊《诉衷情·建康》等。

石头城 石头城故址在清凉山。《建康志》引《江乘地记》云："山上有城，又名石城山。"战国时，楚在此筑金陵邑，公元212年孙权重筑，改名石头城，城依山临江，南靠秦淮河口，形势险要，为江防要地。（后来江水逐渐西移，石头山离江渐远，江防重要性就下降了）。石头城又简称石城，金陵别名石城即源于此。刘禹锡《石头城》诗云："山围故国周遭在，潮打空城寂寞回。淮水东边旧时月，夜深还过女墙来。"宋词中的金陵怀古，也有从石头城着笔的。如王千秋《贺新郎·石城吊古》、杜旟《酹江月》（石头城）、程珌《满江红》（登石头城，归已月生）等。

台城 东吴、东晋、宋、齐、梁、陈六朝的宫城。故址在今南京市鸡鸣山麓。公元548年，侯景之乱，台城被围，次年城陷，梁武帝萧衍饿死于台城。陈后主亦是在台城之景阳宫为隋兵所虏，许浑《金陵怀古》有"玉树歌残王气终，景阳兵合戍楼空"句。韦庄《台城》诗："江雨霏霏江草齐，六朝如梦鸟空啼。无情最是台城柳，依旧烟笼十里堤。"贺铸有《台城游》词。正如贺铸的词也不是专门写台城，在宋词中，台城常常作为意象使用。如"只有台城月，千古照婵娟"（周紫芝《水调歌头·丙午登白鹭亭作》）、"离骚困吟梦醒，访台城旧路"（叶润《莺啼序》）、"梦断古台城，月淡潮平"（邓剡《浪淘沙》）等。

秦淮河 秦淮河，东源句容城北大华山，南源溧水东南东庐山，汇合于江宁县方山附近，自东向西横贯金陵。《景定建康志》卷十八《溪涧》："秦淮，旧传秦始皇时望气者，言五百年后，金陵有天子气，于是东游以厌当之，乃凿方山，断长垅，为渎入于江，故曰秦淮。"六朝时，秦淮河为六朝宫城南面之屏障，为防守要冲。唐代杜牧《泊秦淮》诗言："烟笼寒水月笼沙，夜泊秦淮近酒家。商女不知亡国恨，隔江犹唱后庭花"，此诗一直为两宋词人所化用、引申、取法。如张镃《柳梢青·舟泊秦淮》、王奕《贺新郎》（秦淮观斗舟有感，追和思远楼）、彭履道《凤凰台上忆吹箫·秦淮夜月》等。用杜牧《泊秦淮》诗意的词数不胜数，如"更隔秦淮闻旧曲，秋已半，夜将阑"（张舜民《江神子·癸亥陈和叔会于赏心亭》）、"六朝旧时明月，清夜满秦淮"（仲殊《诉衷情·建康》）、"一曲庭花，隔江谁与问商女"（仇远《台城路》）等。也有用到秦始皇凿秦淮河事，如"当日卧龙商略处，秦淮王气真何许"（程珌《满江红·登石头城，归已月生》）。

赏心亭 《景定建康志》卷二十二《城阙志》三《亭轩》称："赏心亭，在下水门之城上，下临秦淮，尽观览之胜，丁晋公谓建。"《渑水燕谈录》卷七亦云："祥符中，丁晋公出典金陵，真宗以《袁安卧雪图》赐之，真古妙手。或言周昉笔，亦莫可辨。至金陵，择城之西南隅旷绝之地，建赏心亭，中设巨屏，置图其上，遂为金陵奇观。"赏心亭因其"尽览之胜"，故词人登览者众。有张舜民《江神子·癸亥陈和叔会于赏心亭》、苏轼《渔家傲·金陵赏心亭送王胜之龙图》、辛弃疾有《水龙吟·登建康赏心亭》等。

白鹭亭 《景定建康志》卷二二《城阙志·亭轩》："白鹭亭，接赏心亭之西，下瞰白鹭洲，柱间有东坡留题。景定元年马公光祖重建。……李白《凤凰台》诗，有'二水中分白鹭洲'之句，亭对此州，故名。"宋代词人登临白鹭亭，常作怀古之想。如"六朝文物何在，回首更凄然"（周紫芝《水调歌头·丙午登白鹭亭作》）、"白鹭洲前，乌衣巷口，江上城郭。万古豪华，六朝兴废，潮生潮落"（袁去华《柳梢青·建康作》）、"人间梦境寥寥。问故国繁华能几朝"（施翠岩《沁园春·夜登白鹭亭》）等。

凤凰台 《景定建康志》卷二二《台观》："凤凰台，在宝宁寺后。宝祐元年倪总领垕重建。"亦是著名的登临之所，李白的《登金陵凤凰台》是怀古名作，宋代郭功甫与王安石曾追次李太白此诗。在宋词中，凤凰台、李白、怀古三者有时是联系在一起的。吴景伯《沁园春·登凤凰台》"再上高台，访谪仙兮，仙何所之。"风景不殊，人物已换，所以"兴亡事，对江山休说，谁是谁非"。又如梁栋《摸鱼儿·登凤凰台》上阕提及李白："燕来莺去谁为主，磨灭谪仙吟墨。"下阕又感叹："便凤去台空，莫厌频游此。兴亡过耳。"凤凰台的怀古词还有刘一止《踏莎行·游凤凰台》、李曾伯《沁园春·庚子登凤凰台，和壁间韵》、韩淲《浣溪沙·凤凰台》等。

乌衣巷 《世说新语·雅量》："有往来者云"条注引《丹阳记》曰："乌衣之起，吴时乌衣营处所也。江左初立，琅邪诸王所居。"《景定建康志》卷十六引《旧志》云："乌衣巷在秦淮南。晋南渡，王、谢诸名族居此,时谓其子弟为乌衣诸郎"。又《景定建康志》卷二十二《园苑》:"乌衣园,在城南二里乌衣巷之东王谢故居。"唐刘禹锡《乌衣巷》诗:"朱雀桥边野草花,乌衣巷口夕阳斜。旧时王谢堂前燕,飞入寻常百姓家。"因为刘诗的影响,宋词喜借"乌衣巷"、"乌衣园"来寄托历史兴亡的感慨。如吴渊《满江红·乌衣园》,吴潜《满江红·金陵乌衣园》、《满江红·乌衣园》,黎廷瑞《南乡子·乌衣园》等。当然许多怀古词并不是专门写"乌衣巷",而是将其作为一个意象加以使用。如:"访乌衣,成白社。不容车。旧时王谢。堂前双燕过谁家"(贺铸《台城游》)、"想今年燕子,依然认得,王谢风流"(辛弃疾《八声甘州》)、"乌衣巷口青芜路,认依稀、王谢旧邻里"(汪元量《莺啼序》)等。

雨花台 《景定建康志》卷二十二:"雨花台,在城南二里,据冈阜最高处,俯瞰城阙。旧传梁武帝时,有云光法师讲经于此,感天雨赐花,故名。"雨花台为金陵城南制高点,历来为兵家必争之地和游人登览之处。山谦之《丹阳记》云:"江南登览之地三,曰甘露,曰雨花,曰凌歊。"词人登览之际,不免俯仰今昔,感慨良多。有韩元吉《水调歌头·雨花台》、吴潜《满江红·雨花台用前韵》、王云焕《沁园春·雨花台》等。

金陵的怀古词,即使由登临某个具体的古迹名胜起兴,其笔触往往延伸到各个角落,将金陵的各个地点的诸多典故联系起来,纵横捭阖之间把历史立体化,从而"观古今于须臾,抚四海于一瞬"(陆机《文赋》),如王奕《木兰花慢·和赵莲涧金陵怀古》:

> 翠微亭上醉,搔短发、舞缤纷。问六朝五姓,王姬帝胄,今有谁存。何似乌衣故垒,尚年年,生长儿孙。今古兴亡无据,好将往史俱焚。 招魂。何处觅东山,筝泪落清樽。怅石城暗浪,秦淮旧月,东去西奔。休说清谈误国,有清谈,还有斯文。遥睇新亭一笑,漫漫天际江痕。

前面提到的周邦彦《西河·金陵》、汪元量《莺啼序·金陵怀古》,以及王奕的这首《木兰花慢》,都是"怀古"这一主线,将大量与金陵相关的典故贯穿起来。应当说,大部分金陵怀古词"屐痕处处",在六朝的曲院回廊之间穿行漫溯,怀古词的主旨也就表达得更加细致熨帖。

而且，金陵的怀古词在地点典故意义的发掘上相当一致，换句话说，即使表达的方式、表达的重点有所不同，但金陵的怀古词的诸多意象是相似相近的。金陵怀古词的总体风格是沧桑背后隐着惆怅，沉痛之中怀有凄迷。单个意象的呈现，也具有趋同性。说到"乌衣巷"，不管是"王谢堂前双燕，空绕乌衣门巷"（周紫芝《水调歌头·丙午登白鹭亭作》）、"乌衣事，今难觅。但年年燕子，晚烟斜日"（吴潜《满江红·金陵乌衣园》），还是"乌衣巷陌几斜阳，燕闲旧垒"（陈允平《西河》），都可以很清楚地看出意象的来源是刘禹锡《乌衣巷》。同样，"秦淮河"、"石头城"、"雨花台"等在金陵怀古词中大多面目微异，神情暗肖。

由以上的分析可以看出，众多词人选择"金陵"作为怀古的对象，首先是因为金陵的地理形势："品江山、洛阳第一，金陵第二"（王奕《贺新郎·金陵怀古》）；其次，考察金陵怀古词，其怀古的对象几乎都是"六朝兴废"。如"回首六朝，南北黯魂销"（方岳《江神子·发金陵》）、"六代旧江山，满眼兴亡，一洗黄花酒"（赵长卿《醉花阴·建康重九》）、"问六朝五姓，王姬帝胄，今有谁存"（王奕《木兰花慢·和赵莲澳金陵怀古》）。最后，金陵怀古词中的大量意象组成，是前代文学影响下的产物，唐诗，特别是李白、刘禹锡、杜牧的金陵怀古诗对其有很深的影响。因此，我们可以说，怀古词中多金陵意象，是时代、历史和文化传统三者共同作用的结果。

四　金陵怀古词的艺术表现

以上对金陵怀古词地点的考察，实际上已经回答了这样的问题，即怎么样的地域文化才会被宋词所表述。在金陵地域文化中，"六朝兴废"的历史承载，契合于宋代感念国事、忧患时艰的时代精神，加之金陵"龙盘虎踞"的地理形势，极易触动宋代词人击楫中流、恢复河山的壮志雄怀，可以说，"金陵"的地域文化是时代主流文化关注的焦点。怀古词选择"金陵"，是时代主流文化推举的结果。

怀古词选择了"金陵"作为表述的对象，那么，又是如何表述的呢？写金陵的怀古词和大多数的怀古词一样，有如下的共同特征：

（1）在词调选择上，小令很罕见；怀古词多用长调，多为慢词。怀古词的信息容量较大，涉及面广，内容丰富，作者的感情也较复杂，长调有利于词人铺叙，有利于全面地表达词人的思想感情。就用韵而言，怀古词常见的词调如《离亭燕》、《满江红》、《念奴娇》、《水龙吟》、《贺新郎》等多为仄韵格,平韵格较少见。一般情况下,仄韵格的声情较为雄壮,如《念奴娇》"音节高抗"①、《满江红》"声情激越"②、《贺新郎》"大抵用入声部韵者较激壮,用上、去声部韵者较凄郁"③、《水龙吟》"清彻嘹亮"。④ 怀古词调选用的平韵格,如《六州歌头》、《水调歌头》、《沁园春》等,声情也较激越奔放。如《六州歌头》,"音调悲壮"、"良不与艳词同科"。⑤ 而《水调歌头》是"高亢而悠扬的曼声长调"⑥,《沁园春》"宜抒壮阔豪迈情感"。⑦

(2) 怀古词选用仄韵格或较激越高亢的词调,是为了达到声情与文情的和谐。怀古词的文情,将历史的感慨与现实的悲愤交织在一起,或慷慨激昂,或浓郁悲凉,或低回深沉。可以说,怀古词的风格,和宋词"倚红偎翠"主体风格是有区别的。

(3) 从艺术手法而言,怀古词往往较多地化用前人诗句,特别是唐诗。到了南宋,还出现典故增多的情况。唐诗多集中在李白、刘禹锡、杜牧等人的诗上;典故则较多选用《世说新语》等六朝典籍以及《宋书》、《梁书》、《陈书》等记载六朝的史书。

(4) 怀古词还有一大特点是,作者未必都经行其地才感而怀古,有时是通过想象、和韵等方式完成怀古思绪的表达。也就是说,词中的怀古地点有时只是一种"道具",作者创作时未必身处其地,却能感同身受,恍若亲临。如苏轼《念奴娇·赤壁怀古》,作于黄冈城外赤壁矶。但此赤壁矶却不是赤壁之战发生的真正地点。卢宪《嘉定镇江志》卷二十一文事:"叶石林梦得《琴趣外编》注云:程致远寄,顷与江子我登北固山,用赤壁韵,因记往岁旧游词。"⑧ 叶梦得的这首词即是《念奴娇》"云峰横起",其词虽和苏东坡韵,咏三国赤壁之战,但却是在登览北固山(在今镇江)所作。此外,李纲《六么令》(次韵和贺方回金陵怀古,鄱阳席上作)亦如此题所言,于鄱阳席上作金陵怀古之题。

---

① 龙榆生:《唐宋词格律》,上海古籍出版社1978年版,第118页。
② 同上书,第106页。
③ 同上书,第144页。
④ 吴熊和:《唐宋词通论》,商务印书馆2003年版,第125页。
⑤ 徐釚:《词苑丛谈》卷一,《文渊阁四库全书》本。
⑥ 吴熊和:《唐宋词通论》,第124页。
⑦ 龙榆生:《唐宋词格律》,第55页。
⑧ 卢宪:《嘉定镇江志》卷二十一,《续修四库全书》本。

(5) 时空的错杂与变幻。"乾坤万里眼，时序百年心"（杜甫《春日江村五首》之一），怀古词的一大艺术特色，便是通过对时间与空间的体察，传达沧海桑田、物是人非的感受。怀古词的古今对接，即历史与历史的重叠、现实与历史的交错，使外在的世事感慨和内在的生命体验融合在一起，如杜旟《酹江月·石头城》：

> 江山如此，是天开万古，东南王气。一自髯孙横短策，坐使英雄鹊起。玉树声消，金莲影散，多少伤心事。千年辽鹤，并疑城郭非是。　　当日万驷云屯，潮生潮落处，石头孤峙。人笑褚渊今齿冷，只有袁公不死。斜日荒烟，神州何在，欲堕新亭泪。元龙老矣，世间何限余子。

这首词起首便将"江山"放在"万古"的背景下观照，"江山如此"，是古今不变的空间。"一自髯孙横短策"，将思绪引向三国时期。"玉树"用的是陈后主事，"金莲"用齐东昏侯事。"声消""影散"又暗含了现实的视角。"千年辽鹤，并疑城郭非是"，时间的流逝，引发对空间的重新认知。下阕"当日"三句，将"潮生潮落"、"石头孤峙"现实图景与"万驷云屯"的历史幻象相重叠。"人笑"二句，重返历史现场。"斜日荒烟，神州何在，欲堕新亭泪"三句借故实说话，古今交错。"元龙老矣"，是述古，亦是伤己。从现实的视角出发，深入历史情境，又在历史情境中反观现实世界，可以说，在一个特定的空间中，历史与现实互为镜像关系。此词应用了较多的典故，略看似无伦次，实则意若贯珠。怀古词能做到用典而不为典所累，与其"时空间交错"的艺术特质是分不开的。

当然，跟其他地方的怀古词相比，金陵怀古词有一些与众不同的特质，那就是金陵怀古词的一本正经的"脸庞"上，有时会敷上"六朝金粉"。六朝的历史上，遗留了众多香艳的故事。金陵怀古词中常见的历史典故有"步步金莲"、"玉树"等，"步步金莲"典出自《南史·齐废帝东昏侯纪》："又凿金为莲华以帖地，令潘妃行其上，曰：'此步步生莲华也'。"[①]"玉树"又称"玉树后庭花"，典出自《陈书·皇后传论》："后

---

① 《南史》卷五，第154页。

主每引宾客对贵妃等游宴，则使诸贵人及女学士与狎客共赋新诗，互相赠答，采其尤艳丽者以为曲词，被以新声，选宫女有容色者以千百数，令习而歌之，分部选进，持以相乐。其曲有《玉树后庭花》、《临春乐》等，大指所归，皆美张贵妃、孔贵嫔之容色也。其略曰：'璧月夜夜满，琼树朝朝新。'"① 这两则典故都是发生在齐、陈的皇宫，即在金陵城内。常见的诗文典故有"莫愁"、"桃叶"等。"莫愁"，诗词中的莫愁，是一个歌女的形象："莫愁在何处，莫愁石城西、艇子打两桨，催送莫愁来。"金陵有莫愁湖，乐史《太平寰宇记》："莫愁湖，在三山门外。"而"桃叶"一般指侍妾、歌妓等，《乐府诗集》卷四十五引《古今乐录》曰："桃叶歌者，晋王子敬之所作也。桃叶，子敬妾名，缘于笃爱，所以歌之。"晋王献之《桃叶歌》："桃叶复桃叶，桃树连桃根。相怜两乐事，独使我殷勤。桃叶复桃叶，渡江不用楫。但渡无所苦，我自迎接汝。"金陵有桃叶渡，在秦淮河与青溪合流处。

这些典故所拥有的艳情符码，在怀古词中一般有两种作用。一种是取用典故的正面意义，用这些典故所象征的繁华比照现实的衰败；另一种是从现实的视角对典故加以审视和批判。前一种如："断崖树，犹倒倚。莫愁艇子曾系。空余旧迹郁苍苍，雾沈半垒"（周邦彦《西河·金陵》）、"倚尽危楼杰观，暗想琼枝璧月，罗袜步承莲"（周紫芝《水调歌头·丙午登白鹭亭作》)、"后庭玉树委歌尘，凄凉遗恨流水"（陈允平《西河》）等。后一种情况如："淮上潮平霜下。樯影落寒沙。商女篷窗罅，犹唱后庭花"（贺铸《台城游》）、"慨商女不知兴废。隔江犹唱后庭花，余音亹亹"（汪元亮《莺啼序》）、"慨当年、商女谁家，几多年数。死去方知亡国恨"[（王奕《贺新郎》（秦淮观斗舟有感，追和思远楼)] 等。

相对而言，其他地域的怀古词，艳情的成分会少一些，这与其地域文化中艳情成分较单薄有一定关联。

五　宋代怀古词与怀古诗的差异

所谓怀古，"怀古必切时地"，"乃一时兴会所触"，如上所言，怀古作品以历史题材起兴，史实只起触发功能，作品重在写自己之悲慨，抒情性较为突出。对抒情性的强调，正契合了宋词善于言情的特点。而宋诗

---

① 《陈书》卷七，第132页。

呢，又"以筋骨思理见胜"①，长于议论或倾向于议论，其现实性更加明显。因此，相对于宋词而言，宋代的怀古诗，虽数量远胜，但质量次之，名作罕见。

从题材上说，宋代怀古词主要是感叹六朝兴亡，宋代怀古诗在题材上更加多样，从三代到汉唐，从帝王将相到文人雅士，均是取材的对象。

王安石有《金陵怀古》诗四首，亦有《桂枝香》的金陵怀古词，加以比较，对宋代怀古词与怀古诗的区别可以有更深的体会。诗四首如下：

霸主孤身取二江，子孙多以百城降。豪华尽出成功后，逸乐安知与祸双。东府旧基留佛刹，《后庭》余唱落船窗。《黍离》《麦秀》从来事，且置兴亡近酒缸。

天兵南下此桥江，敌国当时指顾降。山水雄豪空复在，君王神武自难双。留连落日频回首，想象余墟独倚窗。却怪夏阳才一苇，汉家何事费罂缸。

地势东回万里江，云间天阙古来双。兵缠四海英雄得，圣出中原次第降。山水寂寥埋王气，风烟萧飒满僧窗。废陵坏冢空冠剑，谁复沾缨酹一缸。

忆昨天兵下蜀江，将军谈笑士争降。黄旗已尽年三百，紫气空收剑一双。破堞自生新草木，废宫谁识旧轩窗。不须搔首寻遗事，且倒花前白玉缸。

王安石《桂枝香》，已见前引。王安石的《桂枝香》咏金陵，史实范围不出六朝，而怀古组诗，亦用六朝典故，如"《后庭》余唱落船窗"，也用到了汉代韩信从夏阳东流黄河击败魏王豹的典故，"却怪夏阳才一苇，汉家何事费罂缸。"而且，"君王神武自难双"、"圣出中原次第降"，都是歌咏本朝太祖荡平群雄、戡定天下之事。其次，《桂枝香》词的上阕几乎都是景物描写，作为情感抒发的基调，下阕则"悲恨相继"、"漫嗟

---

① 钱锺书：《谈艺录》，中华书局1984年版，第2页。

荣辱"等，词中对于六朝兴亡的情感和感慨是丰富而又复杂的。其怀古组诗，历史的态度就比较明显，"霸主孤身取二江，子孙多以百城降"，历史的判断也很清晰，"豪华尽出成功后，逸乐安知与祸双"。怀古组诗对与金陵有关史实的回顾、歌咏本朝太祖的"神武"，景物的描写只承担史实发生的场景的作用，作者的感情在诗中为议论所掩。宋代怀古诗和怀古词的区别，大略如此。

第四节 宋词对地域文化的选择性表述
——以苏州为例

宋词对地域文化的反映遍及自然地理、人文传统等各个层面。然而，宋词与地域文化的关系并非如镜子般只是简单地反映与被反映。宋词似乎无意于反映地域文化的全貌，也无意于地域文化完整客观真实的再现。宋词对地域文化，有一种潜在的选择。也就是说，众多的宋代词人在反映某一地域文化时，往往表现出共同的嗜好，他们的笔触集中在某一地域文化的某一方面，而不及其余。本节从宋词与苏州①地域文化的关系入手，分析宋词对地域文化选择性表述的具体表现，并探讨其内在的原因。

一 垂虹桥与"三高"隐逸主题

反映苏州地域文化的宋词，数量很多。宋词对苏州地域文化的表述，既有着眼苏州整体地域的，也有对苏州子地域，比如某一具体地点的关注。

宋词对苏州的许多名胜，都曾加以歌咏，而最为垂青的，是"吴江垂虹"。题咏过吴江垂虹的有张先、苏轼、叶梦得、朱敦儒、张元幹、张

---

① 五代时期，苏州属于吴越国。宋太祖赵匡胤开宝八年（975年）下江南，改"中吴军节度使"为"平江军节度使"，仍为苏州，属江南道，辖吴、长洲两县。宋太宗太平兴国三年（978年），吴越钱俶纳土称降。苏州属两浙路，吴为首县，长洲次之。宋神宗赵顼熙宁七年（1074年），分两浙路为东西路，苏州属西路，十年复合两浙为一路。宋徽宗赵佶政和三年（1113年），因苏州为宋徽宗未即位时的节镇，而升为平江府。自此以后，直至元末张士诚攻占平江，二百年间，苏州一直称"平江府"。宋代苏州领有六县：吴、长洲、昆山、常熟、吴江、嘉定。其中，嘉定县为嘉定十年（1217年），乃析昆山之地所置。宋之苏州，幅员不及唐代苏州，较今苏州略大。本书遵循习惯，但称"苏州"。

孝祥、辛弃疾、刘过、姜夔、刘辰翁、吴文英、王沂孙、周密、张炎等著名词人。吴江垂虹，据《吴郡志·川》："松江，在郡南四十五里……南与太湖接，吴江县在江濆。垂虹跨其上，天下绝景也。"桥之所以名为垂虹，《吴郡志》认为是："有亭曰垂虹，而世并以名桥。"垂虹桥俗名长桥，一名利往桥。宋朱长文《吴郡图经续记》：

  吴江利往桥，庆历八年，县尉王廷坚所建也。东西千余尺，用木万计。萦以修栏，甃以净甓，前临具区，横截松陵，湖光海气，荡漾一色，乃三吴之绝景也。桥成，而舟楫免于风波，徒行者晨暮往归，皆为坦道矣。桥有亭，曰垂虹，苏子美尝有诗云："长桥跨空古未有，大亭压浪势亦豪。"非虚语也。①

利往桥位于松江和浙西运河交汇处，濒临太湖，为宋代南北水路交通枢纽，宋代词人经行其地者甚多；其地湖光海气，"去来乎桥之左右者，若非人世，极画工之巧所莫能形容"，如此佳景，自然会"欲作数语以状风景胜慨"。②再加上长桥之北，与垂虹亭相望的，有"三高亭"。宋龚明之《中吴纪闻》卷三"三高亭"条云：

  越上范将军蠡、江东步兵张翰、赠右补阙陆龟蒙，各有画像在吴江鲈乡亭旁。东坡先生尝有《吴江三贤画像》诗。后易其名曰"三高"，且更为塑像。朣庵主人王文孺献其地雪滩，因迁之。今在长桥之北，与垂虹亭相望。石湖居士为之记。③

"三高"指越范蠡、晋张翰、晚唐陆龟蒙三人。"三高"之中，范蠡曾佐越王勾践灭吴，后"去越，乘舟出三江之口，入五湖之中"（《吴越春秋》）。张翰本吴郡人，生当魏晋乱世，《世说新语·识鉴》中云："张季鹰辟齐王东曹掾，在洛、见秋风起，因思吴中菰菜羹、鲈鱼脍曰：'人生贵得适意尔，何能羁宦数千里以要名爵！'遂命驾便归。"陆龟蒙，字鲁望，唐代长洲人，曾任苏湖二郡从事，后隐居松江甫里，自号江湖散

---

① 朱长文著：《吴郡图经续记》卷中，金菊林点校，江苏古籍出版社1986年版，第26页。
② 刘学箕：《松江哨遍》小序，《全宋词》，第3121页。
③ 龚明之：《中吴纪闻》卷三"三高亭"，《宋元笔记小说大观》第三册，第2858页。

人、甫里先生，又号天随子，有《甫里集》、《笠泽丛书》等。"吴江三高"虽然并不是一个时代的人物，但都"自放寂寞之滨，掉头而弗顾"，"清风峻节，相望于松江太湖之上"。[①] 因此，宋代词人登临此地，每有所作，不仅歌咏吴江垂虹一带的风景胜概，也企慕"三高"于功名，泛然受、悠然辞，自放草野，终老山林的姿态。如：

  柱策松江上，举酒酹三高。此生飘荡，往来身世两徒劳。长美五湖烟艇，好是秋风鲈脍，笠泽久蓬蒿。想像英灵在，千古傲云涛。（张元幹《水调歌头·丁丑春与钟离少翁、张元鉴登垂虹》）

  卧虹千尺界湖光。冷浸月茫茫。当日三高何处，渔唱入凄凉。（张辑《一丝风·泊松江作》）

  一自三高非旧，把诗囊酒具，千古凄凉。（张炎《声声慢·重过垂虹》）

  当然，有的词作并不直接点明"三高"，但仍然是在歌咏"三高"事。如"欲酹鸱夷西子，未办当年功业，空系五湖船。不用知余事，莼鲙正芳鲜"（张孝祥《水调歌头》）、"恨无人、与共秋风，脍丝莼缕"（刘仙伦《贺新郎·题吴江》）、"自越棹轻飞，秋莼归后，杞菊荒荆"（吴文英《木兰花慢·重泊垂虹》）、"阑干拍遍，除东曹掾，与天随子是我辈，尽胸中、著得乾坤大"（黄公绍《莺啼序·吴江长桥》）等。

  吴江垂虹，已然和"三高"难舍难分。路经垂虹桥，必然想及"三高"，而表现对"归隐"的向往，也似乎是一种惯例。刘学箕的《松江哨遍》乃檃栝苏东坡《前赤壁赋》而成。然而，苏东坡的《前赤壁赋》是在浩渺宇宙的时空层面下，观照天地，体悟人生，意蕴深远、内涵丰厚。刘学箕《松江哨遍》在檃栝《前赤壁赋》时增添了一些原作没有的句子，如"叹富贵何时。功名浪语，人生寓乐虽情乐"、"望东来孤鹤缟其衣，快乘之，从此仙矣"等，则将作品的主旨限定为对功名富贵、人生寓乐的质疑，所谓的"从此仙矣"，追求的是超脱与自适，正是"三高"所象

---

① 范成大：《三高祠记》，《吴都文粹》卷三，《文渊阁四库全书》本。

征的隐逸思想。檃栝而导致了作品主旨的差异，一方面同作者的才情有关，另一方面垂虹桥所沉淀的"三高"的隐逸主题，也对词作的主旨产生了影响。

其实，隐逸主题并不限于吴江垂虹一地。在苏州的其他名胜，词人也热衷于表现隐逸思想。如姜夔《石湖仙·寿石湖居士》开头："松江烟浦。是千古三高，游衍佳处。须信石湖仙，似鸱夷、翩然引去。"姜词将石湖的风景，同"三高"的游衍佳处联系起来，并将范成大比成范蠡。对"翩然引去"行为的肯定，是"三高"隐逸主题的又一影响。此外，"奔名逐利，乱帆谁在天表"（范成大《念奴娇·和徐蔚游石湖》）、"须信道，功名富贵，大都磨蚁醢鸡"（吴潜《汉宫春·吴中齐云楼》）、"兴阑却上五湖舟。鲈莼新有味，碧树已惊秋"（叶梦得《临江仙·熙春台与王取道、贺方回、曾公衮会别》）、"江南自有渔樵队。想家山、猿愁鹤怨，问人归未"（吴潜《贺新郎·吴中韩氏沧浪亭和吴梦窗韵》）等，这些词分别咏石湖、齐云楼、熙春台、沧浪亭等苏州名胜，却不约而同地浸透着浓厚的隐逸之思。

二　姑苏台与怀古主题

除了吴江垂虹，姑苏台也是宋词中常常咏及的对象。姑苏台，在姑苏山上。"姑苏山，在吴县西三十五里，连横山之北，或曰姑胥，或曰姑余，其实一也。"[①] 按《吴郡志》卷八：

> 《洞冥记》云：吴王夫差筑姑苏之台，三年乃成。周旋诘屈，横亘五里。崇饰土木，殚耗人力。宫妓千人，台上别立春宵宫为长夜之饮，造千石酒钟。又作天池。池中造青龙舟，舟中盛致妓乐，日与西施为嬉。又于宫中作海灵馆、馆娃阁，铜沟玉槛，宫之楹榱皆珠玉饰之。《吴地记》云：阖庐十一年起台于姑苏山。因山为名，西南去国三十五里。夫差复高而饰之，越伐吴，焚之。又云：阖庐十年筑，经五年始成。高三百丈，望见三百里。造曲路以登临。吴王春夏游姑苏台，秋冬游馆娃宫。兴乐华池、南城之宫，又猎于长洲之苑。

[①] 朱长文：《吴郡图经续记》卷中"山"，江苏古籍出版社1986年版，第41页。

又据《吴越春秋·勾践阴谋外传第九》载伍子胥谏吴王之言："臣必见越之破吴，豕鹿游于姑胥之台，荆榛蔓于宫阙。"如此说来，姑苏台是吴越争霸历史的绝佳见证。写姑苏台的宋词，俯仰陈迹，感慨兴废，总是会提及这段历史。如"旧日吴王宫殿、长青苔。今古事。英雄泪"（朱敦儒《相见欢》）、"但极目荒台郁苍烟，衰草里、又还夕阳西下"（黄载《洞仙歌》）、"休说当时雕辇，不见后来游鹿"（张镃《水调歌头·姑苏台》）等。

由于吴王在姑苏台上，"日与西施为嬉"，纵情声色。所以，苏州的词也常常咏及西子。如"试觅姑苏台榭，尚想吴王宫阙，陆海跨鳌头。西子竟何许，水殿漫凉秋"（袁去华《水调歌头》）、"谁见若耶溪上，倩美人西去，麋鹿姑苏"（辛弃疾《汉宫春》）、"姑苏台下烟波远，西子近来何许。能唤否"（王沂孙《摸鱼儿》）等。

而且，这种对吴楚争霸的怀古之思，不仅限于姑苏台。如"夫差旧国，香径没、徒有荒丘。繁华处，悄无睹，惟闻麋鹿呦呦"（柳永《双声子》）、"草满姑苏，问讯夫差，今安在哉"（陈人杰《沁园春·吴门怀古》）、"故宫历历遗烟树。往事知何处。漫山秋色好题诗"（卢祖皋《虞美人·九月游虎丘》）、"正使百年能几许，看来万事难描摸。问吴王、池馆复何如，霜枫落"（吴潜《满江红·姑苏灵岩寺涵空阁》）等，有的是由于一个具体的地点（如虎丘、灵岩寺等）的触动，有的则显得比较泛化，涉及整个吴地。

考察苏州的怀古词，可以发现地域文化的传统对词人所产生的影响。以吴文英为例。吴文英的作品秾艳凄婉，大多萦绕在生活与爱情的哀愁之上。但是，当其游灵岩寺之时，亦有《八声甘州·陪庾幕诸公游灵岩》：

渺空烟四远，是何年、青天坠长星。幻苍崖云树，名娃金屋，残霸宫城。箭径酸风射眼，腻水染花腥。时靸双鸳响，廊叶秋声。
宫里吴王沈醉，倩五湖倦客，独钓醒醒。问苍波无语，华发奈山青。水涵空、阑干高处，送乱鸦、斜日落渔汀。连呼酒，上琴台去，秋与云平。

灵岩山，亦是吴王夫差与西子的游乐之所。《吴郡志》："灵岩山即古石鼓山，……在吴县西三十里，上有吴娃宫、琴台、响屧廊。……山前十里有采香径，斜横如卧箭。"①吴文英这首《八声甘州》杂糅吴越典故，保留了词人一贯深曲密丽的风格，又凭高吊古，苍茫四顾，悲情横生。吴文英的怀古词是个人才情与地域传统文化相融合的典范。

地域文化的传统催生和决定了苏州词的两大主题，一是隐逸，二是怀古。当然，还有一些别的主题。但有趣的是，在一些其他主题的写作中，也会看到"隐逸"、"怀古"主题的渗透。如吴潜《满江红·送李御带祺》是一首送别词，却提到"过垂虹亭下系扁舟，鲈堪煮"，表达了强烈的归隐思想。又如吴文英《应天长·吴门元夕》写苏州元宵，但词作通过上阕写旧日元夕的热闹，下阕转入"前事顿非昔，故苑年光，浑与世相隔"，巷空人绝，盛极必衰，追忆繁华不掩今昔之感，虽说词作意在感时，但受怀古词的影响也是很明显的。

但苏州的怀古词，跟第三节所述金陵怀古词还是有很大区别的。在典故的取材上，苏州怀古词限于吴越争霸的史实，金陵怀古词则多数应用六朝之典；金陵怀古词中充满了词人感怀国事、忧患时艰的焦虑，而苏州怀古词对历史兴亡的感受比较普泛，跟现实的关系较远；最大的不同恐怕是，金陵怀古词壮怀激烈，借古以言今，怀古是历史经验的总结，有着清晰强烈的现实意图。而苏州怀古词中更多地交织着"隐逸"的观念。如吴文英《八声甘州·姑苏台和施耘隐韵》，在感慨"问当时游鹿，应笑古台非"之后，就言"有谁招、扁舟渔隐，但寄情、西子却题诗。闲风月，暗销磨尽，浪打鸥矶"，麋鹿呦呦，草满吴宫，空虚幻灭的词人循着历史的陈迹，踏上"扁舟渔隐"的渡头。

三 宋代苏州的繁华与"繁华主题"在宋代苏州词中的缺失

如上所述，苏州地域文化传统中的"隐逸"和"怀古"主题对宋词的创作产生影响。相对而言，其他主题在宋代苏州词中表现得就比较少。如很少有宋词描写苏州的繁华。即使善于写城市繁华的柳永，其描写杭州繁荣景象的《望海潮》，"铺叙展衍，备足无余，形容盛明，千载如同当日"②；但他写苏州繁华的词，如《瑞鹧鸪》"吴会风流"，虽然也赞颂"万井千闾富庶，雄压十三州"，但因为"此词亦颂苏守之作"③，所以全篇并没有如《望海潮》般对繁华的曲尽形容，上阕是"瑶台绛阙，依约

---

① 范成大：《吴郡志》，江苏古籍出版社1999年版，第209页。
② 李之仪：《跋吴师道小词》，《姑溪居士前集》卷四十，《文渊阁四库全书》本。
③ 吴熊和：《唐宋词汇评》（两宋卷）第一册，浙江教育出版社2004年版，第97页。

蓬丘"不着边际的笔墨，下阕就匆忙转向对地方官政绩的恭维。从艺术上说并不成功。另一首《木兰花慢》：

> 古繁华茂苑，是当日、帝王州。咏人物鲜明，土风细腻，曾美诗流。寻幽。近香径处，聚莲娃钓叟簇汀洲。晴景吴波练静，万家绿水朱楼。　　凝眸。乃眷东南，思共理、命贤侯。继梦得文章，乐天惠爱，布政优优。鳌头。况虚位久，遇名都胜景阻淹留。赢得兰堂酝酒，画船携妓欢游。

据罗忼烈《柳永六题》（三）①考，此词当为颂吕溱之作，吕时知苏州。同《瑞鹧鸪》一样，词作对"布政"的赞颂是第一位，而且，对苏州的描绘仅停留在"人物鲜明，土风细腻"上。至于"繁华"，是属于已成历史的"当日"。而且，除了柳永这两首词，其他词人的词作很少描写苏州繁华。

宋代苏州词为什么不描写苏州的繁华？是不是当时苏州是荒凉、破败的，所以只适合寄托隐逸或怀古之思？显然不是。苏州的自然环境优渥。"山泽多藏育"②，加上气候暖湿，光照充足，有利于各种农作物的生产，宋代朱长文《吴郡图经续记·物产》："吴中地沃而物夥，其原隰之所育，湖海之所出，不可得而殚名也。"其对吴地所产不厌其烦的罗列，颇有汉赋之风：

> 其稼，则刈麦种禾，一岁再熟。稻有早晚，其名品甚繁，农民随其力之所及，择其土之所宜，以次种焉。惟号"箭子"者为最，岁供京师。其果，则黄柑香硕，郡以充贡。橘分丹绿，梨重丝蒂，函列罗生，何珍不有？其草，则药品之所录，《离骚》之所咏，布护于皋泽之间。海苔可食，山蕨可掇，幽兰国香，近出山谷，人多玩焉。其竹，则大如篔簹，小如箭桂，含露而斑，冒霜而紫，修篁丛笋，森萃萧瑟，高可拂云，清能来风。其木，则梧柏松梓，棕楠杉桂，冬岩尝青，乔林相望，椒棣栀实，蕃衍足用。其花，则木兰辛夷，著名惟

---

① 罗忼烈：《词学杂俎》，巴蜀书社1990年版，第214—216页。
② 陆机：《吴趋行》，《文选》卷二十八，第399页。

旧；牡丹多品，游人是观，繁丽贵重，盛亚京洛。朱华凌雪，白莲敷沼，文通、乐天，昔尝称咏。重台之菡萏，伤荷之珍藕，见于传记。其羽族，则水有宾鸿，陆有巢翠，䴔鸡鹄鹭、鸂鶒鸥䴔之类，巨细参差，无不咸备。华亭仙禽，其相如经，或鸣皋原，或扰樊笼。其鳞介，则鲦鲿鳜鲤、鮰鳝鲎鲨、乘堂鼋鼍、蟹螯螺蛤之类，怪诡舛错，随时而有。秋风起则鲈鱼肥，楝木华而石首至，岂胜言哉！海滨之民以网罟蒲嬴之利而自业者，比于农圃焉。又若太湖之怪石，包山之珍茗，千里之紫莼，织席最良，给用四方，皆其所产也。①

宋时苏州的物产丰富，人口蕃息，"在北宋和南宋末，就人口而言，苏州均成为仅次于首都东京（治今河南开封）和行都临安的特大城市。"②而便利的交通条件又为苏州的社会经济发展锦上添花。苏州地处今江苏省东南部，西南临太湖，京杭大运河纵贯南北，"若夫舟航往来，北自京国，南达海徼，衣冠之所萃聚，食货之所丛集，乃江外之一都会也。"③交通的便利，促进了商业的发达。"珍货远物，毕集于吴之市"④，"珍异所聚，故商贾并凑。"⑤《建炎以来系年要录》亦载，时人"号平江府为'金扑满'"。苏州城市商业的兴旺由此可睹大略。

而且，苏州相对于中原地区，受战乱的影响比较少。宋龚明之《中吴纪闻》卷六"苏民三百年不识兵"认为："自长庆以来，更七代三百年，吴人老死不见兵革"⑥，即从唐朝长庆（公元821年）至北宋大观（公元1107年）近三百年间，苏州社会环境一直相对平静。建炎四年（公元1130年）二月，金兵侵犯苏州，"二十五日犯平江府，午漏未尽四刻，兵自盘门入，劫践官府民居，仓廪积聚，虏掠子女、金帛，乃纵火延烧，烟焰见二百里，凡五昼夜。三月初一日，出阊西，寇常、润，于是平江府烧之既尽。"⑦劫难之后的苏州恢复很快。李心传《建炎以来系年要录》卷20引建炎年间郑毂言："平江、常、润、湖、杭、明、越，号为

---

① 朱长文：《吴郡图经续记》，江苏古籍出版社1986年版，第9页。
② 方健：《两宋苏州经济考略》，《中国历史地理论丛》1998年第4辑，第135页。
③ 朱长文：《吴郡图经续记》，第9页。
④ 同上书，第18页。
⑤ 范成大：《吴郡志》卷二《风俗》，第8页。
⑥ 龚明之：《中吴纪闻》卷六，《宋元笔记小说大观》第三册，第2914页。
⑦ 王明清：《挥麈录·后录》卷十，《宋元笔记小说大观》第四册，第3739页。

士大夫渊薮，天下贤俊多避于此。"陈旸《顺民仓记》亦言："衣冠之所鳞集，甲兵之所云萃，一都之会，五方之聚，土腴沃壤，占籍者众，虽前代与全盛时，犹不可同年语。"①

总之，在北宋时："自钱俶纳土至于今元丰七年，百有七年矣。当此百年之间，井邑之富，过于唐世，郛郭填溢，楼阁相望，飞杠如虹，栉比棋布，近郊隘巷，悉甃以甓。冠盖之多，人物之盛，为东南冠。"② 两宋之际："（苏州）控带楚越，形势风物，自为一都会。"③ 南宋陆游《常州奔牛闸记》载有"苏常熟，天下足"的谚语。南宋范成大《吴郡志》亦载有"天上天堂，地下苏杭"、"苏湖熟，天下足"等谚语④，并认为"在唐时苏之繁雄固为浙右第一矣"⑤。由此可见，在宋朝的各个历史时期，苏州都是比较繁华的。而且，在当时的各大城市中还是比较突出的。

此外，苏州的繁华不是内敛沉静型的，而是外露张扬型的。朱长文《吴郡图经续志》卷上"风俗"条：

> 然夸豪好侈，自昔有之。《吴都赋》云："竞其区宇，则并疆兼巷；矜其宴居，则珠服玉馔。"亦非虚语也。自本朝承平，民被德泽，垂髫之儿皆知翰墨，戴白之老不识戈矛。所利必兴，所害必云。原田腴活，常获丰穰；泽志沮洳，寖以耕稼。境无剧盗，里无奸凶，可谓天下之乐土也。顾其民，崇栋宇，丰庖厨，嫁娶丧葬，奢厚逾度，捐财无益之地，蹶产不急之务者为多。⑥

无独有偶，对苏州的奢靡之风，南宋范成大《吴郡志》亦云："故俗多奢少俭，竞节物，好游遨。"

如果说，大量归隐、怀古主题在宋代苏州词中的出现，是苏州地域文化传统作用的结果，那么，繁华的苏州社会，尚奢少俭的民俗民风，为何在宋词中没有得到应有的反映呢？

---

① 《吴都文粹》卷九，《文渊阁四库全书》本。
② 朱长文：《吴郡图经续记》卷上，第6页。
③ 《吴都文粹》卷三，《文渊阁四库全书》本。
④ 《吴郡志》卷五十《杂志》，第669页。
⑤ 同上。
⑥ 朱长文：《吴郡图经续记》，第10页。

四　宋代的苏州诗与隐逸、怀古、繁华三主题

宋词对苏州地域文化并未全面反映，其对"繁华"似乎有意无意地加以忽略。分析其忽略的原因之前，可以先比较宋诗对苏州地域文化的反映情况。

宋代的苏州诗，也经常表现隐逸主题。如贺铸《吴门秋怀》："吴门客鬓再经秋，城郭篮舆久倦游。平净松江三万顷，不应无处着渔舟。"贺铸诗是他"悒悒不得志，祠禄退吴下"① 所作。表面上看是对"城郭篮舆"的"倦游"，内在的是对游宦生涯的厌倦。"平净松江三万顷，不应无处着渔舟"，暗用范蠡"乃乘扁舟，出三江，入五湖，人莫知其所适"② 的意境。陈了翁《鲈乡亭》诗："中郎亭榭据江乡，雅称诗翁赋卒章。莼菜鲈鱼好时节，秋风斜日旧烟光。一杯有味功名小，万事无心岁月长。安得便抛尘网去，钓舟闲傍画栏旁。"③ 陈了翁写此诗时，为吴江主簿，正处仕途的起步阶段。这首诗显然是应景之作，其归隐主题的表达只是文人的套话。但"套话"正反映了诗歌在不自觉中接受了苏州地域文化的影响。

如果比较宋词和宋诗中的"三高"，可以发现宋诗议论的成分更多。如姜夔《题三高祠》二首：

> 越国霸来头已白，洛京归后梦犹惊。沉思只有天随子，蓑笠寒江过一生。

> 不贪名爵伐功劳，勇退深虑后患遭。甫里闲居耕钓乐，范张高处陆尤高。

钱锺书先生《宋诗选注》："词家常常不会作诗，陆游曾经诧异过为什么'能此不能彼'，姜夔是极少数的例外之一。"④ 虽说姜夔的诗"短

---

① 《宋史》卷四四三《贺铸传》，第 13104 页。
② 赵晔：《吴越春秋》，江苏古籍出版社 1999 年版，第 172 页。
③ 龚明之：《中吴纪闻》卷五"陈了翁鲈乡亭诗"，《宋元笔记小说大观》第三册，第 2891 页。
④ 钱锺书：《宋诗选注》，人民文学出版社 1989 年版，第 215 页。

章温李氏才情"①，但还是可以看出，诗、词在表现隐逸主题的差异所在：词较抒情，诗多议论。而且，宋诗对隐逸主题的表达层次和角度更加多样。如王安石《吴门》："朝游盘门东，暮出阊门西。四顾茫无人，但见白日低。荒林带昏烟，上有归鸟啼。物皆得所托，而我无安栖。"表达了归隐不得的悲哀。而王禹偁《移任长洲县五首》其一："移任长洲县，舟中兴有余。篷高时见月，棹稳不妨书。雨碧芦枝亚，霜红蓼穗疏。此行纡墨绶，不是为鲈鱼。"所谓"墨绶"，是结在印环上的黑色丝带。一般用"墨绶"指代县官。王禹偁公开宣称到长洲县，是为了做官，而不是如晋张翰那样辞官归隐。更有甚者，有对"三高"的隐逸思想进行批评的。刘清轩残句："可笑吴痴亡越憾，却夸范蠡作三高。"就对范蠡的做法表示了不满。据陈郁《藏一话腴》载："尝见有人弹范蠡文云：吴江三高，即越之范蠡、晋张季鹰、唐陆鲁望也。范蠡越则谋臣，吴为敌国，假扁舟五湖之名，居笠泽三高之首。况当无边胜地之上，着此不共戴天之仇，其视菰菜莼羹，敝屣名爵，笔床茶灶，短棹江湖者，岂容与之并驾临风，联镳钓雪耶。刘清轩云云，见讥固已深矣。"要之，宋诗对"隐逸"主题的表现，相对于词，更加复杂多样。

宋代苏州词中着力表现的"怀古"主题，在宋诗中也有体现。如"吴王事古遗人恨，西子名存逝水流"（赵彦橚《游虎丘》）、"吴山依旧吴江清，离宫故苑难为情"（周紫芝《白苎歌》）、"范蠡扁舟竟何在，吴王宫殿惟荒墟"（郭祥正《姑苏行送胡唐臣奉议入幕》）等。但大多数的苏州怀古诗不同于怀古词。怀古词重在抒发历史的感慨，苏州的怀古诗侧重议论，如张咏《夫差庙》："由来邪正是安危，不信忠廊任伯嚭。自古家家有容冶，何须亡国殢西施。"又如朱长文《次韵司封使君和程给事越来溪三章》其三："忠魂自逐沧波去，往恨空随茂苑春。若使吴王思后患，属镂只合赐谗人。"郑獬《蠡口》"千重越甲夜城围，战罢君王醉不知。若论破吴功第一，黄金只合铸西施。"不再是单纯地感慨历史兴亡，批判或否定，一般都要建立在理性客观地总结历史经验的基础上。

宋诗在"隐逸"、"怀古"两个主题上的表现同宋词有诸多不同之处。最大的不同还有，宋词很少表现苏州的繁华，但宋诗恰恰相反，对苏州的

---

① 项安世：《平庵悔稿》卷七《谢姜夔秀才示诗卷，从千岩萧东夫学诗》，转引自钱锺书《宋诗选注》，第215页。

繁华多有提及。如刘过《上袁文昌说友知平江五首》其三："欲上姑苏望虎丘，小邦宁有此风流。山川形势今三辅，人物英雄古列侯。华屋鳞鳞冠盖里，画桥曲曲管弦楼。金陵蜀郡俱疏远，除却皇都第一州。"刘过认为苏州有华屋画桥，冠盖管弦，是仅次于杭州，而远胜南京、成都的城市。如果说这首诗同柳永的词《瑞鹧鸪》"吴会风流"、《木兰花慢》"古繁华茂苑"一样存在因应景而夸饰的嫌疑，那么，王禹偁、范仲淹等地方官的诗应当更接近真实。王禹偁初任长洲县令，便对苏州的繁华有所感触，诗云："江南江北接王畿，漕运帆樯去似飞。"（《献转运使雷谏议》其二）范仲淹亦有诗："姑苏从古号繁华。"（《依韵酬章推官见赠》）范仲淹还有《苏州十咏》诗，歌咏苏州十处名胜，多处涉及对苏州繁华的称道。如《洞庭山》："万顷湖光里，千家橘熟时"、《虎丘山》："吴都十万户，烟瓦亘西南"、《观风楼》："山川千里色，语笑万家声。碧寺烟中静，红桥柳际明"等。

宋诗歌咏苏州繁华的篇什有从大处落笔的，如叶适《齐云楼》："天下雄诸侯，苏州数一二。"也有具体到苏州某一物产的形容。如歌咏鲈鱼的："春后银鱼霜下鲈，远人曾到合思吴。欲图江色不上笔，静觅鸟声深在芦。"① 杨万里《鲈鱼》："鲈出鲈乡芦叶前，垂虹亭上不论钱。买来玉尺如何短，铸出银梭直是圆。白质黑章三四点，细鳞巨口一双鲜。秋风想起真风味，只是春风已迥然。"有歌咏鳜鱼的："客行信匆匆，少住亦可喜。且会鳜鱼肥，莫问鲈鱼美。"（戴复古《松江舟中》）有歌咏张翰所思之莼菜："鲛人直下白龙潭，剖得龙宫滑碧髯。晚起相传蕊珠阙，夜来失却水晶帘。一杯淡煮宜醒酒，千里何须更下盐。"（杨万里《莼菜》）有歌咏粳稻的："吴江田有粳，粳好春作雪……炊粳调橙齑，饱食不为饕。"（梅尧臣《送裴如晦宰吴江》）也有几样物产连起来说的。如米芾《垂虹亭》："断云一叶洞庭帆，玉破鲈鱼金破柑。好作新诗寄桑苎，垂虹秋色满东南。"司马光《送杨太祝忱知长洲县》："林疏丹橘迥，稻熟白芒敧。"诗人触物圆览，比兴之间，将苏州的繁华精彩呈现。

五 "繁华"主题在宋代苏州词中缺失的原因分析

通过以上的分析，苏州地域文化与宋词，宋词的关系，可以做如下的

---

① 张先：《松江》。龚明之《中吴纪闻》卷一"张子野吴江诗"条曾加以收录，并评曰："为当时之绝唱。"《宋元笔记小说大观》第三册，第2838页。

描述：第一，宋词对苏州地域文化的反映是不全面的，集中在"隐逸"、"怀古"两个方面。其中，"怀古"主题受到"隐逸"主题的影响。因此，苏州地域文化在宋词中最突出的是"隐逸"主题。第二，相对宋词而言，宋诗对苏州地域文化的反映更加全面，表现方式也更加多样。第三，宋词中缺失了苏州地域文化中的"繁华"的主题。

综合第一点、第二点可以看出，词、诗这两种文体，对苏州地域文化都有一定的反映，但反映的方式、重点、程度是不同的。"词之为体，要眇宜修，能言诗之所不能言，而不能尽言诗之所能言。诗之境阔，词之言长。"[①] 词和诗文体特质决定了其对地域文化的表述各有千秋，亦各有侧重。宋诗喜欢细致的描述，并且这种描绘涵盖了苏州地域文化的方方面面，宋诗还喜欢运用议论阐述对地域文化的理解和态度。宋词则不然。宋词对地域文化的描绘大多是蜻蜓点水般的，地域文化的铺陈是为了构建承载词人情绪的平台，地域文化的叙述只是词人抒情的起点。

宋词忽略了苏州地域文化中的"繁华"的一面，说明宋词对地域文化的反映也是有所选择。而这种选择的原因又是什么？

从广义的概念出发，国家也是一个地域。国家文化也是地域文化。当然，国家是由所辖的各个小地域组成。国家文化也就是由各个小地域文化经过杂糅和磨合而成。将国家文化视为一个整体，那么各个地域文化就是整体的部分。

而地域文化，是不同于其他地域、富有特色的文化。在国家文化的版图中，各个地域文化有着各自的位置和职能。

宋词对北宋、南宋的国家文化的反映是较为全面的。但并不意味着宋词会反映每一个地域的所有文化。宋词对各个地域文化的反映必然是选取其最具特色的部分。具体而言，对汴京，宋词着力反映京都文化；对金陵，宋词倾向反映怀古文化；对杭州，宋词侧重反映都市文化。苏州在古都文化方面，难比金陵；在经济发展上，略逊杭州；而苏州"三高"文化的沉淀，在当时的国家文化版图中，是最特殊显著的。因此，宋代的苏州词往往选择"隐逸"主题，即使在怀古词中也渗入了隐逸之思，而苏州的繁华，就往往被忽略。

如果从"歌妓"的角度加以考察，也可以发现宋代苏州词很少提及

---

① 王国维：《人间词话·删稿》，《词话丛编》第五册，第4258页。

苏州"繁华"的原因之一。在现存的文献中，可以找到很多宋代开封、杭州、成都等地歌妓数量众多的记载。如开封，"今京师鬻色户将及万计"①，"所谓花阵酒池，香山药海，别有幽坊小巷，幽馆歌楼，举之万数"②，杭州也到处都是酒楼，"每处各有私名妓数十辈，皆时妆袨服，巧笑争妍。夏月则茉莉盈头，香满绮陌。凭槛招邀"。③"歌管欢笑之声，每夕达旦，往往与朝天车马相接，虽风雨暑雪，不少减也"。④歌妓"新声巧笑于柳陌花衢，按管调弦于茶坊酒肆"⑤，一方面促进了词的传播，另一方面又在传播过程中约束和限定了词的题材。歌舞场中，"看舞霓裳羽衣曲，听歌玉树后庭花"⑥，所以歌妓倾向于歌唱富有娱乐性，带有感官刺激的词作，一般是如下二类：一类是关于女色，"风流妙舞，樱桃清唱"（晏殊《少年游》）；另一类则是歌咏承平气象、繁华城市的作品，这类作品描述多铺叙展衍，形容备至，色彩明丽，语言夸饰，符合了听众的"期待视野"。陈世崇《随隐漫录》卷二载：

  庚申八月，太子请两殿幸本宫清霁亭赏芙蓉、木犀，韶部头陈盼儿捧牙板歌"寻寻觅"一句，上曰："愁闷一词，非所宜听。"顾太子曰："可令陈藏一即景撰快活《声声慢》。"

听众（宋理宗）显然认为李清照《声声慢》"寻寻觅觅，冷冷清清，悽悽惨惨戚戚"过于悲苦愁闷，不符合他们欣赏歌曲的习惯。他们对歌曲的期待是"快活"。而陈郁即景所撰《声声慢》："澄空初霁，暑退银塘，冰壶雁程寥寞。天阙清芬，何事早飘岩壑。花神更裁丽质，涨红波、一夜梳掠。凉影里，算素娥仙队，似曾相约。　　闲把两花商略。开时候、羞趁观桃阶药。绿幕黄帘，好顿胆瓶儿著。年年粟金万斛，拒严霜、绵丝围幄。秋富贵，又何妨、与民同乐。"词作色彩繁富，"年年粟金万斛"、"秋富贵"、"与民同乐"等词句十分契合听众的心理需要与美学旨

---

① 陶穀：《清异录》卷上人事门"蜂窠巷陌"条，《宋元笔记小说大观》第一册，第18页。
② 孟元老：《东京梦华录笺注》卷五，伊永文笺注，中华书局2006年版，第451页。
③ 周密：《武林旧事》卷六，中华书局2007年版，第160页。
④ 同上书，第160页。
⑤ 孟元老：《东京梦华录·自序》，《东京梦华录笺注》本，第1页。
⑥ 张邦基：《墨庄漫录》卷八，中华书局2002年版，第222页。

趣。所以，描写城市繁华的词作，跟当地歌妓业的繁盛与否是有关系的。

而现存文献中，关于苏州歌妓的记载则数量较少，亦不突出。词人在创作时，并不需要迎合歌妓的演唱习惯，所以往往更能体现宋代文人的本色。而"隐逸"，又是中国古代文人重要的精神成分之一。

再则，苏州词作的词人构成，也决定了宋代苏州词不太可能出现"繁华"的题材。苏州词中较重要的词人有柳永、苏舜钦、吴文英、范成大、姜夔等人。柳永词以写繁华著称，但他两首写苏州繁华的词，据前分析，不过是应酬之作，艺术价值不高。他另一首写于苏州的《双声子》，是悲情横生、意气萧索的怀古词，究其原因，则是柳永过苏州时，正处于"羁旅行役"之中，内心愁苦，于繁华自是不加措手。而苏舜钦、范成大等，或官场失意、濯足沧浪，或忘情世事、甘老林泉，对苏州的繁华也自是不肯多加表现。吴文英、姜夔等人，长期屈居幕僚，迹近门客，落拓飘零，于苏州的繁华也是视而不见，遑论在词作中加以表达。宋代苏州词作的词人构成，正是以过客、隐士和下层文人这三类人为主，词中对"繁华"题材的忽略也就不奇怪了。

基于以上分析，本书认为，在国家文化版图中的地位、不发达的歌妓业以及词作的作者身份构成这三个因素的共同影响下，"繁华"题材在宋代苏州词中悄然隐去。当然，每一个独立的因素并不是"繁华"题材缺失的必然原因。但这三个因素的合力，却在相当程度上决定了宋代苏州词的面貌。

余 论

本书以四个章节，即从宋词的地域文化特质、地域文化转换变迁与词的创作、地域文化与宋词流派、宋词的地域文化表述四个方面对宋词与地域文化之间的若干关系进行了分析与探讨。本书认为，地域文化作用于词人，再进而影响到词的创作，即地域文化→词人→词。同时，词人的各种活动，以及其所创作的词，往往被地域文化所吸收，也成为地域文化的一部分。

回顾上述思考，本书认为，对宋词与地域文化的关系尚有两点需要进一步补充说明：

（1）在绪论中，本书曾提出，地域文化是一种特征鲜明的文化。所谓特征鲜明，是指这种特征只属于此种地域，且判然有别于其他地域。各地域文化之间共通与相似的部分，应当属于这些地域组合（如国家）共同的文化，是主流文化。任何地域文化，相对于主流文化，都是一种支流。由此可知，地域文化只是在某种程度上影响词人。为各地域所广泛接受的主流文化，其对词人影响的重要性不容忽视。同时，词人的家族文化、师承、交游等亦可能对词人产生重大的影响，此外，词人的人生经历、独特的禀赋、个性以及气质等，也都可能影响词人的创作。因此，本书强调宋词与地域文化之间的关系，并不是要否认其他文化种类和词人本身对词创作的重要作用。宋词与地域文化的研究，只是为文体与文化的关系研究提供一种新的视角。

（2）文学作品的感染力，源自对人类普遍情感的反映与表达。那么，地域文化特征鲜明的文学作品，如何处理地域特质与普遍情感之间的矛盾呢？本书认为，地域文化是文化的空间形态，不管其外在的表现有多么的纷繁复杂，在内在仍然拥有文化的共通品质。成功的文学作品接受地域文化的影响，不仅在于呈现地域文化的独特性，从而带给读者新奇的感受，还在于将文化共通的品质与人类普遍的情感相互融合，创造艺术的新境界。

　　当然，从地域文化的角度来观察宋词，还有许多有意思的问题有待探讨。比如本书第二章论及贬谪词与岭南地域文化时，曾重点分析了贬谪词人及其词对岭南地域文化的影响。可以说，贬谪词人及其词曾在岭南地域文化的形成和发展过程中，扮演了重要的角色。改革开放以来，各地区致力于挖掘和发展地域文化（各省、市、县几乎都出版了内容丰富的地域文化丛书，如《苏州文化丛书》多达二十一册），努力凸显和凝聚地区的文化精神（如苏州即把自己的城市精神定位为崇文、融和、创新、致远）。由此可见，在地域文化日益受到重视的今天，如何建设和发展地域文化已成为具有巨大现实意义的课题。也许，对宋词与地域文化关系的研究，可以从这个方面作一些更深入的思考。

参考文献

（清）永瑢等：《四库全书总目》，中华书局1965年版。
（宋）陈振孙：《直斋书录解题》，上海古籍出版社1987年版。
（清）阮元校刻：《十三经注疏》，中华书局1980年版。
（北朝）颜之推：《颜氏家训集解》（增补本），王利器集解，中华书局1993年版。
（宋）程颢、程颐：《二程集》，王孝鱼点校，中华书局1981年版。
（宋）黎靖德编：《朱子语类》，王星贤点校，中华书局1986年版。
（宋）普济：《五灯会元》，苏渊雷点校，中华书局1984年版。
（清）黄宗羲：《宋元学案》，中华书局1986年版。
（汉）司马迁：《史记》，中华书局1959年版。
（汉）班固撰：《汉书》，中华书局1962年版。
（南朝）范晔：《后汉书》，中华书局1965年版。
（晋）陈寿：《三国志》，中华书局1982年版。
（唐）房玄龄等：《晋书》，中华书局1974年版。
（后晋）刘昫等：《旧唐书》，中华书局1975年版。
（宋）欧阳修、宋祁：《新唐书》，中华书局1975年版。
（宋）欧阳修：《新五代史》，中华书局1974年版。
陈尚君辑纂：《旧五代史新辑会证》，复旦大学出版社2005年版。
（元）脱脱等：《宋史》，中华书局1985年新1版。
（元）脱脱等：《辽史》，中华书局1974年版。
（元）脱脱等：《金史》，中华书局1975年版。
（明）宋濂等：《元史》，中华书局1976年版。
（宋）司马光：《资治通鉴》，中华书局1956年版。
（清）毕沅：《续资治通鉴》，上海古籍出版社1987年版。
（汉）赵晔：《吴越春秋》，江苏古籍出版社1986年版。

（南朝）刘义庆：《世说新语校笺》，徐震堮校笺，中华书局 1984 年版。

（宋）徐梦莘：《三朝北盟会编》，上海古籍出版社 1987 年版。

（宋）李心传：《建炎以来系年要录》，中华书局 1988 年版。

（元）佚名撰：《宋史全文》，《文渊阁四库全书》本。

（明）陈邦瞻：《宋史纪事本末》，中华书局 1977 年版。

（清）陆心源：《宋史翼》，中华书局 1991 年版。

丁福保辑：《宋人轶事汇编》，中华书局 1981 年版。

程敏政：《宋遗民录》，齐鲁书社 2000 年版，《二十五史外人物总传集
　　成》本。

上海古籍出版社编：《唐五代笔记小说大观》，上海古籍出版社 2000
　　年版。

上海古籍出版社编：《宋元笔记小说大观》，上海古籍出版社 2001 年版。

王民信主编：《宋史资料萃编》，文海出版社 1981 年版。

（宋）郑樵：《通志》，中华书局 1987 年版。

（宋）沈括：《梦溪笔谈校正》，胡道静校正，中华书局 1959 年版。

（宋）张世南：《游宦纪闻》，张茂鹏点校，中华书局 1981 年版。

（宋）周密：《武林旧事》，中华书局 2007 年版。

（清）王夫之：《宋论》，中华书局 1964 年版。

（清）赵翼：《廿二史札记校证》，王树民校证，中华书局 1984 年版。

（宋）王应麟：《诗地理考》，《丛书集成初编》本。

（北朝）郦道元注：《水经注疏》，杨守敬、熊会贞疏，段熙仲点校，陈桥
　　驿复校，江苏古籍出版社 1989 年版。

何清谷：《三辅黄图校释》，中华书局 2005 年版。

（宋）周淙、施谔：《南宋临安两志》，浙江人民出版社 1983 年版。

（宋）吴自牧：《梦粱录》，浙江人民出版社 1984 年版

（宋）孟元老：《东京梦华录笺注》，伊永文笺注，中华书局 2006 年版。

（宋）朱长文：《吴郡图经续记》，金菊林点校，江苏古籍出版社 1986
　　年版。

（宋）卢宪纂修：《嘉定镇江志》，《续修四库全书》本。

（元）俞希鲁编纂：《至顺镇江志》，杨积庆等校点，江苏古籍出版社
　　1999 年版。

（清）顾祖禹：《读史方舆纪要》，中华书局 1957 年版。

刘纬毅辑：《汉唐方志辑佚》，北京图书馆出版社1997年版。

《宋代地理书四种》（《元丰九域志》，《舆地纪胜》，《太平寰宇记》、《舆地广记》），文海出版社1982年版。

（宋）王象之：《舆地纪胜》，中华书局1992年版。

（宋）祝穆：《宋本方舆胜览》，上海古籍出版社1991年版。

（宋）乐史：《宋本太平寰宇记》，中华书局2000年版。

（宋）周应合：《景定建康志》，《宋元方志丛刊》本。

（宋）范成大：《吴郡志》，江苏古籍出版社1999年版。

（宋）耐得翁：《都城纪胜》，《文渊阁四库全书》本。

朱偰：《金陵古迹图考》，中华书局2006年版。

程俊英、蒋见元注析：《诗经注析》，中华书局1991年版。

（宋）洪兴祖：《楚辞补注》，白化文等点校，中华书局1983年版。

（南朝梁）萧统编：《文选》，李善注，中华书局1977年版。

（清）彭定求等编：《全唐诗》，中华书局1960年版。

曾昭岷等编：《全唐五代词》，中华书局1999年版。

唐圭璋编：《全宋词》，中华书局1999年版。

唐圭璋编：《全金元词》，中华书局1979年版。

傅璇琮等主编：《全宋诗》，北京大学出版社1991年版。

（宋）吕祖谦编：《宋文鉴》，中华书局1992年版。

李修生主编：《全元文》，江苏古籍出版社1997年版。

（明）毛晋辑刻：《宋六十名家词》，商务印书馆1933年版。

（清）周济辑：《宋四家词》，齐鲁书社1988年版，《清人选评词集三种》本。

（清）朱彝尊、汪森编：《词综》，上海古籍出版社2005年版。

（清）王鹏运辑：《四印斋所刻词》，上海古籍出版社1989年版。

（清）朱孝臧辑校：《彊村丛书》，上海书店1989年版。

唐圭璋等校点：《唐宋人选唐宋词》，上海古籍出版社2004年版。

（五代）赵崇祚编：《花间集注》，华钟彦注，中州书画社1983年版。

（宋）范仲淹：《范仲淹全集》，李勇先、王蓉贵校点，四川大学出版社2002年版。

（宋）欧阳修：《欧阳修全集》，中国书店出版社1986年版。

（宋）苏舜钦：《苏学士文集》，上海书店1989年版。

（宋）苏轼：《东坡词编年笺证》，薛瑞生笺证，三秦出版社1998年版。
孔凡礼点校：《苏轼诗集》，中华书局1982年版。
孔凡礼点校：《苏轼文集》，中华书局1986年版。
（宋）王安石：《临川先生文集》，中华书局1959年版。
（宋）秦观：《秦观集编年校注》，周义敢、程自信、周雷编注，人民文学出版社2001年版。
王仲闻：《李清照集校注》，人民文学出版社1979年版。
（宋）辛弃疾：《稼轩词编年笺注》（增订本），邓广铭笺注，上海古籍出版社1993年版。
（宋）辛弃疾：《辛稼轩诗文钞存》，邓广铭辑校，上海古典文学出版社1957年版。
（宋）辛弃疾：《辛稼轩诗文笺注》，邓广铭辑校审订，辛更儒笺注，上海古籍出版社1995年版。
（宋）姜夔：《白石诗词集》，夏承焘校辑，人民文学出版社1998年版。
庐陵凤林书院编：《名儒草堂诗余》，商务印书馆1939年版。
（宋）刘将孙撰：《养吾斋集》，《文渊阁四库全书》本。
（金）元好问：《元好问集》，山西古籍出版社2004年版。
（清）汪森编：《粤西文载》，《四库全书》本。
（清）黄宗羲辑：《明文海》，中华书局1987年版。
余冠英选注：《汉魏六朝诗选》，人民文学出版社1958年版。
钱锺书选注：《宋诗选注》，人民文学出版社1989年版。
龙榆生编选：《唐宋名家词选》，上海古籍出版社1980年新1版。
夏承焘、张璋编选：《金元明清词选》，人民文学出版社1983年版。
萧涤非等：《唐诗鉴赏辞典》，上海辞书出版社1983年版。
缪钺等：《宋诗鉴赏辞典》，上海辞书出版社1987年版。
唐圭璋等：《唐宋词鉴赏辞典》，上海辞书出版社1988年版。
［日］遍照金刚：《文镜秘府论》，周维德校点，人民文学出版社1975年版。
（南朝）刘勰：《文心雕龙注》，范文澜注，人民文学出版社1958年版。
（南朝）钟嵘：《诗品注》，陈延杰注，人民文学出版社1961年版。
（元）辛文房：《唐才子传校笺》，傅璇琮主编，中华书局1987年版。
（宋）魏庆之：《诗人玉屑》，上海古籍出版社1978年版。

（宋）严羽：《沧浪诗话校释》，郭绍虞校释，人民文学出版社1983年版。
（宋）胡仔：《苕溪渔隐丛话》，廖德明校点，人民文学出版社1962年版。
（宋）刘克庄：《后村诗话》，中华书局1983年版。
（清）何焯：《义门读书记》，中华书局1987年版。
（清）刘熙载：《艺概》，上海古籍出版社1978年版。
（清）袁枚：《随园诗话》，人民文学出版社1982年版。
（清）何文焕：《历代诗话》，中华书局1981年版。
丁福保：《历代诗话续编》，中华书局1983年版。
唐圭璋编：《词话丛编》，中华书局2005年第2版。
施蛰存主编：《词籍序跋萃编》，中国社会科学出版社1994年版。
郭绍虞主编：《中国历代文论选》，上海古籍出版社2001年版。
施蛰存、陈如江辑：《宋元词话》，上海书店出版社1999年版。
郭绍虞辑：《宋诗话辑佚》，中华书局1980年版。
张惠民编：《宋代词学资料汇编》，汕头大学出版社1993年版。
王兆鹏主编：《唐宋词汇评》（唐五代卷），浙江教育出版社2004年版。
吴熊和主编：《唐宋词汇评》（两宋卷），浙江教育出版社2004年版。
谭其骧主编：《中国历史地图集》，中国地图出版社1982年版。
邹逸麟主编：《中国历史人文地理》，科学出版社2001年版。
张国淦：《中国古方志考》，中华书局1962年版。
葛剑雄主编：《中国移民史》，福建人民出版社1997年版。
陈植锷：《北宋文化史述论》，中国社会科学出版社1992年版。
郭黎安编著：《宋史地理志汇释》，安徽教育出版社2003年版。
王成组：《中国地理学史》（上册），商务印书馆1982年版。
赵荣、杨正泰：《中国地理学史》（清代），商务印书馆1998年版。
谭其骧主编：《清人文集地理类汇编》，浙江人民出版社1986年版。
陈正祥：《中国文化地理》，生活·读书·新知三联书店1983年版。
陈正祥：《诗的地理》，商务印书馆香港分馆1978年版。
林拓：《文化的地理过程分析——福建文化的地域性考察》，上海书店出版社2004年版。
吴松弟：《无所不在的伟力——地理环境与中国政治》，吉林教育出版社1989年版。
程民生：《宋代地域文化》，河南大学出版社1997年版。

漆侠：《中国经济通史·宋代经济卷》，经济日报出版社 1999 年版。
张伟然：《湖南历史文化地理研究》，复旦大学出版社 1995 年版。
张伟然：《湖北历史文化地理研究》，湖北教育出版社 2000 年版。
游国恩等：《中国文学史》，人民文学出版社 1963 年版。
袁行霈：《中国文学概论》，高等教育出版社 1990 年版。
袁行霈主编：《中国文学史》，高等教育出版社 1999 年版。
罗宗强：《隋唐五代文学思想史》，中华书局 1999 年版。
张毅：《宋代文学思想史》，中华书局 1995 年版。
王水照主编：《宋代文学通论》，河南大学出版社 1997 年版。
程千帆、吴新雷：《两宋文学史》，上海古籍出版社 1998 年版。
罗立刚：《宋元之际的哲学与文学》，复旦大学出版社 1999 年版。
董乃斌、陈伯海、刘扬忠主编：《中国文学史学史》，河北人民出版社 2003 年版。
梁启超：《饮冰室合集》，中华书局 1989 年版。
王国维：《王国维遗书》，上海书店出版社 1983 年版。
陈寅恪：《金明馆丛稿二编》，上海古籍出版社 1980 年版。
陈寅恪：《隋唐制度渊源略论稿》，上海古籍出版社 1982 年版。
汪辟疆：《汪辟疆文集》，上海古籍出版社 1988 年版。
刘师培：《刘申叔遗书》，江苏古籍出版社 1997 年版。
钱锺书：《管锥编》，中华书局 1979 年版。
钱锺书：《谈艺录》，中华书局 1984 年版。
胡小石：《胡小石论文集》，上海古籍出版社 1982 年版。
钱穆：《中国文化史导论》，商务印书馆 1994 年版。
莫砺锋：《江西诗派研究》，齐鲁书社 1986 年版。
袁行霈：《中国诗歌艺术研究》，北京大学出版社 1987 年版。
张宏生：《江湖诗派研究》，中华书局 1995 年版。
陶礼天：《北"风"与南"骚"》，华文出版社 1997 年版。
金克木：《探古新痕》，上海古籍出版社 1998 年版。
王水照：《王水照自选集》，上海世纪出版社集团、上海教育出版社 2000 年版。
吴承学：《中国古代文体形态研究》，中山大学出版社 2000 年版。
陶敏、李一飞：《隋唐五代文学史料学》，中华书局 2001 年版。

孔凡礼：《三苏年谱》，北京古籍出版社2004年版。
沈松勤：《北宋文人与党争》，人民出版社1998年版。
沈松勤：《南宋文人与党争》，人民出版社2005年版。
缪钺：《诗词散论》，上海古籍出版社1982年版。
陈庆元：《福建文学发展史》，福建教育出版社1996年版。
陈庆元：《文学：地域的观照》，上海远东出版社、上海三联书店2003年版。
胡阿祥：《魏晋本土文学地理研究》，南京大学出版社2001年版。
李浩：《唐代三大地域文学士族研究》，中华书局2002年版。
李浩：《唐代关中士族与文学》，中国社会科学出版社2003年版。
李德辉：《唐代交通与文学》，湖南人民出版社2003年版。
靳明全：《区域文化与文学》，中国社会科学出版社2003年版。
汤涒：《敦煌曲子词地域文化研究》，上海古籍出版社2004年版。
吴海、曾子鲁主编：《江西文学史》，江西人民出版社2005年版。
景遐东：《江南文化与唐代文学研究》，人民文学出版社2005年版。
汤江浩：《北宋临安王氏家族及文学考论》，人民文学出版社2005年版。
戴伟华：《地域文化与唐代诗歌》，中华书局2006年版。
夏承焘：《夏承焘集》，浙江古籍出版社、浙江教育出版社1997年版。
龙榆生：《唐宋词格律》，上海古籍出版社1978年版。
任半塘：《唐声诗》，上海古籍出版社1982年版。
施议对：《词与音乐关系研究》，中国社会科学出版社1985年版。
黄文吉：《宋南渡词人》，台湾学生书局1985年版。
唐圭璋：《词学论丛》，上海古籍出版社1986年版。
杨海明：《唐宋词论稿》，浙江古籍出版社1988年版。
杨海明：《张炎词研究》，齐鲁书社1989年版。
罗忼烈：《词学杂俎》，巴蜀书社1990年版。
王兆鹏：《宋南渡词人群体研究》，文津出版社1992年版。
陶尔夫、刘敬圻：《南宋词史》，黑龙江人民出版社1992年版。
谢桃坊：《中国词学史》，巴蜀书社1993年版。
杨海明：《唐宋词纵横谈》，苏州大学出版社1994年版。
王兆鹏：《唐宋词人年谱》，文津出版社1994年版。
吴梅：《词学通论》，华东师范大学出版社1996年版。

叶嘉莹：《唐宋词名家论稿》，河北教育出版社1997年版。

龙榆生：《龙榆生词学论文集》，上海古籍出版社1997年版。

杨海明：《唐宋词史》，天津古籍出版社1998年版。

杨海明：《唐宋词美学》，江苏教育出版社1998年版。

刘扬忠：《唐宋词流派史》，福建人民出版社1999年版。

吴世昌：《词林新话》（增订本），吴令华辑注，施议对校，北京出版社2000年版。

王兆鹏：《唐宋词史论》，人民文学出版社2000年版。

陶然：《金元词通论》，上海古籍出版社2001年版。

吴熊和：《唐宋词通论》，商务印书馆2003年版。

沈祖棻：《宋词赏析》，北京出版社2003年版。

王兆鹏：《词学史料学》，中华书局2004年版。

沈松勤：《唐宋词社会文化学研究》（第二版），浙江大学出版社2004年版。

黄杰：《宋词与民俗》，商务印书馆2005年版。

李剑亮：《唐宋词与唐宋歌妓制度》，浙江大学出版社2006年版。

杨万里：《宋词与宋代的城市生活》，华东师范大学出版社2006年版。

王兆鹏、王可喜、方星移：《两宋词人丛考》，凤凰出版社2007年版。

徐安琪：《唐五代北宋词学思想史论》，人民文学出版社2007年版。

杨义：《重绘中国文学地图——杨义学术演讲集》，中国社会科学出版社2003年版。

杨义：《中国古典文学图志》，生活·读书·新知三联书店2006年版。

梅新林：《中国古代文学地理形态与演变》，复旦大学出版社2006年版。

曾大兴：《文学地理学研究》，商务印书馆2012年版。

曾大兴：《中国历代文学家之地理分布》，商务印书馆2013年版。

［古希腊］柏拉图：《理想国》，商务印书馆1986年版。

［古希腊］亚里士多德：《亚里士多德全集》，中国人民大学出版社1994年版。

［法］孟德斯鸠：《论法的精神》，中国社会科学出版社2007年版。

［德］黑格尔：《历史哲学》，生活·读书·新知三联书店1956年版。

《马克思恩格斯全集》，人民出版社1979年版。

［俄］普列汉诺夫：《普列汉诺夫哲学著作选集》，生活·读书·新知三联

书店 1961 年版。

［英］A. J. 汤因比：《历史研究》，曹未风等译，上海人民出版社 1986 年版。

［美］普雷斯顿·詹姆斯、杰弗雷·马丁：《地理学思想史》，李旭旦译，商务印书馆 1982 年版。

［德］阿尔夫雷德·赫特纳：《地理学：它的历史、性质和方法》，王兰生译，商务印书馆 1983 年版。

［苏联］波德纳尔斯基：《古代的地理学》，梁昭锡译、赵鸣岐校，齐思和审，商务印书馆 1986 年版。

［日］斯波义信：《宋代江南经济史研究》，方键、何忠礼译，江苏人民出版社 2001 年版。

［法］丹纳：《艺术哲学》，人民文学出版社 1963 年版。

［日］青木正儿：《中国文学思想史》，孟庆文译，春风文艺出版社 1985 年版。

［法］莫里斯·布朗肖：《文学空间》，顾嘉探译，商务印书馆 2003 年版。

［美］爱德华·W. 苏贾：《后现代地理学——重申批判社会理论中的空间》，王文斌译，商务印书馆 2004 年版。

［英］迈克·克朗：《文化地理学》，杨淑华、宋慁敏译，南京大学出版社 2005 年版。

［法］加斯东·巴什拉：《空间的诗学》，张逸靖译，上海译文出版社 2009 年版。

伍蠡甫主编：《西方文论选》，上海译文出版社 1979 年版。

后　记

　　本书是在博士学位论文的基础上修订而成。翻看论文，导师杨海明先生当年悉心指导的场景依然历历在目。感谢先生的教诲和鼓励，使得本书的写作顺利完成。

　　回顾求学生涯，不禁感慨自己的幸运。1998 年，我幸运地考入福建师范大学地理系。大学四年，我遇到了唐文忠、李旭等可敬的老师，接受了颇为严格的学术训练，也学到了很多为人处世的道理。虽然时至今日，许多的地理知识都忘掉了，但青春岁月的点点滴滴，始终留存在心。

　　2002 年，大学毕业，出于对文学深深的热爱，我考入本校中国古代文学专业，幸运地师从陈庆元教授攻读硕士学位。先生学识渊博，为人宽厚，加之诸多的师兄师姐，对我经常提点关照，所以从先生游，常常有一种"浴乎沂，风乎舞雩，咏而归"的感觉。博士毕业后回福州工作，仍得从先生处时时问学，与诸多同门乐数晨夕，实在是人生幸事。

　　2005 年，在陈先生的支持和鼓励下，我考入苏州大学杨海明先生门下，研习唐宋词。博士阶段的学习，当然颇为辛苦。但杨先生耐心的教导，同学们之间真诚友好的交流，还有苏州的美景美食，让那一切的辛苦都化为今天最温馨的回忆。

　　2008 年博士毕业后到福州大学学报编辑部工作，匆匆已是七年。七年间不仅在工作上得到苗健青主编许多的关照和指导，还时常劳烦他对我的论文提意见，所幸总是能得到坦率而富有洞见的回应。

　　感谢福州大学社科处为本书的出版提供资助。我深知本书还有许多的缺陷和不足，唯愿本书的出版，能传递出一位备感幸运者深切的感激之情。

陈未鹏

2015 年 10 月